胡不归

谨以此书献给全体留学生及家长

TORNA A SURRIENTO

刘紫薇 著

华夏出版社
HUAXIA PUBLISHING HOUSE

图书在版编目(CIP)数据

胡不归 / 刘紫薇著． -- 北京：华夏出版社，2018.9
ISBN 978-7-5080-9541-7

Ⅰ.①胡… Ⅱ.①刘… Ⅲ.①长篇小说—中国—当代 Ⅳ.①I247.5

中国版本图书馆 CIP 数据核字（2018）第 174621 号

胡不归

作　　者	刘紫薇
责任编辑	赵　楠
出版发行	华夏出版社
经　　销	新华书店
印　　装	三河市少明印务有限公司
版　　次	2018 年 9 月北京第 1 版　2018 年 9 月北京第 1 次印刷
开　　本	880×1230　1/32
印　　张	11
字　　数	343 千字
定　　价	39.80 元

华夏出版社　地址：北京市东直门外香河园北里 4 号　邮编：100028
网址：http://www.hxph.com.cn　电话：(010)64663331(转)

若发现本版图书有印装质量问题，请与我社营销中心联系调换。

目 录

序 / 1

楔子 / 1

第一章 / 3

第二章 / 38

第三章 / 87

第四章 / 123

第五章 / 183

第六章 / 214

第七章 / 255

第八章 / 297

序

一面照出留学生众生相的镜子

邱振刚

《胡不归》一书,视角新颖,选择了两位远赴加拿大留学的河南农村小伙作为双主角,这种结构设置十分大胆有趣,加之语言诙谐灵动,通过对人物海外留学生涯的多角度描述,较为真实地展现了东西方教育、文化方面的差异。这部作品全景式展现了85、90后留学生的群像,回答了众多留学生家长一直以来的如留学是否值得,留学对一个普通中国孩子究竟意味着什么,留学过程中会遇到哪些实际问题这类疑问。这部作品打破陈规,没有以猎奇方式铺陈对国人较为陌生的异国风情,而是真实展现了留学过程中的酸甜苦辣,是类似题材作品中言之有物的一部。作为一名文学创作者,我一贯强调文学应以小见大,以点带面,通过具体人物形象展示某一人群的现实际遇与精神空间。从这个角度来看,《胡不归》无疑是成功的,它通过对两个主要人物留学生活的细致勾勒,鞭辟入里地分析了整整一代中国留学生的心理,并对他们的人生选择发出诘问:生命的价值,在于承担责任还是追求自由?这是中国新青年们所要面对的共同问题。这是属于一个时代的迷思。从心理学的角度讲,留学,作为一个"逃脱"家庭束缚的手段,如今也成为不少孩子离家的保护伞。然而,这柄保护伞的作用范围,又能有多远?能赋予所有留学者一个可资夸耀的人生吗?作者在留学心理上的分析令人称道,小说中孩子和家长的冲突更体现得宛如现场实录般真实。应该说,是作者真实的留学经历赋予了这部书扎实的原型和有血有肉的细节。任何现实主义的作品,都是对某种现实场景、现实需求的回应。作为近年来教育题材小说中难得的佳作，老师、学生和家长都应该看一看这部书，这里面包含了太多对他们内心疑问的回答。作者大胆地捅破留学万能论这层窗户纸，揭露了留学生活中某些不为人知的真实一面，引发人们去思考，留学究竟是幸运的"阳关大道"还是不幸的"虚假繁荣"？近年来，随着留学成为教育的一部分，大量留学题材的作品应运而生。《胡不归》一书依托于作者真实的留学经历，多角度全方位地展现了留学的全貌，让读者真正理解了留学生究竟是怎样一个群体。虚构文学的成功得益于作者天马行空的想象，现实主义文学的成功有赖于作者异于常人的敏锐观察力和丰富阅历。缺乏亲身经历的现实主义文学如无源之水，只听点滴传言的作品独木难以成林。从评判现实主义作品是否成功的标准来看，距离真相越近，写出来的文字就越富有清晰可见的现场感，令读者更快地进入作品所描述的生活情境，获得更真实的知识积累和更鲜活的阅读感受。《胡不归》以亲临其境的笔触，囊括了留学过程中的点滴幸福与困境，如镜面般将留学众生相刻画得淋漓尽致，让人不禁再三感叹。这种内心的震动，是那种站在局外人的角度，一味强调作者对域外生活的个人化观感的长篇游记式作品所无法带来的。

当然，从更严格的标准来看，这部作品远非没有缺点，两位男主人公的个性，对生活、命运的深层态度，在二十余万字的篇幅、三年的留学时光里始终保持在某个固定状态，导致人物心理的层次感有所缺失；剧情的进展更多依靠外部情节的注入，而非人物内在性格、心理与外部环境之间的复杂博弈，这固然是强化作品可读性、故事性的必要手段，但势必也弱化了作品的文学质地，对人物形象的饱满度也有所损伤。更重要的是，作品中虽然不乏对两国教育制度的对比，但整体来看，作者未能实现以个人际遇对国家之间文化结构差异的折射，蕴含在作品的思考似乎始终没有突破个人、家庭的藩篱，达到国家、民族的层面，也就没有构造出那种高品质长篇小说应有的宏阔高远的内在格局。

总体言之，这部作品瑕不掩瑜，《胡不归》的作者有着四年留学经历，丰富的素材积累让故事跌宕起伏，能带给读者舒适流畅的阅读体验。作为留学题材作品中的优秀之作，《胡不归》值得一读。

楔　子

"你们看到的这五十多人里,只有四个回国了。"

我以这句话作为在大学母校演讲的开场白。投影上播放着当年同去留学的学生合影,台下是一群如我当年一样懵懂的大学生。合着橘黄色的舞台光,我能看到台下的学生们在交头接耳,我还能看到前面几排孩子脸上惊讶的神情。演讲进行得很顺利,似乎没有一个人看出我本是个不善言辞的人,也没人在意我的过往。

"……就像我前面讲的,如果我不出国,就没有今天的我;如果我不回国,也不会有今天的我。能出去是机遇,能回来是责任。"

以这句话收尾,演讲圆满结束。我正准备拎包离开,校领导就迎了上来,脸上满是笑容:

"百忙之中能来一趟,真是帮了大忙了。"

礼堂外,一位身着褪色棉服的老妇人拎着个布兜站在一棵槐树下等人。我三步并作两步跑下台阶接过她手中的包袱,连声道:

"娘,你咋找到这来了?挺冷的天咋不进去?"

她盯着我看了会儿,用开裂拉人的手摸了摸我的脸,笑道:

"冷个啥,比村里暖咧。这是大学,不比别的地方。里面都是文化人,怕人看了笑话。"

她和我说话,学校的老师和校长颇为尴尬地站在远处观望,似乎在揣度我和这个农村女人之间的关系。

"这我娘!来学校看我。"

时隔多年,我终于能挺起腰板说出这句话。不顾娘的反对,拉着她走到众人面前,自豪地介绍。

第一章

1

"做人不该忘本,俺都懂得道理,你个大学生咋不明白嘛!"

爹一句话,让大学毕业回家的第一顿饭成了声讨大会。

娘坐在爹边上,我坐在爹对面,一家三口大眼瞪小眼,谁都不说话。我伸手拿了个馍,就着娘炒的西葫芦肉片默默地吃。过了好一阵子,还是娘先开了口:

"水生你看……你叔供你念书,书也念完了,工作也找着了,你可出息了,他家树儿可不中。树儿是你兄弟啊。就不看你叔的面儿,看看树儿……"

"杨树杨树杨树,什么都是他!到底我是恁儿子,还是他是恁儿子!"

我把筷子"啪"地一撂,推开桌子转身出去。听见我娘在我身后喊:

"水生——你的馍!"

"不吃了!气饱了!"

我沿着村子的土路跑到田地里,仰面躺下。大夏天的跑了一阵,脸上头上都是汗,和眼泪混在一起,模糊了眼。

二十三小时前,我还是这个世界上最幸福的人之一;二十三小时后,我争取了整整四年的成果就随着爹的专断独行,消失得干干净净。

"小关,关承泽对吧?不错,我看过你的资料,还没毕业就参与几个项目的开发,还在六建实习过……实践经验很丰富,这在应届毕业生里面可不多啊。刚才面试表现也很好。年轻人，不要妄自菲薄，我也是小地方出来的，也没什么背景，如今也做到副总了。我看好你，好好干。我们需要你这样的人才。英雄不问出处嘛。"

建设部的面试官握着我的手向我道喜。四百多人中只录取一个，这个人就是我！说不高兴是不可能的，从公司的玻璃大楼出来我都是恍惚的。回到学校，同宿舍的兄弟得知了这个消息都为我高兴，散伙宴上宿舍的老大、老二、老四举杯祝贺我，纷纷道：

"老三以后肯定前途无量，这出息了，可不能忘了哥儿几个啊。"

"三哥以前就是咱系成绩最好的。真给咱寝争脸，四百分之一啊！这工作，公务员啊！待个两三年，还不有车有房？你啊你，事业爱情双丰收，有了北京户口保管套牢北京妞儿啊！"

"老三，我也不多说什么了，你不是喜欢这表嘛！也不是什么贵东西，送你了！祝你鹏程万里！"

老大说完把腕子上的金表解下来直接系在我手腕上，揽着我的肩膀拍了拍。

"喝！今天是老三大喜的日子，不醉不归！"

"不醉不归！"

我被灌得晕晕乎乎。第二天醒来，想到的第一件事就是把这个消息尽快告诉家人。买了最近的一趟火车票，给爹带了两瓶精品牛栏山，花光了我口袋里最后几张票子。硬座倒大巴再倒皮卡拖拉机，想着爹娘听到喜讯高兴的样子，拎着没开封的酒，已经有了几分醉意。一路跑进村子，我回到家，推门就喊：

"娘！爹！我有工作了！"

没有一丝回应，记忆里的老宅破败依旧。红土砖灰色的瓦片，乌涂涂的，还掉了好几块砖头，墙皮也开始泛黄，剥落下来一块块的，看着像扭曲的疤痕。我看了眼老大临别时送的纪念表，晚上八点半，这个时间还不在，只可能是去杨树他们家了。

我沿着村子的土路往最亮堂的地方走，村里路灯少，最亮的几个都在杨树家附近。我边走边给梁爽打电话。

"是我。"

"啊，承泽，你在哪？"

女友的声音从电话那头传来，让我不自觉地提高了音量。

"在家。建设部的面试过了，想先和爹娘说一声，就跑回来了。"

"啊？过了！太好了！我听说好几百人呢。这可得庆祝庆祝！等下周培训结束，咱俩都回北京了，我给你接风。"

"好好，北京见。"

挂掉电话，我这心跳得就和揣了只活蹦乱跳的兔子一样。我常想，梁爽到底看上我什么，挺漂亮的一个北京姑娘，追她的人也不少，一直跟着我。这么多年终于熬出头了。有了这份工作，她家里应该不会再排斥我了。再过两年，等她毕业了，我也在单位站住了脚，正好结婚。

我边想边走，美得哼起了小曲。约莫过了二十分钟，山坡上一座二层小楼映入眼帘，白墙红瓦利利索索的青石板地，门口种了一圈不知道什么品种但是挺香的花。那是杨树的家，也是我们村唯一一个二层小楼。

"水生来啦！快进来，我们正说你呢！"

杨树他娘听见门铃声迎出来。每次见她我都不由得感叹，明明比我娘还要大两岁，杨树他娘看着就像我姐似的，永远那么年轻漂亮。

"水生！"

还没见人，只听声音就知道娘来了，我一把抱住穿着围裙的娘，却被弄了一身白乎乎的面粉。

"哎哟！你回来怎的也不说声。"

娘看着我只是傻乐，用一双沾满白面粉的手捧着我的脸，不住道："俺家水生回来了。树儿他娘，你看，水生是不是长高了点儿？"

我闻言不由得失笑。什么长高，都二十五了，哪里还能长个？娘还是老毛病，怕说我上大学触动杨树娘伤心事，就拿我的身高打岔。不过她不知道，以后她就不用再这么谨小慎微了，这些年的苦终于熬出头了。我这次回来，就是为了告诉她，工作有着落了，接下来就是享清福了。

"回来就好，回来就好。看看你家水生，一毕业就回来了。哪像我家树儿，都什么时候了，还不回来！文凭也没拿着，不知道'野'到哪去了！"

"咱家那疲沓的儿子怎么和水生比？"

杨树他爹背着双手从屋内踱出来，看到我娘抱着我，冲我点点头，笑了笑。

"我也就是说说。哎……树儿有水生一半懂事，我就烧高香了。"

杨树他娘叹了口气，伸手掸了掸我娘围裙上的面粉。娘这会儿才如梦初醒，发现我被她抱得一身白。

"哎哟……瞧瞧这弄得。"

娘拉着我进屋，正赶上爹过来洗菜，见我回来就开口道：

"水生，你回来了？过来，俺和你说个事。"

我跟着爹走进后院，爹坐在井边点了旱烟吸了起来。我看他没有开口的意思，深吸了一口气，抢先开口道：

"爹……我也有个事要告诉您。您知道建设部吗？四百多人选拔，我通过面试了！下个月……"

爹似乎没有心思听我讲自己的事，打断我，猛抽了一口烟，吐了个烟圈，一拍大腿道：

"就这么定了。你和杨树出国去。多好的机会，旁的想去还没得去呢！"

爹说完把烟袋锅子在井边磕了磕，灭了火，转身进屋去了。我整个人都是蒙的，想叫爹回来细问问，嗓子眼却像是堵了个核桃，只能发出"赫赫"的喘气声。我在外面站了很久，夜风很凉，我站到手都有些发冻了，才渐渐消化了爹究竟说了些什么。凭什么杨树要出国，我就得跟着去？我又不是卖给他家了，一辈子都得围着他转。我还要去建设部工作呢！心中无名火起，冲进门准备找爹理论，正撞上出来找我的娘。

"水生，吃饺子了！"

娘的声音给我打了一剂强心剂,我跑过去拉住娘的袖子道:

"娘,我找到工作了,建设部,国家机关,去了我就是国家干部了。人家管户口,管房子……我好不容易才考上的,爹他肯定是不知道,那可是多少人做梦都想去的,我去那上班,你们就不用整天种地了……"

娘见我冒冒失失比比画画,看着我的眼有些湿润,她伸手摸了摸我的头发,叹了口气道:

"莫着急,慢慢说。"

"娘……我不想出国。"

2

三个月后,北京。

"老处女来啦!"

一个男孩从我身边掠过,飞也似的撞开教室前门,给屋里的学生们通风报信。我从后门玻璃看到原本还在化妆、打盹、玩游戏的学生们顿时正襟危坐,拿出教科书和作业,全都装出一副好学生的模样。

几分钟后教室的门被打开。班主任穿着全黑套裙戴着金丝眼镜盘着头发,踏着高跟鞋趾高气扬地走进教室。我和杨树跟在她身后,上了讲台。杨树穿着一身潮牌,撞色帽衫哈伦裤,反戴着棒球帽,嘴里嚼着口香糖,瘦削的脸上挂着满不在乎的微笑;我规规矩矩地穿了一身运动服,拎着一个书包,背上还背着一个,一路低着头,谁都不想理。

"班主任好!"

学生们刻意奉迎,一改之前调侃"老处女"的不尊重,纷纷招呼起来。

"同学们好!"

班主任脸上闪过一丝权威被重视的满足,点了点头然后转向我和杨树。

"这两位,杨树还有……关……呃……你叫什么来着?"

班主任推了推眼镜有些尴尬地低声问。

"关承泽。"

出于礼节,我低声回了句,心里却有些不悦。我承认我的名字不如杨树好记,但那可是我爹娘花了粮食钱求算命先生给起的。说我命里缺水,一定要叫这个以后才能出人头地。我对这个势利眼的女人没有什么好感,自从听校长介绍了我和杨树的家里情况,她就对我们没什么好脸色,更遑论记住我的名字了。

"你这是什么态度?"

班主任推了推金丝眼镜,有些不满地皱眉盯着我。

"身为老师连人名字都记不住,还想要态度,您够双标的啊!"

杨树一句话说得班主任顿时脸涨成猪肝色。

"大家好,我是杨树,他是关承泽。以后咱就是同学了,各位,请多关照啊。"

杨树说完就向教室后面走去。我看了看班主任涨红的脸,叹了口气,背上两个书包也跟着走向教室后排。

"哎!关承泽!"

班主任回过神来,不敢得罪杨树,又开始找我的事。

"我兄弟想和我坐一起,您管得宽了点吧?"

"你——算了,自习自习!明天记得交作业。"

班主任踩着高跟鞋怒气冲冲地走了。几分钟后,一个男生跑出去确认班主任已经走远了,班里这才炸了锅。

"我靠,帅啊,哥们儿,你什么来路啊,敢和老处女叫板!"

"对啊对啊,你们两位来头肯定不一般吧?"

"那个老处女就是软得欺,硬得怕,有种!"

杨树笑嘻嘻地听着各路奉承但并没有答话,一副"由你们猜"的模样。与之形成鲜明对比的是我,难得受重视,我却只想找个地缝钻进去。和在场的各位准备出国的官二代富二代不同,我和杨树可都是奔三的人了。我二十五,他二十四,这会儿回炉重造,和一堆十七八的小毛头一个班，玩什么"留学生"游戏，除了烦躁我没有别的情绪。

"想什么呢？"

杨树看我不说话给了我肩膀一拳。

"没什么。"

我把他的书包扔给他，起身往门外走。反正他杨家是让我来陪读的，就交了个住宿费，杨树不在乎，我可没脸赖在教室不走。

"哎，你去哪啊？"

走到班门口还能听见杨树扯着脖子喊。

我在走廊里漫无目的地闲逛，一个圆脸男孩冒冒失失从对面跑过来，撞在我身上，飞快地说了声：

"Sorry！"

然后就拐进另一个教室里，我抬眼一看，上面写着 A 班。转而想到杨树在的班级是 B 班，不由得皱了皱眉，回想起才到留学中心的事。

两小时前，我和杨树在校长室门口等着会面。

"杨树、关承泽，校长叫你们进去！"

一个看起来不到三十岁的美艳女人拉开门走出来，示意我们进去。一进屋就看到实木桌子后的皮椅上，坐着一个卷发八字胡的中年男人。身穿白色衬衫和条纹马甲，旁边的书柜上摆着各种历史、兵法的书籍，还有许多奖状。办公室的一角放着一张会客桌还有四张沙发椅，茶几上的水瓶显示着我们来之前还有别的客人。

"校长好。"

我先开口打招呼，顺便不着痕迹地给杨树递了个眼神。

"校长你够年轻的啊，看着跟我哥似的！"

才进门没两分钟，杨树的痞气就出来了，当着校长的面和他开玩笑。

"过奖，过奖，保养得好。"

校长站起身示意我们坐在旁边的沙发上，他自己也走过来坐在我们对面。

"小杨……是吧？我看过你的资料了。哎呀，这是难得的机会啊。

一般来说我们这是不允许插班的,但是……"

"但是我爸多赞助了点儿,所以也没什么要紧的了,对吧?"

杨树打断了校长的寒暄,大大咧咧地往沙发椅上一瘫。我轻咳了一声,看到校长微微皱眉,又开口道:

"只是你来得晚,A班是没地方了,只能把你安排到B班去了。"

杨树闻言"蹭"地站起来,正准备争辩什么,我就抢先开口道:

"A、B班有什么区别吗?"

校长瞥了我一眼,漫不经心道:

"理论上没什么区别,只是A班的学生都是很早就报名的,很多都是不准备考大学直接出国的高才生,还有各省实验学校保送的;B班插班生多一点,也就这点区别了。"

"瞧您说的,什么成绩不成绩的啊,能到这来的,不就都那点事嘛……"

我伸手拦着杨树,担心他的话会触怒校长。

"哎,这是哪儿的话。我不都说了嘛,这个,你来得晚嘛……"

"B班就B班,不就个破字母嘛,什么A啊B啊,我还不稀罕呢!"

杨树闻言甩脸就出门去了,我叹了口气,也跟了出去。

看看A班的班牌,我心知之前校长的话纯属敷衍。来之前我已经听介绍人说过了,留学中心的A班是那些成绩好家庭背景又好的;B班则是一群"破罐破摔""死马当活马医"的学生,大部分都是考不上大学,家长不信邪,非要把孩子送出国的。

"哎,你走那么快干吗?"

我在A班门口出神的当口,杨树已经追了上来。

"我说,你不是还生气呢吧?出国是好事啊,别气了。"

杨树跑到我面前振振有词,我懒得和他解释。像他这种天生什么都不缺的人,肯定不能理解建设部的机会对我来说有多重要。混个北京户口,找份好工作,再有套房,这样我们一家就不用总替别人种地做饭了。从小我就是以这个为目标努力的,眼看要熬出头却被最好的兄弟毁了机会,怎能不生气?抛却工作不说,就连梁爽知道我要出国的事也和我闹别扭了，觉得我放弃工作机会选择出国，这么大的事都没有和她商量，分明就是不爱她，不在意她的感受。

"阿泽，别那么想不开。就当见见世面嘛，不比在国内自在得多？再说，我爸有的是钱，咱哥俩出去也吃不了苦。"

我想不开？什么叫站着说话不腰疼？这就是。事情是没轮到他杨树身上，要是换他工作丢了，北京户口没了，女朋友还不知是否保得住，他心情能好？

"没法和梁爽解释，烦。"

避重就轻，反正这也是其中一个原因，不算说谎。

"嗨，多大点事。不就是嫂子嘛。我帮你解释。回头你从国外给她寄点礼物就好了。女生都喜欢礼物。反正她现在也上学呢，等你回来她毕业一两年，正好结婚。"

杨树掰着手指算了一下，笑嘻嘻地揽过我的肩膀拍了拍，道：

"放心。出国是好事，嫂子肯定支持的。"

我勉强点了点头，心里却还是抵触得很。我本就是个传统的人，对出国一点兴趣也没有。一份稳定的工作，一个温馨的小家，父慈子孝天伦之乐是我最大的愿望。可现在，一切都由不得我。一千万个不愿意也抵不过爹一句："人得知恩图报。"我恨死了知恩图报。早知道有今天，我宁愿自己打工赚钱上学，也不要杨树家的钱。

心烦意乱地回到教室拿书包，看看身边那些玩手机、游戏机、笔记本电脑的"同学"，我不由得叹了口气。看看这帮人，在父母眼皮底下都不学，到了留学中心指望他们想通了开始发奋？只能说这是家长们的美好幻想罢了。和这些人混在一起，除了烦躁还是烦躁。

回到宿舍，我实在忍不住问杨树：

"你为什么忽然想出国啊？"

杨树显然没想到我会问这个问题，忽闪着他那双大眼睛琢磨了一会儿，嬉皮笑脸道：

"说实话啊？懒得工作呗。但是不工作又怕他们唠叨。再说，我也懒得老被那些结婚生子、忠孝悌节的破事纠缠。我还不到三十呢，再玩两年。"

"什么叫破事，那是你的责任！你迟早也得工作，也得结婚生子，也得照顾父母。"

我有些不耐烦地顶了一句。都快三十岁的人了，和小孩似的，什么都不想管，一天到晚就想着玩。

"不听不听，王八念经。阿泽，可别告诉我你也信我爸妈那套'父母在不远游'、'万般皆下品唯有读书高'的鬼话。人还是得见世面，不是有那话嘛。'读万卷书不如行万里路'。真要是没学历就没本事的话，比尔·盖茨也没上大学啊？为什么这么成功？"

"人家不是没上大学，人家没上完的那个叫哈佛。"

3

"多吃点多吃点。"

留学中心的第一顿晚饭，杨树特地找了个高级餐馆，点了一大桌子菜，不停地往我碗里夹。

"吃这个，这个好吃。"

杨树把盘子里最大的一块鱼肉夹给我，又给我倒了杯啤酒。

"还想吃什么？不够我再点。"

眼见一桌子菜都没怎么动，杨树又要点新的，我当即出手制止，摇头道：

"够了。"

"别啊，这点我还是请得起的。"

杨树一贯花钱大手大脚，这次也不例外。要是放在以前，我一定会劝他省着点，告诉他"那是你爸妈的钱，这么挥霍不合适"云云。但这次的事让我有了莫名的怨气，不花白不花，就当我卖身了换个好吃好喝。

吃过饭我们往宿舍方向走，一上街杨树又开始趸摸女生。

"美女，怎么称呼啊？"

杨树大步向前追上一个女生笑嘻嘻地搭讪。那女生见状白了他一眼迅速加快了脚步。杨树锲而不舍地继续追在人家身后喋喋不休，倒让我想起他爹那句经典评语：

"要是我家树儿把追女孩一半精力用在学习上，别说考大学，一本都不是问题。"

跟着杨树走了一会儿，他还是没有回去的意思，"勾搭"完这个"勾搭"那个。我实在看不过眼，扔下他自己回了宿舍。

宿舍是借学校附近宾馆住的，就是个普通标间。两张单人床，一个床头柜，一个卫生间，还有一台信号不太好的电视机。屋里娱乐设施有限得很，我又不爱看电视，只得百无聊赖地趴在床上开始看书。

我喜欢看书，尤其是小说。杨树不明白我为什么喜欢那些，用他的话说："生活中那么多好玩的逗趣的，哪有空看书啊。"可他不明白，我没他那个条件，生活中也没有那么多"好玩"的东西。书中自有黄金屋，书中自有颜如玉，倒是书比较"公平"，给每个人平等的做梦机会。

我翻了一会儿书，发现还是看不下去。出国这事如鲠在喉，让我干什么都提不起精神来。

"都21世纪了，自由恋爱啊，又不是旧社会包办婚姻。你真打算和我动手？"

"揍得就是你！纪老大看上的女孩你也敢抢！"

楼下的骚动声让我不由自主地来到窗前，往下一望，正看见杨树和在厕所前撞了我的圆脸男孩怼得起劲。

"杨树！"

怕他惹事，我扯着脖子喊了他一声。

杨树仰头看到我从二层探出头来，嬉皮笑脸地给我回了个飞吻。趁这个空当，对面那圆脸男生不失时机地给了杨树一拳。杨树趔趄了一下，刚准备还手，几个男生就围了上来。我见状飞奔下楼跑到事发地点，冲进包围圈，习惯性地挡在杨树身前。

杨树擦了擦自己的嘴角呸了一声道：

"打人不打脸,你们怎么连这点规矩都不懂啊。"

"还有帮手?揍他!"

六七个男生围上来开打,马路上顿时尘土飞扬。过往行人经过全都掩面闪避,还有的躲在附近饭店里看热闹。我让过一个男孩慢镜头似的拳头将他一拳撂倒,又踹翻一个拿着书包想要砸我的小子。一交手就放倒两个人,对方也有点含糊了,其中两个小子正犹豫着从哪接近我,一个被我击中面门哀鸣倒地;另一个晃来晃去挺有架势,结果被一脚绊倒在地上哎哟哎哟叫个不停。也怪这几个男孩运气不好,我正因为被道德绑架非得出国的事心烦,他们送上门来,活该挨一顿好揍。

收拾完眼前的烂摊子,转身一看,杨树也撂倒了两个。局势瞬间就有了改观,俨然变成我们和圆脸男孩对峙的局面。

圆脸男孩显然没想到我们这么能打,咳嗽了一声摆手道:

"等等,等等,暂停暂停。哎,这位哥们儿,你动手之前都不问你兄弟干什么了吗?"

我后知后觉,把对着羊汤馆门店玻璃顾影自怜的杨树"拎"过来,示意他解释清楚。

"我能干什么啊!爱美之心人皆有之啊。见到美女想搭讪那是我的错吗?"

"哎!你还有理了,那是我们纪老大看上的女孩。留学中心美女大把抓,哪个不行,为什么非得是悠雨夏啊。"

杨树闻言眼中精光一闪,摸着下巴一双大眼滴溜溜地转,忽然就笑出声来道:

"原来她叫悠雨夏啊。好名字好名字,多有诗意。阿泽,你看人家多会取名字!"

"哎,我说,怎么有你这种人啊!"

圆脸男孩一看杨树这幅浪荡无耻的样子,脸都急成了猪肝色,气得直跺脚。

"既然是他有错在先,那我们道歉。你也揍了他一拳,这就算扯平了。"

我拉过杨树强行让他低了低头,算显示了个诚意,然后拽着还在和圆脸男孩吐舌头比中指的杨树回了宿舍。

回到宿舍杨树就不理我了,扑倒在床上趴着玩手机。我伸手拍了他一下,兴许是碰到了伤口,疼得他"嘶"的一声翻了个身。

"疼吗?疼就长点记性。这是北京,不是咱村,别随便闯祸。"

杨树闻言冲我翻了个白眼:

"分明就是他们仗势欺人,我英雄救美。现在是被反咬一口。算了,不说了,你懂个屁。"

"我懂个屁?再晚下去一会儿你就不是脸疼是浑身疼了。"

我没好气地撂下一句话,然后推门出去。杨树这性格,别说是出国,就是放在眼皮子底下都会出问题,真不知道他爹是怎么想的,死马当活马医也要有个限度。这事要是让我爹知道了,还不知道要怎么交代。

说曹操曹操就到,我正想着,爹的电话就打了过来。

"水生,树儿咋样来?"

电话接起来,第一句就是问杨树,让我心里好不容易因为打架散去的怨气骤然复苏。

"……好得很,好得不能再好了,还有别的事吗?"

我没好气地回了一句。

"你好好照顾树儿,他要是有个三长两短……"

"放心!我死了他也能活着回村!"

爹的絮叨让我彻底没了耐性,说完气话我就挂断了电话。在爹眼里杨树永远比我金贵得多。他坚信出身就是一切,他是给杨树家打工的,我也该着是给杨树拎包的;娘是给杨树家做饭的,我也该着负责杨树的衣食住行;反正命运天注定,这辈子别想翻身"农奴"把歌唱。

"阿泽。阿泽!泽哥?"

"干吗?"

我转过身,看见杨树笑盈盈地站在身后。

"有事？"

我刚打完电话心情不好，看到杨树一时间有点五味杂陈。

"咱去撸串吧？我请你喝酒，我保证，以后再不惹事了。你知道的嘛，没你我可怎么办啊。亲一个？"

"卧槽！你恶不恶心啊。"

我伸手摸了下杨树亲过的半边脸，依稀有口水残留。

"泽哥，哥！走吧走吧，别生气了。"

我站定盯着撒娇的杨树看了会儿。高鼻梁大眼睛薄嘴唇，一米八的个子，天生的衣服架子。一笑还有俩酒窝。说真的，每次看他这样我都感叹人生不公。老天爷太宠他了，好家室好皮囊，性格又开朗，能给他的全都给他了。

"泽哥？"

"真该阉了你。"

我瞪了他一眼，他还是一脸笑模样：

"别啊，那女生们哭起来还不得把长城淹了啊。"

赶到撸串的地方已经晚上八点多了，九点门禁，我看了眼表起身要走，杨树抬了抬下巴示意我往外面马扎上看。这一看不要紧，正看到那个圆脸男生坐在一群男孩中间吃腰子。

"嘿！腰子好吃吗？"

一个没看住，杨树就蹿过去了，我伸出去拦他的手还在空中打晃，他就已经和对方"短兵相接"了。

"好吃啊，但这是最后一串儿……卧槽！是你！……你想干吗？"

圆脸男孩抬头一看是杨树，吓得站起来向往后撤，一个没站稳，直接一屁股坐地上，激得尘土飞扬。旁边几个男孩看了想乐，但一看圆脸男孩瞪眼了，只能忍着笑别过头看地面。

"你……你不要欺人太甚。"

那圆脸男孩从地上爬起来，拍了拍身上的土，环顾四周，发现自己这头儿人多，又开始"狂"起来。

"好了好了，不打不相识，怎么称呼啊？交个朋友？"

杨树忽然伸手帮着掸了掸土，吓得男孩又往后退了两步。

"赵一鸣，常山赵子龙的赵，一鸣惊人的一鸣。你们呢？"

好不容易镇定下来，男孩偷眼看了看作壁上观的我，回了一句。

"杨树，杨是杨树的杨，树是杨树的树。"

"关承泽，阳关道的关，承诺的承，泽被苍生的泽。"

我说完示意杨树该回宿舍了，杨树磨磨蹭蹭地跟过来，临走还顺走人家两个肉筋。

"干吗那么着急？"

杨树噘着嘴，那上面都能挂个油壶了。一个奔三的大男人跟个小孩似的因为吃个串不走，让我有点哭笑不得。他还好意思生气？莫名其妙把我弄到这个破地方来。但我了解杨树，不给个理由他能别扭到世界末日去。

"给你嫂子打个电话。"

我叹了口气，最终还是开口解释。

"嗨，我以为什么事呢。应该的，走起。"

4

"反正你也不学，搁这又受气，图什么呢？现在说不去了还来得及。"

我劝杨树，他故意装听不懂，瞪着那双"无辜"的大眼睛右手伸出两个指头发誓：

"我以前是幼稚，现在想通了。等出了国一定好好学，不然就叫我爸妈再也见不着我！"

他那双大眼滴溜溜地转，我动动脚指头都知道他又在利用某种歧义，也懒得再理他，侧躺回床上。他呼呼大睡，我气得一夜没睡好。后半夜接到梁爽的电话，不想杨树听见，我跑到走廊里，才开始说话。

"关承泽，我真怀疑你是不是真心喜欢我。出国这么大的事，你说走就走！我们怎么办？工作怎么办？"

梁爽哽咽的声音传来，让我本来就一团乱麻的心彻底剪不断理还乱。我想劝她不要这样逼我，想劝她站在我的立场上想一想。但我发现自己都说服不了自己。什么样的人会放下已经许诺的女友和已经前途一片光明的工作，莫名其妙地跑到一个根本不知道什么样的国家去？

"关承泽，你怎么不说话？我都已经和家里人说过你去建设部的事了，现在你忽然要走，我怎么和家里交代？你又不是不知道，原本我妈就觉得你……"

"觉得我什么？"

我有些不耐烦地打断了梁爽的话。我们恋爱两年了，几乎没有争执过。这两年我处处迁就处处忍让，虽然我早就有预感她家可能不太赞成我们的事，可听她说得这么直白还是头一回。

"算了，不说了。你要是非得出国，那我和你也没什么好说的了。"

"你什么意思？"

我的问话随着梁爽的挂断的电话被切断了，再打过去已经是"您拨打的电话已关机"了。我没有回"宿舍"，靠着墙蹲在走廊里发呆。为什么连梁爽也不能理解我的难处呢？我们不是男女朋友吗？难道她不明白我其实是没有选择的吗？留在国内，一辈子被人戳着脊梁骨说："自己混好了就忘了兄弟，吃水忘了挖井人，有出息了就翻脸不认人。"就这么活一辈子？如果是这样，就算我真的能去建设部，良心也不会安稳。

一夜无眠。第二天一早我顶着熊猫眼送杨树去上学，杨树一脸狐疑地看了我好久，好在他的注意力没多久就被悠雨夏吸引住了。跟着一群无所事事的 B 班富二代，趁着午休跑到食堂去看"美女"。我根本没有心情陪他胡闹，梁爽的话犹在耳边，但凡有时间，我更愿意拿来琢磨怎么劝杨树放弃出国这件事。

结果就是我跟着一群愣头青的半大小子，挤在食堂前门，等着悠雨夏出来。

之前听杨树眉飞色舞地和我描述悠雨夏多漂亮多漂亮，多像明星，我还不信。这一见，确实比那些三线小明星漂亮多了。"小刘亦菲"的称号不是白来的,就是有种女生穿个普通的白色连衣裙都能穿出仙气。

"雨夏,你一会儿有没有空啊。我带你吃西餐去吧?"

"不了,我一会儿要去图书馆看书,不能走太远。谢谢你的好意。"

"雨夏我给你买了米线,我听说你爱吃米线。"

"谢谢……我昨天才吃过。哎……还热乎着呢,你吃吧,我就不吃了。"

"雨夏我这有点听不懂,你能不能给我讲讲啊!"

"那……"

"去去去!一边去,午饭时间谁有空给你讲题啊!雨夏,你下午要去图书馆啊?嘿嘿,我早就给你占座了。"

那要求讲题的男生迅速被推搡到我身边,打了个趔趄。我好心伸手扶了一把,却被那男生瞪了一眼,甩开道:

"你也打算追雨夏?"

我叹了口气,摇头道:

"没这打算。哥们儿好奇,陪他过来看看。"

那男生一听我不是来追悠雨夏的,表情瞬间阴转晴,点头道:

"我劝你别打雨夏主意。语言班总共六十个男生一半都喜欢雨夏。"

"另一半呢?"

杨树不知什么时候靠过来加入了八卦行列。

"另一半喜欢甄以南啊,这你都不知道?"

那男生撂下这句话又攥着习题册开始往屋里走,一副不到黄河不死心的气势。

我见状摇头,这么有挑战性的女生就算我是单身也不会考虑,更何况我现在自顾不暇。我准备劝杨树也算了,就我们这出身,累吐血估计连个备胎都当不上,撑死了能当个换备胎时候的千斤顶。

"甄以南是谁?"

杨树拉过一个正往外跑得男生,忽然问。

不是冤家不聚头,那被拉住的男生正是前几天和我们打架的赵一鸣。

"你……你想干吗？你不是喜……喜欢雨夏吗？这么快就'变心'了？"

赵一鸣有点诧异，也不怪他，换我也觉得奇怪。前几天还为了人家打架呢，这就换对象了。但这才是杨树，从来三分钟热度。

"嘿，你还管得挺宽。赵一鸣是吧？咱也见过好几面了，你就告诉我吧。甄以南在哪？"

杨树也不管人家乐不乐意，自顾自地揽着人家肩膀带着人往走廊里面走。

"操场！别说你见过我啊。"

赵一鸣说完推开杨树，头也不回地跑了。杨树看了我一眼哈哈大笑道：

"瞧把他吓得，不就打了一架嘛。这帮少爷就是胆小，阿泽走，找甄以南去。"

我可不想陪着他再去找什么美女，嘴上不说，心里还惦记着夜里梁爽的那个电话。当然这事是不能让杨树知道的。

"我累了，你自己去吧，下午记得上课。"

"哎——泡妞不积极，思想有问题啊！"

"我是有主的人了，说这话小心你嫂子骂你。"

我挤出一个笑脸来粉饰太平。杨树一走，我就开始漫无目的地在校园里游荡。说什么吃东西整理笔记那都是借口，哪有这个心情？走着走着就到了礼堂门口，中午学生们都去吃饭了，这里人少。我推开门，本想着进去静静，却看到一群学生坐在那里聊天。

"嘿，你是……关承泽对吧？你来这干吗？等着听易安的课？"

是赵一鸣。真是人生何处不相逢，走哪都能见到他。

"易安是谁？"

是学校老师吗？我被问得一头雾水，我连人都不认识怎么会想要听他的课？

"我擦！你连易安都不认识？咱留学中心一半阅读笔记都是托她的福才能交稿。我跟你说，到这来，没听过易安的课你算是白来了。"

赵一鸣耸耸肩，忽然站起身冲讲台挥了挥手，喊道：

"易安，曲易安！你来一下，这有个新人来听你的课。"

一个看上去十五六岁的小女孩从讲台上跑下来，旋风似的冲到我面前，冲我一笑，道：

"初次见面，我叫曲易安，你怎么称呼？"

"关承泽。"

那是我和她的初遇，我万没想到眼前这个女孩对我的人生将会有怎样的影响。或者应该说，因为她，我的人生走上了完全不同的轨道，可我当时对此一无所知。现在想想，我甚至记不起她到底和我说了些什么，那天穿了什么衣服。

"很高兴认识你。"

曲易安依然眼带笑意，客气地冲我伸出手。

"彼此彼此。"

5

"人都齐了就开始吧。我看看，今天是《圣诞欢歌》，下个星期的作业题。已经读过的可以走了……想写这个的留下，不想写这篇等着写《飘》的可以走了，顺便一提，《飘》懒得看书的可以去看电影《Gone with the wind》，是部战争言情片，讲美国南北战争时期爱情的，主演是费雯丽和克拉克·盖博。"

单就长相而言，曲易安相貌并不算出众，但是她皮肤极白，体型小巧，坐在木质的讲台上摆着两条腿，看上去倒像高中生一样。她说话语速偏快，条理却异常的清晰。讲 一口带京腔儿的普通话，音色低沉入耳，内容直白晓畅。手里拿着不知道从哪找来的小细棍敲了敲黑板，笑嘻嘻地看着台下一群等着听课的学生滔滔不绝。

"倒计时十秒钟，再不走的就不准走了啊。"

曲易安开了个玩笑，继续开始讲课。台下虽说人少，可林林总总也有小二十人。我在大学也做过演讲，知道公开发言是多紧张的事，她小小年纪却和没事人一样，这点确实让人佩服。

"好了，我们正式开始。"

曲易安说完从讲台上跳下来，转身在黑板上欻欻欻写了几行人名。然后敲着黑板道：

"想写人物分析的看这里，这本书总共有三个主要角色，男主是一个吝啬老头，刚才我们提过一嘴，主角叫埃比尼泽·斯克罗吉，是一个富商，以剥削他人为乐。怎么说呢，西方资本主义国家这种角色还是比较多的，贫富差异比较大嘛……作者为什么要写这样一个角色呢，就得从作者狄更斯的个人经历开始讲起……"

不知不觉身边的人都已经开始拿出笔记本做记录，我也有种被催眠的感觉，居然也就拿出资料记起重点来。《圣诞欢歌》周一发的，那天是周三，我才看了一半。不得不说，这小丫头旁征博引，截止到我看的位置，讲得完全没错不说，还点出了很多一般人注意不到的细节。英文水平和文学水平都可圈可点，再加上看书速度，以她的年龄来说可以算是很有天赋了。

时间过得很快，黑板擦了三四回，该讲的也都讲完了。曲易安一声"下课"，众人顿时作鸟兽散，赵一鸣转头见我还没走，反而在老师发的材料上记了不少东西，得意道：

"我说什么来着？易安的课不听可惜了。省多少事呢，这书要是咱自己看啊，怎么不得三四天啊，这啊，两小时搞定！"

"这课多少钱一节？"

我边收东西边问赵一鸣，我本来不是那种多事的人，只是实在好奇，毕竟大学时期我已经充分见识了城里人的自私自利，当初拜托隔壁寝室的占个座都得请人家吃顿饭，这会看到有人讲课第一反应就是肯定有报酬。

"嗨，什么钱不钱的，我要请她吃饭她都不让呢。为什么讲课啊，我求她的呗，易安耳根子最软了。最开始是我懒得看书，那天正好在图书馆遇见她，就问她能不能给我讲讲。结果我哥们儿听说了也要听，我们听了一次觉得卧槽真不错，就告诉其他哥们儿了，一来二去人就多了呗。"

赵一鸣解释得轻松，我却怀疑得很，哪有什么都不图就喜欢给人讲课的？

隔着几个学生我看到曲易安正蹦跶着擦黑板，生生把黑板擦出一道"彩虹"。我刚想这些少爷小姐就是不懂事，也没个帮着擦的，后排一个高个子男生就走了过去。那男生得有一米八几，属于比较健壮的类型，长得说不上英俊，但胜在眉清目秀，眼睛半睁着睨着睨人，眉宇间有股子傲气。和其他男生相比，他上身穿着白衬衫下身牛仔裤，外面罩一件拉链的短袖格子外套，倒显得有些简朴了。只见他一声不响地抢过板擦，唰唰两下擦干净，转身就准备离开。

"程成，你怎么来了？"

曲易安伸手拽住那男生衣摆，笑弯了眼，仰头看着那个男生，完全没有刚才上课时少年老成的样子。直到这会儿才看出她真是个十九岁的姑娘来。这副样子我以前在梁爽身上也见过，她应该是挺喜欢这个男孩吧？

"先说好，我可不是来听课的。我听他们说你在这，过来看看。"

程成并不看曲易安，眼睛瞟向别处，随口回了一句。

"嘿嘿，没关系没关系，你能来我就很高兴了。我们吃饭去，走吧走吧。"

曲易安高高兴兴连蹦带跳在前面走，那个叫程成的男生慢悠悠地跟在她身后。两人就这么一前一后地出了教室。我又看了程成两眼，后知后觉发现他好像是 B 班的学生，只是印象里，几次去接杨树，他好像都趴在桌子上睡觉。

曲易安和程成的事触动了我的心事。出国的事一天不解决，我和梁爽就一天没法解释。我还在发呆，杨树就推门进来，反坐在我前面的椅子上伸手在我眼前晃了晃。

"丁吗呢？"

"听了个课。你呢？看完校花了？"

我拎起包往楼道里走，杨树跟过来摇头道：

"看了。漂亮倒是挺漂亮，可惜名花有主了。你说这学校又不是就纪凌凯一个男人，总共一个班花、一个校花。一个他喜欢、一个喜欢他，还让不让别的男人活了？你说这女人啊，势利眼就罢了，男人也一样。听说咱从村里来的连球都不愿意约了，至于嘛！城里了不起啊，还不是爸妈厉害？"

杨树跟在我身后不住地抱怨，我听了个大概，却抓住了重点，随口问：

"纪凌凯是谁？"

"总上财经报道那个煤矿大亨纪明的儿子啊。人家可是原装高富帅。甄以南喜欢他喜欢得不得了，他呢，又喜欢悠雨夏。总共这么几个美女他全占上了，老爸有钱了不起啊！"

老爸有钱是了不起啊，要不你怎么能出国呢。

我闻言心里暗叹杨树也有今天，真是人比人得死，货比货得扔。要放在我们村，谁敢和杨树抢对象啊，那都上赶着；这到了北京，碰上比他更家大业大的，只有认怂的份儿了。

"杨树，咱不出国了行不行？你看，光在留学中心就已经竞争这么激烈了，等出去了，那有钱人多了去了。你这条件，犯不上受那委屈吧？"

我感觉时机挺对，语气也挺诚恳，又开口劝道。

"哎，这话不对啊。人往高处走，水往低处流啊。不能因为竞争激烈就不竞争啊。你说为什么那么多北漂啊？谁不知道老家好混日子啊，但是为什么都往北京挤？还是北京发展好啊。一个道理啊，为什么有钱人都往国外跑，还是国外条件好啊。咱有那条件却不争取好生活，岂不是活得太没理想了嘛！那话怎么说，人要是没梦想，和咸鱼有什么分别啊！"

杨树说起话来总是一套一套的，也不知道他在哪里学的。好口才是他与生俱来的天赋，我从来争不过他。还是另找时机再说吧，还有小半年，以杨树的性格，哪天一受刺激没准不用我劝，他自己就不去了。

6

终于到了周末。我扔下杨树一个人到对外经贸大学找梁爽。自那通电话之后,我们已经冷战三天了。每次电话打过去,不是拒接就是关机,说不担心是不可能的。

来到梁爽宿舍楼下,正看见她室友走出来,我赶紧迎上去问:

"梁爽在吗?我有点话想和她说。"

梁爽的室友白了我一眼,哼了一声道:

"哎哟,还知道过来找人啊,小爽这两天哭得眼睛都快瞎了。你不来,我们以为你死了呢。"

"……能麻烦你和梁爽说一声吗?我们之间……有点误会,她现在不接我电话。"

尽管心里不太舒服,我还是耐着性子和梁爽的室友解释。

"好吧。我去替你叫,一会儿你好好说知道吗?小爽说什么你就听着,这事啊,确实是你不对。要不是看在小爽的面儿上啊,我才懒得帮忙呢。"

过了一会儿,梁爽红着眼圈跟着她的室友走了下来,脸色蜡黄,人也看上去瘦了些。我看得心里不是滋味,迎上去拉住她的手道:

"事情不是你想的那样,我也是没有办法……"

梁爽摇摇头,示意我不要再说,开口道:

"我们去操场那边再说。"

我们两人沉默地走着,很长时间谁也没有说话,只有尴尬的气氛在两人之间蔓延。好不容易走到操场边缘,梁爽停下脚步,叹了口气,又有些哽咽:

"承泽,这和我们当初说得不一样。你说过,你会努力留在北京,等户口拿到了,我们就去见我爸妈,你就和他们提结婚的事。"

"我、我本来是这么打算的,可是……可是杨树忽然要出国,我爹让我陪着,我不去就是不孝。我上学的学费都是杨树他爹付的,我得报恩，不然就是白眼狼，要一辈子被人戳脊梁骨的。"

我伸手去拉梁爽，她却后退几步躲开。眼泪噗噗地掉下来，摇头道：

"什么不孝？什么报恩？你这是愚孝！杨树，又是杨树。你别总跟我提他！是他重要还是我重要？你能为了他出国，就不能为了我留在国内？"

如果可以的话我也想。梁爽的话让我急得冷汗直冒，她为什么就不能明白我的苦衷呢？如果不是万不得已，我是绝不会让她失望的啊。

"你看，你也不说话了。国外什么样杨树知道吗？你知道吗？国外那么多不确定性，你这么一走，你对我的承诺怎么兑现。你多久能回来？回来了以后还要多久才能再有户口？就算我们不提这个，你一走就好长时间，到时候你不爱我了怎么办？我不爱你了怎么办？"

梁爽连珠炮似的话语堵得我一句话都说不出来，我想要解释却觉得胸口压了一块大石，只有憋闷和无力。

"承泽，别走，好不好？只要你答应不走，工作没了咱们可以再找。你要是走了，咱俩就真完了。"

梁爽忽然上前几步抱住我，感觉到怀里熟悉的柔软，头一次我感到了除了甜蜜的苦涩和冷意。

"你就不能理解我一下吗？我也是迫不得已……"

"承泽，你要走，咱们就只能分开。"

梁爽依旧靠在我怀里，说出的话却像一把尖刀，锋利得刺穿了我。

"对不起。我没办法。"

我伸手掰开梁爽紧锁住我的双臂，转身离开。只听见梁爽在身后喊：

"你要是走了就别再回来！你要是走了，咱俩就彻底完了！"

我紧了紧拳头，咬紧下唇，一步步地向前走。每走一步都感到命运的嘲弄从脚底板直接扎进心里。从操场到学校门口，我没有回头，一次都没有。

回到学校以后，杨树又拉着我去看所谓的美女。我实在是没有心情，被他推着走到门口，看到一群女生正在聊新晋的化妆品和衣服。杨树拽着我就往屋里走，被一个黄毛打耳钉的男生推了出来：

"哎哟，看看这是谁来了啊？这不是咱班的插班生嘛！我们都听说了，家里农村的是吧？还想追留学中心的姑娘，趁早放弃吧。那可不是自行车，那都是宝马奔驰保时捷，你们消费不起！"

周围的其他男生闻言爆发出一片嘘声。我本来就因为梁爽的事心情不好，再加上言语的刺激，伸手对那黄毛就是一拳。他没防备，被我打出去好远，吓得周围几个A班的男生大喊：

"卧槽！这是要出人命啊！哎，农村小子杀人啦！"

教导主任随即赶到，把我和杨树都拎到教务处受处分。不管教导主任说什么我只是梗着脖子听着。杨树一看我闹情绪，反倒服了个软，低声道：

"老师，您看这事也是他们侮辱人在先。您也看过阿泽的档案啊，绝对的好学生啊。我惹事也就惹了，阿泽从来不主动惹事。您看我们都是您学生，不能因为出身就区别对待，对吧？"

我还没说话，杨树就悄悄塞给教导主任一盒烟，动作虽然隐蔽，但我就在他身边，看得还是一清二楚的，刚要伸手拿回来，杨树就抓住我的手臂笑道：

"老师，只此一回，下不为例。我们保证和同学们处好关系，也麻烦您和同学们说声，乡下来的，也不一定是那土狍子，别拿人不当人。"

教导主任收了烟咳嗽了一声应承下来，趁下午大课，教授还没来便走到讲台上向全体学生道：

"这个……今天上午，发生了一起恶性事件。事件相关的……关承泽、杨树还有丁禾，都已经写过检查，惩处过了。这样的事情不希望再次发生。各位同学要引以为戒，不能看人下菜碟，看出身评判人。"

"操，迟早有一天我得让这帮孙子后悔没早认识咱俩。"

杨树一边诅咒一边往宿舍走，赵一鸣那小子就浑不惮地凑了过来，低声道：

"可以啊，丁禾你都敢打！成，有骨气，我早看那孙子不顺眼了，仗着爸是个干部，自己屁也不会。"

杨树见状笑嘻嘻道：

"你也可以啊，没看这什么局势啊，还敢往我们身边凑？"

赵一鸣环顾了一下四周，挠挠头道：

"卧槽！还真没注意，不过也无所谓了吧？出身咋了？出身是爸妈给的，在座的有哪个是花自己钱出国的啊，要是谁敢这么说我还真佩服他。一帮拼爹拼妈的小屁孩儿，别往心里去！我跟你们说，只要你们不追悠雨夏，咱就是好哥们儿。那群女生里面你们看上谁了？我去想办法。"

赵一鸣一边跟我们说一边贼眉鼠眼地往女生扎堆的地方瞄。杨树看了摇头道：

"好意心领了，你还是顾你自己吧。哎，你看！纪凌凯来了。"

"哪呢哪呢？"

赵一鸣闻言转身开始四处打量。

"你不说不拼爹妈吗？"

杨树边笑边道。

赵一鸣也有点尴尬，轻咳了一声，重新坐下道：

"哎……这个……抱大腿和交朋友他不冲突啊，不冲突。大腿还是要抱好的。"

杨树和赵一鸣在那里逗贫，我心里却愈加烦躁，只想尽快离开这些纨绔子弟。我和他们本不是一路人，还非得和他们强捏在一起。杨树也好，他爹也好，这里的所有人，根本就不明白出国对我来说意味着什么。我不是他们，我是真的不拼爹妈，好不容易努力学习走到今天这一步，杨树一句话，多少年的努力付诸东流。在他想出国之前，我是一个前途可期，有工作有女友的人，他提出国之后，我又成了二十年前一无所有的那个穷小子。

"嘿，干吗黑着一张脸？"

我转头看到赵一鸣已经走了,杨树走到我旁边还笑嘻嘻的,皱眉道:

"梁爽和我分了。"

"分了?"

杨树愣了一下,笑容仅仅消失了一瞬,又把手搭在我的肩膀上笑道:

"多大点事儿啊,旧的不去新的不来嘛,国外美女多了,还差……"

我一把推开他,盯着他,目眦欲裂,一字一顿道:

"你懂个屁!"

7

我头也不回地走了,听见杨树在身后喊我的名字,我却懒得理他,反而加快了脚步。手机关机,跌跌撞撞地闯进一家KTV,要了一箱子酒,嘱咐谁也不要来打扰我,坐在包厢里一瓶瓶地喝。

人一闲下来就爱胡思乱想,反倒想起小时候的一桩事来。小时候我和杨树都想当孙大圣,忽然有一天,杨树和我说他改主意了,想当猪八戒了,我问他为什么,他说:

"孙悟空虽好,但是行差踏错一步就会辜负所有人的期待,本事再大也有紧箍咒管着。猪八戒……稍微表现好一点儿,别人就会夸他了不起,没人管,想干吗干吗,没事儿闲的还能惦记下嫦娥。"

那时候我不懂,笑话他,人还没老先怂了。

现在想想,我只不过表露出了一丝不想和杨树出国的情绪,爹娘失望的目光就全程笼罩,村子里的人看我的眼光也从看村子里第一个大学生的艳羡变成了看白眼狼的嘲讽。

或许杨树真的比我聪明。杨树从来都是想干什么干什么,而我总是诸多顾虑,甚至在人前连眼泪都不敢流。

屏幕上循环着"拒绝黄、拒绝赌、拒绝黄赌毒"的歌词,我一个大老爷们儿听着《拒绝黄赌毒》在KTV里哭得跟个傻逼似的。我边哭边喝,喝得昏昏沉沉,脑子里走马灯似的掠过种种片段。

"爹、娘,我不想出国。你们知道吗?来年国家要搞大项目,高铁你们知道是什么吗?以后我回家,几个小时就回来了,不用在车上过夜了。就那个大项目,我要是去建设部……"

还没等我解释完,爹就打断了我,把旱烟在桌沿儿上磕了磕,摇头道:

"你懂啥来?你个娃咋可能负责那项目?你杨叔都跟俺们说咧,人家现在都讲究'镀金',那出过国的娃,回来就不一样。"

我闻言皱眉,刚要争辩,娘就拦在我和爹中间,叹气道:

"水生,你爹说得对啊,你现在工作是不错,对象也不错,这娘都懂。但是出国的机会,这下子没了,以后也不知什么时候再能去……爹娘没本事送你出去,好不容易能去了,你还是听你爹的吧?"

"对个屁!"

我拎着个酒瓶子站起身,把那时候没说的话吼了出来。一扬脖咕咚咕咚又灌下去一瓶黄汤。

"你们懂个屁啊?我不懂,你们就懂?读了这么多年书,全他妈废了。出了国我不就是个废物么?看我什么都没有了任由你们摆布,你们就这么高兴?"

我指着屏幕里面跳的欢快的男男女女大骂出声。反正他们不会反驳我,不会说我闲话。在这里我可以尽情发泄,想说什么就说什么。酒一瓶接一瓶地进到我的肚子里,头也跟着疼了起来。梁爽流泪的脸和爹娘殷切的嘱托,杨树兴奋的神情,杨树他爹娘嘱托时候的样子交替在我眼前出现,就像是一条绳、一个箍,将我的头无限收紧。

"滚!都给我滚!"

我看到门口有人影,"当啷"一声将一个空酒瓶甩在门上,顿时跌了个粉身碎骨。吓得过来试探情况的服务员以乘火箭的速度跑没了影。

迷迷糊糊又骂了一阵,我彻底昏了过去。此时的我不知道家里已经炸了锅。后来我听娘说,爹打电话找我手机关机,打给杨树,也不知道我去了哪里。这在我二十五年的人生中还是头一遭。

娘也慌了神，不住地和爹抱怨：

"水生那娃多乖啊，从不让俺费心，这次你可把他逼着了。"

爹在屋里走来走去，无头苍蝇一般，叹气道：

"说这些有啥子用嘛，你不是也同意他出去，现在只能等着树儿把人找回来了。"

杨树找不见我，一琢磨就去找了我的三个室友，老大老二都回老家了，老四因为女友的原因还留在宿舍，见到杨树，得知我要出国，就摇头道：

"三哥没来找过我。但我说句不当讲的，三哥那工作你知道多少人愿意去呢吗？几万人里面就录取几百个啊。你们这会儿让他出国，这不要他命呢嘛。嗨，事都发生了，不扯那没用的了，你去对外经贸看看吧，兴许三哥是去找嫂子了。"

杨树跑到对外经贸大学找梁爽，梁爽看见杨树冷笑道：

"你就是杨树？你还有脸来找我？要不是你，我和承泽都要订婚了。你怎么这么自私？你们家里人怎么这么自私？做人的良心呢？承泽都陪了你多少年了，你是婴儿还是个什么？离了他活不了是吧？"

除了被骂了个狗血喷头，杨树跑遍了北京所有认识我的地方也没找到我，只能求助警察。他自己后来说，如果我真有个好歹，他自杀谢罪的心都有。

我迷迷糊糊醒过来的时候已经晚上八点多钟了，从下午一点到晚上八点，整整七个小时，我和这个世界断绝了联系。我有了一种奇异的轻松感和微妙的报复成功的快感，但更多的是担心。

手机开机，七十多条短信和一百多个未接来电。那列表里面有娘，有杨树，有杨树他爹，有老大、老二、老四，甚至还有梁爽。我一条条看下去，不由得有些鼻酸。

"水生你可不能想不开，你想不开娘可咋办啊！"

"老三你没事吧？"

"三哥，我见着杨树了，事儿我都听说了，苦了你了。我还在北京,你心里要是不痛快咱聊聊。"

"老三你怎么了?你那小兄弟都找到我这儿来了。我现在在老家,等回去聊。"

"水生,叔叔也是觉得难得的出国机会,不想让别人去。你要是不乐意,我们也不逼你。"

"关承泽,我见到杨树了。你这交的是什么朋友?我既然和你分手了就不会回心转意,就是发个信息看看你死了没有。"

……

等我把短信一条条读完,心里竟奇迹般地平静了下来。脑子从昏沉沉一片,重新找到了重点。如今木已成舟,后悔为什么要答应并没有什么意义。出尔反尔也不是我的性格,再说,我也不能因为这个将爹娘置于尴尬的境地。虽然这对我来说很不公平,但我相信老天是长眼睛的,只要我努力,没有做不成的事。

"就这间?"

"对对对,客人好久没出来了,我们也不敢进去问。"

我从地上爬起来,杨树和几个警察破门而入,见我好端端地站在那,他像是终于松了一口气,上前一把抱住我,我伸手拍了拍他的后背,什么都没有说。我们之间一向是不需要说太多的。

"这没事了吧?没事我们走了。"

几个警察看了一会儿,转身离开。杨树半挂在我身上,给家里打电话。

"水生!"

娘的声音从电话那头传来,颤抖着带了哭腔儿。

"娘。我很好,我没事。手机没电了,让你担心了。"

"没事就好,没事就好。你要是不愿意,就回村来。"

"娘你别管了,一切照旧。放心,我一定让杨树拿个文凭回来。"

"哎哎,好好,你……你也莫太委屈了自己……娘等你回来。"

8

日子过得飞快,转眼到了出国前夕。杨树的成绩还是不上不下,A大要雅思7分,他考来考去也只有6分。我没和杨树说,既然一定要出国,我就要再读个研究生。之前我上大学虽然考过四六级,可都是低空飞过,英语远没达到可以直接过线的水准。结果就是,等出了国,杨树要读 Bridge-program,我要自学 GRE 才能读研。

在留学中心混了小半年,B 班的学生们因为丁禾的事刻意疏远我们,A 班平时又没什么交集,一来二去关系最好的倒是赵一鸣这小子,也算是不打不相识了。临出国的时候,赵一鸣攒了一个局,邀请 A、B 两个班的学生一起吃顿"散伙宴"。杨树非要去,我也就跟着去了。

总共五张桌,其中两张因为有班花悠雨夏和校花甄以南挤满了男生,另外两张基本是 A 班和 A 班的坐一起,B 班和 B 班的坐一起,出奇的泾渭分明。中间有张桌子倒是空的,我和杨树进去时候,就坐了两个人,一个是曲易安,一个是程成。他们倒是旁若无人,该喝茶喝茶,该聊天聊天,对周围人的指指点点似乎毫不在意。

"咱坐中间吧。"

杨树环顾了一下四周看到没有什么空位置,自顾自地坐到了曲易安对面。我跟着坐过去,曲易安见我来了冲我点了点头,算是打了个招呼。

"你们认识?"

程成依然眼高于顶,语气中隐隐透着不耐烦。

"也不是很熟,我不是给大家讲课嘛,课上见过。"

曲易安解释了一句,然后并不娴熟地用筷子给程成夹花生米。可怜那花生米从筷子头跌落了三四次,也没能跑到程成盘子里去。

"我自己来吧。"

杨树难得没发表任何意见,就那么盯着曲易安,一副看热闹的表情。程成似乎有些不满,瞥了杨树一眼,打断了曲易安的动作,伸手将那粒花生米夹进自己的碗中。

"对不起啊，我以为能……"

曲易安有些不好意思地解释却被一个高亢的女声打断。

"哎哟，又在这腻味着呐！"

"曼妮你来啦！"

曲易安见到那女生仿佛看到了救星，起身扑进来人怀里。我抬眼一看，曲易安抱住的那个女生极瘦，还很高，一打眼得有一米七还多，穿着银色绑带高跟鞋，黑色丝袜和鹅黄色的连体毛衣，外面罩了一件驼色的长风衣，眼线画得几乎看不清原本眼睛的位置，大红唇，波浪头，手腕处隐约能看到文身，一看就不是善茬儿。

"美女怎么称呼啊？"

我还在琢磨这个女生的来历，杨树就已经自动开启泡妞频道了，主动出击询问这个女生的名字。说也奇怪，A、B班经常一起上大课，我却从来没在课上见过这个女生。

"还是这位帅哥有眼光。我叫沈曼妮，帅哥怎么称呼啊？"

沈曼妮一边摸着曲易安的头安慰她，一边拉过椅子坐下。

"我叫杨树，杨是杨树的杨，树是杨树的树。"

"杨树啊，你还挺幽默。这位呢，你怎么称呼啊？"

沈曼妮坐定，跷起二郎腿给自己倒了一杯茶，摩挲着杯子冲我抬了抬下巴。

"他叫关承泽。"

我还没说话，曲易安忽然开口道。我有些诧异，去上课的人不少，她居然能记得我。

"你不是说你不认识他么？"

程成闻言又停下筷子，皱着眉头发问。

"……我都说了，上课时候认识的。"

曲易安有些委屈，低头解释道。

沈曼妮见状伸手敲了敲桌面，瞥了程成一眼道：

"差不多得了啊，易安对你够好的了，你是她什么人啊？连她认识什么人也要管,不嫌管太宽了吗?"

程成不再作声,黑着一张脸闷头吃饭,从那以后再没和曲易安说过一句话。曲易安一直戳那叫沈曼妮的,那女人却和没看见似的,该吃饭吃饭,该喝茶喝茶,时不时和同桌的男生调笑两句。

"哎,你什么时候认识个新姑娘啊,怎么都不和我说啊。"

酒过三巡,杨树和我起身上厕所,离了酒桌他终于逮到机会把这个困扰他很久的问题问出了口。

"不熟,就是听课和讲课的关系。"

"哎哎哎,甭跟我来这套啊。什么听课和讲课的关系,那么多人听课呢她怎么就记得你啊。坦白从宽啊,说说,你是不是对人家有什么别的心思了?"

我洗过手把杨树扔在身后,心说什么时候他学习也能像八卦这么上心就好了。按照杨树这理论,留学中心每一个能叫出我名字的女孩,都该和我有一腿才对。梁爽的事情还没过去,我实在没心情想那些。

"你跑什么啊!心不虚你跑什么啊!"

杨树在我身后追,我快步向桌子走去,迎面撞上一个瘦弱的男生,直把那男生撞倒在地。

"不好意思,我没注意。你没事吧?"

我赶紧伸手把那瘦小的男生从地上拉起来,这才注意到地上还掉着一大捧花。

"这花……?"

我把花捡起来递到那男生手边,他却摆摆手道:

"不要了,反正也送不出去了。"

那男生有点沮丧,跌跌撞撞地往门口走去,期间又差点被几个喝得倚里歪斜的男生撞倒。

"就算不送也不能放我这啊!"

我权衡了一下还是追了出去,物归原主。再说要是一会儿杨树看到我拿着这么一大束花,指不定怎么造谣呢。

"同学!哎,同学你的花!"

我三步并作两步,总算追上了那个男生。他见我追过来有些诧异,提了提松垮得已经要掉下来的牛仔裤,伸手接过,冲我点点头说了声:"谢谢。"

"同学……虽然不知道你发生什么了,但……感情的事勉强不来,别太往心里去。"

可能是酒精作用,看着这个为情所伤的男生我忽然有点感慨。素昧平生地居然开口劝人,真不是我一贯的风格。

"谢谢。我会考虑的。我叫陆鹏,你呢?"

自称是陆鹏的男生这才转过身,瘦削的身子配上个大脑袋,坑洼不平的脸像是月球表面,一打眼,活脱一支行走的棒棒糖,单看外形我已经有点理解他为什么会情场失意了。

"关承泽。"

陆鹏闻言点了点头,把花放在一旁的窗台上,拍了拍两颊道:

"你说得对,我得振作。马上要出国了,那么多美女等着我呢。"

一番话说得我不知该怎么接。虽然我并不以貌取人,但就凭陆鹏的长相,在女生中应该是怎样都不会太受欢迎的。好不容易等陆鹏走了,我回到厅里惊讶地发现中间那桌居然已经坐满人了。

桌子正中的位置是悠雨夏,在她的左手边是曲易安,右手边是纪凌凯。曲易安身边是沈曼妮,对面是程成,其他位置则被A、B班的一些男生占据,显然都是奔着悠雨夏来的。

"易安你吃这个。"

悠雨夏无视眼前盘子里堆成小山的菜肴,伸手给曲易安夹了一个虾仁。

"嗯嗯。"

"虾仁有什么可吃的,易安,这个里脊才好吃呢。"

沈曼妮伸手给曲易安夹了个糖醋里脊,曲易安左一口右一口吃得满嘴都是东西,根本腾不出嘴来回应,对面一堆男生看着悠雨夏给曲易安夹菜只能是干着急。我看了,觉得丈二和尚摸不着头脑,这是哪一出?为什么A班的班花要讨好曲易安?

"阿泽,你可回来了。你这位小朋友可挺厉害的啊。我听人说沈曼妮和悠雨夏为了抢她当室友成天明争暗斗的,都快打起来了。"

我正纳闷,杨树穿过人群挤了过来才见我就开始八卦。

"谁?曲易安?"

我看看人群里吃得正香满嘴都是油的女孩,有些发怔。原来她是这么风暴中心的人物吗?看她给同学上辅导课,还以为她和我一样,家里条件不太好呢。

"可不。雨夏和她是室友,说是到了加拿大,还想和她住一起;沈曼妮呢,偏不让,闹了次自杀就把她给拐带跑了。雨夏为这事气得够呛呢。"

杨树还准备再说,赵一鸣的声音从大喇叭中传来,第一时间夺得了所有人的注意力。

"女士们先生们,再过六十三个小时我们就要乘飞机前往加拿大阿尔伯塔省埃德蒙顿市了。回顾过去的半年,我们在这里相知相识,个别还相爱了。就我个人而言,是很荣幸能在这遇到大家的。以后出了国,咱们一定得苟富贵勿相忘,一定得继续精诚合作,让他们看看咱们09期留学中心的学生不是好惹的!

"在此,我还要告诉大家一个天大的喜讯,踏出这个国门,意味着咱们彻底脱离了家里的监管,从此海阔凭鱼跃,天高任鸟飞!不管我们混成什么样,自由是绝对可以保证的。现在,让我们举起手中的酒杯,敬自己,也敬你身边的同学,更重要的是,敬我们终于获得的自由。敬自由——"

"敬自由——"

第二章

1

2009年8月24日,我和杨树来到首都国际机场,登上飞往加拿大埃德蒙顿的飞机。那一年,建国60周年;嫦娥一号卫星落于月球;NBA总决赛,湖人4比1战胜奥兰多魔术;汶川地震一周年;各种空难频发,国内局势一片大好,中东人民依然水深火热。但对普通老百姓来说,这一年,却和以往没什么区别,甚至和拥有北京奥运会的2008年相比过于普通。但这一年,却成为我和杨树人生的转折。

在此前,我从未想过有天会走出国门,在一个几乎一无所知的国家工作学习。我的人生自此被割裂成了2009年之前和之后。

偌大个留学中心,最终只剩下我和杨树结伴而行,一半要怨杨树任性,一半也要怪那些"高富帅""白富美"摆架子。

散伙饭过后,纪凌凯等人无视赵一鸣一起走的提议,带着几个阔少和大小姐包圆了另一架飞机的头等舱。留下一句:"二十个小时呢,没道理委屈自己。加拿大见吧。"就出发了。

这些少爷小姐的态度彻底惹火了杨树,气得他直道:

"头等舱了不起啊!小爷我也坐得起!"

说完拉着我就去订票。

我好说歹说,杨树终于答应不浪费家里的钱,订个经济舱。可妥协的结果是当天晚上就闹着不等了,非说要坐第二天一早的飞机走。一来二去,等到了机场,那个班次的飞机就只有我们两个人。

上了飞机,杨树恐高,属于害怕就闭眼的那种,没一会儿也就睡了。我是翻来覆去睡不着，就看电影，国际航班还挺高级，有些片子还有中文字幕，我英语本来也还可以，不至于完全听不懂，就在那儿接二连三地看电影，不知道看了多少，送餐的就来了，我把杨树摇醒了，他一看有菜有肉还有水果，嘿嘿地和我说：

"国际航班就是高级。"

我把大部分菜拨给了他，又把小蛋糕也放到他的托盘里。事实上，自从定下出国的事以后我就没什么胃口。

许是饭菜吃多了，过了没多会儿杨树就开始恶心，脸色有些发黄，低声道：

"阿泽我想吐，你让我去趟厕所。"

我看看他的脸色和发颤的双腿，解开安全带起身，叹了口气道：

"我陪你。"

杨树吐了一阵漱了漱口，回来脸色苍白地靠在椅子上捯着气，我觉得负罪感极强。虽然不是我的本意，但弄成这样确实是我害的，早知道就不该让他吃那么多。

飞机到了加拿大，我晃醒了杨树。拖着他往取行李的地方走，机舱里还不明显，出了机舱，到了大厅，外国人就多了起来。比起杨树四处打量看什么都新鲜，我更多的是紧张。头一次出国，我就像广场上的鸽子，看似闲庭信步，有人靠过来就想飞速远离。

之前我去过的最远的地方就是北京，如今却飞越了太平洋跑到一个陌生的国度。是人都会有点害怕，但我不能让杨树看出我也害怕。到了这儿我才理解什么叫相依为命，所谓相依为命就是不相依，可能命就没了。我一手拎着随身行李，一手拽着杨树的胳膊，沉着脸往前走。

"阿泽，咱也是出过国的人啦！"

杨树惨白着一张脸这会儿又来了精神，伸着懒腰一双贼眼滴溜溜地盯着往来的美女，和我的紧张形成鲜明对比。

"啧啧，阿泽，你快看，那妞儿多白，比你大学那个教音乐的老师可白多啦！"

"阿泽那是什么？就喷水池子那儿，叫什么来着？印第安那种吧是？"

我顺着他手指着的方向看过去，是一个巨大的棕色柱子，上面刻着眼睛和翅膀。像是某个古怪宗教的图腾，图腾立在喷水池后面，喷水池边是休息区，有几张木制长椅。老外们三三两两地坐在那里吃着垃圾食品，几个白人女生穿着低领的半透明衬衣，隐约能看到肩带，裸露在外的雪白的皮肤让我一时不知眼睛往哪儿落才好。

"阿泽我饿了，想吃炸酱面，你说温哥华机场有炸酱面吗？"

杨树半挂在我肩膀上将身体的重量压向我。

"我看你是没事了！"

实在被杨树吵得头疼，我忍不住顶了他一句。

"我是真饿了，飞机上那些都吐了。我肚子都是空的，你摸，都瘪了。"

杨树抓着我的手放在他的肚子上，我敷衍地按了按，还真是够平的。

"炸酱面可能来不及了，转机时间就四个半小时，我们还要过关，还要取行李再托运一次。这样吧，我们先办手续，都弄完了我给你买个泡面吃。"

我看了看手表权衡了一下，答应一切处理完带杨树去吃泡面。很多时候我都觉得我们不只差两岁，而且岁数越大越有这种感觉。刚认识时候我们像是玩伴，他虽小我两岁，但是世面见得多，倒比我成熟些；到了十几岁更像是兄弟，我兄他弟；等到了二十挂零，不知为啥，我总有种当爹的感觉，很多时候我们已不是平等交谈，我总是惯着他哄着他的。

"我要红烧牛肉味的。"

杨树一锤定音，跟在我身后东瞅瞅西看看，就像原先在村子里赶集。看他精神恢复了我也松了口气，要是还没出机场杨树就有个好歹。我远在千里之外的爹一定会拿掸子把我打到死。

"Excuse me！"（请让一下）

"Wow, Asian boys!"（哇！亚洲男孩儿）

我闻言皱眉，终于体会到新闻里常说的外国游客到了中国的王府井、琉璃厂被人当大熊猫围观是啥感觉。在这里，我和杨树才是异类。

"她说什么？看上你了？"

杨树挑挑眉指着那个外国女人冲我嬉皮笑脸。

"没说啥，我看你是真好了，自己拿着！"

我没好气地将轻一点的那个箱子甩给杨树，自己拎了重的往重新托运的地方走。

"哎哟……我头晕，阿泽，我头晕啊！！"

杨树摆出一副弱不禁风的样子来靠在箱子上。我转头，看到他五官都皱在一起卖力地演出着，一时也搞不清他是真不舒服还是装的，叹了口气把箱子拎到推车上向前走去。杨树轻装简行，快步跟上来，话又跟着来了。

"说真的，你说咱俩回头要是娶一个外国媳妇，家里能同意不？"

我听得一个头两个大。有时候我真的觉得这小子不去医院捐精是我国精子库的损失。什么时候他能不琢磨女人了，什么时候世界末日就真的到了。

"哎，我听说混血小孩儿都可好看了，阿泽，你说我要是弄个混血娃娃回去，我妈不得乐呵死。"

我懒得搭理杨树，满脑子都是托运和过关的事情。但是他一直在旁边聒噪让我没法静下心来思考需要办的事，我决定效仿绝大多数大人哄孩子时候管用的伎俩。我带着杨树去了一趟便利店，用巧克力和饼干堵住了他的嘴。

"哎……阿……泽你说……"

"吃着还堵不上你的嘴，钱包给我，结账！"

"嗯……哎？关承泽我钱包呢？是不是在你那儿呢？"

"我钱包呢？"

我看着杨树在原地滴溜溜地转圈像是找不着尾巴的猫。

"别闹了，快给我，后面还有人等着结账呢！"

我皱了皱眉,想着等过了关得好好说说他,成天开玩笑也没个正形儿。

"我没闹!真没了!"

杨树将外衣脱下来翻出两个兜儿以示清白。

"……我先结,一会儿到边上再找找。"

身后几个外国人开始抱怨,我只觉得一个头两个大哪还有什么心思听他们到底说什么,飞快地用装在上衣口袋里的现金结了账,拎着零食和杨树走到大厅角落里。

"真没了!关承泽……真没了,怎么办啊!"

杨树在我身后窸窸窣窣地翻腾着,不断重复着这句话,我烦得不行,我本来就不想出国,是他非要出来。出来就出来吧,还一直惹事,也不能消停一会儿。

我把车停下,蹲在角落里双手抱头,长长地叹了口气。在我和杨树面前,是来来往往的游客和机组人员。所有人都行色匆匆,没人在意角落里两个失魂落魄的中国人。

"我们回去吧,别出国了。"

"出国不适合咱俩,别去了。"

"咱们在国内也混得挺好,干吗非得出国?"

我特想这么说。回去,让我重新找份工作,结婚生子。至于杨树,他家那些钱,就算他这辈子不工作也花不完。理论上我们还没踏进加拿大国门,现在回去还来得及。这么说可能有些迷信,但我心里有一种感觉,这次离开不知什么时候还能回去,事实证明,我当时的预感是正确的。

但我最终还是没有说。一句都没有。

我想起临走时娘期待的目光,我想起爹每天每夜叨念着:"人得知恩图报,不能做那没良心的白眼儿狼。"我想起杨树他爹拉着我的手一遍遍地说:"水生啊,我就这么一个儿子,老杨家就这么一根独苗啊!你可一定看好他啊!缺钱和叔叔说,我们随时给打,书念怎么样不重要,人没事就行。"

还有杨树，出发前一晚他一夜没睡，躺在我身边一直和我说国外这也好，国外那也好，国外月亮都比国内圆。什么和平民主自由，什么大街小巷一尘不染，什么上大学混混就能拿个文凭，什么各国美女齐聚一堂。我当时还笑话他：

"那不叫国外，真要是你说那样，那叫天堂。"

笑话归笑话，上次杨树这么期待一件事还是我们进城上大学的时候。杨树没能考上大学，虽然和我没啥大关系，但我心里总是愧疚的。用我爹的话说：

"你拿着杨树爹的钱，大学也上得了，你可性来，杨树可不中。他爹和俺说起这总不是味儿。你得知恩，不能学那白眼儿狼。"

说到底我还是不忍心让杨树失望，从小到大，他拿我当自己最好的兄弟，比他那几个远房的叔伯弟兄还亲，我确实是领情的。

"现在怎么办？"

杨树也蹲下身子，晃了晃我的肩膀，我转头看他，一脸的委屈和没主意。跟小时候偷了他叔的宝贝古董出来打碎了一个表情。

"你在这歇会，吃点东西恢复一下。我去给你找钱包，你别乱动，咱俩现在手机都不能用，别让我回来找不着你。"

杨树见我答应去找钱包似乎松了一口气，把外套往地上一铺，拍拍手坐在衣服上拿出早先买的那几包零食，仰头看着我道：

"那就看你的了。你放心，我哪都不去，就在这。"

说完做了一个"躺"的姿势，示意我可以走人了。

"那我走了。"

我背上装着我各种证件材料的双肩背往咨询台走去，咱们这叫咨询台，加拿大叫 Information desk。我英语也不怎么样，但是这种简单的问问钱包丢了该找谁我还是会的。

"Excuse me, my friend lost his wallet, where should we go to find it?"

（打扰一下，我朋友把钱包丢了，我们应该去问谁？）

"Oh, sorry to hear that! It's really depend on whether it has been stolen or it just got lost. In case it has been stolen, I suggest you go to the first floor of the airport near the main entrance. You'll see the policeman with their cap and uniform. However, I suggest you go with the idea that it got lost first, go to the "lost and found" on this floor and ask them. If it doesn't work then try the police."

(哦,很抱歉听到这个消息。去哪里取决于你朋友的钱包是被偷了还是单纯地落在机场什么地方了。如果你认为你朋友的钱包是被偷的,那你可能会想去一层,到大厅门口就会看到几个穿着警服戴着警帽的人,你可以向他们报案。但我还是建议,在那之前你最好先去位于这一层的"失物招领处"看一看,如果那儿没有,你再下楼找警察不迟。)

一大嘟噜话说得我晕晕乎乎。我只觉得她嘴里蹦出来的语言和我上大学时英语老师说得根本就不是一种话,简直像是听天书一样。冷静下来想了想,我理了理思路鼓起勇气使用了"境外旅游金句100"里面的常用句,又开口道:

"Sorry, my English is not that good, could you please slow down a bit, I can't understand what you are saying."

(抱歉我英语不是特别好,你能不能稍微说得慢一点,我想我没有理解你在说什么。)

"Oh, OK. Let's make it simple. You go to the "lost and found" on this floor. Let me write this down for you. Then if no luck at "lost and found" you go down stairs and talk to the police. Understand?"

(哦,好的,那么我来简化一下。你现在到这层的失物招领处去,来,我给你写下来。然后,如果你在失物招领处没有找到,你再下楼找警察不迟。)

我接过纸松了一口气,虽然我还是没能完全理解她到底在说什么,但有了这张纸,事情似乎能好办很多。

我按照纸上的单词找到了失物招领处,我不得不成承认杨树的运气还真不是一般的好,我到了那里连比画带说居然真的拿回了他的钱包。但这么一折腾,距离转机就只有两个小时了。

本以为我们的霉运就此到头了，没想到过关的时候杨树又被扣下了，理由是携带现金过多。按照法律规定，每个人身上不得超过两万元加币，杨树那小子，光带在身上的就三万多，更不必说托运的包里还有一部分。

我费了九牛二虎之力满头大汗地和海关检查的解释我们是两个人，这三万是我们两个人的，就是都放在杨树身上了。最终人家听不懂我们说什么，我们也听不懂人家说什么，两边一合计，找来一个华裔的翻译，总算是解决了我们的问题。

从温哥华转机到埃德蒙顿，一两个小时的事，我和杨树却花了将近四个小时。我们几乎是飞奔上的飞机，泡面的事早就被我们抛在脑后了。能按时坐上飞机没耽误我就已经谢天谢地了。杨树也是，经历了接二连三的打击，肚子又空，这会儿脸已经是菜色了，也没什么精力再说话了，上了飞机倒头就睡。

又过了两个小时，我和杨树抵达了我们生活了将近四年的城市，Edmonton（埃德蒙顿）。

2

我和杨树从机场出发，我盘算着到宿舍要办的事，没心情顾及窗外的风景。杨树倒是兴致非凡，一直盯着窗外看。两个半小时后，一座不规则形状的玻璃楼出现在眼前，上面分明写着 Lister Center。

"到了，我们走吧！"

杨树拉开车门就冲出去，剩下我和那个黑人司机面面相觑。我付了钱，乘以六一算，顿时心里一疼。一百五十多加元合人民币九百多，我和杨树从机场到宿舍一下子就花了小一千，以后的日子可怎么过啊！

我光顾着心疼把所有的找零全都拿了回来，那黑人司机看着我一脸不满，我还以为他歧视中国人，也没搭理他，扭头就走。很久之后我才意识到是没给人家小费。

"阿泽，你快看！这儿还有台球桌呢！你看！"

我才进楼道就听见杨树的大嗓门从一个房间内传出来,怕他惹事,尽管已经筋疲力尽了,还是拖着箱子一溜烟儿跑到那间屋子里。

屋子里有一个吧台,周围环绕着一圈高脚凳,吧台周边还有几组真皮沙发椅,沙发椅围着一张张黑色的小圆桌摆成一个个圆环。房间中部是三组台球桌,墙上挂着各种社团活动的合影和学校获得的荣誉证书,玻璃橱窗里是学校社团活动的奖牌奖杯。我进去的时候里面人并不多,三三两两的外国人坐在沙发和吧台椅上,有的喝着饮料,有的写写画画,还有的站在台球桌边打球。这样的条件放在国内绝对能算得上一个中档酒吧了。

我看到这一幕却完全兴奋不起来。杨树本就喜欢玩,如果没有娱乐室还好,一进门就有可玩的地方,可以想见头几个月是不要想学习的事了。我的任务是看着他好好学习,最后让他考上大学,可现在天时、地利、人和中的地利已经不站在我这边。我看着娱乐室里说说笑笑的男男女女,暗自筹划要早点让杨树脱离这个不利于学习的环境。

"你先上楼吧,我打两盘,这个应该不花钱吧?"

杨树指着其中一个空下的台球桌问我。

"我怎么知道花不花钱?才下飞机,你之前还吐过,后天就开学了。我看你还是先好好休息吧,玩的事……"

我话还没说完杨树就摆摆手道:

"你还不知道我!有得玩我就有精神了。你先上楼吧,我玩会儿,两个小时之后你下来找我,咱再商量开学的事儿。"

我皱眉,心知拦也是没用,只得又嘱咐了一遍叫他别惹事,就拖着箱子走上楼去。

我和杨树的房间在二层,两人间。最开始的时候我听说还有四人间,想着为了省钱,四人间就可以了。但是杨树他爹非得选两个人的,说两人的宽敞。

我到了门前才想起钥匙还没取,又拖着箱子走下楼去。到了大厅的娱乐室推门进去一看,杨树已经和几个本地人打上台球了,天知道他英文都说不明白是怎么和那些人混到一起的。我叹了口气拖着箱子出去用入学邀请函到前台领了钥匙,这才进到我们的宿舍去。

比起豪华得令人惊艳的娱乐室,宿舍就要简陋多了,和国内的大学宿舍没什么区别。无非是因为两人间所以床只有两张而已,显得宽敞一点。房间靠窗正中是一张课桌,不大,只够一个人伏案学习的,要是两个人都用恐怕连椅子都摆不开。说到椅子我确实有点惊讶,这么高级的学校宿舍居然没给配椅子,只有一张空荡荡的桌子,桌子上放了一张清单。

我扔下包跌坐在床上,从包里拿出电话指南,读了几分钟,强撑着下楼到一层公用电话给家里报信。

"爹,是我,水生。"

"水生啊,你等等,你叔也在边上呢,跟他说说。"

还没等我和娘说上话,杨树的爹就接过电话急切道:

"水生啊,我家树儿呢?在不在你边上?你让他接电话!"

"叔叔你稍等啊!"

我把电话虚扣上去娱乐室叫了一声杨树,杨树也知道干系重大,扔下打了一半的台球说了声"sorry"就跑了出来。

"爸!"

"我没事,你放心,就是有点累了,我们这边都是晚上了。我得去睡会儿。"

"嗯嗯,还有什么你问阿泽吧,我走了。"

"交给你了!"

杨树把电话扔给我,撒腿就跑,临了还转身冲我扮了个鬼脸。

"叔叔。"

我无奈地接起电话,电话那头也是叹气。

"水生啊,难为你了,有什么需要就和叔说。"

"没啥需要的……就是这边挺冷的,我明天带着杨树去买件羽绒服。"

"好好好,捡着好的买。不用省钱,买最好的,你也买一件,钱叔出了啊!"

"嗯，我知道了，叔叔，能不能换我爹接下电话？"

"对对对，你爸也着急和你说话呢，你看看，我光担心树儿了，你妈也在边上等着呢！"

"水生？"

"娘——"

这一声娘出口我忽然有点委屈，只想把这一路的辛苦都和娘抱怨抱怨。但想到杨树他爹也在边上，最终还是忍住了，什么都没能说出来只是喊了声娘。

"俺的儿受苦了。"

我娘不管周围人怎么想，她是我娘，她只是心疼我。她也了解我，知道这次出国我是受了委屈的。

"没……你和爹都挺好的吧？我没事，我年轻，这点事……不算事。"

"你不要管俺们，俺和你爹都是庄稼人，有把子力气，饿不死也累不死。你自己注意身体。听你叔的，树儿吃啥你也跟着吃，别短了自己，缺钱言语一声，自己省吃俭用可不中。"

"好。"

强忍着哽咽答应，我能想象我爹在旁边听我娘这么说一定是干着急，但她还是说了。

"娃他娘你这说的啥话，杨家对俺们家的恩情，俺们几辈子都还不了。水生你照顾好树儿，他要是有啥事，俺饶不了你。"

"我知道了，爹你放心吧，我就是死在外头也不会叫杨树出事。"

我赌气，深恨这种与生俱来的不公。每次听我爹对杨树嘘寒问暖我都气得要死。到底我是他儿子还是杨树是他儿子，对着千里之外的儿子关心一个外人？这就是所谓的父子情？

"哎哟，你这是要气死俺，不说了，不说了！"

爹挂了电话，我在原地站了好久，却并不是因为后悔和爹说了狠话。从小就是这样，对娘我就总是温言细语，对爹却总是没有好话，也没有好脸色。从心底我觉得自己从小到大所受的一切委屈都是爹造成的。如果不是他倒插门,如果不是他胆小怕事不肯努力,如果不是他非要去杨树他爹的工厂工作,把他当成我们一家子的大恩人,我可能根本就不必到这个鬼地方来。

这么多年我就像旧社会卖身给地主家的长工儿子一样,凡事都要以杨树的想法为最优先。用我爹的话说,这是我们家欠他们家的。可我是怎么想的呢?我宁可不上大学,换一个和杨树可以对等交往的机会,不需要把自己的人生捆绑在另一个人的命运里。

"Hi! Dude! This is a public phone. If you are done here, you should probably go."

(嘿,哥们,这是公用电话,如果你已经完事了,是不是该走了?)

我正在想事,让他这么一打断才反应过来自己占了公共设施,当即从玻璃房间里让出身来,冲他点点头回到楼上房间。

一进屋我就倒在床上开始生闷气,儿时的事情一桩桩一件件像走马灯似的从我眼前过。我爹固然是对不起我的,但我娘从没有做错什么。她只一心为了我好。杨树他爹也没有做错什么,对他来说只是救助了一个家里有困难的娃,然后这个娃恰好是我,对于这次出国他也有私心,觉得这是个好机会,才让我陪着杨树来,没有亏待我。

杨树呢?就更无辜,小时候我不识字笨嘴拙舌被人欺负的时候,全仗着他机灵聪明能吓跑对方,让我不知少挨了多少拳头。他是村中首富的独苗,正是他爹带着全村人发家致富。不论是出于感激还是敬畏,村子里想和他做朋友的孩子能从村东头儿排到村西头儿。他只是跟我好。如果不是这样,他爹估计也不会供我到大学。说句实在话,杨树虽然性格方面好玩忤性了一点,但对我确实没话说。他不止一次说我是他兄弟,他对我也着实像兄弟。

有句话我爹说得不准,对他来说是没有杨树他爹没有他今天;对我来说这恩情却不在杨树他爹身上,从小到大我在意的都是杨树。他对我着实太好,让我觉得抛下他追求自己幸福这种事特别的狼心狗肺。

出国对杨树来说是"海阔凭鱼跃,天高任鸟飞";于我,却是完全到一个陌生的国度,放弃可期的未来,还要背负沉重的枷锁。我不知道以后会发生什么，人在异乡，遍地荆棘，只有我和杨树。我得"驮着"他，披荆斩棘地蹚过去，原封不动地把他交还给杨叔。

心里装着这些乱七八糟的事儿，一路上没怎么合眼，胡思乱想了一会儿还是迷迷糊糊地睡着了。再醒来天都黑了，窗帘没拉，外面一轮明月看着好像真的比国内要圆，又大又亮，像是我娘淘米常用的那个大盆。我就这么走了，也不知娘会不会担心得睡不着觉。

"哎哟，你可醒了，我以为你昏过去了呢！"

我正对着窗外伤感，杨树的声音从身后传来，我转身，看他手里端着一锅方便面。

"哪来的？"

"买的，楼下超市有，刚才打台球遇上几个中国人，我借了个锅，明天还给人家。"

我有点吃惊，盯着杨树不住地打量。在我印象里他就和嗷嗷待哺的小鸟一样，什么事都等着我想办法。我甚至认为，要是我没辙了他能活活饿死。现在看来我到底是小看了他。

"趁热吃。"

杨树把面往桌上一放，从兜里掏出两双一次性筷子往我手里一塞，把我拉回桌前，用自己的筷子敲着锅边道：

"你先吃吧，我刚才在楼下吃了一口，没那么饿了。"

杨树讨好意味明显地坐在我对面的床上盯着我。我抬头看他，只觉得百感交集。从胸口涌上一种酸楚且疼痛的情感。我张了张嘴，迎着杨树满怀期待的眼神，最终只是叹了口气，将锅推回他面前。

"你吃吧，我不饿。"

我站起身，拉开门走了出去。

3

我和杨树在各自的床上躺下发呆，我正琢磨着也不知爹娘还有梁爽怎么样了，杨树就像想起什么似的，忽然一个鲤鱼打挺坐起来，蹚到我床边拍了拍我的肩膀：

"我说阿泽，你为什么忽然想找工作啊？"

"咱俩都是成年人了，一天到晚就指着家里打钱，不亏心得慌吗？再说我也没别的事，就是陪你读书，你白天要上学，我闲着也是闲着。"

我从床上爬起来，把杨树的衣服从箱子里取出来摊在床上，一边收拾一边道。

"不是，咱不都说好了吗。咱钱够花，你在这儿想干吗干吗，不用打工。"

杨树又往前凑了凑几乎和我脸贴脸，想要看出我的真实意图。

"去去，别捣乱，给我找张纸找个笔，看看还缺什么，明天你去学校报到，我把东西添置一下。"

嘴上不说，我心里却早就打定主意，这次出来，除了吃喝都得在一块，算不了那么清楚。其他事能花自己的钱，我一分都不动他杨家的，省得读完研究生，我爹又拿供我读研的事把我和杨树绑一起。

"先说好，这可不是我逼你的啊。你不想工作随时说。我没什么要买的，你要是明儿有空给我配个手机呗，联系起来也方便。"

"成。"

我应了一声，继续埋头整理箱子。不整理不知道一整理吓一跳，杨树的衣服还挺多，不大的壁橱里满满当当都是他的衣服。我的衣服只能叠起来放在下面的小格子里。宿舍不大，除却床和书桌，两个大老爷们儿还真没多大地方可待。收拾完屋子，坐在各自床上面面相觑着实有点尴尬。

"下楼看看？估计其他人也都到了，运气好还能找到一起上学的。"

杨树从小就有"多动症"，在一个地方持续待着不动不能超过十分钟，因为这事还经常被学校的老师拎出去罚站。

"走吧，正好把锅还给人家。"

宿舍每层有三个走廊，一个走廊里是男生宿舍，一个走廊里是女生宿舍，还有一个走廊是男女混居。杨树原先想申请那个混居的，被我拒绝了。年纪不大别的不会,同居倒是挺溜,也不知道随谁,他爹可是个挺专情的人来着。

杨树从二层借的锅,我们从安全出口出去,正撞上从二层上来的赵一鸣。不过是九月底,那小子连羽绒服都套上了,我见了不由得感叹小少爷就是娇气。

"你们到了有一会儿了?"

从机场到这,头次遇到熟人,我们俩都有点兴奋。原本在留学中心,肯和我们两个一起吃饭的就只有赵一鸣,这会儿"他乡遇故知",当即好兄弟似的勾肩搭背到二层的休息区,坐在沙发上聊起来。

"到了三四个小时了吧?你住二层?"

杨树跪在沙发上抱着沙发背对着往来的欧美女生吹口哨。我只能帮着他应对赵一鸣的问话。

"嗯,本来想弄个两人间住,找不到室友,后来就自个儿住了。"

赵一鸣这么说我倒有些诧异,他应该是留学中心人缘最好的男生了。除了像我和杨树这种原本就认识的,其他的男生只要赵一鸣开口应该都乐意和他住一起。何至于连个室友都没有?

"住宿舍不比别的事,生活习惯啊,什么的,挺麻烦的。又不是没那条件,还是自己住踏实。"

我还没开口,赵一鸣就自顾自地解释了,倒弄得我有点不好意思了。其实人家一人住两人住和我根本就没关系,准是我表情不对让人家看出来了。

"你们这做的什么?"

赵一鸣忽然转换了话题,指了指放在茶几上的锅。杨树似乎是看够了美女终于回过身来,开口道:

"煮了点方便面,没正经吃呢。"

"那一起去食堂吧,反正伙食费都已经打在卡里了,不用也浪费了。"

赵一鸣说完拿出一张上面印着学校徽章的餐卡,经他这一提醒我才想起来,刚才帮杨树领材料的时候确实发了这么一张卡片。

"这东西叫 one-card，类似于咱们的一卡通吧。吃饭、坐车、去图书馆都靠它。咱们这拨一起过来的学生，都有这么一张卡。不过要是一年之内没考上，这卡就被吊销了。"

赵一鸣来得比我和杨树还要晚几个小时，说起这些来却如数家珍，让我不得不佩服，这人能被分到 A 班确实不光是因为家里条件。

"咱伙食费有多少？会不会花冒了啊？"

杨树晃了晃"餐卡"问走在前面的赵一鸣。

"多得很，伙食费是按西方壮小伙的标准算的。就咱这小体格儿根本吃不了那么多。一个月就两千加元，你想啊，那相当于是一万二人民币啊。回头一上课，午饭还不能在宿舍吃，就早晚两顿，哪花得了那么多！"

杨树随口问，赵一鸣居然就能随口答出来，我不禁感叹，这样的人就算是被扔在荒岛上应该也饿不死吧？

"纪凌凯！你不要太过分！我好心请你吃饭，你不吃也就罢了，才和我说了没空，就去约悠雨夏。当我瞎吗？别以为天底下就你一个男人，我甄以南还真就不是非你不可了。以后再约你，我名字倒着写！"

杨树刚要伸手推门，一个穿着鱼尾裙披着长风衣的高个子女生就推门跑了出来。金黄色的高跟鞋足有十厘米高，从杨树身边走过身高居然基本齐平。

"以南，这怎么了啊？"

还是赵一鸣反应快，见到甄以南趔趄了一下，第一时间出手扶人。

"我怎么了？去看看你的纪大少怎么了吧！我话撂这，我肯定找个比他有钱百倍的，到时候带过来恶心死他。不过是有个好爸爸，了不起啊！"

甄以南甩开赵一鸣的手一瘸一拐地往楼下走，一对金色的大圆耳环随着她的脚步晃来晃去。过了一会儿，一个身高一米八几穿着一身考究西服的男人走了出来，身后跟着一脸担心的"小刘亦菲"悠雨夏。

"纪老大，怎么回事啊？"

我这才意识到眼前这个男人就是传说中的"纪凌凯"，富商纪明家

· 53 ·

的公子。纪明自己相貌并不出众，儿子倒是当得起英俊潇洒这四个字。其实但论英俊，杨树也长得挺精神，但是潇洒，就是气质上的事了。之前我还和杨树开过玩笑，说英俊是爹娘给的，潇洒是世面给的，某种意义上，也是爹娘给的。

悠雨夏好像有些为难，看了眼纪凌凯，最终还是下定决心道：

"以南她……今天就算了吧，我也不是很饿。一会儿还要去找易安。"

悠雨夏说完就跑下了楼，剩下门口四个大老爷们儿面面相觑。

"纪老大，用不用我把人追回来？"

赵一鸣见机极快，一看悠雨夏跑了立即提议道。

纪凌凯手扶着楼梯把手，皱眉摇头道：

"算了，我看她今天没心情。改天再约吧。"

杨树见状翻了个白眼，意图之明显让我不由得轻咳了一声，示意他不要没事找事。

"哎，难得看见纪老大你来食堂，赏个光一起吃呗？"

赵一鸣挠挠头，伸手推开门示意纪凌凯进去，纪凌凯却完全没有要来的意思，直接下楼，只留了个背影给赵一鸣，头也不回地回了句：

"没空，我还有事，先走了。"

纪凌凯走出去没两步，杨树甩开我的手，扯着脖子对赵一鸣道：

"一鸣你这是何苦呢，热脸贴人家冷屁股。人家富商家的小少爷，不食人间烟火着呢，不用吃饭，喝空气就行！"

纪凌凯显然听见了杨树的话，停下了脚步，在原地站了一会儿，冷哼了一声：

"无聊。"

杨树听了个真切，跑下楼拽住纪凌凯的手臂把人推到墙角，狠瞪了纪凌凯一眼道：

"别在这给我装大爷。这是加拿大，不是中国，你还真以为你爸是乔布斯啊，世界各国走哪都说了算？在这儿咱都是中国人，我告诉你，再有一回让我看见你这么和我兄弟说话，我保管揍得你下不了床。"

"哎，杨树，你这是干吗啊！"

赵一鸣一张包子脸顿时皱得和吃了苦瓜一样，上去拉人发现根本拉不动。

"关承泽，你愣着干吗，还不来帮忙！"

赵一鸣这时候也顾不上和我们熟不熟了，招呼我上去拉架。其实我是根本不想去的，原本我就觉得纪凌凯行事不太尊重人，杨树出手教训他，我也没什么意见。

"哎，我说你们——"

赵一鸣急得直冒冷汗，两只手都用上了，抱着杨树的腰玩命把人往回拽。

"杨树——算了吧。"

我走下台阶，伸手将杨树"拎"了回来，杨树虽然被拽开，但眼睛依然盯着纪凌凯的方向。

"谢谢。"

不知是受惊了还是什么别的缘故，纪凌凯掸了掸西服，居然和赵一鸣说了声"谢谢"，赵一鸣直吓得目瞪口呆，傻在原地。

"纪凌凯，记得谁都是娘生爹养的，这是国外，别那么横！"

纪凌凯转身离开，杨树在他身后扯着脖子喊，想要巩固一下自己的"教育成果"。

"行了行了，你还没闹够啊！纪哥是不想和你们计较，他要是和家里说，你们明天就得打道回国。"

赵一鸣有些后怕地抹了把额上的汗，把身上那件羽绒服脱了下来，里面只穿了件T恤衫。

"你这什么搭配啊？"

杨树笑嘻嘻地揽过赵一鸣肩膀，戳了戳他裸露在空气中直起鸡皮疙瘩的小胳膊。

"你管我什么搭配！后天就开学了，第二天就考试，你自求多福吧！"

4

第二天一早,杨树去学校报到,我去找工作。加拿大通用语言是英语和法语。我英语也就是个六级水平,法语更是一句不会。先不说我这大学学历老外认不认,就单说我这英语口语水平,应该也就是中国人听着亲切。

其实这也怨不得我,说到底中国的英语教育就是"哑巴英语",我认识的中国人,成绩好的单词量能比外国人都大,真一张嘴,来来回回就那么几个词,还比不得外国小学生。

杨树早上七点走,我下楼的时候,楼下已经是欧美人的天下了。几个黄毛小子和金发女生在楼道里追逐打闹,个别还上演旁若无人的滚地毯和墙角接吻戏码。这在中国校园里罕见得很,在这些人中穿梭让我觉得有些不自在。加快脚步走到前台,一个栗色卷发绿色瞳孔,年约四十的女人接待了我。

"Hi, boy. You don't have class today, do you?"

(嘿,男孩。你今天没有课对不对?)

"Yes. I…I, well, I want…want to find a job. What should I do?"

(嗯,对……我……我想找份工作,有什么要求么?)

"Well, dear, I am sorry to tell you without a working permit, you can't work anywhere."

(亲爱的不好意思,我得告诉你,如果没有工作许可证的话,恐怕你没法在任何一个地方工作。)

"Working what?"

(工作……什么?)

"Working permit, here, dear, I'll write it for you."

(工作许可,亲爱的,我帮你写下来。)

"Thank you very much."

(非常感谢你。)

"You're welcome, dear."

(不用客气。)

前台的话说得我有些发蒙,我讪讪地接过纸条满心失落地往宿舍走。虽然我口语不太好,但听力还是不错的,整体意思还是能明白的。没有那个 working permit 我就不能在这工作。没有工作,出国之前爹娘给我的那点钱根本就不足以支撑我在这里生活,更别说还要照顾杨树了。

这里是加拿大,不是驻马店,也不是北京。我想找个人商量下,却连个可以商量的人都没有。杨树总认为我和他是无话不谈的,只能说他真的不太了解我。就因为他是我兄弟,有些事我才更难以启齿。

在宿舍里闲坐着发呆显然解决不了问题,思来想去我还是决定先出去把手机的事办了。到了地铁站我又傻了眼,埃德蒙顿的地铁口没有售票员,只有两台自动售票机矗立在那。

"Hey man, do you still want to buy tickets?"

(嘿,兄弟,你还打不打算买票了?)

耳边传来的问话让我下意识地后退让开。

"Wait. I don't understand how this machine works. Can you help me?"

(等一下,我不太明白这个机器怎么用,你能帮我……)

"Are you kidding me? You try to use a 100-dollar bill to buy a ticket? Do you have any coins?"

(你不会是在开玩笑吧?你准备用这张一百的买一张地铁票?你有硬币吗?)

"Here."

我赶紧翻了翻口袋,掏出几个大小不一的硬币来。昨天晚上赵一鸣给我们科普过一遍,什么熊是两加元,人头是一加元,鹿是25角,小船是10角,更小的那个写着1的是一角。100角是一加元云云,可惜实战之中,情急之下,哪还记得那么多?

"Listen up man, one ticket costs 2.5 dollars. If you have the public transport card you can get on the train for free. If you don't, you may like to buy a ticket just like me. Put these coins in here and here is your ticket! Don't forget to check in here, you put the ticket here and they will mark it with current time. You can use the same ticket within two hours."

（听好了兄弟，一张地铁票要两块五加元。如果你有一卡通，那你就可以免费乘车。如果你没有，最好像我一样买张票。把这些硬币放进这里…给，你的票！别忘了在这打卡，你把票放在这，它会给你一个标记，上面写着你打卡的时间，每张票有效时间是两个小时。）

托这位热情的本地学生的福，我总算成功上了地铁。他还给我留了一张小卡片，上面有他的名字和电话，算是临时名片。Jimmy Brown（吉米·布朗），他应该是我在加拿大认识的第一个朋友。

上午九点半，学生们都在学校上课，上班族也都到了单位。地铁里空旷得很，整排整排的空座位让我这个在北京挤了好几年一号线二号线的人格外的不适应。

"Next station is city centre, please……"

（下一站是市中心，需要下车的乘客请……）

广播一响我就条件反射地站了起来，后知后觉地注意到周围零星几个外国人异样的眼光。对了，这不是中国，不用提前站起来往外挤。眼见要下车了，再坐下好像也有点尴尬，想着，我还是往门前凑了凑，尽量不去在意其他人的目光。

"Welcome to Fido! How can I help you sir?"

（欢迎光临 Fido！这位先生，请问有什么可以帮您的吗？）

"E……I would like to have two cell phones, and if possible, can I have someone who can speak Chinese?"

（额……我想要买两个手机，如果可能的话，可以找个会中文的人来帮我吗？）

前车之鉴，我在宿舍就查好办手机应该怎么说，写下来对着杨树买的翻译器练了好几遍，这会儿终于有了作用。

"太 possible 了。哥我东北的，你想买啥？"

其中一个小伙一改刚才的矜持，越众而出，搂着我的胳膊，一副我们已经认识好多年的样子。

"你是中国人啊？你这头发，还有脸……"

"头发染的，脸整的，这都啥年代了，谁还不追求个美啊，哥你说是不？哥，你刚来埃德蒙顿吧？这冷吧？老冷了，哥你穿这夹克不行，明儿得买件羽绒服去。我从小搁东北长大的，冬天从没穿过秋裤，才来这两天就冻傻了。"

"我是来买手机的。"

我把手臂从小伙手中抽出来，开始认真研究橱窗里的手机。小伙这会也反应过来自己可能太热情吓着我了，赶紧改变策略，切换到职业频道：

"那哥你是来这儿旅游啊，还是来这读书啊？先说好，我这不是打听隐私啊。旅游呢一般时间比较短，有个临时电话就行，不讲究；留学呢，少则半年多则七八年，那手机就得选个耐用的，号码也得来个好记的。"

"好记的号码要花钱买吧？"

我皱眉，不禁想起国内那种888、666一卖好几千的事来。

"不不不，这是加拿大，又不是国内，号码多得很，随便挑。手机得买，但是也有送的。要是留学啊，签一个三年的合同，这个橱窗里的手机随便挑。两份合同就是两个……"

"我还不一定待那么久呢。"

我闻言摆摆手打断了小伙的话。什么三年，以杨树的心性，没准玩儿几个月就闹着要回国了，到时候这些不就全白搭了？

"不是，哥你听我说。你签个合同他不送个手机吗？完事你要是真回国，那属于特殊情况啊，到时候就解除合同交一点手机钱就行了。那也比单买个手机再买个号便宜啊。我不骗你，咱都中国人，我撒这谎没意思。"

小伙急得嘴快得和机关枪似的。我也是没辙，其实我并不讨厌这个小伙子，都是出来赚钱，谁都不容易。但这是杨树家的钱，每次花他家钱我心里都不踏实。想到这，我把小伙拉到角落里，低声问：

"你有工作许可吗?"

小伙吓得一激灵,腿都软了,靠在墙角结巴道:

"咋……咋的,哥您是便衣啊?我有啊,必须有,没带在身上,不过我可以回去给您拿。"

"我就问问,才来这,想找份工作。"

我一看小伙吓成这样不禁哑然失笑,想起和杨树小时候一起玩官兵捉强盗,我永远都是官兵那头的,杨树说我看着就像好人,特严肃,有种警察的气场。

"嗨——吓死我了。哥,你早说啊,你要是没工作许可啊,可以去中国城试试,那儿不要那玩意,只要老板肯雇你,就能在那打工。对了,我认识一家河粉店的老板,哥你要不嫌弃可以去试试。"

"好啊,那谢谢你了。"

我松开手,小伙重获自由后第一时间给我写下了地址和联系方式。

"哥,那你合同还签不啊?支持下我工作呗。我英语也不咋地,谈单都指着咱中国人呢!月月销售额垫底,我该被开除了。"

小伙哭丧着脸将纸片递给我,我点点头,心说反正也人生地不熟的,交个朋友也好。只要有工作,不愁没钱还给杨树。

"好咧!哥我这就给你出合同!"

小伙瞬间多云转晴,大步流星地跑到前台要了两份合同,帮我一一填好,然后又帮我申请了号码。

"嘿嘿,都办完了!这我手机号。我叫雷小虎,打雷的雷,小老虎的小虎。哥你叫关承泽是吧,好名字啊!祝泽哥在埃德蒙顿一切顺利!有事记得找我哈。"

手机到手了,我第一时间回到校区去找杨树,从后门望进去教室里零零星星地坐着几个学生,却没有看到杨树的身影。这小子,又跑哪去了?

我楼上楼下地找了好几圈,也没看见杨树的影子,开学第一天就逃学?长本事了啊!

无奈之下我只好回到宿舍,却发现杨树的床上多了一个鼓包。掀

开被子一看,正是杨树那小子,我没好气地一踹床板,把人摇醒道:

"你在这干吗?怎么不去学校?"

"操你……阿泽啊,今天发材料,就半天课。"

杨树忽然被弄起来张口就想骂人,一看是我,改成揉着眼睛从床上爬起来。

"手机给你。"

"黑莓的!太范儿了!泽哥——我太爱你了!"

"滚,手机有了以后去哪记得说,知道吗?"

"知道知道,太知道了。我怎么觉得这一出国你也大方了呢?啧啧,资本主义腐蚀人啊!你以前可是诺基亚一用就六七年的主儿。"

"你又不考试了是吧?"

将近一天没见到杨树,猛地听见他逗贫居然有点亲切。我伸了个懒腰,看了眼窗外。头次发现,加拿大这天,还真挺蓝的。

5

"明天早上八点,大家记得在 Lister 正门门口集合!学校组织了 O-rientation(迎新会),想要了解学校情况这是最后一天了!"

晚上十点,赵一鸣"挨家挨户"地敲门,把住在 Lister 的所有留学中心的学生都给闹腾了起来。我本来还担心杨树不会感兴趣,没想到他倒是喜欢"凑热闹",听说留学中心的人基本都去,二话没说就答应了,倒让我松了一口气。

第二天一早我把杨树从床上拽起来,塞进一件羽绒服里,推着走到 Lister 门口。我们到的时候赵一鸣已经站在那了,和他一起的还有沈曼妮、曲易安、陆鹏、甄以南和悠雨夏,还有几个 A 班的学生,看着眼熟却叫不上名字来。放眼望去,B 班的除了我和杨树,一个都没来。

赵一鸣显然注意到了这个情况,主动迎上来笑道:

"来啦。来了好,说明你们有上进心啊。再等三分钟,没有再来的咱就走了。"

我闻言点点头也回了一个礼节性的微笑,杨树却和没听见一样抻着脖子盯着悠雨夏和甄以南瞧。

"纪老大,你也来了?"

赵一鸣话音刚落,就看到纪凌凯一身高档风衣走了过来。

"我不是来参加 Orientation 的。"

赵一鸣又被纪凌凯噎了一句,也没心思再和他攀谈,当即开口道:"看来没有新人了,我们走吧。"

说完就带队向学校方向进发。

纪凌凯径直走向悠雨夏,将手中的一个袋子递给她道:

"我听人说你爱吃奶黄包,找人买了。"

纪凌凯的举动让周围的学生们发出惊叹声,议论纷纷。杨树见状翻了一个白眼道:

"他不去演戏真是亏了,成天以为自己是霸道总裁。"

悠雨夏有些尴尬地摆摆手道:

"我吃过早饭了,谢谢你。你不用总这样……我……"

"某些人真是得了便宜还卖乖。"

沈曼妮几乎是用鼻子哼出这句话,然后拉着曲易安向我和杨树走过来。

一大队人浩浩荡荡走了六七分钟,学校的主校区就出现在眼前。宛如城市花园般的陈设让同学们发出啧啧称赞声。校园中央的大草坪足有两三个足球场大,欧式的红色尖顶建筑和随处可见的雕塑长椅,增添了一些浪漫气息。时不时从身边跑过的野兔和松鼠,更是让同行的女生高声欢笑。

"你们等一下,我进去找老师。"

赵一鸣在 International Center(国际交流中心)前面停下脚步,正准备推门往里走,杨树就扯着脖子喊了句:

"一鸣!找个会中文的,我看好你!"

一句话把所有一起来听介绍的学生都逗笑了。杨树浑不在意,我却觉得有些人的笑容里带了些讥讽。

"同学们好!"

几分钟后,赵一鸣带着一个头发金银相间的妇人走了出来。那妇人长着欧美面孔,微胖的身形,穿了件驼色羽绒服,看上去很是富态,开口第一句话居然真的是中文。让我不禁佩服起赵一鸣的神通广大来。

"老师好——"

Orientation 正式开始,我们从 International Center(国际交流中心)出发,第一站就是社科类教学楼。社科是社会科学的简称,包括哲学、社会学、心理学、行为学、人类学、经济学、语言学等学科,从分类上看,类似于国内的文科。

我们跟着老师走,听见曲易安在身后小声和沈曼妮说:

"曼妮,我要是能学文学就好了呢。不过我家应该不让。要是他们不让,我就学经济,然后辅修个文学。"

"想那么多干吗,什么时候能进大学还不一定呢。"

沈曼妮不知什么时候绕到我们前面,听见曲易安的话,笑着回了一句,过了一会儿又道:

"易安你心还挺大,程成没来你不担心?"

沈曼妮一句话说得小跑过来跟上她的曲易安顿时低下了头,叹气道:

"那他不喜欢人多的地方,不愿意来我也没办法啊。我认真听,回去学给他就是了。"

一行人继续向前走,下一栋建筑是艺术类的教学楼,隔音效果很好。主要分音乐、舞蹈、戏剧、设计四层。楼里的橱窗中摆放着造型各异的学生作品,有的看起来栩栩如生,有的却抽象得根本看不出是什么东西。

"雨夏,你……你想学什么啊?"

在一个铜铸的雕塑前,陆鹏壮着胆子问了一句。悠雨夏盯着那雕塑看了一会儿,才开口道:

"如果可以,我想学商科。我觉得这种专业以后就业路子比较广。"

陆鹏闻言像是得了什么大消息一样,干瘪的脸涨得通红,结巴道:

"雨……雨夏,你……你读商科我也读商科。"

杨树在一旁看见了,捅了捅我,小声道:

"他以为他是谁啊,说读就能读?刚才那老师不说了嘛。商科平均分可要挺高的呢,他能考上吗他!"

我还没说话,赵一鸣就凑过来低声道:

"杨树你还真看走眼了,你别看陆鹏在雨夏面前这样,人家可是咱留学中心成绩第一的学霸。你知道他雅思多少分吗?7.5啊!就连写作都是7,这是天才啊。"

"他和你那小朋友谁成绩好?"

杨树忽然笑了起来,指了指不远处对着一个版画冰激凌发呆的曲易安。

"别胡说,什么小朋友。"

我叹了口气,示意杨树不要胡闹,跟上老师的步伐。

"易安是表达能力比较强。单论成绩她还不如我呢,她和杨树一样都是雅思6分,都得从140念搭桥课。"

赵一鸣打了个圆场,我们正准备离开,穿过空中走廊去往另一栋教学楼,就听甄以南摇头道:

"太无聊了,学什么根本无所谓吧,女人的青春很宝贵的,我可要去睡美容觉了。"

"哎,以南你——"

赵一鸣本来想拦着,却发现甄以南根本没有搭理他的意思,裹着她的貂皮大衣,一扭一扭地离开了。甄以南一走,几个A班男生赶紧扮作"护花使者",也跟着走了。迎新会开始不过半个小时,人就走了一半。

"这是法学院,很小对吧?因为法律比一般学科学时要长,而且均分要求也很高……"

老师边讲边走,好像没注意到学生越来越少一样,剩下的A班的学生们认真地记录着什么,倒显得我和杨树这两个空着手的像是纯粹来遛弯的了。

"阿泽你记着点啊,凡是她说均分要求高的,我就不琢磨了,我得找个好糊弄的。"

赵一鸣闻言"扑哧"一声笑出来,伸出手握了握杨树的手道:

"英雄所见略同啊,我也是这么想的。反正就是混个文凭,专业什么的都浮云。重要的是人脉,别的我不敢说,论人脉,我都能当上学生会主席。"

"你要是真当上主席,我就是副主席!"

我看着杨树和赵一鸣勾肩搭背、"狼狈为奸"的样子摇了摇头,这话要是让他们父母听见心里得多难受啊。花这么多钱送出国就为了交朋友。当时的我并没有把赵一鸣的话放在心上,胡吹大气谁都会,只是能做成的并不多。没有想到的是,这个神奇的国度把太多不可能都变为了可能。

"穿过这个走廊我们就到了商学院。A大的商科在世界上排名也算靠前的,如果有哪位以考上商学院为目标,那我要告诉你们,没有艰辛的努力是不可能的。"

"老师,我能问您个问题吗?"

我想了想还是问出了口。

"当然,你想问什么?"

老师停下脚步,慈祥地盯着我看,她的目光给了我勇气:

"A大最好的专业是什么?"

这话一出口,我听到周围A班学生的抽气声,还有个别小声议论:

"一个B班的问这有什么用?"

"最好的应该是医学和生命科学吧?不过这个医学只限本国的人学习。其他比较好的还有经济学、商学、工程学、农业、计算机科技。"

老师很耐心地进行了讲解,我回了一句"谢谢",若有所思地落在队尾。就我本科专业而言,最有利的应该是继续就读建筑工程学研究生了。

我还在想,杨树就凑过来道:

"哎,我怎么早没看出来,你还挺会耍帅。早知道我应该问这个问题，考得上考不上另说，问这个多有面儿啊！"

我苦笑着摇头，杨树就是这样，一点计划性没有。我问这个问题当然不是为了耍帅，出都出来了，既然打算读书，还不读个最好的，反正选个糊弄的专业学费也不会退给你。

"我是认真的，我准备考建筑工程研究生试试看。"

我伸手把杨树推远了一点儿，边走边道。

"卧槽，还没上大学呢你怎么就琢磨到考研了？"

赵一鸣在一旁听到了惊讶地插话。

"阿泽本来就是大学生，硬被我拉出国来的，不然啊，在国内都工作了。"

杨树瞥了我一眼，许是怕我生气，这会儿倒说起"公道话"来。

"哎呀！失敬啊！我有眼不识大学生啊，合着您老是我们这帮学生里面第一个念完大学的啊！"

赵一鸣一句笑话把我和杨树都逗笑了，我的第一次大学迎新会就在杨树和赵一鸣的贫嘴中度过了。那时的我们那么无忧无虑，以为自己可以面对一切困境，那时的我们有着披荆斩棘、逆天而行的勇气。

6

"陈老板您好，我是关承泽，小虎介绍我来的。"

河粉店门脸并不大，我在中国城足足走了一个小时，手冻得发麻脸冻得发木才找到那个红底白字的牌子。

"哎——莫问台，莫问台。小韩，来人了！你去招呼下。"

我进门的时候是上午八点多，河粉店要早上十点才营业，不大的屋子里挤满了桌椅，一个看上去十五六岁的小孩正在抹桌子。柜台后面一个中年谢顶、大腹便便的男人正拿着个手机打电话。

"你好，泽哥是吧？我叫韩未生。小虎哥让你来的，你来这是？"

韩未生扔下抹布，迎过来招呼我。

"我来找工作。"

"哦哦,这样啊,我们这儿就一种工作,后厨洗菜做饭、前面点菜端菜全都做。泽哥你……真要在我们这工作吗?"

韩未生凑到我身边拽了拽我的衣袖压低声音道:

"哥,要是有别的活,还是别干这个的好,挺累的,赚得也不多。"

我闻言摆了摆手,现在是异国他乡,人生地不熟,这起码算是有人给介绍的,再换一个,可能不但赚钱不多,还危险。

"你愿意来当然好啦,要不我一个人也挺无聊的不是。咱们这也算是餐饮行业,泽哥你得去旁边小诊所开个体检证明,不是不相信你,这是流程问题,没那个不能随便干活。"

韩未生见我没有要走的意思,耸耸肩又提高了音量。我瞥了眼远处打电话的陈老板,隐约看见他满意地点了点头。

"哥你先走吧,明天再来上工,十点来就行,记得把证明开好。对了,这菜单,给你一份,记得回去背过。"

韩未生借口送我,推着我走出门去。出门后就一副人小鬼大的样子,叉腰道:

"泽哥,哎……算了算了,你有你的难处我就不劝了。咱们这是一小时九加元(合人民币五十元左右),每天上午十点到下午五点开门。我要是有你这体格,肯定不干这种活。不说了,明天见吧!"

韩未生冲我挥挥手就离开了,我沿着中国城的路往地铁站走,沿途看到很多衣衫褴褛的流浪汉和乞丐,这是在市中心区根本看不到的。

"Money! Give me money!"

(钱!给我钱!)

忽然,一个头发长到分辨不出性别的人从某个阴暗角落向我扑过来,我微一闪身躲过了他的袭击,他扑在地上,土也不掸,又爬起来,摇摇晃晃冲我走过来。

"……你想干什么?"

我往后退了几步,突然袭击让我一时也忘了得说英文,母语脱口而出。过往行人来去匆匆,似乎没人在意我正在遭遇什么。不想惹事,我就这么在马路边和这个流浪汉"打起了太极",绕着圈子渐渐拉开距离。趁他不注意掉头就跑。长期缺乏营养让那人有些虚弱，我跑过了一条街再回头，他已经没了踪影，想来是体力不支没能跟上来。

我松了口气，打量了下四周确认危机解除，这才慢慢开始往地铁站走。才上地铁杨树的电话就打了过来，笑嘻嘻地和我报喜道：

"阿泽，我考进A班了！你猜我考试时候遇见谁了？"

"谁？"

刚经历了中国城的突袭，我实是没心情应付杨树了。

"你那个小朋友，曲易安。现在她就在我边上呢。你要不要和她说句话？"

"不了，你们聊吧。"

我挂断了电话，靠在椅子上继续平复心情。不出意料电话才撂下又响了起来。

"阿泽你是不是病了？怎么听着这么有气无力的？"

算这小子还有点良心。我深吸了一口气，摇头道：

"没有，去找了个工作，有点累了。恭喜你考上A班，140加油，争取一次过。"

我打起精神把该说的话都说了，又挂断了电话。可能听出我是真累了，杨树居然没有再来骚扰我。回到宿舍我吃了一盒杨树买的泡面，躺在床上发呆。

我和杨树的孽缘是什么时候开始的呢？要是他当初没有偷我的蛋，我没有揍他，或许我们的人生都会很不一样。

第一次遇到杨树是我七岁的时候。我爹是外姓人，依着村里人，叫"倒插门儿的"。那阵儿村里孩子都说我是外来人的孩子，没人愿意和我玩，家里也供不起念书。只能白蹭人家学校的，我爹求了杨树他爹让我旁听，我也学会了一些字，不至于是个文盲。

娘怕我没营养，每周给我做个蛋吃。好的时候就是茶叶蛋，实在一分钱掰成两半儿花的时候就是水煮蛋。我把蛋放在一个小袋子里，拎着，中午饿了吃。那时候，吃蛋是我最高兴的事了。整日的不见荤腥，蛋总算个荤菜。

那天下课几个小孩坐一堆儿在马路牙子上吸溜吸溜吃饭。我正准备吃蛋，发现装蛋的袋子没了。这对当时只有七岁的我来说是晴天霹雳。我娘省吃俭用给我的蛋，就这么没了！我一定得把它给找回来。我跑到马路牙子边上，仔仔细细地盯着所有吃蛋的孩子，最终锁定了一个瘦瘦小小尖嘴猴腮的熊渣子（河南方言，意为小混蛋）。

娘怕我弄丢袋子在上面写了个关字，我识字不多，但是这个字我总是认识的。看他嬉皮笑脸，毫无愧色地吃着我的蛋，虽然不认识他，但是在我眼里蛋是最大的，其他都要靠边站。

我不管三七二十一把他扑倒在土路上。村子里不像城市是柏油马路，我们那都是坑坑洼洼的土路，上面还有石子玻璃碴子土坷垃啥的，那男孩一下子被我推倒在地，也没个防备，当时手臂就鲜血直流，等他反应过来，伸手对着我面门就是一拳。

我也不肯饶他，对着他肚子就是一拳，你来我往地，两人就在土路上滚开来了。后来别的孩子看我们打得青一块紫一块彼此都见了红，那是搏命的气场，就叫来了老师，我们一左一右门神似的，被拎到教室门口罚站。那男孩眼睛还不老实，一双大眼滴溜溜地转悠，一直盯着我瞧，我不理他，只是低头。

我已知道我是闯了祸，爹娘送我读书不容易，我让他俩失望了。果然，等到晚上天擦黑儿了，爹娘一起来了学堂，接我。娘见我脸上乱七八糟胳膊上还流着血，心疼极了，抢上前来把我拉进怀里不住地说：

"俺的儿啊，这是造了什么孽啊！你要是有个三长两短，娘就不活了！"

那男孩见我爹娘来，不怕反而欢喜得很，眼睛又开始滴溜溜地转，抢上前冲我爹道：

"你是长贵叔吧，我听我爸说起过你，我是树儿，杨家的。"

他这话一出口，爹立马拉过他的手仔细端详，然后一把将我从我娘怀里拉出来。还没等我反应过来，爹的巴掌就扇了过来，我本就受了伤，挨了这巴掌顿时跌坐在地上，摔了个结实。眼冒金星倒还是次要，心里的委屈却是说不尽的，只能告诉自己不能哭，不能让这熊渣子看笑话。

"信球（傻瓜），作死类？谁让你打他的？他爹是俺们全家的恩人！没有你杨叔你能上学？你看看把他打的！俺咋和恁叔解释？树儿，是俺们家水生不懂事，你看，你啥时候回来的……俺们都不知道咧，要是早告诉水生他绝对不会打你的。"

我盯着爹，之前我只道他是个堂堂正正凭本事吃饭的汉子。如今看他对一个半大孩子卑躬屈膝，他在我心目中的形象瞬间就塌了，就像我用泥巴堆的宝塔，水一来就软成一摊烂泥。

"我爸那好说，问题是我一身伤，我妈不可能不问啊！"

杨家的那个人小鬼大，一句话把本来已经很卑微的我爹又说矮了半截儿。要不是娘还在边上，我觉得爹能给他跪下。

"俺有个主意，你看中不中？"

娘终于看不过眼，站出来解决问题。现在想起来，到了关键时刻还是娘更疼我，也不怕事些。

"你说。"

爹还是一脸惶恐，一双眼只盯着杨家那个，生怕他跑了，回家告状，我们一家就完了。

"你跟厂长说说，让树儿在俺们家住两天，他和水生是同学，俩娃亲近亲近，等到伤好了，再送他回去。"

爹一听一双小眼中放出希望的光芒，蹲下身子拉着杨家那个的手柔声道：

"树儿，你跟着叔叔婶子到俺们家去住几天中不中啊？"

杨家那个还是嬉皮笑脸，眼珠滴溜溜地转，一看就没想什么好主意。犹豫了一会儿他猛地点头道：

"好啊。"

我从地上缓缓爬起来，看到爹娘眼中全是感激，好像这个孩子拯救了我们一家一样。我很不喜欢那种眼神，分明他就是个小偷！他偷了我的蛋，还打了我！凭什么爹娘都对他这么好？

娘絮絮叨叨和我讲了半宿为啥子不能得罪杨家的儿子，以及要不是杨家带领全村发家致富，大家现在还都一亩三分地儿地埋头苦干呢，杨家对我家的大恩大德这辈子都还不清云云。我到后半夜才去睡。进屋一看，杨家那个睡了我的小床，我这个主人的孩子反倒被赶到地上睡。这就更添了一层恨。第二天一早天蒙蒙亮，他起得床来，就开始摇晃我。

"你弄啥嘞？"

我还没睡醒，自然是没好气。

"我饿了。"

他一副理所当然的语气。

他不提这个还好，一提这件事我顿时又怒火中烧，他抢了我的蛋，还揍了我！为什么爹娘都护着他？

我翻身从地铺上爬起来抓过他按在地上又是一顿揍。他没料到我还敢揍他，像是吓傻了，很长时间都没有还手，我一直打他，打到黑介（夜里）娘给他包扎的口子又裂开了才住手。

气是出了，但是想起昨天爹娘绝望的眼神，我又后悔了，拉过他的手道：

"你叫啥子来着？你打俺吧，俺不还手你随便打，只是别告诉你的爹娘。俺爹说你爹是我家恩人，俺不该打你的。"

"杨树……杨……是杨树的杨，树是杨树的树。"

那孩子勉强扯了扯嘴角，我倒是挺佩服他这点，都被打成这样了还有力气开玩笑。

"你……你叫什么？"

杨树仍是躺在地上不动，小声问我。

"关承泽，阳关道的关，承泽……俺也不知道哪两个字。"

"……放心，我不会说的。"

他说完这话就两眼一翻昏了过去，这可吓傻了我。虽然知道又要挨打，我还是一路小跑去伐木场找爹。鞋子都跑掉了一只，光着的那只脚板下面被石头划得满是伤痕。我顾不得那些，只顾说杨树昏过去的事。爹吓得都没顾上揍我，赶紧去村东头请林大夫给看。

好事不出门，坏事传千里。喝了汤，杨树的爹娘就来我家了，看到自己孩子晕在床上，杨树的娘哭得泣不成声，我娘也跟着哭。当初我觉得我娘也是可怜杨树，现在想起来觉得未必是同样的感情，多半是吓的。怕我家从此被村子排斥，怕被赶出村子。

"树儿啊！"

"干什么……和哭丧似的……妈，我好得很。"

杨树睁开眼看了看这一屋子人，忽然开口道。

"长贵我对你家好不好？水生要上学我也给安排了，你怎么……？"

杨树他爹见儿子醒来理智也稍微回笼一点了，想起自己是来问责的。

"俺……俺……哥俺对不……"

还没等我爹跪下"求饶"，杨树虚弱的声音从床上传过来：

"爸你……胡说什么呢。我让路过……混混揍了，泽哥和长贵叔把我……救回来的。"

"啥？"

屋里几张嘴异口同声。爹一双眼睛瞪得前所未有的大，我从不知道他眼睛还能瞪得那么大。我娘也是一脸难以置信，至于我，看不到自己的表情。但是我心里暗暗发誓，从今以后，杨树就是我最好的哥们儿。为了他，上刀山下油锅我也乐意。

现在想想，我没法和杨树真生气就是因为这。虽然撒谎不好，但不是因着他那句谎，我家早完了，哪有今天的风光？我躺在床上迷迷瞪瞪地仿佛又回到我们刚认识那阵，隐约看着杨树冲我傻乐：

"我叫杨树，杨，是杨树的杨，树是杨树的树。"

7

眨眼间我和杨树到埃德蒙顿已经一周了。留学中心的学生陆陆续续地抵达，这个周日最后一拨学生也到了埃德蒙顿。中午时候学校就下达了通知，晚上要在A大中心的草坪帐篷里举办BBQ晚会。这也是留学中心教职员工撤离之前的最后一次聚会。

杨树从接到通知就开始打扮，他换到第六身衣服转身见我还坐在床上看单词书，冲过来抢过我手里的书，把我从床上拽起来道：

"阿泽，这可是最后一次聚了，吸引美女就靠这一次了，以后还不定什么时候能见到呢。这会儿还看个什么书啊！"

"我又不想吸引美女。"

我拿起手机一看，才下午两点，距离晚会还有六个小时，当即又坐回床上，顺手把被杨树扔在地上的GRE单词书捡起来。

"阿泽！！其实你打扮打扮挺精神的，干吗老这样？"

杨树一脸不敢苟同，站在我面前晃来晃去吵得我没法看书。

"有你精神就够了。我主要负责吃。"

眼见不能踏实读书我摆摆手，拿着洗漱用具走出门去。

"你去哪啊？"

"洗澡——"

六个小时之后，杨树穿了件被我讽刺为孔雀服的花风衣，下身穿了条紧身牛仔裤，乍一看像是哪里来得摇滚青年。我穿了一件卫衣，下身穿了条普通的深蓝色牛仔裤。我们站在一块儿照镜子的时候，看起来活像摇滚歌星和他的经纪人。

"阿泽你就这打扮？"

"走吧，再不走来不及了。"

我看杨树还恋恋不舍地对着镜子抬下巴，实在忍不了，拽了他锁了门就走。我们俩往学校中央的草坪走，路上看到稀稀拉拉的学生，三五成群地也往同一方向走。杨树兴致很高，一路哼着小曲，还时不时地冲过往的女生吹着口哨。

帐篷很大，足足占据了整个中央草坪。我和杨树签到进去的时候里面的小马扎上已经坐了好几排人。杨树环顾四周，正准备找个位置，就听见沈曼妮开口道：

"哎——杨树，关承泽，这边这边！"

我抬眼一看，沈曼妮又是夜店打扮，穿了件大红毛衣，高筒皮靴，还挎着一个金色的单肩背包。杨树听见招呼就准备过去，被我一把拉住。我压低声音开口道：

"一看就不是正经姑娘，你别总和她混。"

杨树满不在乎地摆摆手，挣开我向沈曼妮的方向走去。我怕他惹事，也只好跟去。这一来我们俩莫名其妙地就坐到了 A 班的那半个场子里。

"你那小朋友呢？曲易安到哪去了？"

杨树大咧咧在沈曼妮身边坐下，才坐下就开始开我玩笑。这句话让沈曼妮满脸暧昧地盯着我瞧，要不是这里人多，我直想伸手把杨树的嘴捂上。

"易安有节目去后台了，怎么？关承泽你找她有事？"

沈曼妮依然是嘴角带笑，笑眯眯地盯着我瞧，看得我浑身不自在，起身道：

"没事，你别听杨树胡说。既然还没开始，我出去透透气。"

我撩开帘子走了出去，迎面走来一个古代装扮的女生，险些和我撞在一起。我侧身让过，她微微点头道：

"谢谢。"

这会儿我才发现她正是"小刘亦菲"悠雨夏。

"雨夏，雨夏，你缎带忘带了！"

身后草坪上传来慌慌张张的声音，我转头一看是陆鹏，小身子大脑袋，依然像个棒棒糖一样，跑过来的样子有说不出的滑稽。

"怎么在这，我还以为弄丢了呢，谢谢你。你在哪找到的？"

陆鹏闻言凹凸不平的脸涨得通红，活像个刚烤熟的马铃薯，搓着手低声道：

"我……我听说那个……丢了，就……就去找来着，在……在道具组找到的。"

"谢谢你，我要去演出了，一会儿记得看。"

悠雨夏接过缎带系在身上，转身向帐篷内走去。陆鹏显然还没缓过神来，呆呆地站在原地盯着悠雨夏离开的方向，过了好一会儿，才慢慢走进帐篷里。我在外面站了一会儿，发现草坪上都是准备食材和搬运道具的志愿者，天也黑了，夜风凉了起来，我转身回到了帐篷里。

"雨夏！雨夏来了！！"

赵一鸣这一嗓子真是非同小可，随着他这一声喊，帐篷里传来此起彼伏的招呼声。

"雨夏你太漂亮了！和仙女似的。"

"雨夏，一会儿演出结束我请你吃夜宵吧，我知道一家特别好吃的粤菜馆！"

"雨夏，你一会儿是要跳舞啊还是演舞台剧啊？早知道你有节目我就买花了。"

"雨夏，你冷不冷啊，我外套给你穿吧？"

我见状不由得摇头，就算是拍电视剧这也太夸张了些。回到座位一看，杨树也不见了，剩沈曼妮一个人气鼓鼓地坐在那儿。

"杨树呢？"

虽然和沈曼妮不是太熟，但为了掌握状况我还是主动开了口。

"还能去哪？是个男的就围着悠雨夏，就那一堆男的里面你自己找呗。甄以南今天不来，她一定美死了。"

沈曼妮从兜里拿出一盒女士香烟，冲我伸手道：

"抽吗？还是说你也想去？"

我摇摇头，指了指陆续进来的学生道：

"不了，这儿人挺多了，谢了。等一会儿出去吃烤肉再抽吧。"

沈曼妮见我没打算去悠雨夏旁边，也没怪我多管闲事，反倒笑盈盈地把烟收了回去，开口道：

"你倒是挺沉得住气。要我说,你比程成强,你要是追易安啊,我肯定帮你。"

这话说得我又皱起了眉头,都怨杨树造谣,根本就没影的事,说得那么绘声绘色。

"演出马上开始,请各位同学回到自己的座位上,不要聚在中央阻挡演员进入通道!"

习惯了赵一鸣的大嗓门,猛地换一个人维持秩序还有点不适应。我转头一看是A班的一个男生,尖嘴猴腮的,极瘦,一副营养不良的样子,米色的风衣挂在骨架子上随着动作晃荡,黑色的礼帽,金丝眼镜,还染了个栗色的头发。总共就见过那么几面,印象不太深,只隐约记得这人是A班班长。

"主持人是马杰森啊。怎么不让一鸣上?"

沈曼妮看了眼台上那个男生,忽然开口道。正赶上杨树回来,接口道:

"马杰森是你们班班长吧?班长当主持也没毛病啊。"

"哎哟,你还知道回来啊。我以为你一会儿得上去给悠雨夏伴个舞呢!"

沈曼妮瞥了杨树一眼没好气地别过头,讽刺了一句。杨树脸皮也厚,见状嬉皮笑脸道:

"那么多伴舞的舞台上都放不下了,我就不去了。我刚才也就是去凑个热闹,这不是回你这来了嘛。"

"演出正式开始之前,让我们有请韩校长为我们讲两句——"

台下的学生闻言发出一片嘘声,和在国内的状态大相径庭。该说是过度自由呢,还是放松自我管理呢?总之自从来了加拿大感觉很多同学都彻底放开了,国内学的那些传统的尊师重教在一个没人认识自己的陌生国度好像也显得没那么要紧了。

"今天是我们在这里的最后一天,明天我们全体教职员工就将返回中国去培养下一批留学生了。作为校长……"

"吁……下台吧。我们想看表演了!"

"就是，都讲了一年了还没过足瘾啊！"

台下学生们的话显然让校长脸上有些挂不住，想说些什么却找不到话来继续。马杰森走上台接过校长手中的话筒，和校长窃窃私语了一阵，又把话筒还给校长。校长环顾四周，轻咳了一声道：

"那就祝大家在这儿学业有成，今晚玩得开心！"

校长灰溜溜地下了台，马杰森接过话筒道：

"我宣布09级留学中心BBQ晚会现在开始！请欣赏——开场舞'嫦娥奔月'，表演者悠雨夏！"

"雨夏！雨夏！看这边看这边！"

帐篷里灯光全部熄灭，一片黑暗中只能听见一群男生扯着脖子喊的声音。一束白光从舞台顶部打下，悠雨夏一袭素雅的古典长裙，甩着水袖从后台翩然上台，激起一片欢呼声。

"好！"

"太漂亮了！"

沈曼妮闻言，咳嗽了一声，道：

"不就是会跳个舞吗？有什么了不起，会跳舞的人多了去了。"

"会跳舞的虽然多，但是家世又好，长得又漂亮，成绩又好的可不多啊。"

身后传来熟悉的声音，我下意识地回头，看到一双黑亮的眼睛。

"赵一鸣？"

"嗯，先看表演吧，一会儿再聊。"

舞台上已经飘起了粉色的道具花瓣，衬着白色的长裙和藕荷色的水袖，在灯光的映衬下，宛如月宫中人。杨树那么贫的人都被镇住了，直看得合不拢嘴，只能在那里拍巴掌。

一曲舞毕，悠雨夏鞠躬下台，掌声经久不息，主持人劝了好几遍，才算让台下那些喊"安可"的男生们停了下来。杨树咂巴着嘴回味了一下，开口道：

"确实厉害。哎，一鸣，你刚说她成绩好是真的吗？像她这种成天打扮又这么多人的追的，哪有心思学习啊？"

赵一鸣闻言摆手道：

"被追得多和学习好它不冲突啊。雨夏雅思 7 分呢，仅次于陆鹏。迎新会上她说要考商学院，可不是吹牛。"

"悠雨夏，又是悠雨夏，你们就不能聊点别人？这里太闷了，我去透口气。关承泽，我们走。"

沈曼妮站起身，莫名其妙地点了我的名字，转身走了出去。我看了杨树一眼，他耸耸肩道：

"美女有约，你还不快去。"

我瞪了杨树一眼，走了出去，看到沈曼妮已经靠着一棵树吸起烟来。

"来一根？"

沈曼妮把烟递给我，我接过来冲她点了点头说了声：

"谢谢。"

女士香烟没有劲儿，抽起来一股子薄荷味。我吸了两口把烟掐了，侧过头看到沈曼妮盯着帐篷顶端的装饰用圆球发呆，叹了口气道：

"你也别太往心里去。小男生嘛，都那样，过两年，吃点亏就想明白了。你犯不上和他们置气。"

沈曼妮闻言摆摆手，也把烟掐了，踢着草坪上的小石子，过了好一会儿才开口道：

"我只是觉得不公平，像悠雨夏那种天生就什么都有的人……算了，说了你也不明白。我就不信我永远也比不过她。易安我不就抢到手了嘛。"

沈曼妮这话倒让我起了兴趣，虽然当初听杨树说过一嘴，但仔细想想到底为什么曲易安会在悠雨夏和沈曼妮之间选择沈曼妮，一直没问清楚。我刚准备开口问，沈曼妮就抢先开口道：

"起风了，回去吧。一会儿该易安的节目了。她要是知道程成不来，得多失望啊，练了好几个晚上呢。"

沈曼妮说完就回去了，我跟着回到帐篷，听到一个缥缈的女声传来，带着点磁性有些低沉地唱着《卧虎藏龙》英文版的主题曲《A

Love Before Time》,让人听了以后有种思乡的情绪。和悠雨夏的表演不同,曲易安唱歌时,台下鸦雀无声,所有人都在认真地听,隐约还能听到一两声抽泣。

"我家易安厉害吧?"

沈曼妮问。我没有回话,抬眼看去,台上那个女孩依然穿着一件普通的短风衣、牛仔裤和卡通高领毛衣。从她的歌里我听到了伤感,转念间想起沈曼妮刚才说过的话,或许是因为程成没来吧,不然一个小孩哪有这么多的心事?很久以后我才明白,心事和年龄或许根本就没什么必然联系。

8

BBQ派对开始了。杨树又跑去和沈曼妮喝酒,我一个人站在烧烤台前有些尴尬,环顾四周也没有个认识的人,只能闷头吃肉。

过了好一会儿,杨树拽着曲易安走过来,把人往我面前一推道:

"帮着看个孩子,我还得去和美女们搭讪呢!"

我一愣,只见曲易安脸上隐约有泪痕,但到了我面前还是故作坚强地抽了抽鼻子道:

"关承泽……你玩你的,不用管我。"

她这么一说我倒想起之前沈曼妮说过的话,练了那么久的歌,心上人没来,她应该失望得很吧?想到这不由得出声安慰道:

"没事,我也没什么认识的人。蜜汁鸡翅还不错,要不来一串?"

我拿了个空盘子,给她捡了几样甜的东西端到她面前。曲易安见状,有些不好意思地伸手接过道:

"谢谢你,抱歉还要耽误你时间陪我。"

我摇摇头,事实上我不太擅长和女生聊天,猛地和曲易安独处,我实在不知道该说些什么。

"曼妮……有时候说话比较夸张,你不要误会。"

曲易安默默吃了两串鸡翅以后忽然开口道。

我闻言顿了顿准备拿牛排的手,愣了一下摆手道:

"我和她也不太熟……"

我刚准备解释一下自己不会随便听沈曼妮的话,杨树就拖着沈曼妮跑过来道:

"放烟花了!来啊,快来!"

曲易安见状摆摆手道:

"你们和曼妮去看吧,我在这吃点东西就挺好。"

杨树耸耸肩,转身又跑了,沈曼妮跟在后面边跑边抱怨:

"你慢点,我穿着高跟鞋呐!"

看得我不由得摇头道:

"你和她……不太是一类人吧?为什么会想和她住一起啊?"

曲易安后知后觉发现我在和她说话,过了好一会儿才开口道:

"其实曼妮是个好人,她挺专一的。中学时候吧,她和一渣男交往了三年,什么都给人家了。结果呢,那男的跟着一个有钱小姐跑了。曼妮从那以后就现在这样了。她身上那文身啊,刻的就是那男的的名字……曼妮想等那个男的回心转意,没想到家里安排她出国,那男的还反咬一口说曼妮出轨。她一急之下就割腕了……正好我……救了她,是她妈妈拜托我照顾她的。"

曲易安对自己救人的部分轻描淡写,却对那个辜负沈曼妮的男人大加鞭挞,这让我觉得她倒真是心大,和这么个动不动要死要活的人住一起也不害怕。这倒和我跟杨树的关系有点像,都属于明知山有虎,不得不向虎山行的。

晚会过去不到半个月,我瞒着所有人参加了 GRE 考试,成绩还没出来,杨树就找了个特别"作"的女朋友。要我说,那女孩说不上漂亮,就是身材好。个子得有一米七还多,表面看上去是个挺瘦的女孩,杨树自己说她是那种"穿衣显瘦,脱衣有肉"的,这件事我无从验证,只能信了杨树说的话。

女孩具体叫什么我不方便说,她名字里有个倩字,姑且叫她小倩吧。小倩是杨树第一个带回家过夜的女人。那天我在炒菜,小倩跟在杨树身后小心翼翼地进了房间，羞涩地低头道：

"泽哥，打扰了。"

我很难想通，这么一个打招呼都会害羞的女孩，为什么会喜欢酒吧那种鱼龙混杂的地方。事实证明我看女人的眼光没啥问题，虽然我身边的女人还不到杨树身边的一个零头。

我给小倩和杨树做了一桌子菜，他俩回报我的是一晚上的呻吟。害我最后不得不打游戏打了个通宵。事实上，我对小倩印象深还有一个原因，我眼睛上这道疤就是她给的。

那是不冷不热的一天，非要强调特殊性的话大概有点阴天，刮了点儿小风。下午五点多，我在和河粉店做一天的收尾工作，韩未生一边擦桌子一边和我聊今天到店的女孩们。

我接到了杨树的短信："小倩家里人想要见我家人，我这也没别的家人，你来下呗？"

虽然不满杨树乱交朋友，但对他把我当"家属"这事我还是挺舒心的。我把围裙脱给韩未生就走了。难得杨树喜欢一个姑娘，又发展到见"家长"的地步，把关这方面我还是乐意效劳的。

酒吧的位置很偏僻，即便开车，从酒吧到市里也要半个小时。我不太明白为什么小倩家人选了这么个地方。不过转念一想，有可能人家家里就是开酒吧的，就没太往心里去。实践证明，老祖宗让我们中国人这么多疑聪明是有道理的，很多事你觉得不对的时候就是真的有问题。

酒吧从外形看起来像是一座小教堂，我赶到的时候已经黄昏了。橘红色的晚霞打在酒吧的尖顶上有一种朦胧的神圣感，卸下了我最后一层心防。我推门进去，和一般的酒吧构造不太一样，一进门不是沙发和休息区，而是红毯和一堆纸箱子，很深很远处有一个吧台，吧台后面是一整面墙的镜子。还没到酒吧营业时间，大厅里空荡荡的，几张台球桌在黑暗中静静伫立着，有一种说不清道不明的凝重感。

"杨树！"

我喊了一嗓子。大厅里没人，我又不知道该往哪个方向，所以也不管什么素质不素质了,直接扯开嗓子喊人。

"杨——树——"

不大的厅里居然有浅浅的回音,四周黑黢黢地,我拍了拍墙面也没找到电灯开关,只能用手机照亮,深一脚浅一脚地往里走。地上不知道铺了什么线,很粗的感觉,像是电缆或者麻绳。在看不清的情况下会让人联想到原始森林里盘踞的古树树根。

打个电话吧,别是走错地方了。我已经察觉出不对,找了一面墙背靠着,给杨树打了个电话。空荡荡的大厅深处忽然传来杨树的手机铃声,他的铃声我是绝对认不错的。当初他选"鬼哭声"当铃声的时候我还说他变态来着。

平常还不觉得这个铃声可怕,现在黑黢黢空荡荡的猛地听见婴儿哭完了又笑的声音,让一向胆子挺大的我都有点头皮发麻。

"杨树!干吗呢,接电话啊!"

我提高音量,像是在质问杨树又是给自己打气。

"关承泽?"

电话终于被接起来了,对面却不是杨树而是另外一个男人的声音。

"我是,你是?"

"我是小倩哥哥。我们在里屋,你进来吧!吧台后面那个门进去,下楼左手第一个门。"

"杨树呢?"

我皱眉,心说这小子不会又多了吧?以后真得少让他来酒吧这种地方,一去就多。

"在边上呢,你先过来吧。"

我眉头皱得更紧,挂掉电话从吧台附近找了一把餐刀挥了两下。从小杨树出事就是我去救,这样的场面倒是见过好几回。小时候村里来过几个和尚,学了几手,揍一般人没问题,真和练家子的打起来,估计也讨不了什么好。叹了口气,我把餐刀藏在衣兜里,又拿了把叉子别在后腰处,深吸了一口气走下楼去。

"他就是关承泽?"

我推门进去，屋里是个环形沙发，坐了一圈老少爷们儿，最中间是小倩，和平常见到的清纯模样相去甚远。金色眼影高鼻梁大红唇，带着一对大金耳环，穿了一条才到大腿根部的短裙，跷着二郎腿靠在一个满脸横肉的男人身上，也不怕春光外泄。

那满脸横肉的男人看上去得有二百多斤，小眯缝眼、大酒糟鼻、厚厚的嘴唇、大脑袋，像是吃撑版的范伟。范思哲的T恤在他身上早就被撑得变了形，长毛的肚子露出来一截，他也毫不在意，下面穿了条打太极老头穿得那种绸子裤子，踏着一双人字拖，看起来不伦不类。

在他身边还有几个文身的男人，有的干瘪瘦弱，有的体壮如牛，但不管哪个看上去都形容猥琐。看到这个场面，我已经印证了我心里不好的预感，可我还没见到杨树，这会儿想走也是不能走的，想到这我叹了口气，走上前去盯着那个胖子道：

"杨树人呢？"

"他问杨树，哈哈哈哈！"

我皱眉，心说这帮人以为自己在演电影吗？这有什么好笑的？我本来就是来见杨树的。

"你兄弟想玩我们老大的女人，我看他是活腻味了！"

胖子旁边一个獐头鼠目的小子走上前在我前面耀武扬威。

"杨树呢？你的女人不检点和杨树有什么关系，我们就是来念书的。谁玩谁还不一定呢。"

"念书？你们家书写在我老婆胸上？要不是我发现得早，过几天是不是还能念出个娃娃来？"

胖子一拍桌子把小倩也吓了一跳，赶紧伸手搂过胖子的脖子撒娇道：

"哥——我错了，我当时看小伙子挺机灵的想带回来给你呢，谁想到他对我有那种心思了？"

这话一出我火气就上来了。杨树当时介绍小倩的时候让她叫我"哥"，小倩也是一口一个"泽哥"叫得溜得很，这会儿又撇得比谁都清楚。她没想到？那我和杨树成什么了？到底谁给谁戴绿帽这事还真得好好掰扯掰扯了!

"叫杨树出来,我带他走。先前的事就当是我们眼睛让鹰啄瞎了看错了人,现在知道她是你老婆了,我担保以后杨树和她再没关系!杨树人是混账了点,但是玩别人女人事他还不屑干!"

我说完这话右手就伸进兜里握住了餐刀,那胖子也不傻,一看我有家伙事,又这么理直气壮,也点了点头,似乎是觉得我的话还比较有说服力。当即招手叫獐头鼠目的那个小弟把杨树从另一个屋里带出来。杨树一见我就挣扎开口道:

"卧槽!这和阿泽有什么关系啊!有本事你冲我来,不服你冲我来啊!"

我伸手把杨树拉过来,他可能被捆时间长了,一被松开反而打了个趔趄,我伸手扶起他拦在我身后。

"你们感情还挺不错。"

那胖子摸了摸下巴盯着我们看了一会儿。

"谁他妈和他感情好,就知道惹事!这事了了,我就不管他了!"

我恨铁不成钢,就杨树这女人运,迟早有天我们得被这事害得客死他乡。

"我欣赏讲义气的人,但是啊,小伙子,人在江湖漂,得长记性。阿森,教教这俩小子什么叫规矩。"

胖子哆嗦着那一身肥肉站起来,旁边一个肌肉累如小山的秃头男人越众而出,拎小鸡仔似的把杨树从屋子这头甩到屋子那头的沙发上,撞在桌上发出"当啷"一声巨响。我见状上前一个过肩摔将那男人撂倒在地,从后腰掏出叉子对准那人的眼睛。

"哥!你看他!"

小倩见状冲那胖子贴过去,一面撒娇一面偷眼看我。我头一次这么厌恶一个女人,哼了一声握紧了叉子。

"阿泽……算了。我的错,我认栽。以后我不会再见这女人了。你信我这句话。"

杨树捂着磕破的额角从地上爬起来,伸手把我从地上拉起来,我们就对着那胖子站着。那胖子盯着我们俩看了一会儿，点了点头道：

"小年轻长点记性也就行了，我当年也不是没犯过错。你们走吧，不过要是再让我看见你们俩一回，就不是今天这么简单了。"

胖子挥挥手坐回沙发上，小倩却气得直跺脚，示意旁边小弟继续上来和我们动手。我一脚踹趴下一个拿着棒球棒慢慢靠过来的小瘪三，回头一看一个穿着开衫的二流子正拿着把枪指着杨树。

"我是老大，她是老大？你们不听我话了是吧？"

胖子这话一出口，本来蠢蠢欲动的小弟们顿时都双手垂在身体两侧，规规矩矩地站在原地不动。

"没什么事我们走了。"

我拽了杨树扭头就走，杨树顺手把桌子上的手机拿上，跟着我，头也不回就走了。一眼都没再看那个小倩。

我们蹲在路边等车来，很长时间谁也没吱声。我想点根烟显示我其实不紧张，但手抖得根本连烟都拿不出来。杨树罕见地没有嬉皮笑脸地和我说话，只是蹲在地上盯着路面上的土发呆。上次我们闹到无话可说还是杨树偷东西不承认的时候，好多年前的事了。

第二天到了河粉店，我正照例和韩未生收拾做锅底的材料，就听见老板惊恐的叫声：

"Who are you? What do you want?"

（你们是谁？你们想干什么？）

"关承泽呢？是不是在你这工作？"

我正准备掀开帘子出去，韩未生就抓住我的手摇头道：

"泽哥，你别去，这帮人看着不像好人。"

我从帘子的缝隙中看到为首的女人，正是杨树的前女友小倩。不过比起昨天的风光，她脸上好像添了新的伤痕，鬓角处也有些乌青，想来是我们走了之后，她被那个胖子教训了。

"不出来是吧？给我砸！全都砸了！"

小倩一只脚踩在长板凳上，伸手拿桌上的调料罐往地上一摔，她身后的那些小弟就都开始砸周边的东西。平日里对我们颐指气使的店长吓得抱头蹲在角落里，缩成一团不住地颤抖，喊着：

"夭寿啦——"

"住手！一人做事一人当。你找我什么事？我以为昨天已经说清楚了。"

我挣开韩未生的手走了出去。小倩见到我冷哼了一声道：

"说清楚什么？我不是好女人？杨树就是好男人吗？还不是他色胆包天打我主意？你昨天挺能的啊！你不是能个吗？你不是一个能打好几个吗？今天试试啊？弟兄们，揍他！"

我转手拿了墙边的拖把棍子将冲上来的两个小瘪三扫倒在地，猛地一推桌子撞开正往后厨冲的拿着西瓜刀的文身小伙儿。

"砍他，谁撂倒他我以后就跟谁！"

小倩见事不好往河粉店门口躲去，边躲边喊，托她的福，那几个小弟状若疯虎地用上了身边一切可以用的东西，劈头盖脸地不要命地往我身上招呼。和他们不同，身在异国他乡，我有杨树要照顾，又要注意不能犯法，动作自然就有顾忌，就这一犹豫的事，一个小伙子已经拿着菜刀冲到我面前，瞬间眼前就一片血红，强烈的疼痛让我顿时倒在地上打滚。

韩未生看到可能要出人命，也顾不得躲了，不知从哪找了把枪，冲天花板砰砰就是两枪，大喊：

"来人啊！要出人命了！杀人了！老板——给警察打电话，我要是有个三长两短，麻烦您告诉我妈妈！"

几个小弟兴许是听说警察要来，兴许是看到韩未生有枪又不要命有点怕了，总之听了这话，拽上小倩一溜烟地跑了。韩未生来晃我的时候，我已经精神恍惚了，眼前红彤彤一片什么也看不见。

"泽哥！泽哥——你撑住，我叫救护车！"

"杨树……"

后来韩未生告诉我，我昏迷前最后一句话就是——杨树。现在想来真有点讽刺，时间真的是很奇妙的东西，那么多生死与共都变了形同陌路。

第三章

1

我躺在医院的病床上眼皮不断地跳动,连带着心尖也跟着疼。韩未生在我病床前哭天抹泪,杨树冲进来的时候,不明就里的大夫和警察还上去拦了一下,直到我说:

"这是我家属。"

大家才安心放人进来。韩未生在床边站着,老板在门口和警察医生说着什么。杨树凑到床前"扑通"就给我跪下了,看着我的眼睛眼泪止不住地流。

杨树后来告诉我,他看到我的时候我鼻子上罩着呼吸器,手背上插着输血的家伙事儿,左眼上盖着纱布还有血渗出来,整个人陷在一片白里面,特虚弱,看着就剩半条命了。

"你没事?"

我强睁着还能看见东西的右眼,上上下下地打量杨树。杨树咬着下唇猛地点点头,我见状终于松了口气道:

"那你哭什么,又不是瞎了。"

我忍不住叹了口气,忍着疼劝他。左眼眼皮一阵阵刺痛让我很难集中精力,右边眼睛也跟着疼,看人也不是特别清楚,我怀疑可能是神经性的,总之是看不太清。

"树哥,刚才可吓人了。忽然就一个女的带着好几个人冲进店里,说什么要报仇,然后就把泽哥给打了;我本来想上手帮着打几下,但实在不是那些人的对手,只能躲起来报警。他们划伤了泽哥就跑了,等警察来了人已经跑光了。"

韩未生有些担忧地盯着我看,杨树听了这话,趴在床上拉着我的手哭得上气不接下气。

"别吓唬他……我没什么事。"

"泽哥你心也忒大了!这还叫没事那什么叫有事啊!警察刚才都说了,要是有几刀砍在其他地方,现在可能已经是谋杀案了!"

"……你少说两句。"

我一个头两个大,眼睛疼得厉害让我情绪也暴躁起来,朦胧间看到杨树起身准备往外走,当即开口道:

"你去哪?我都这样了,你还出去……"

杨树红着一双眼睛回头,咬牙切齿道:

"我要那帮孙子偿命!"

"回来,坐着!轮不到你……警察会处理。你现在……就在这,哪也别去。"

我不松手,拉着杨树的手持续用力,牵动了我身上的神经,疼得我一皱眉头。

"好,哪都不去。"

杨树重新回到床边跪着,握着我的手盯着我看了又看,低声道:

"你要是看不见了,我养你一辈子。"

"滚!你能不能……盼我点好?"

"那好,我以后再不乱搞了,再惹上这种事,我就阉了自己。"

"你要是阉了自己,我爹转手就把我阉了,咱俩就可以……一左一右站在金銮殿里了。"

我久违地打起精神来说了个笑话,杨树笑点那么低的人居然一丝笑容都没有,还是一脸严肃地盯着我。我知道这次他是真后悔了。不用他说我也明白,一百个小倩换把我弄成这样,他都觉得不值。

"小韩你……出去一下。我们……说说话。"

韩未生点了点头,到门口去找店长了,病房里就剩下我和杨树两个人。

"我……我真他妈混蛋!"

韩未生一走,杨树就抽手给了自己一个大耳刮子。

"不怨你。你也不知道她是那种人。"

我叹气,斜眼瞥见杨树的脸蛋上多了一掌印,心说这小子还真不惜力。

"我就不该找这种女的。才认识就上床,一看就不是什么好东西。"

杨树自我检讨,我却没有精力再听了,有些疲惫地闭上眼睛休息,隐隐约约听见杨树一直在旁边忏悔:

"我真的,我出家算了。要不我信佛,真的我信佛得了。我戒色。你要是真有个好歹我可怎么办?我怎么和你爸解释?就说我泡妞不小心把你儿子给泡死了?你要是有个三长两短我这辈子就别回国了,没那个脸。你说我当时怎么想的呢?为啥非得撺掇我爸让你陪我来呢?我怎么想的?你说要是个不相干的人……"

后面我大概是睡着了,怎么也想不起杨树还说了什么了。那一刀伤到了左眼,到现在我左眼的视力还是要比右眼低很多。而且很多需要视力好的工种我也都不能做了。这件事以后杨树老实了很久,将近一年都没有再谈女朋友,偶尔有些关系不错的炮友,也都讲得清楚得很。

其实他不必这样做的,谁也没叫他这样做。可杨树自己坚持,他认为我眼睛这件事全都赖他,如果不是他和社会盲流牵扯不清也不至于有这种事。

我倒是不这么想,用我娘的话说,好多事都是命。为啥他搞女人,我挨砍,这事本来就很难说清楚,所以没啥怨谁不怨谁的。

被砍的第二天,我正在病床上百无聊赖地躺着,赵一鸣的声音隔着门板就传了过来:

"杨树你不够意思啊,出了这么大的事也不和我们说。要是我不问,到关承泽出院我们都不知道呢!"

"就是,杨树你怎么能这样呢?我们虽然没有多有钱,但好歹同学一场,送点水果补品总没问题吧。"

沈曼妮说完就推门进来，我从床上正准备挣扎起身，被赵一鸣一个箭步蹿过来按倒在床上。

"你就别乱动了。哎哟……这……这伤得也太重了吧。下手太黑了，放中国这得判刑啊。"

赵一鸣看着我啧啧不已，沈曼妮看了我一眼对身后的曲易安道："易安你把鸡汤拎过去，喂关承泽吃两口吧。"

曲易安拎着鸡汤走到我身边坐下，拧开瓶盖，认真吹了吹，往我嘴边递。这倒让我有些不好意思了，我一个大老爷们儿，让人家一个小姑娘喂我喝汤，还真有些不适应。

"杨树——杨树呢？让他喂吧。"

我别过头去，开口道。刻意不去看众人的反应。

"杨树给你买包子去了。在楼下，一会儿才能回来，你先喝两口，剩下的等杨树回来再说。"

沈曼妮靠在门边挤眉弄眼，捎带手将想要替曲易安喂我的赵一鸣往门口拽了拽。

"那我……谢谢了。"

赵一鸣见状也不再争，伸手把我从床上扶起来靠在枕头上，曲易安把勺子塞进我嘴里。我转头看到她一脸坦然地盯着我，轻咳了一声，冲她点了点头。曲易安冲我一笑，好像没看见我脸上的伤疤似的，又盛起一勺汤递到我嘴边。不知为什么我觉得耳根有点发热，不自在地往赵一鸣方向靠了靠，拉远了我和她之间的距离。

"卧槽！你们知道我刚看见谁了吗？"

还没等我顾上想些别的，杨树就冲了进来，一进门就扯着嗓子八卦起来。

"看见谁了？一副活见鬼的样子。"

沈曼妮见杨树冒冒失失，不由得撇撇嘴。

"甄以南，我看见甄以南和一个老头儿在一块儿，在妇科那边。"

杨树把手里的包子在床头放下，接替了曲易安的工作坐到床边开始喂我喝鸡汤。

"以南？天啊，她不会是……不应该啊，就说和纪大少赌气也不至于找一个老头儿吧。"

赵一鸣闻言若有所思，但才开口就摇了摇头否定了自己的想法。

"你还有空管她？你兄弟都被砍成这样了，甄以南嫁谁还重要吗？"

沈曼妮白了杨树一眼，冷哼了一声。曲易安伸手拽了拽沈曼妮的袖子，示意她不要再说了。杨树自知可能说错了话，也不再提甄以南，默默地喂我鸡汤。

"……抱歉，我来晚了。"

气氛一度沉闷，悠雨夏的到来打破了平静。穿着一件英伦风的米色风衣，驼色皮靴，依然是那副"只可远观不可亵玩"的样子，拎着一篮子水果走了进来。

"悠雨夏？怎么哪都有你？关承泽受伤你来干什么？"

沈曼妮见状一脸不满地迎了上去，把人往门外推。曲易安也迎上去，却是伸手把人拉了进来，顺便把果篮接了放在了床头柜上。

"都是同学，我听易安说了，今天课业不多……就过来看看。"

悠雨夏说话还是很柔，和沈曼妮的尖锐不同，她说话总有一种四两拨千斤的"太极"感，让人有气没地方撒。

"你！算了，病人最大，我不和你计较。不过我警告你，别总缠着易安不放。你悠大小姐那么有魅力，大可以找别的朋友玩。"

悠雨夏不再理沈曼妮，走到我床前看了我一眼，旋即将目光移到了杨树身上，低声道：

"关承泽伤得挺重的……我……就不打扰你们了，让病人早点休息吧。"

悠雨夏说完，也不顾杨树的欲言又止，转身就走。曲易安追了出去，沈曼妮也跟着走了。屋里一下就剩下我、杨树和赵一鸣三人。

"等你们出院了就搬家吧，宿舍不安全。多休息，有事随时喊我。"

赵一鸣说完也走了出去，剩我和杨树在病房里待着。

"阿泽……我……"

不知道是不是凝重的气氛感染了杨树，原本已经走出来的杨树又

开始红了眼圈。我见状叹了口气道:

"过去的事就让它过去吧。别胡思乱想。去,把鸡汤和包子热热,都凉了。"

我伸手拍了拍杨树的屁股,他一下从床上弹起来,冲我竖了个中指道:

"你也就这会儿能使唤我,好好享受吧,我的爷。"

说完拎起包子和鸡汤跑了出去。

2

因为那次事故我丢了工作,也不好再在中国城的餐馆里打工了。老板们相互都认识,知道我是个"惹事"的主,就都不雇我。比受伤住院,找不到工作这事才更让我觉得着急。那天我正准备收拾收拾出院,杨树就一阵风似的跑进病房喊:

"阿泽,我给你准备了个惊喜!"

杨树这副样子让我心惊肉跳,我不需要什么惊喜,只要不是惊吓就行。跟着杨树上了出租车一路到了郊区,杨树指着一栋单元楼兴奋道:

"我给咱们找了个房子。我想了想,一鸣说得对。咱们不能住以前那宿舍了,不安全。两室一厅的,两千五百加元一个月,你觉得怎么样?"

我还没看房,一听条件就摇头道:

"不怎么样,太贵了。"

杨树闻言脸迅速耷拉了下来,没过多一会儿就又开口道:

"一室一厅的也有,一千两百五十加元一个月,就是小。你要是喜欢,我也没意见。"

我点点头示意可以去看看一室一厅的。反正只要有地方放床,我不介意睡客厅。

"好好,都依你。你出院了,咱们得吃顿好的庆祝一下。"

杨树左掏右掏从兜里掏出个信封来,塞进我手里,神秘道:
"你猜这是什么?"

我没心情陪杨树玩猜谜游戏,三两下打开信封,看到上面写着我的 GRE 成绩已经过了研究生线。这倒真是个好消息,看到成绩我不自觉地勾了勾嘴角,感觉到杨树的重量压在我肩膀上,耳边热乎乎地:

"阿泽你可真厉害,说考就能考上。来来,咱们今天一定不醉不归!"

我被杨树拽着去西餐厅吃饭,又喝了不少酒,迷迷糊糊地回到宿舍已经夜里了,过了宿舍宵禁时间,磁卡打不开走廊门禁,杨树拖着我找了个小旅馆住了一晚,过了没两天我们就搬到"新家"去了。

"新家"在 stadiumstation,离学校要将近一个小时车程。我和杨树最终还是选了一室一厅的那间房。

正所谓"麻雀虽小,五脏俱全"。客厅很大,足够放下一张床和一个课桌,还有一排沙发。一进门靠右手边是吧台,吧台隔开了厨房和客厅。厨房是开放式的,站在厨房里能看到客厅的动向。卧室在一个很隐蔽的角落里,不算大,但足够放下杨树的双人床,除此之外还有一间厕所和一个洗衣房。

租给我们房子的也是一家华人,男主人要移居到卡尔加里去,带走了大部分家具。我和杨树就去置办了一套。宜家总是最好的选择,性价比高,用着也踏实。

我们离开 Lister 的时候赵一鸣、沈曼妮、曲易安都来送行。用杨树的话说,虽然在北京的时候我们和 A 班人不对付,但这几个人在我受伤的时候专门来医院看过我。有什么恰当不恰当的,有了这番儿,也都算是好朋友了。

就这样,五个人就约好到宿舍餐厅吃顿饭。赵一鸣看到悠雨夏站起身来挥手,悠雨夏冲我们这边笑笑,见曲易安也在,就走了过来,拉住她的手道:

"易安,你在这啊,我刚还说找你去呢。"

还没等曲易安回话,沈曼妮就醋意十足地起身插话道:

"易安当然是在我这了,她现在可是我的室友。你也是,都来加拿大快两个月了,还缠着易安不放,三天两头骚扰我们。"

一番话顿时让原本温馨的气氛变得尴尬起来,赵一鸣见状连忙打圆场道:

"哎——这话怎么说呢,就是因为人生地不熟的,才更得抱团啊。咱留学中心的要是再不拧成一股绳,可就没别人指得上了。"

赵一鸣正说着,陆鹏也走了过来,看到我犹豫了一下,终究还是没有问我脸上伤疤的事,转而开口道:

"关承泽?国内的时候谢谢你了。"

即便到了加拿大,每天受到垃圾食品的洗礼,陆鹏依然瘦得和棒棒糖没有区别。我闻言客气了一句,拉了两把椅子示意两人坐下。

"鹏爷——稀客啊!你别说,今天人还挺齐。来都来了,我再叫只烧鸡,你们聊。"

赵一鸣阴阳怪气地喊了一声就要起身去买烧鸡,杨树起身摇头道:

"我去吧,反正明天就走了,这卡里钱要不也得办手续退,剩越多越不值。"

杨树说完起身就走,我跟着站起身,走出没两步,杨树就开口道:

"真是一朵鲜花插在牛粪上,你说雨夏那么漂亮怎么跟了他呢?"

我闻言叹了口气,心说指望杨树转性是不可能了,都这时候了还惦记着八卦别人,看来是真的"好这口儿"了。

"别胡说,还指不定是怎么回事呢。"

我忽然想起在留学中心时撞上陆鹏失魂落魄地拿着花说自己失恋的事。如果我没猜错,那天他应该就是想把花给悠雨夏,这么看来陆鹏和悠雨夏多半是落花有意流水无情。

"也对,成天黏在一起的人也未必是情侣。"

杨树拿出卡叫了一只烧鸡,我们回到桌上的时候,气氛已经被赵一鸣调节好了,几人正在一边吃薯条一边八卦纪凌凯的行踪。

"要我说啊,肯定是让哪个金发碧眼的狐狸精勾走了,要不哪能谁都没有他的消息啊。"

沈曼妮把盛着番茄酱的盘子往自己眼前拽了拽,颇为肯定地点点头。

"也没准是家里有点事,临时回去一趟也不一定。他家那么有钱,事情多。"

赵一鸣叼着一根薯条,一边装忧郁一边说出了自己的推测。

"人家兴许懒得学习出去旅游了呢!"

陆鹏起身提了提又要掉下来的牛仔裤,也说了一句。

"你们就不能盼人家点好。"

曲易安一边发纸巾一边道,显然不同意这些人的推测。

大家热火朝天地讨论,悠雨夏却一直坐在那里不吭气,默默地喝着果汁。我和杨树对视了一眼,都觉得她兴许知道什么内情。不过说到底,我们和人家也不熟,人家不愿说,我们也不好打听。

"好了,不说纪大少了。杨树、关承泽,虽然你们搬走了,但是以后也别忘了我们这些老同学。关系嘛,就是常走动才亲近,总不联系,再好的关系它都能黄了。我就祝……你们乔迁之喜,顺便祝各位鹏程万里,心想事成!"

桌上众人闻言都举杯庆祝,那时候我们谁都不知道未来会怎样,却都为看似光明的现在而欢欣。

3

距离去研究生导师处报到还有一天,我怀揣着忐忑的心情找到国际部的导师,希望能从她那里得到一点意见建议。网上的公告上说她有三年在京工作经验,能说流利的中文,这给了英语还不太流利的我交流的信心。栗色的头发和瞳孔,微胖的身材,在国际部二层 Melisa 笑容可掬地接待了我。

"关承泽?昨天打电话的是你吧?"

虽然早知道她会说中文,却没有想到她中文竟说得如此标准,我一愣,随即跟着她走进办公室。她背后的书架上摆满了中国风的工艺品，从民俗稻草人到挂在墙上的字画、脸谱，无一不显示着她有着强烈的中国情愫。

"你不用太紧张，我的职责就是为留学生们解惑。我很高兴你愿意信任我并且打电话给我。恭喜你通过研究生线，Mr. Brown 已经告诉过我了。你今天来这有什么问题吗？"

"我……这是我头一次出国……我的资料您应该也看过了。有一个问题……我可能一时支付不了学费。想问问学校有没有……奖学金可以申请。"

短短的一个问题几乎耗尽了我所有的力气，没有学费这种事实在难以启齿。不过比起和导师坦白，我更不想依靠杨树他们家。眼伤的事，让我终于不用再那么看杨家的眼色了，我不想因为学费不够，再打回原形。

"资料我看过了。我以前在北京工作的时候也去过河南，你的情况我充分了解。研究生的奖学金一般要由本科的教授撰写推荐信，并写明推荐理由；我们还需要参考你本科的成绩。不过……中国留学生的成绩很难作为参考依据，你也知道，这些年……伪造成绩的人很多……"

Melisa 说完有些为难地看了我一眼，递给我一瓶矿泉水。我只是拿着，手足无措地坐在座位上不知道该说些什么。

"不过我还是建议你试一试，大学费用是按每个学期的课程支付的。考虑到你情况特殊，我可以尝试帮你申请勤工俭学，用做助教抵一部分学费，剩下的部分恐怕还要你自己打工解决。实在不够，你也可以第一学期少报一些课，如果你第一个学期成绩足够好，还有原大学推荐信的话，我可以向学校申请给你安排奖学金。"

"谢谢您，我一定努力。"

Melisa 的话让我重燃希望，不论如何都要试试看。没有奖学金我就只能依靠杨树他们家，这是我不愿意接受的。我已经被这恩情束缚太久了，实在不想再叠加新的上去。

"好好，肯努力就好。如果有什么问题你再来找我。"

"好的，谢谢您。"

从 Melisa 办公室出来我只觉得又有了新的希望。我几乎是飞奔上了地铁赶回出租屋，翻箱倒柜找到老四的电话，打了过去。

"喂？哪位？这什么号码啊，骚扰电话？"

老四接起电话就是一连串的问题，时隔两个月听见除了杨树的熟悉声音，我还有点激动：

"老四，是我，关承泽。"

"哎哟，这是谁啊，我的大留学生！知道你跑国外时候我可吓坏了，你说你怎么就走了呢？最近怎么样？国外好不好啊？"

老四无心的话说得我心头一痛，让我想起当时说要走，我也是百般不想千般不愿的。

"还好吧，我考上研究生了，两年的，建筑工程。"

我尽量让自己的声音听上去平静一点，好久没联系，我不想在昔日兄弟面前吐苦水说委屈。

"那是好事啊！我跟你说，我混得也还行。虽然比不了你当初吧，但我现在也算是公务员了，下个月户口就批下来了。我爸妈都说简直烧高香，我这是撞了什么大运啊。对了，这么远国际长途肯定找我有急事吧？说事吧，家常哪天聊都行。"

"其实也没什么，就是……你还在北京的话……方便帮我去学校取个推荐信吗？回头给我寄过来。我这边要申奖学金，需要教授写的推荐信。辛苦你一趟，回国请你吃饭。"

这句话一出口我心里顿时又有些泛酸，想起庆功宴上我还信誓旦旦地和老四说以后有困难就找我，想不到倒是我先找他了。

"嗨，多大点事儿，客气啥啊。你又没干什么对不起我们的事儿，请什么客啊！"

我闻言又是窝心又是感慨，最终只是叹了口气道：

"要说对不起……我最对不起的其实是梁爽，她最近……怎么样了？"

我话才开了个头儿，老四就打断道：

"你不说这事我还忘了。虽然我得祝贺你考研成功啊,但是我这有个坏消息,你做好思想准备啊。就他们学校原来你那死对头,朱志明。你走了之后那孙子狂追梁爽。梁爽也不是和你赌气还是什么,居然就答应他了,这俩人都快交往一个月了。你说这事,你要是想要女友啊,怕还真得回来一趟,你……"

还没等老四说完我就挂断了电话。我怔怔地盯着眼前的一片绿草发呆。一阵阵心痛像是锥子一样扎在心上,左眼皮也跟着跳,带着旧伤复发的痛,让我连呼吸都觉得用尽全部力气。因为考研成功而来的好心情随着老四的话和梁爽的消息烟消云散。

考上了又怎么样呢?还是换不回之前的那些。说到底我还是工作没了,女友没了,我还是从前那个一无所有的关承泽。国内的那些人指不定怎么笑话我、非议我呢。

失魂落魄地回到家,我喝了三瓶啤酒,躺在床上睡了过去。到了傍晚,杨树的声音再次把我吵醒:

"阿泽,阿泽!出事啦!我今天……"

"又什么事?"

我皱着眉头从床上爬起来,我今天已经有太多"事"了,实在不想从他这再听任何一件了。

杨树看看地上倒着的空酒瓶先是一愣,但还是继续道:

"我跟你说个正事,我今天听沈曼妮她们说,这个什么140啊,通过率就30%,30%你知道什么概念吗?三个学生里就一个能过,你说我可怎么办啊?"

杨树坐在我床边絮絮叨叨,我只觉得头痛欲裂,摆手道:

"我怎么知道怎么办?我又不是你。你要是学不明白就找老师,找家教。"

杨树闻言眼睛一亮,凑近我道:

"要不阿泽你给我讲吧,你连研究生都考上了……"

"我不会讲课,自己能学明白不代表能给别人讲。"

我推开杨树,穿过吧台去厨房接了一杯凉水。杨树见状跟了过来,靠在料理台上摇头道：

"阿泽，我也不认识别的成绩好的人啊，我要是自己有办法也不至于找你啊。哎，阿泽你是不是心情不好啊？"

杨树抱怨完后知后觉发现我根本懒得搭理他，又追到厕所问。

"出去！我要上厕所。"

我把门甩上，杨树在门外叽叽喳喳个不停：

"阿泽你肯定有事，不提考试的事了，你就直说谁惹你不高兴了吧！"

"梁爽，你有办法吗？"

我胸中憋了一口恶气一样，有种不吐不快的冲动。

"嫂子？嫂子怎么了？你们联系上了？那是好事啊。"

杨树不明就里地继续敲门，我实在被烦得不行，拉开门走出去道：

"我们彻底分了。她和朱志明好了。"

我一边这么说一边又开了一瓶啤酒，杨树走过来也跟着开了一瓶，站在我身边拍着我肩膀道：

"嗨，多大点事。我还以为学校和你说其实你没考上呢。既然她已经不是我嫂子了，就恕我直言啊。其实梁爽气性也挺大的，本来就不那么好伺候。你们在一起那阵，不都是你哄着她？说真的，要论条件，咱留学中心哪个姑娘比她差？出都出来了，异国恋啊异地恋啊本来都长久不了，分了好，分了我回头再给你找一个。一定给找个比她强的。"

杨树一脸满不在乎晃着酒瓶子和我胡吹大气，我冷着脸起身坐回床上道：

"你懂个屁！这里面的事，从来就不只一个梁爽那么简单！"

我三口两口喝完了一瓶啤酒，往床上一躺。杨树闻言撇撇嘴，凑过来道：

"是是是，她和别人在一起你也不舒服。要不我回头帮你找个人，揍他一顿出出气？你看啊，那叫啥来着，失去的都已经失去了，人得向前看啊。"

"滚！这事本来就是我出国闹出来的，出国又是你提的，你还好意思揍人家？"

我没好气地侧过身面对墙壁，虽然在这件事上梁爽相当不给我面子，但仔细想想确实是我有错在先。如果不是我非要离开中国，我们也不至于闹到这个地步。如果我不出国，凭我的实力，现在一定混得比老四强。但是这些事，我是没法和杨树说的，和他吵这些也没有意义。

"好好好，你绅士，咱不揍。那我就当没听过这事。咱俩就都当没梁爽这么个人。哎……阿泽你说我要是连140都过不去可怎么办啊？"

杨树安慰着我，又绕回补课的事情上来，弄得我是哭笑不得。

"滚！我没心情听你聊这些。你自己找个成绩好的，给人家点钱，让人家给你补呗。"

我伸手轰了轰杨树，杨树得了指示，一溜烟跑进屋里去了，过了一会儿探头出来喊：

"你气你的，我看你是喝多了，我不和你计较。早点睡吧，明天还报道呢！"

"滚！"

一晚上相安无事。第二天一早，我从床上爬起来时杨树居然已经走了。我一边刷牙一边琢磨，出来一趟，既然事已至此，不如把研究生念下来。杨树的理论虽然混蛋，但是有些道理。出来一趟要是一无所得地回去，岂不是更让人笑话。

想到这我打起精神洗了个澡，换上一套干净衣服，带上录取通知书和材料奔赴学校。

敲门三下，我清了清嗓子，开口道：

"Sir, May I come in?"

（我能进去吗？老师）

"Sure, come in please."

（当然，快进来吧！）

我走进办公室，一个窗明几净的屋子，当中一张椭圆形的实木桌，后有一张皮革的转椅。转椅上坐着一个看上去四五十岁的男人,有些谢顶,小眼睛中闪烁着光辉,高鼻梁上架着一副无框眼镜,有些干裂的嘴唇上方光秃秃的,显然刚刮过胡子。他穿着白色衬衫打着条纹领带,下身穿黑色西裤,裤脚有些短,露出上面印着鳄鱼图标的袜子和棕色的皮鞋。这个人显然就是我以后的研究生导师了。

"Professor……I……er……"

(教授……我……呃……)

我刚想做下自我介绍,就看到教授抬眼打量了我一下,有些惊讶地将目光停留在我的左眼上,我下意识地伸手摸了摸那道疤,却不知怎么和教授解释。

"Well, it's my fault. People do make mistakes. Actually, I just want to know whether you are willing to spend two years with me?"

(抱歉,我的错。谁还没有做过错事呢?我只想知道"你是否希望在我的指导下读完这两年的研究生"。)

"It's my pleasure, Professor."

(教授,这是我的荣幸。)

4

研究生报到过了没两天,就接到电话说我爹娘已经到温哥华机场了。那时候我还觉得我在做梦,怎么也想不到这辈子连河南省界都没出过的老俩,是怎么过海关一路到这边来的。打电话到学校一问,原来是这边负责和留学中心接洽的老师,不知道从哪得知我住院了,为了撇清学校责任,打电话到我家解释。结果就是我爹娘、杨树爹娘,四个老人决定结伴过来加拿大看我和杨树。

那天一早我们就到机场去接人。我就是平常打扮,里面T恤外面羽绒服,举着个牌子上面写着"接关月和李长贵";杨树倒是一副好学生的扮相,也穿了羽绒服,戴着毛线帽子,站在我身边笑得别提多纯真了。

"水生！"

还没看见人先听见声，娘一句水生我就眼圈发红了，扔下牌子挤出人群就往前凑。杨树捡起牌子跟在我身后边跑边道：

"你慢点，阿姨走不丢。"

我们接上爹娘叫了一辆商务车往出租屋开，商务车是三排座椅，杨树他爹坐在前面副驾驶，杨树和他娘坐在第二排，我和爹娘坐在最后一排。一上车我娘就捧着我的脸细细打量，我怕她问眼睛的事情一直扭头看别处。杨树也紧张，坐在前面一排心不在焉地应付他娘的问题。

"学校怎么样了啊？"

"还行。"

"有对象没啊？"

"没有。"

"你妈和你说话呢，你这什么态度！"

杨树他爹终于忍不住回头呵斥起来。

"水生，你的眼怎么了？"

是福不是祸，是祸躲不过，最终还是绕回这个问题来。

"阿姨我……"

杨树猛地转头，一副坦白从宽的样子，一点笑模样都没有。

"我骑车从山坡摔下来扎了一下。"

"啥？"

"我，骑自行车送货，从山坡上摔下来，眼睛划到了。"

娘盯着我看了好久，眼眶渐渐红起来，搂着我就开始哭。爹坐在一旁铁青了一张脸，也没说话。杨树欲言又止，被我用眼神示意闭嘴，最终也什么都没说。杨树他娘想再问一句，也被他爹阻止了，最后一车人谁都没有说话，只能听见我娘竭力克制的哭声。

我的耳朵被娘的泪水沾湿，有点发红发烫。我极少和娘说谎，正经算下来，我是没有和娘撒过谎的。所有谎话都是为了杨树，从小就是，现在也是。我娘抱着我一直哭，我面无表情地看着窗外，杨树他娘拉着杨树的手看着我,杨树也看着我,杨树他爹时不时回头看看我爹,一车人就这么互相看着。

这种尴尬的气氛一直维持到回家进门。杨树他爹先打开了僵局,问了句:

"今晚吃什么?"

杨树和我早在附近饭馆定了位置,打算尽尽孝带四位老人去。这个倒是好回答。

"附近有馆子,难得来一趟,都订好了。"

杨树回着话,但是却并不看他爹,眼睛还时不时地瞥我娘和我爹。

娘眼睛已经哭肿了,坐在沙发上还不住地抽噎。爹心烦意乱地在屋里走来走去,杨树他娘坐在沙发上,跟个风向标似的,一会儿看看我爹,一会儿看看我娘,如坐针毡。

"吃完了我们送你们去酒店,能路过杨树的学校,到时候可以逛逛。"

我鼓足了勇气说了一句,希望能让气氛轻松一点。结果谁都没搭话,反而更加尴尬了。杨树他爹背着手在屋踱了几步,然后指着厅里的那张床道:

"水生你就睡那儿?"

我点点头,偷眼看了下我爹我娘,两个人一个哭丧着脸偎在沙发上,另一个走累了坐在餐桌旁的椅子上抱着头不知道想什么。

"哎,应该弄个更大点的房子嘛!"

我不知该说点什么,跑到厨房里弄了几杯水给长辈们喝。杨树手足无措地站在吧台旁边,也不知怎么接话。

"树儿啊,你们在这边日子苦,不要省着嘛!什么都得用好的,我这边负担得起。还有啊,水生要是不好找工作,不找也行。就踏踏实实把书念好不就行了?"

杨树他爹还在继续说,其他人都只是沉默,大眼瞪小眼,完全变成杨树他爹一人的演讲。倒是我爹听他说了可以不工作,站起了身,嘴唇嚅动了下,盯着杨树他爹,最终还是没能说出什么来。

"关月和长贵也别都沉着个脸了,难得来一趟国外,你家水生可是考上研究生了呢!一个两个都这么不高兴,孩子们也为难。时候不早了,该去吃饭了。关月把眼泪擦擦洗把脸,长贵你换身衣服。"

杨树他爹指挥着我爹娘洗脸换衣服,我陪着我娘去厕所,我娘关了门拉住我低声道:

"你的眼到底咋么了?"

"真没事,娘,没你想得那么严重,就是摔一下了。眼睛不比别的地方,不容易好。"

"你……俺们就是想让你有个好出身,别像俺们似的,啥都不懂,啥都没见过。但你也不能为了杨树把个命豁出去诶。"

"我都明白,娘你放心吧,不会有下回了。真没什么事,杨树他爹说得对,难得出趟国,你和爹开开心心的,比什么都强。"

"你等等。"

娘说完从斜挎的包里拿出手绢来,在洗手台子上摊开,里面平平整整是一摞红色的毛主席,看厚度够我爹娘一季的粮食钱的。

"这个你拿着,杨树有他爹,你爹娘莫出息,给不了你那多。来之前我跟你姨借了点,你吃点好的。眼也伤了,再吃不好可不中。"

我强忍着的眼泪最终还是流了下来。不愿意娘看见我哭,我背过身去拿着手绢塞回她怀里,低声道:

"这钱您和我爹吃点好的吧,我在这有工作,能赚钱。再说我吃住都和杨树在一起,短不了我的。"

娘把手绢推回来,摇头道:

"你不拿着,俺就在这不走了。拿着,也没啥别的给你的。"

我和娘推推拉拉僵持了一会儿,终于还是叹了口气把手绢塞进口袋里,我娘这才安心开始洗脸。从背后看她身形比之前佝偻了很多,我从未觉得她这么瘦小过,好像我一只手就能压垮她。儿时在我吃不饱穿不暖的时候总能变出点吃穿来的神女,如今头发已经花白了,额头也不再平整,岁月在上面刻下印痕。我的健壮是她的苍老,时间公平得很残忍。

我站在她身后拿着毛巾等她洗完，看她心满意足地擦脸，好像完成了一件不得了的大事一样。一直耸着的肩膀终于放下，我们推开门走了出去。爹坐在沙发上等着我们，杨树和他爹娘已经不在屋里了。

"树儿他们在楼下，俺……想和水生说点事。"

娘点点头，推门下楼，留下一头雾水的我和一脸沧桑的爹。

"水生……"

爹站起身然后又坐下，随即又站起，似乎不知道该以一种什么姿态和我说话。

"爹，坐着说吧。"

我也坐下，好让我爹坐着就能平视我。我个子不高，他更矮些，只是比我壮实。

"你……树儿比你小，有啥子事你得照顾他。"

我胡乱点点头，老生常谈了，从我认识杨树那天起，我爹这句话就是单曲循环，永远在耳边萦绕。这让我总是怀疑，我和杨树到底哪个才是他亲儿子。从小到大，我爹对我还没有对杨树一半上心，就好像我是捡来的不相干的路人。

"你……你的眼……咳……男娃不看样子，误不了媳妇的。"

我不吱声，只是点头。我怕我一张嘴就说出不好听的话来。自己儿子差点瞎了一只眼，当爹的关心的居然只是能不能娶到媳妇？

"你也是大小伙子咧，没啥事别跟你娘说有的没的，她接完你电话整宿整宿睡不着。"

"好。"

我站起身推开房门，头也不回道：

"没什么别的事就走吧，让杨树他们等时间长了不好。"

我爹可能也觉得自己说错了话，缓缓走到门口，从我身边过的时候长长地叹了一口气，最终只是拍了拍我的肩膀就下楼了。

我锁了门，往楼下走。我感觉左边胸腔里有什么东西破裂了。我是个极少怨恨的人，但对我爹，我却是恨的。我恨他无能，恨他懦弱，恨他把自己做不到的事情加在我身上。我不像村里的有些孩子一样，想着要是杨树他爹是自己爹就好了;我只想一件事,如果我爹不是我爹就好了。

那天晚上吃的什么我已经记得很模糊了,大概就是点了点儿西餐,牛排、鳕鱼什么的。我没什么胃口,剩下的都让我爹吃了。娘心疼我,到了酒店还说给我煮个面再让我走,后来得知酒店里没有可给她用的厨房,也就算了。

我和杨树结伴回家,杨树沉默了很久之后拍了拍我的肩膀,说了句:

"谢了。"

我们之间从来不需要说太多,一贯是这样。他这么说我也只是点头。寂静无人的街上我们走了很久,一路无言。路灯把我们的影子抻得如同牛鬼蛇神一般长,路旁的树叶子都已经落了,光秃秃地张牙舞爪,伸向杨树,也伸向我。我听见自己的心跳,一下一下地像在击鼓鸣冤,又像在拷问我的真心。

我停下脚步的时候,杨树已经冻得鼻头发红了,可能是看我心情不好他什么也没说,只是盯着我瞧。

"你为什么要撒那个谎?"

隔了二十年,我又一次问出了困扰我多年的那个问题。我和杨树头一次见面的时候就是因为他撒得那个谎,最终,我们走到了今天这一步。一切的源头都是那个谎。

5

杨树没说话,低着头用脚踩住我的影子,然后搓了搓已经冻红的手。

"你说是爹和我救了你。"

"我也没说错啊,要不是你们我现在可能就变成小偷,早被判刑了。"

杨树避重就轻。

"那是你现在想以前的事,小时候哪有这么多想法?"

我上前一步,把手套摘下来递给他。

"那你为什么替我挨砍?一个大老爷们老伤春悲秋的,一怎么着就提过去,小心以后找不着老婆。"

杨树开了个玩笑,把我递过去的手套又还给我,大步向前走去。

"杨树!"

我追上去,他反而大步开始跑,我们一个追一个跑,等回到出租屋的时候都已经气喘吁吁的了。我打开门杨树就蹿进去扑在沙发上,我锁好门,坐在沙发沿上发了会儿呆。杨树先是趴着,然后是仰躺着,最后跪起来在我身后揽着我的肩膀道:

"别那么娘们儿叽叽地矫情了。要说有什么,那一刀早还清了。你现在是我救命恩人,你家也不欠我家什么了。回头我就跟我爸说,你家以后种你家的地,不给我家种了,你娘回你家做饭,也不给我家做了。你老这样,好像卖给我家的童养媳似的,我看了心里特难受。"

我咽了咽口水,鼻子发酸涌起一股子想哭的冲动来。但想到一哭杨树更得笑话我娘们儿了,改为回身按倒他,指着他的鼻子骂道:

"你才是童养媳!童养媳要养也得养你这种小白脸啊,没听说哪个童养媳像我这么爷们儿的。"

"好好好,我是童养媳,我是行了吧?说真的,你要是因为这疤以后找不着对象了,我就去骗个姑娘,然后把她送给你。你放心,绝不让你娶不上媳妇。"

"我呸,你才找不着对象!我用得着你?再说你找那都是什么玩意?我敢要?"

"行行行,我眼光不好。我找不找对象,你也找不着对象。哎,这日子咋过啊!只能咱俩相依为命了。"

杨树一个巧劲儿把我拉进怀里冲我嬉皮笑脸,冲我抛了个媚眼儿。看了这么多年,不得不承认这小子挺耐看的。一般姑娘还真扛不住他这么一笑,他要都没对象了,只能说姑娘们眼睛都长到头顶去了。

杨树这么一闹腾我心情倒是好了,他在让别人心情好方面总是特别有天赋。我那阵总说,他要是去当说相声的,或许就没有德云社什么事儿了。心情好了不代表我乐意跟他这么腻歪着,和杨树不一样,我还是挺排斥和人肢体接触的,当然他已经是特例中的特例了。

"滚!让我起来,衣服还没洗呢,你下星期想裸奔啊!"

我看杨树还没有松手的意思,忍不住给了他一拳。

"脏了再买新的呗,别着急洗啊。先来抚慰一下我受伤的心灵嘛!"

他反应也很快,接下那一拳把我的手按在他胸口上,又开始油腻腻地撒娇。

"你的心灵早他妈让狗吃了。起开!"

我按着杨树的肚子爬起来,故意使了一下劲儿,转身去了储物间,听见杨树在背后"哎哟哎哟"叫个不停。

"疼吧?"

我扯着脖子问了句,顺手把脏衣服抱起来扔进洗衣机。

"疼死了,哎哟,重点还不是肉体,是我的心啊!你怎么能就这么拒绝我啊!"

"疼死活该!"

我勾了勾嘴角,扣上洗衣机的盖子按了开机键。

我爹娘和他爹娘在埃德蒙顿总共就待四天,Reading Week 就一个星期,待久了一个是贵,另一个是也怕耽误杨树学习。我和杨树带着四位老人逛了北美最大的商场 WEM,去了华人超市 T&T,还去中国城吃了自助火锅。时间仓促,虽然也想走远一点,带几位老人看看黄石公园、五大湖,但真的是没有时间也没有精力了。

送爹娘回酒店以后,杨树就回家去了,我还有些话想和娘说,折回去上了楼。二老屋门也没锁,两人盘腿坐在床上正在说话。我正准备进去,却听我娘说:

"水生也是命苦。你瞧瞧这眼弄的,当初你说出国好。要俺说,哪里就好了?水生不是你,俺们娃是大学生,在咱村那是第一个,现在倒好,陪着杨树连命都要没了!"

"你说这些……说这些有啥子用嘛。都已经出来了,还能让水生回去？那俺和厂长咋交代！"

"交代，交代，你就知道交代！你要交代俺可不用，要俺说，就和杨树他爹说。凭啥俺们娃就得陪着半工半读？水生可不比杨树贱，俺们娃可是村里头一个大学生咧。"

"你小点声，这话让厂长听到了可不中。厂长对俺们家已经很好了，哪还能求旁的呢？"

"俺吃苦不怕，可是水生啊，俺的水生啊。俺也就这么一个娃啊！"

娘说完呜呜呜又哭起来，弄得我在门口尴尬得进去也不是，不进去也不是。我靠着门站了一会儿，听得屋里没声音了，才敲了敲门高声道：

"爹，娘，我来看你们来了。"

我进屋的时候娘眼圈还有点发红，见我来了起身抱住我又是一阵哭，爹站在一旁想说什么却又不敢说的样子。

"娘，我都挺好的，真的。您放心吧。眼睛的事是意外，让您和爹担心了。"

"好好，挺好就好。"

娘重复着不断拍打我的后背，那力道越来越强，像是要把我的委屈和她的委屈一并拍出去似的。

"我就是……回来看看你们，明天就得走了。"

我叹了口气，娘放开我，我们一家三口坐在床沿上，谁都没说话，坐了几分钟，我起身道：

"杨树在家等我，我先回去了，你们保重身体。等我挣了钱，以后接你们来。"

我娘听了这话站起身拉住我道：

"挣了钱自己花，俺们不要你的钱。挣了钱就买吃穿，娶媳妇，别再惦着俺们了。俺和你爹，这辈子也就这样了。你不一样，你走旁的路，别回来，挺胸抬头，亮亮堂堂的，咱不欠别人什么。"

"嗯。"

我咬牙，忍着眼泪出了门。在路灯下站了一会儿，寒意袭来，空无一人的街道上,我独自发足狂奔。

快乐的日子总是短暂的,转眼就到了离别的时候,好在几位老人都很满意。爹娘探访团要走的时候,杨树他娘连连夸杨树长大了,现在能安排旅游了。杨树他爹也赞不绝口。我爹娘虽然都属于木讷少言的人,临走的时候脸上也都有了笑模样。

我心里是清楚的,看我真的没事他们心里包袱就放下了一半,看我和杨树相处不错他真的没事,心里包袱的另一半也跟着放下了。到走的时候老人们拎着枫糖和一些不太值钱的纪念玩具返回了中国。

我和杨树站在机场目送他们离开,直到再也看不见。娘走了让我有点失落,我的失落和杨树的欢呼雀跃形成鲜明对比。从机场出来,我回家休息,杨树打车去了台球馆。

大概在国人眼中我就属于那种愚孝的,杨树就孝顺得很精明。回到家,趁着杨树不在,我把娘给我的手绢打开,点了点,总共是一万块,这应该是一季的全部粮食钱了,也不知娘是怎么借到这么多钱的。最后一张钱的底部有一张小纸条,我拿起来看了看,墨水已经有点印了:

"火烧和馍在包伏里。"

我又仔仔细细读了两遍,确实写的是火烧和馍在包袱里,那个"伏"大约是个别字,看字迹应该是爹写的。我掀开沙发垫,打开冰箱和柜子进行了地毯式搜索,最终在我的床下面找到一个碎花布包的包袱。

我打开,里面的火烧和馍已经被压碎了,兜子里全是渣子。我坐在地上抬起碎渣渣一口口往嘴里送,馍很干,有点剌嗓子,但让我想起家乡的种种,记忆里娘忙碌在灶边的身影和如今花白的头发交替出现。

好吃,从一小口一小口到狼吞虎咽,我边吃边哭。

得赶快吃完,省得杨树回来跟我抢。

6

因为眼伤的事,我有很长一段时间没见过留学中心的同学了。再见到曲易安还是去替杨树上课。现在再让我回忆起她,最深刻的印象就是她因为趴在桌子上而弄乱的头发和有些惺忪的眼。不太修边幅,却白白净净,一看就是城里姑娘,见我来了她迷迷糊糊问:

"关承泽?"

我答应了一声,告诉她我是来替杨树上课的。

她有些担忧地看着我道:

"你和杨树长得可不像,要是穿帮了怎么办?"

这句话让我想起我第一次替杨树上课的时候,也吓得不行,生怕老师发现我。

俗话说"怕什么来什么",就在我以为这一上午的课终于混过去的时候,台上讲课的老太太扶了扶镜框,开口道:

"Does anybody want to answer this question? If no one comes here, I'll just call someone."

(有没有人能回答一下这个问题?如果没人上来,那我就只有随便叫一个了。)

原本聊天玩手机的学生们,一听这话头都低得不能再低,躲避着老太太的目光,生怕一个眼神接触殃及自己。我比他们头低得更厉害,可还是用余光看到老太太冲我这边走来。越来越近的脚步声让我不自觉地咽了口吐沫。

虽然国内大学替签到这事很多学校都默许了,可这是加拿大,万一东窗事发,还不一定会怎样。

"Me! I will, Madam."

(老师,请让我来回答这个问题。)

就在我的脑袋几乎要扎进课桌里的时候,曲易安的话打断了老太太前进的脚步。我抬头看见她起身走上讲台,拿起笔在黑板上写了起来。

"You, Yi'an, you again. Sometimes I do not quite understand why you are still here."

(你啊,易安,又是你。有时候我真不明白你为什么还在读语言。)

老太太看见易安眼神变得很柔和,慈祥地笑了起来。脸上的褶皱都因此舒展开来,显然对这个好学生很满意。

"Maybe I am not good at test."

(可能因为我不擅长考试吧。)

曲易安笑笑,写下正确答案后回到了座位上。托她的福,直到中午午休,我也没有再被老太太点到。

因为杨树的关系,我和曲易安一起吃了个午饭。她看起来个头小小的,吃饭却挺豪迈,一个三明治三两口就吃没了。我有点明白杨树为什么对她赞不绝口了。她身上有一种奇怪的气场,混合了有文化和没架子,让人觉得很舒服。就像我对她的第一印象一样,她和绝大多数留学中心的女生不同,确实没有因为我和杨树的出身,就低看我们一眼。

我对她有了一种天然的好感,她简单、聪明、没架子,最重要的,她是真把杨树当好朋友在对他好。我见过太多喜欢杨树的女孩,其中不乏用帮他写作业占座讨好他的。但曲易安不太一样,她好像并不打算从我这打听杨树的事情。别的女孩,反正是我认识的女孩,知道杨树的,知道我们是兄弟的,没有一个不成天把杨树挂在嘴边的。她不,除了好奇杨树为什么不来,之后的对话里几乎没有再提起杨树。

这样的反差让我感到由衷的舒服,在她面前我更像是一个独立存在的个体,我是关承泽,而不是杨树的好兄弟关承泽。对其他人来说这可能无关痛痒,对我来说却是最高级别的尊重。只因从小到大,其他人对我好都是因为杨树,多半和我没什么关联。

之前杨树跟我说过:

"易安是土生土长的北京人,但对我一点成见也没有。"

这我本是不相信的。城里人看不起农村人那是惯例,我只当是杨树聊高兴了就自动忽略人家瞧不起他了。但和曲易安待了一阵之后我信了,她似乎不太在意对方出身,也对对方敏感的问题自动回避。善解人意大概说的就是这样吧?

她不提杨树,我反而得提他了。只因我其实不太会和女生聊天,聊我们都认识的人比较保险。

"你知道吗?杨树都二十五了。"

我漫不经心换来她一脸夸张的表情。

"什么?!二十五了!"

我看她双眼圆瞪盯着我,一脸难以置信,心想我别是无意中多嘴了吧?我听杨树说,她才十九岁,忽然知道自己的"学生"比自己大六岁,肯定会吓一跳。

"你就不惊讶我都二十七了?"

我忽然想逗逗她,她的反应着实有趣。不像一般女生为了好看控制自己的表情,此刻她完全是一脸尴尬和惊恐。

"你比较稳重嘛。不不不,成熟,是成熟。但是杨树,哎,真的,他哪点像二十五啊,说他是我弟弟都有人信。真的!我是说你不觉得他特别像小孩嘛!"

曲易安说完以后还点点头印证自己的想法。

吃完饭我们一起坐电梯下楼,到了最下面的台阶她和我都走下来,我这时候才发现她差不多到我肩膀位置。

"啊,要是杨树欺负你,我帮你治他!"

曲易安看了我一会儿,忽然没头没脑地来了这么一句。我丈二和尚摸不着头脑,挠头道:

"他为啥会欺负我?"

"在留学中心的时候,每次看见你们,都是你在照顾杨树。他看着挺皮的,你在他那肯定没少吃苦吧?你放心,以后有我护着你,他不敢的。"

"哈哈哈哈哈哈哈。"

我忍不住爆笑出声,这还是头一回有人说要保护我,我不知道是一种什么感觉,只是感觉很想夸她一句"你真有意思"。现在想想,我对她充满好感是因为她像一个人,她的脑回路和杨树真的有一拼,完全预测不到她在想什么。

"有什么好笑的啊,真的。你别看我这个样子,我学过跆拳道的。再说,现在杨树还要靠我补课做作业嘞,我说的话,他不敢不听。"

曲易安弯曲了一下手臂秀了一下她那少得可怜的肱二头肌和白得透亮的皮肤。

"从小杨树出了事打架都是我去,他能欺负得了我?"

我好不容易才收住笑容,看到她尴尬地捂着脸嘟囔着"天啊,好丢人"跑回教室,我头次觉得替杨树上课也挺有意思的。

后来杨树说那天我是哼着歌进屋的,把他吓了一跳。他从没见我心情这么好过。的确,和杨树比起来我可以说是喜怒不形于色了。我也不知道我为啥那么高兴,杨树也没猜到我为啥那么高兴,应该说我们谁都没往那个方面想。我是特别不浪漫的那种人,我要是见几面就能喜欢个谁,母猪都上树了。杨树也清楚得很。

"见到易安了?"

杨树洗完澡一边擦头上的水珠一边问我。

"见到了。"

我把作业甩给杨树,开始准备明早的早餐。

"久别重逢感觉如何?"

"挺有意思的,的确是个不错的姑娘。"

杨树听我这么说居然没接茬,以往这个时候他早就揽着我的肩膀,高唱"那我给你牵线搭桥"了。

"你明天去上课不?"

我就是例行公事随口一问,杨树居然接了句:

"你想去?"

"说什么呢,问你去不去呢?"

我放下切香肠的刀扭头看杨树,他坐在洗漱台边上面无表情。上次我见他这个表情还是左眼伤了的时候。

"去。"

杨树没再多说什么,从洗漱台上跳下来进了自己卧室。屋门紧闭,我也不知道这家伙又闹什么脾气,但累了一天我也实在无力探究,做完三明治,洗洗就睡了。

第二天我起床的时候杨树已经走了,中午的时候我接到一条短信。杨树跟我说,他要请易安来家吃饭,让我早点请假回家准备。还没等我和教授请假,又追过来一条短信说不用了,今晚人不来了。

他这种没头没尾的反常,结合他昨天的种种行为不禁让我怀疑,难道杨树喜欢曲易安?但也只是怀疑而已,毕竟他对所有女人都三分钟热度。

杨树上他的语言课,我读我的研究生,第一个星期相安无事;第二个星期杨树开始早出晚归地去图书馆,当他拒绝了我一块出去走走的提议在家认真写作业的时候,我开始察觉不对了。这小子是怎么了?吃错药了?

我端了一碗梨汤,推门进去的时候,杨树居然真的在看书。我把梨汤放下,拿过杨树正在看的书,抖落又抖落,也没看到里面夹着什么武侠小说和小黄书。

"阿泽?梨汤啊,哦,我知道了。我一会儿喝,你先出去吧,我得看书,明天有小测试。"

杨树从我手里拿过书,冲我摆摆手,继续认真地背着书上的单词。

"先别看书了,歇会。到底怎么回事?"

我说完以后把自己都逗笑了,真是怪事年年有,今年特别多。我都没想过有生之年我还能和杨树说"别看书了,歇会"这样超现实主义的话。

"什么怎么回事?"

杨树应了一声,放下书,端起梨汤开始喝。

"别跟我兜圈子,我还不知道你么,你不是那种爱学习的人,出什么事了?你看上语言班的教授了?"

从杨树开始认真学习,我就暗暗琢磨到底怎么回事。可是思来想去也找不到什么理由。说他看上语言班教授也不过是开玩笑,我不认为那些已经四五十岁身材走形的欧美老太太会是杨树的菜。

"你跟我说的啊,让我好好学。我这不就好好学了嘛。"

杨树耸耸肩,把空碗递给我,重新拿起书一副逐客的样子。

"好好好,不说是吧。不说拉倒,我也不问了。"

我拿起空碗向门外走去,几分钟后,我猛地拽开杨树卧室门道:

"说真的,你是不是看上你请的家教了?"

"滚!"

一本字典砸过来,我嘭地关上门跑了出去。

7

"快点!哎——杨树你是去参加婚礼,又不是去当伴郎,磨磨唧唧地干什么呢?"

隔着两层楼都能听到沈曼妮的尖嗓子在楼下嚷嚷。一晃我和杨树已经在加拿大待了两个月了。杨树最近和沈曼妮走得很近,两人虽不是一个班,但下课后却经常一起抽烟喝酒。老实说,我是不太赞成杨树和沈曼妮"交往"的。应该说,我对沈曼妮的第一印象就不是很好,感觉这个女生又文身又浓妆艳抹的看着不像好人。

"谁的婚礼非得这么打扮?"

过了十分钟杨树还在镜子前面抹发蜡,连我也有点看不过去了。

"甄以南,咱校花啊。要我说,你也应该去。"

杨树对着镜子摆了个造型,终于舍得从厕所出来去穿外套了。

"我去干吗,又和她不熟。"

我跟着杨树回寝室,看到他对着一柜子外套挑来挑去,随便拽了件军绿色的风衣扔给他。

"你就不好奇她老公什么样吗?她当初可是非纪凌凯不嫁啊。"

杨树还有空和我嚼舌根,楼下沈曼妮的嗓子都快喊劈了:

"杨树——你掉厕所里了?快点!就等你了!"

"阿泽,你就陪我一起去吧!"

杨树还赖着不走,明摆着一副我不去他不去的架势。

"成成成,我去还不行吗?"

我随便拽了件驼色的外套,胡噜了把脸就走下楼去。杨树跟在我后面直摇头,开口道:

"男人不捯饬也不成啊,看看咱俩的颜值差距。你这样,我还怎么帮你介绍对象啊。"

"管好你自己就行,我不用你介绍。"

我没好气地回了一句,正撞上准备进楼的沈曼妮。

"哎哟!舍得出来了?不知道以为厕所里藏了个美女!"

沈曼妮一开口就阴阳怪气,满口黄腔让我不由得皱了皱眉。再一打量果然又是烟熏妆大红唇,黑丝袜和连体毛衣。

"先上车,要迟到了。"

杨树这会儿倒知道着急了,一屁股坐在副驾驶上,我只能坐后排,才进去却发现已经有人在那了。一个女孩正坐在那看手机,简简单单地穿了一条牛仔裤和帽衫,外面罩了一件咸菜色的羽绒服,素白的脸上没有一点妆。

"曲易安?"

"关承泽?好久不见。"

她冲我笑了笑,和上次语言课见面没什么区别,好像还比那时候沉默了一点,瘦了一点。

"你们俩能不能一会儿再叙旧啊,先让我进去!"

沈曼妮有些粗暴地把我往里推了推,几乎把我推到了曲易安身上。我有些抱歉地冲曲易安笑笑,低声道:

"抱歉。"

"没关系。"

曲易安仍是好脾气地笑笑,然后继续把注意力集中在手机上。

杨树在副驾驶上摆弄手机,沈曼妮忽然伸手抢过曲易安的手机,划拉着上面的短信道:

"这都什么啊？乱码？"

"还给我！程成给我的短信！你别看。"

曲易安伸手抢手机，却因为身高缘故够着很是费劲，几乎趴在我身上。

"这也不是英文啊，这什么东西？你俩还发密码啊！"

沈曼妮还没有放手的意思，举着手机继续研究，我实在讨厌她那咋咋呼呼的样子，忍不了说了句：

"你把手机还给曲易安吧，这么折腾我可受不了。"

话音刚落杨树就在前面发出嘿嘿的笑声，我一个白眼翻过去，心知那小子肯定又胡思乱想了。我坐在两个女生中间可说是饱受煎熬。要是我和杨树换换就好了，他应该会挺享受这种巧合的肢体接触。

"是拼音，他英文不好，手机又只能发英文。你还给我，别闹了。"

曲易安好不容易拿回她的手机，宝贝似的捧在手机继续研究，我瞥了一眼，一大串拼音连个标点符号都没有，真亏她有耐性一点点读。一个小时之后我终于结束了我度秒如年的旅程，沈曼妮一下车我就赶紧也跟了出去。还是外面的空气清新，老实说她那香水味熏得我都有些晕车了。

"来啦！哎哟，可有日子没见你了！听说你考上研究生了？恭喜恭喜啊！"

赵一鸣见到杨树冲他点了点头，看到我，三步并作两步走上前，拍了拍我的肩膀以示好意。

"谢谢，也祝你早日考上大学。"

不过两个月时间，同来加拿大的学生已有一小半人觉得没发展，提前离开了，剩下的很多也都从 Lister Center 搬走了，因为那里太吵，实在不利于学习。自从来了加拿大，同学间的交集也变得越来越少，成绩好的直接进大学，成绩稍差的继续读语言学校，还有一部分放弃考大学的，就拿着父母的钱在这边混日子。

"哎，物是人非啊。以南嫁人了，纪老大倒不知道跑哪去了。你说她这嫁不就是嫁给纪老大看的嘛,正主没来,咱们这一群乱七八糟人,她应该高兴不到哪里去。"

赵一鸣一边带着我们往大厅里走,一边絮絮叨叨和我们说最新的情况。

"纪凌凯今天不来?不能吧?我还等着看终极撕逼呢,这下没好戏看了。"

沈曼妮还是满嘴跑火车,一副自己是大姐大的架势。

"我都快一个月没见过纪老大了,总共就这么大的城市,他能跑哪去?哎……算了,靠人不如靠自己,既然纪老大失踪了,我就自己努力吧。"

赵一鸣有些遗憾地摇摇头,杨树见状拍了拍他的肩膀道:

"你纪哥走了,你还有我嘛。我和你泽哥罩着你!坚持就是胜利啊!我跟你说,我顶看不起那些屁大点事就闹着回国的,爸妈送你出来一趟不是让你观光来的。不混出个样儿来回去多丢人啊!"

杨树学习一向三天打鱼两天晒网,豪言壮语说起来倒是不比别人差,"正能量"起来比谁都"奋斗",比谁都"我的青春我做主"。

"你说得对啊,我也是这么想的。我在老家那会儿,他们都说成绩不好的以后肯定没出息,我就不信这个邪。就我这智商情商,就我这灵巧劲儿,不擅长考试这辈子就没前途?放屁,我还就要混出个人样来,给国内那帮'唯成绩论'的孙子看看!谁有出息?我才最有出息!"

他们俩在前面豪言壮语,我却没有附和的意思。在我看来,说一千句不如做一句。

"研究生很难考吗?"

前面一片乱糟糟的时候,我忽然感觉声音从身后传来,转头一看是曲易安。

"还可以吧,也没有传说中的那么难。"

这倒也不是吹嘘,前段时间因为河粉店工作和照顾杨树生活,我的听力和口语都有了长进,阅读和写作我本来就比较擅长,加上每晚都有背单词,我在国内时专业课成绩本来就名列前茅;没了语言问题,考下来难度并没有那么大。

曲易安闻言点了点头,过了一会儿才开口道:

"那也挺厉害的。"

我正准备和她说句谢谢,大喇叭就响起了"婚礼进行曲"。甄以南穿着一袭手工制作的白色镶银丝线婚纱,挽着一个有络腮胡子,看上去足够做她父亲的男人的手,踏着足有好几米的红毯走进了教堂。天上还飘起了几个热气球,下面挂着写有新郎新娘名字的条幅,过了一会儿,飞过一群白鸽,整整一个唱诗班在教堂一角唱了一支不知说什么的曲子。排场十足,让身边观礼的学生都议论纷纷。

"哎,你看那老头,岁数得和她爸差不多了吧?"

"没想到甄以南喜欢这款的,早知道我就去染个奶奶灰了。"

周边同学们议论纷纷,甄以南和那个岁数大的男人从我们几人面前走过,赵一鸣叹了口气解释道:

"其实她也不容易,以南是单亲家庭,从小没爸,只有一个交际花妈妈。"

"哦哦。"

我一转头看见曲易安和沈曼妮抻着脖子看那新郎,下意识地往后退了退,给两人让位置。

"得亏纪凌凯没来,这要来了,还不够丢人的呢。扔了富二代,嫁个老头。其实刚才那人说得也没错,这放国内绝对够当她爸的了,甄以南够可以的。"

杨树抱着双臂站在我身后看着甄以南的丈夫,不由得发出感叹。

一个花季少女,得有多爱钱才会嫁个沟通也不流畅,年龄又差很多的外国人啊!我叹了口气,道不同不相为谋,真是林子大了啥鸟都有。

"这下悠雨夏可要得意死了,她可是巴不得甄以南走背字呢。"

沈曼妮看着甄以南和那个老男人交换戒指,酸溜溜地说了一句。

"哎,雨夏才不会在意甄以南嫁什么人呢!"

赵一鸣闻言摆摆手，这让我想起当初在留学中心，赵一鸣好像因为纪凌凯的事和悠雨夏走得挺近，我们还是因为这事打架认识的。上次见悠雨夏还是我住院的时候，一晃也一个多月了，算起来确实有日子没见过她了。

"雨夏今天没来吗？"

杨树听到有人提起昔日的班花又来了精神，忙不迭地打听。

"没有啊，雨夏准备上商学院，搬去 HUB 了。商学院 GPA 要 3.3（满分是 4），雨夏为了能上那个可是拼命努力呢。"

曲易安忽然回了一句，这又提醒了我，她和班花还是闺蜜来着。大概是因为曲易安不太打扮，又总和我们这群人混在一起，让我总忘记她原本和那些"天之骄子"们关系也都不错。

"是啊，人家千金大小姐是努力，人家努力勾搭陆鹏帮她写论文，努力勾搭别的男人帮她记笔记，免费补课……"

沈曼妮显然不爱听曲易安夸悠雨夏，又开始制造流言。

"曼妮你为什么老跟雨夏过不去？我不都和你住一起了嘛！这里这么多同学，你不要乱说，万一有当真的，对雨夏不好。"

曲易安闻言有些生气地打断了沈曼妮的话，这还是我头一次看曲易安生气，印象里她平常都是有些迷糊的，只有在给人上课和在程成面前才会话多开心起来。

"就是，曼妮你别乱说，女人嫉妒可就不漂亮了。"

赵一鸣也半开玩笑地回了沈曼妮一句。

"曼妮啊，雨夏不是那种人吧？这么说是不是有点过了？"

连杨树也跑出来护花，让沈曼妮的面子彻底挂不住，冷哼了一声道：

"行啊，你们都护着她。等她有天也和甄以南似的嫁个老头儿，你们全没了念想，看你们到时候说什么。"

好不容易等仪式进行完，我们终于转移阵地熬到了吃饭环节。不得不说甄以南丈夫的财力还是很叮以的，一人一只澳洲鲍鱼，这在我所有参加过的婚礼当中是最豪华的。显然给足了甄以南面子，尽管在场的同学议论纷纷,甄以南依然得以保持着她的高姿态。好像自己嫁的不是一个有钱的老男人,而是某国王子一样。杨树看着甄以南在同学群里和其他人觥筹交错笑盈盈地回应大家半真半假的祝福,感慨道:

"这估计是她最后一场演出了吧?以后她就和咱是两个世界的人了。"

杨树说这话本就是应景,可我们都没有想到,这话竟然在两年后一语成谶。

第四章

1

"阿泽,你在学校吗?"

"有事?"

杨树的电话让我在社科楼前停下了脚步,正看到一群外国学生穿着卫衣运动裤在大草坪上打躲避球。我不禁感叹,零下十几度,这些人可真够扛冻的。

"去下图书馆,北区,悠雨夏你知道吧?你去找她拿个资料,晚上到家给我。"

"悠雨夏?"

"不跟你说了,我要上课了。"

杨树匆匆撂下一句话,就挂断了电话。留给我充足的想象空间。我说这小子这段时间怎么这么反常,原来是喜欢上留学中心的"小刘亦菲"了啊。我了然地点点头,向图书馆进发。

A大总共有三个图书馆,拥有着全加拿大最丰富的馆藏。主校区的图书馆面积最大,书的种类和容量也最多。凡是学校的学生都可以凭借 one-card 随意租借图书馆的书籍。主校区图书馆分南北两个区域,北区是艺术类馆藏,一楼的展示大厅里经常有画展和工艺品展览,地下和楼上四层都是学生写作业学习的地方。南区一到五层都有学习区,馆藏主要是各种专业书籍、期刊,还有一些文学著作和小说。

自从有了 one-card,我每个星期都要借两三本书来看看,对我来说,这确实是难得的学习机会。我走到悠雨夏所在的北区地下一层,因为是白天，楼下学习的学生不过三三两两，进去没多久就看到悠雨夏和其他几个似曾相识的面孔坐在一起，当然少不了留学中心那些狂热的追随者，还有陆鹏。

"悠雨夏？杨树说让我找你拿个材料，你……"

悠雨夏闻言点点头，从包里拿出一个塑料袋，递给我，冲我笑道："嗯，就是这个。可别弄坏了，挺重要的东西呢。"

这一笑可不得了，周围几个男生都一副中毒过度的模样，盯着我的眼神中顿时交织着各种羡慕嫉妒恨。这让我不禁想到话题主人公杨树要是在场，可能早被他们的目光五马分尸了。

"不会。谢谢。"

我拿着东西正要走，陆鹏就起身道：

"关承泽，等下……你吃饭了没？我正要去吃，一起？"

一番话说得我丈二和尚摸不着头脑，在印象里我和陆鹏的交情似乎还没有这么好。他忽然邀我吃饭，我还真有点"受宠若惊"。

"好啊，走吧。"

接收到陆鹏求救般的目光，我最终还是点了点头。同学一场，谁还没个困难的时候。我明知道他喜欢悠雨夏，这会儿不给他面子，也太不合适。

我和陆鹏走出图书馆，往 HUB 的美食长廊走去。正是中午，来用餐的学生很多，窗口前排起了长队。陆鹏一直沉默着不说话，过了好久，才在一家中餐快餐店前停下脚步，开口道：

"吃这个行吧？我请客。我想……问你个事。"

我点了点头，抬头一看菜单，价钱可真不便宜。所有菜里面最便宜的馄饨也要 8.5 加元（合人民币 51 元），我索性把点菜的任务交给了陆鹏。请客这种事，客人还是不要太多嘴的好。

陆鹏也不含糊，起手两个最贵的八珍豆腐饭，我和他上楼坐下，脚下是川流不息的人群。陆鹏看上去心事重重，塑料勺子在碗边划拉了好久，豆腐和饭都黏稠得看不出本来面目了，才开口道：

"我听说你和杨树的事了。说真的，我挺佩服你的。留学中心凡是知道这事的，没有不说你够意思的。"

我不置可否地点点头，不知他说这些干什么。

"我昨天见一鸣了，问他我该怎么办。一鸣给我讲了讲，我觉得不对。但是又说不上来哪不对，就是不甘心。他把你手机号给了我，说实在不行找你聊聊。你是我们这些学生里的老大哥，人又够意思……"

眼见陆鹏还在兜圈子，我放下筷子摆手道：

"都是同学，有事直说就行。"

"雨夏有男朋友了。"

这话一出口，我顿时一愣，陆鹏有多喜欢悠雨夏，留学中心的人都有目共睹。这自己的女神有了对象，多受打击不必多言。

"是留学中心的吗？"

我心里打鼓，心说不会是杨树吧，虽然概率不高，但也不是绝不可能。这出了国无依无靠的，杨树又挺会哄女孩，侥幸得手了也不一定。

"不是。这两天见到留学中心的同学，十个有九个都劝我'天涯何处无芳草'，也不知道他们是真不懂，还是成心的。"

听到不是杨树，我松了口气，边吃边道：

"找了个什么样的人？"

陆鹏摇了摇头道：

"没正式见过，好几次都是他开车来图书馆外面接雨夏。我就看到一个个子挺高，岁数比咱……不对，可能和你差不多大吧，反正看着得三十岁的男的。穿个风衣，开个黑色保时捷来接人。好几次了，我本来还想着，兴许是亲戚什么的。昨天和雨夏一起写作业，我没憋住问了一句，雨夏亲口告诉我的，说是她男朋友，人特别好。"

"难为你了。"

我伸手拍了拍陆鹏的肩膀。同为男人，我能理解陆鹏为什么那么不想放弃。悠雨夏条件实在太好，国外这个环境又确实给人制造机会，想想BBQ派对后就同居的A班班长马杰森和他的女友崔雪。我只能说，在这个环境下，不可能变为可能，有时候就是那么一转念的事。

"……我昨天还和一鸣说,其实我也挺乌龟心态的。真的,从没指望雨夏忽然就能看上我,可总觉得,以她的条件,轻易也看不上别人。比起别的男生,她跟我还要更亲近一点。这样就够了……"

正所谓吃人家嘴短,陆鹏请的客,再怎么我也得说点让人心里宽慰的话。组织了一下语言,我叹了口气道:

"你们商科有个话叫……'及时止损'吧,你就当是及早抽身……不用在她身上再投入那么多精力了。"

陆鹏怔怔地发了一会儿愣,摇头道:

"我就是不甘心啊,我觉得……要是论对她好,我也可以对她很好啊。难道真的和一鸣说的,女生都是嘴上说着想要爱情,现实中都会像甄以南那样选择物质?"

"也不是这么说,没有物质谈爱情确实有点……"

话才起了个头,我就想起梁爽来,心里顿时有些难过。之前我和她在一起的时候她也总说:"物质是爱情的基础,真要活到一分钱掰两半花,人家孩子学校随便选,你只能抽打孩子让他好好学的时候,什么'立黄昏,粥可温',都是矫情罢了。"

"关承泽你看!雨夏男友,你看,就那个男的。"

陆鹏不知怎么忽然拎起包就跑到走廊里,我跟上去,见他疾步跟在一个穿风衣的男人身后。那男人右手边挽着一个穿银灰色珊瑚绒套装的梳着丸子头的女人。

"你站住!哎,你站住。"

我从来没见过陆鹏跑得那么快,他上前抓住那个男人的左臂开口道:

"你是……是雨夏男朋友吧!她……她是你什么人?"

郑海还没开口,他身边的女生就掰开陆鹏的手臂道:

"我是他未婚妻,我还要问你是什么人呢!你想干什么啊!有病吧你!"

陆鹏一张脸涨得通红,双拳紧握道:

"……你有未婚妻还骗雨夏,你……我打死你!"

陆鹏轻飘飘的一拳被那男人轻松闪过,他身边丸子头的女人却因为陆鹏这句话变了脸色,皱眉道:

"郑海!这次你又有什么解释?悠雨夏是谁?和你什么关系?"

"你……你含血喷人,什么雨冬雨夏的,这小子八成是听了什么奇怪谣言,疯狗似的乱咬人。你看他那个德行,竹竿子似的,可能喜欢女人喜欢疯了,看走眼了也不一定。"

陆鹏听了这话气得浑身都发颤了,冲上去揪住郑海的领子喊:

"你他妈!跟我去见雨夏啊!有本事你去见她一面和她当面解释啊!"

郑海皱着眉头将陆鹏甩开,对身边的女人道:

"亲爱的,这小子有毛病,我们走吧,别听他胡说。"

我接过被甩开的陆鹏,走到他们身前道:

"慢着,虽然你们的事我不应该多管,但你当着我的面侮辱我的朋友……陆鹏不是这种人,就这事,你得和他道歉。"

"你……"

郑海本来想说句狠话,一看我脸上的疤顿时住了口,哼了一声道:

"信口雌黄不是疯狗是什么?……就当我说得不对,Honey 我们走!"

那丸子头女人却停下脚步,盯着我看了看,开口道:

"悠雨夏是吧?我记住了,等我弄清是怎么回事……会选一个真正饶不了的好好算账的。"

那女人说完以后定定地盯着我和陆鹏看了一会儿,挎着郑海走了。剩下陆鹏愣在原地,过了好久才抱头纠结道:

"……关承泽,你说我是不是太冲动了啊。万 ……万 不是我想的那么回事,雨夏……雨夏怎么办啊!她一定恨死我了。"

我闻言摇摇头,拍了拍陆鹏的肩膀道:

"事情都发生了,后悔有什么用?这样,你记我个电话,这两天多陪陪悠雨夏,有事随时打给我。"

陆鹏手忙脚乱地拿出手机,慌得连着输了三遍密码都是错的。我叹了口气，从旁边的中餐厅拽了张餐巾纸，用签字笔写了个号码塞进陆鹏手里。

三天以后，我正在空中走廊里做建筑结构速写，陆鹏的电话就打了过来。

"关承泽，出事了！雨夏，雨夏要被那个……郑海的未婚妻带走了！你快点来啊！HUB 的 Meeting Hall。我要拖不住了！"

2

我把画具放到寄存处，一路跑到 HUB，正看见郑海的未婚妻正在和悠雨夏拉拉扯扯。陆鹏也在，正玩命把那个女人带来的男人们往 Meeting Hall 外面推。因为是大白天，HUB 又是餐饮街，周围围了一些看热闹的人，都在指指点点。

陆鹏见我来了，举着书包跑到悠雨夏身边，拽开郑海的未婚妻，激动地招呼道：

"关承泽！快来！"

悠雨夏显然也听到了陆鹏的话，一脸无措地看向我的方向。我叹了口气，拽开面前挡路的男人挤进战圈，拍了下陆鹏的肩膀低声道：

"快跑，带上悠雨夏！"

陆鹏听了这话猛地将书包往面前一个男人身上一砸，拽起悠雨夏就跑。一群人显然没想到变故发生得这么突然，等到郑海的未婚妻和其他男人想追的时候，已经来不及了。

郑海的未婚妻见到我，气得双手叉腰道：

"又是你！上次就是你——这狐狸精姘头真不少啊！走了一个，这还有一个替她挡着的！"

我闻言皱眉，心说再怎么有矛盾也不至于说这种话吧。我对悠雨夏知之甚少，但郑海，当时推说不知道，现在居然还要个女人为他出头，先不说事情怎么回事，身为男人不负责任是板上钉钉了。

"你老公一个大男人，如果真没有那么回事，为什么不亲自来，反倒让你一个女人出头?"

郑海的未婚妻闻言拢了拢因拉扯而凌乱的头发,深吸了一口气,坐到一旁,过了好一会儿,直到周围人觉得没有好戏可看了,渐渐散去了,她才流下泪来,哽咽道:

"你以为我想和她闹?我就是想告诉这狐狸精,离我老公远一点。又不是没有别的男人了,干什么恬不知耻地黏着我老公?还说什么我不懂爱情?她懂吗?什么是爱情?男人对她好就叫爱情?抢别人老公就叫爱情?"

"吵架和打架解决不了问题。我们约一个地方,开诚布公地谈谈,要是真没有什么就不怕说清楚,这你总没什么意见吧?"

郑海的未婚妻犹豫了一会儿,最终还是点了点头,带着她那几个男性亲属离开了。

周六下午,悠雨夏哭得梨花带雨,把曲易安推给了我,陆鹏留下安慰悠雨夏,我和曲易安前往北郊的一家生僻的咖啡馆。前车之鉴,我和杨树打了声招呼,告诉他要是一个小时以后打我电话没人接,就直接带人过来救场。

咖啡厅不大,我们一行人占了最大的一张桌子,我们这边是我和曲易安。他们那边是郑海、郑海未婚妻,还有她的堂兄们。

巴洛克的装饰风格不太适合谈家长里要里争风吃醋的事。不管是水晶吊灯还是墙上的油画和彩色玻璃的小窗,都显得有些多余。

"我……"

"你闭嘴!你们先说。"

郑海环顾四周,觉得形势对自己不利,刚想开口,就被他未婚妻伸手拦住,用下巴示意我们先说。

曲易安看了我一看,抢先开口道:

"你男朋友……"

"未婚夫。"

郑海未婚妻寸步不让地指正道。

"行,你未婚夫。干脆叫名得了,郑海。雨夏和我都是八月底到的加拿大,郑海从九月初在Math113课上见了雨夏,开始献殷勤。到宿舍去送花,雨夏生病他还上门熬粥,这不光我,好多同学都见过。你要是不信,我可以再找几个证人。"

曲易安侃侃而谈,一点也没有因为我们这头人数不占优怯场。我没想到她这么靠得住,对这个小姑娘倒是有点刮目相看。

郑海听了一边擦汗一边狡辩道:

"你是她朋友……自然向着她说话……怎么就成我追她了,分明就是她主动……"

"主动个屁!这位……姐,我叫你一声姐,你听我把话说完。你未婚夫没有优秀到需要雨夏抛弃留学中心三十多个优秀男生,非去和他在一起的地步。你可以去打听打听,你未婚夫在同学们眼里一直是个单身汉,他也一直是这么和雨夏介绍自己的。你说我是雨夏的朋友,向着她说话,那好啊,关承泽和雨夏就是同学,他说的你总信吧?"

易安说完把话头递给我,冲我递了个眼色。老实说如果不是事先和杨树排练过,就这个阵仗我还真不一定接得上。郑海显然也没想到眼前这个小姑娘这么伶牙俐齿,顿时被怼没了声,一双眼骨碌碌地转思考着对策。

"我说句公道话。就算我们不提悠雨夏和你未婚夫谁是谁非。他是你的未婚夫,你们两个的感情出了这样的问题,他没有第一时间站出来和双方对质,却躲在后面,还得你来安排,你不觉得很奇怪吗?"

我鲜少说这么多话,大部分时候我认为事实胜于雄辩。但临行前杨树千叮咛万嘱咐,告诉我对付女人就得唇枪舌剑,毕竟我们总不好打女人。

这一番话说得郑海顿时不再气焰嚣张,不管他准备了多少借口,没有第一时间出面调解是不争的事实,无可辩驳。

"好了,够了!郑海,你的解释呢?九月份的时候你说找了个家教补课,是不是就为了去找她?那时候你就看上悠雨夏了,是不是?"

郑海未婚妻闻言也出口质疑,郑海被几个人挤兑得根本抬不起头来,只是盯着桌面,拼命地摇头,低声道:

"不是……不是这样,他们血口喷人。他们都是悠雨夏的朋友,他们胡说!是她,她勾引我……"

曲易安听了抬起头盯着郑海看了一会儿,忽然站起身举起酒杯就往郑海身上泼去。这一幕发生得始料未及,连我都没有来得及反应拦住她。

"这杯水是替雨夏泼的!我早告诉她你不是好人。追个女生花样儿那么多,得多少经验啊!要不是你天天在宿舍楼下捧着花等着,雨夏一生病就给熬粥送饭,上下学不管风里雨里接送她,她会喜欢你?……一个星期以前你说什么纪念日,陪雨夏出去兜风,雨夏还和我炫耀来着,合影还在这呢,今天说雨夏勾引你?你开什么国际玩笑?"

曲易安瞪圆了眼睛把手机照片调出来扔在郑海未婚妻面前,狠命瞪着郑海。郑海的未婚妻这会儿才回过神来,看了眼身旁已经成了落汤鸡的未婚夫,又看了看桌子上证据确凿的手机照片。"腾"地站起来,吓得我下意识地拦在曲易安身前,生怕她也来一次泼水行动。

"啪——"

"郑海!看看你干的好事!上次你和我保证什么来着?哥,告诉他!"

郑海未婚妻起身给了郑海一记响亮的耳光,旁边的堂哥也已经火冒三丈一副要把郑海就地正法的样子。

"再有下次就打断腿,反正我们不介意嫁个瘸子。"

堂哥摩拳擦掌,吓得郑海也顾不上被扇红的脸和湿透的衬衫了,拼命摆手道:

"P的……那张图是……假……假的……没……他们……他们,哥,哥你听我说不是这么回事!"

"我妹子为了你都肯堕胎,你就这么回报她?我们真是瞎了眼选你这么个妹夫!"

曲易安和我面面相觑,过了好一会儿,还没从对面郑海被未婚妻和堂哥暴揍的冲击中缓过来。对面形势一片焦土化,曲易安看了一会儿,凑到我耳边小声道:

"我们走吧。"

我点点头,示意她先走。看她顺利出了咖啡厅,我才安心打断面前的闹剧道:

"我和你们保证以后悠雨夏不会再见你未婚夫,但也请你们保证这个人以后别出现在悠雨夏面前。"

"放心,他哪都去不了!"

郑海的未婚妻红着眼睛恨恨道,顺便又拧了一把郑海的耳朵,疼得郑海哎哟直叫。我看得耳朵也跟着发疼,得了保证赶紧推门出去了,捎带手给杨树去了个电话。

这都什么事儿啊!我推门出去,一瞬间感叹。像我这样的人估计这辈子都不会有这种鸡飞狗跳的爱情吧?我摸着冻得有些发疼的耳朵,看到远处车站曲易安正冲我招手。我快步走过去,却没意识到自己笃定得或许太早。

3

整整三个月杨树一次课都没缺,这让我觉得不太寻常了。太不是他的风格了。不管怎么回事,我都是乐见杨树好好学习的,他不瞎折腾了,我也终于可以专注学业了。

自上研究生以来,我的睡眠就大幅减少,白天要去上课和兼职,早十点上到晚六点,到家就要开始写论文还有社会实践课作业。所幸,杨树努力学习以后,就很少回出租屋吃饭了,这让我少了一个负担,可以不必每天做饭了。

又是一天理论课,我撑着肿胀的眼皮、睁大带着血丝的眼睛坐在教室第三排等待今天的演讲。每节课之前都会有一个学生上台做自由演讲,说是自由,但也要和建筑学相关。这是为了培养学生们的应变能力和口才。演讲成绩则占整个学期总成绩的 10%。

"Who will give us the presentation today?"

(谁是今天的演讲者?)

"Me! Professor."

(是我,教授)

有着淡黄色头发的Tony从第一排站起来,走向讲台。同样是美国人,和我第一天来加拿大遇到的友善的Jimmy Brown不同。Tony对其他人总是充满敌意。第一天自我介绍的时候,他就拿出一副蔑视众生的气场,放言:

"I, Tony James will be the champion of this year!"

(我,托尼·詹姆斯将会成为这一届的冠军!)

"My Theme is 'Does the Eastern really know the art of Building'?"

(我演讲的主题是,东方人真的知道什么叫建筑之美吗?)

这话一出口,我不由得皱起了眉头,我的视线和教授交汇,教授见状摆摆手道:

"Let him finish his presentation. Maybe the content is not what you think."

(让他完成这场演讲吧,或许演讲的内容和标题不太一样呢!)

"For many years, the Eastern have been lying on their ancestors' amazing works and tell us they have the best architects in the world. The Great Wall, the Taj Mahal, Temple of the Golden Pavilion. They laugh at the States and say we have only 200 years of history and tell us they have thousands or more. I do not care how many years your country has been formed, the only thing I care about is as an architect, let's say, in the past 10 years, which country has built the most famous building. States. I see some of your eyes full of the flame of anger and hatred, but it is useless. You know what, there is only one way to define success—build something on your own, build one miracle without hiring Americans……"

(这么多年以来,东方人一直躺在他们祖先的伟大作品之上,告诉我们他们拥有世界最好的建筑师,他们有长城、泰姬陵、金阁寺...他们嘲笑美国说我们只有200多年的历史还告诉我们,他们有上千年的历史,甚至更多。我并不在意一个国家是经历多少年形成的,作为一个建筑师,我更在意的事近几年,就说近10年内吧,到底哪个国家建了世界上最多的著名建筑?美国。我看到你们中的一些人眼中充满了不忿和憎恨,但这没有用,因为你们知道吗?只有一种方式可以定义(建筑界的)成功,那就是,不雇佣一个美国人就能建好一个属于你们自己的"奇迹"……)

教授制止他的时候已经为时已晚,台下的学生们都议论纷纷,我身边的学生们下意识地看向我。事实上,建筑工程研究生亚洲学生并不算多,比起那些只想镀镀金、混个更高文凭的学生,建筑工程这样需要真材实料的技术类学科,大部分国内的学子都不愿意涉及。一来二去,我们这一届建筑工程的研究生,只有我一个中国人。

教授也意味深长地盯着我瞧,毕竟,班里能为"东方人"说句"公道话"的,遍观整个研究生班,就只有我一个了。我的沉默无疑让他们更加好奇我的想法。

"Well, Ze, seems you have some different idea!"

(看来泽你有不同意见啊!)

Tony刚"赢了"一场,见我目光望向他,主动挑衅,不顾教授阻拦走到我面前,耀武扬威。

"Well, I doubt your theme is a false proposition. I have heard that each year our university will hold a competition among all the students. If possible, I would like to invite you to this competition, to prove your presentation is true. Action speaks louder than words. I believe a noble American will not be afraid of this proposal."

(事实上,我怀疑你刚才所说的是一个伪命题。我听说学校每年都会举办一场学生间的比赛。如果可能的话,我想邀请你参加这个比赛,证明你的演讲是真的。事实胜于雄辩。我相信勇敢的美国人是不会拒绝这个提案的。)

Tony显然没有想到我会发出比赛邀请,愣了一会儿才回道:

"If you intend to insult yourself, I can't think of a single reason why I should stop you. But to what end should I accept your challenge?"

（如果打算自己丢脸我当然不拦着，但是总要给我一个接受你挑战的理由吧？）

"If I lose the game, I shall send your paper to every Chinese friend I know, telling them that you are right, and victory and glory belong to America."

（如果我输了，我会带着你的"论文"把它发送给每一个我认识的中国朋友，告诉他们你是对的，胜利和荣誉都属于美国。）

Tony闻言哈哈大笑，好像听见了本世纪最好笑的笑话，周围的同学们也都暗自摇头，向我投来同情一瞥。比起Tony的狂妄，更让我心里不舒服的是他们对中国建筑师的成见。几百年以前我们还是最领先的国家之一，十年之内就成了其他国家嘲讽的对象？不，我绝不允许这种事发生。

教授见我们之间剑拔弩张，本想拉架，又想到自己其实没有什么立场，只能尴尬地提前下课，嘱咐我们良性的学术竞争是好的，不要酿成什么流血事件。

班里学生陆陆续续地走出教室门，我却在原地坐了很久。出国之前，我从没想过自己爱国与否，可这一刻，我忽然意识到，走出国门，我代表的不只是自己，还是身后的祖国。一定要做好给他们看，中国是有好的建筑师的，中国的建筑未来是有希望的。

出了教室门，我做的第一件事就是给杨树打电话，杨树的回复让我心头一暖：

"阿泽你放手比，做兄弟的就是砸锅卖铁也挺你！这段时间我保证不惹事，保证好好学。再刮搞我就自己阉了自己，绝对不麻烦你！……你放心，我没问题。你加油，想吃好的咱就出去，随时哈！"

挂掉电话，我心里踏实了很多，一腔热血却没处抒发。小时候我总说杨树爱说大话爱逞能出头，没想到自己也有这么一天。说出去的话泼出去的水，该做的事情还是要做。我转身去了图书馆，把近几年获得重大奖项的建筑图鉴都借来，对着电脑一点点查询。从下午三点一直看到夜里一点多，图书馆的人越来越少，我也从只在白天开放的南楼移动到了二十四小时都开放的北楼地下。

揉了揉酸胀的眼睛,我不得不承认近几年美国建筑界人才辈出。但是中国也不差,立交桥、高楼广厦、地铁高铁,其实哪个都不输美国。但独立开发……盯着屏幕上一连串设计师里包含美国人或者美籍华人的建筑名单,我叹了口气。想要从目前的数据上说服 Tony 看来是痴人说梦,还是要把精力放在新项目的研发上。

我们这一届的课题是"和平纪念堂",是用来纪念"二战"过程中加拿大派去维和死难的军人的。一提到和平最常见的设计就是橄榄枝、和平鸽、纪念碑,诸如此类的俗套设计在国内的建筑设计师手中屡见不鲜。随手一搜图片就布满了屏幕。我揉了揉太阳穴叹了口气,这样人人都能想到的设计显然不能战胜 Tony。好的创意去哪找呢?

我瘫在椅子上对着头顶发白的灯光发呆,一圈圈光晕让我恍惚感觉到了他们常说的天堂的召唤。事实上,我从小就是个没什么创意的人,比起鬼精灵的杨树,我简直可以用老实巴交来形容了。做事情循规蹈矩,就连回答个主观题,答案也是中规中矩趋近于"照本宣科"。出国这么久,我学会的第一个国外的概念就是"Think out of the box"(打破陈规),这对已经在国内接受了十几年传统教育的我来说,实在是太过困难。

我正在发呆,感觉有人拍我肩膀,抬头一看居然是陆鹏。我看了眼手表,夜里两点,陆鹏居然还在图书馆,这孩子是不回家啊?

"怎么——在这思考人生呢?"

陆鹏把厚得像板砖一样的金融教科书放在桌上,笑着问。

4

"我和班里一个美国佬打了个赌……"

我原原本本地把和 Tony 打赌的经过给陆鹏讲了一遍。期间陆鹏一直笑嘻嘻地听着,等我都说完了,他拍了拍我的肩膀道:

"你够可以的啊。他们老美和咱不一样,学的专业不是家里给选的，都是自己挑的。Tony会选建筑工程，还这么有自信，应该是有两把刷子。不过咱也不是好欺负的。一鸣路子宽，回头我找他帮你打听下Tony什么风格，咱别和他创意撞车了。至于英文资料……用得上我的尽管说，我帮你翻译。"

陆鹏一番话说得我心头一暖，自从经历了悠雨夏和郑海的那件事，陆鹏和我亲近了不少。虽然和杨树没法比，但在这一届的留学生里已经算是好哥们儿了。

"谢了。赢了请你喝酒。"

"快别，上次雨夏的事我还没谢你呢。再说，我酒量也不行，一杯倒。"

陆鹏笑了笑，摊开教科书，摆开阵仗写作业。

时间在查资料和写作业中流逝，不知不觉就到了夜里三点多。杨树的电话又打了过来：

"阿泽，你人呢？你不会还在学校呢吧？怎么也得睡觉啊！"

"你怎么不睡觉，才到家？"

我看了眼表纳闷杨树为什么还醒着，平常这个时间他早就睡得不省人事了。陆鹏抬头看到我在打电话，做了个"嘘"的手势，指了指门口示意我出去。这会我才意识到周围一些还在熬夜学习的学生们正定定地盯着我瞧。墙上Keep Quiet（保持安静）鲜明地向我宣誓主权，我捂着手机跑出自习室的门穿过空无一人的走廊，听见杨树在电话那头喋喋不休：

"我后天考试，ESL140，我觉得我能过，真的。你原来不是说过嘛，我要是认真学，没有过不去的考试。"

"好好好，你认真，你能过。早点休息吧，等你考过去我给你做牛排。"

我站在图书馆大门口和杨树打电话，冷风从门口灌进来，让我已经有些麻痹的头脑瞬间清醒。

"你加油，给中国人争口气！"

"好，你也是，给中国人争口气！"

两天之后,杨树居然真的一次考过了号称只有 30% 通过率的 ESL140。这小子能忽然想明白,知道努力,着实太不容易。我决定按照约定做牛排犒劳一下他,顺便换换脑子。

我侧面问过周围同学,只听说杨树最近成天找曲易安补课,缠得人家小姑娘都没空干别的。我正在认真烤着牛排,开门的声音就响了起来。我头也不抬地一边往牛排上抹酱汁一边道:

"回来了?挺早啊。140 恭喜了!说好了今儿吃肉,可着劲儿吃,吃撑了算。"

"关承泽。"

"叫泽哥就行。"

"凭什么我就得叫他哥啊,都是同学,你们不就差两岁嘛!关承泽,你好啊!"

我抬头看到曲易安站在门口,杨树满面笑容地站在她身侧。

"啊……来客人了啊,杨树你也不说一声。"

我有点尴尬,不知道家里要来人,客厅也没收拾,沙发上散落着我和杨树的衣服;我的床被子也没叠,地也没扫,鞋子袜子满天飞,椅背沙发背上还搭着毛巾;我穿着个破 T 恤和旧短裤顶着个鸡窝头站在原地手足无措。

"嗨,也不是外人。易安自己人,易安坐,我给你倒水。"

杨树把书包往沙发上一甩,一个健步蹿到厨房给曲易安倒了一杯水。

"谢谢。"

曲易安把沙发上的衣服推到一个角落,在空出来的部分坐下来。

"谢啥,应该的,你吃饼干吗?巧克力呢?糖你总爱吃吧?"

杨树把零食盒子拿出来坐在曲易安身边一直给她递东西。

"不了,一会儿该吃不下饭了。我不会……打扰你们了吧?要不我改天再来?"

曲易安看了眼还愣在原地的我,背起书包起身就走。

"哎,别走啊!"

杨树一着急也忘了曲易安是女孩了,伸手揽住她的肩膀把人按回了沙发上,一屁股坐在她旁边揽着她肩膀摇头道:

"你答应的,我考过了140就来我家吃饭的,怎么能说话不算话呢!"

"……可是我,要不改天等曼妮有空我再和她一起来吧……"

曲易安又看了我一眼,有点为难地转头看他。如果不是早就认识她,她这样,我几乎要以为她是第二个小倩了。因为小倩,我和杨树之间还有个暗号,见到心机重的姑娘就说"有点小倩了啊""做人不能太小倩"。

"没事没事,是我太高兴了忘了说了。我们阿泽才不介意呢,对吧阿泽?"

杨树也不管我怎么想,直接开始打圆场。我还说啥?杨树久违地带女孩回家,虽然突然袭击弄得我挺没面子。但这么多年的交情我总不能在关键时刻拆他的台,只得轻咳了一声道:

"那什么……我去换件衣服,你随意哈。"

我从沙发上捞了一件T恤、一条长裤拎着进了杨树的卧室,隐约听见客厅的笑声。叹了口气,心中暗暗祈祷杨树不要重蹈覆辙,在女人这方面上,我们着实都没啥运气。我换好衣服推门出去的时候两人已经窝在沙发上看电视了,杨树眉飞色舞地给曲易安讲NBA如何如何,曲易安偶尔也能接上一两句。

曲易安听到我走过来忽然转身跪在沙发上,扶着沙发背儿冲我笑道:

"我听杨树说,你是你们村第一个大学生啊!厉害啊!真的有那么多女生追你吗?"

我闻言一愣,心说杨树这小子也太没溜儿了,这才认识多久,就把我卖了和姑娘套近乎了?简直见色忘友。

"可多女生追他了。"

杨树见我不说话赶紧继续落井下石。

"是,好多女生追我,但是追上我以后都问我要杨树的电话号码。"

我没好气地顶了一句，自己都没意识到，为什么忽然介意杨树在一个不太熟的同学面前歪曲事实。要放在以前可能杨树怎么胡编乱造我也就是一笑带过。

"没什么不好意思的，有女生追是好事啊！再说关承泽本来就挺随和又挺爱笑的，有女生追也正常嘛！"

"咱俩说的是一个人吗？关承泽，你眼前这位，他随和，他爱笑？"

杨树狐疑地看了我一眼，我正努力把到了嘴边的笑容憋回去。

"咱俩说的不是一个人吧，啊？"

杨树边说边盯着曲易安想找出点开玩笑的痕迹来，却并没看到那样的证据。

"你还想不想吃饭了？洗手去！"

感觉杨树又要开始不靠谱了，我抢先打断了他的话，在他后背重重拍了一下以示警告。杨树没站起来，倒是曲易安诚惶诚恐地起身对我鞠了一躬，说了声：

"实在对不住，打扰了。"

然后一溜烟儿地跑到洗手间洗手去了。

屋里就剩下我和杨树，我们面对面站着，杨树盯着我看了一会儿，然后促狭道：

"说实话，你看上她了吧？"

我一愣，随即意识到他指的是曲易安，冲他竖了个中指道：

"我不是你，见到女的就喜欢。在我这没有莫名其妙就'看上'的说法。"

这话说完，我恍惚间觉得杨树松了一口气，摆出一副吊儿郎当的样子，恨铁不成钢地拍了拍我的肩膀，继续道：

"要不说你没女人缘呢，洗手去了。一会儿等着吃肉了！"

杨树丢下我几乎跑着到了洗手间前面，正赶上曲易安出来，两人几乎撞在一起。杨树罕见地没有借机揩油而是老老实实地侧过身让曲易安先过。

"肉好了，来吧。"

我冲曲易安招招手,她一路小跑来到厨房,四处看了看才开口道:

"用不用我……帮着拿拿盘子什么的?"

"你是客人,坐着等吃现成的就行。"

我看她还站在原地没有要走的意思,不得已拿了三个盘子给她,叹气道:

"还有抢着干活的,杨树有你一半懂事我就烧香拜佛了。麻烦你把盘子摆上吧。"

她拿了盘子颠儿颠儿跑走了,我在她背后看着,只觉得有趣。是个小姑娘,但属于懂事的那种,一点儿也不像大城市里有公主病的那些独生子女;甚至比从小长在农村的杨树要懂事得多。但她一这样我又警惕起来,前车之鉴,小倩的事我和杨树还都没过去呢。

"味儿都出来了,一会儿就能吃了?"

杨树出来一如既往地往桌子边上一坐,事不关己。倒是曲易安又进来拿了刀叉,他们两极化的行为让我一时有点混淆谁是客人谁是主人。这样,倒好像是我和曲易安在招待杨树。

"开吃啦!开吃!"

杨树一刀砍下将近三分之一的肉叉进曲易安盘子里,我觉得有点多,起码对于一个女孩来说,我不觉得她能吃得了那么多。但仔细想想又觉得没什么不行的,招待客人大方的浪费,总比吝啬的节约更让人有好感。

没过一会儿我就发现,曲易安好像也不太会用刀叉。她举着刀叉盯着巨大的肉块发愣了一会儿,然后撸胳膊挽袖子开始切割,过程粗糙得很,几乎也就是在啃。我看了杨树一眼,本以为他会帮曲易安切好肉,没想到他只是看着她吃,一个劲儿地笑,没来由地我也开始笑。

她一个人在吃,我们都盯着她笑。饶是再怎么神经大条,她也不自在了,抹了把嘴上的油抬头道:

"你们怎么都不吃?"

"看你吃得太香了,怕你不够。"

罕见地,我居然当着女孩的面,抢在杨树前面说话了。

· 141 ·

"……你要是还想要,我再给你点?"

杨树有些惊讶地瞥了我一眼,然后动手又给曲易安切了一块肉叉进盘子里。

"不不不,吃不下了。"

曲易安连连摆手,一张脸已经吃成花猫了,嘴上脸颊上手上都是油。我一个恍神拉住她的手塞进一张纸巾,转头看到杨树隔着桌子帮她擦脸上的油。

"……"

我和杨树对视了一下,都有点尴尬,同时松开手,曲易安一头雾水地看着我们,放下手中的刀叉,瘫在椅子上戳了戳自己的鼓起的小肚子,摇头道:

"真吃不下了,感觉要炸了。"

"哈哈哈哈哈哈哈!"

我们尴尬了没几秒又开始大笑。不知道为啥曲易安总能轻易逗笑我们。后来我才知道,人不管什么性格,在喜欢的人面前都是爱笑的。可惜这个道理,我明白得太晚了。

5

"杨树,这是咱家,不是宾馆,别动不动就往回带人!"

我一边低头捡地上的酒瓶子一边教训杨树,杨树瘫在沙发上盯着天花板不吭气,也不知是喝多了还是不赞同我说的话。

累了一天,一回家就闻到冲天的酒气,杨树和沈曼妮喝了一地的酒,正坐在桌子上拉拉扯扯地聊天。我火气顿时就上来了,甩上门进了杨树的卧室,一直待到沈曼妮走了,才走出来。

"阿泽你是不是对沈曼妮有什么偏见啊?我把易安带回家的时候你可没说什么。"

过了好一会儿杨树从沙发上爬起来,蹭到厨房喝水,边喝边问。

"偏见?小倩的教训还不够?那沈曼妮,她看着就不像好人!曲易安和她能一样?"

我只感觉左眼皮突突突跳得疼,本以为杨树和曲易安走得近以后彻底收心了,沈曼妮的出现又让我开始怀疑他接近曲易安的目的。

"……像好人……你觉得谁像好人?是不是我在你眼里也不像好人?阿泽,我有没有说过,你也好,我爸也好,我家里人,村里所有人,干得最多的事就是教训我。是,我不如你懂事,从小就疲沓。说到底,我只不过没有按照你们觉得对的方式活着。小倩的事我当然记着,不但记着,我还会记一辈子。那是我欠你的,但不代表我一定得像你一样,什么都听爸妈的,什么都按照别人的想法去做。"

杨树的话只说得我头痛欲裂,比起即将公布成绩的社会实践作业,杨树态度的忽然转变更让我觉得担心。他这又是受到什么刺激了?虽然以前杨树干的混账事也不少,但这种话他还是头一次说。

"阿泽,要不是为了你,我根本就不会和沈曼妮那么好。"

杨树理直气壮地指责说得我一头雾水。我什么时候拜托他和沈曼妮搞好关系了?这事怎么就又落到我头上了?

"你喜欢曲易安,沈曼妮是曲易安最好的朋友。我帮你打探情况,你还冲我摆脸色。"

"打住!我什么时候说我喜欢曲易安了?你听谁说的,沈曼妮?"

我停住脚步,把墩布往沙发上一靠,做了个暂停的手势。这都是什么莫须有的事?杨树到底为什么会有这种想法?

"你就是喜欢她,我是你哥们儿,咱俩这么多年了我能不知道?……不喜欢你冲人家笑,不喜欢你怎么那么多话呢?"

杨树摇摇晃晃地从厨房走过来,晃到我面前,拍着我的肩膀一副已经看穿一切的模样。

"去你妈的。杨树,你喝多了吧?你不欠我什么,我要是有喜欢姑娘自己会追,用不着你。滚去睡觉,我当今天的事没发生。"

我也不知道自己为什么会那么生气,是因为杨树那副施舍人的态度,还是因为他说的内容。不管因为什么,我只觉得再和他聊下去,我迟早会动手。

"是我醉了，还是你醉了？阿泽，自欺欺人没用……我要是醉了，那你就没醒过，打从遇到我开始，你就没醒过，你根本不知道自己想要什么。算……了，我不……和你说了，头晕，明儿见。"

杨树回屋睡觉了，剩我一个人在客厅发呆。从小到大杨树最可恶的地方一直没变过，纯粹地站着说话不腰疼，完全不理解什么叫身不由己。总以为所有人都和他一样为所欲为，家里也会支持。我要是像他一样，早就千夫所指了。

收拾屋子收拾到后半夜，躺在床上，我只是睡不着。我很难分清是因为杨树的话，还是明天即将公布成绩的社会实践课作业——我的第一个建筑模型。凌晨四点，外面天空开始有一线白的时候，我终于睡着了，带着一连串的疑问和不敢回答的答案，进入了梦乡。

第二天早上八点，我走进课堂，教授已经到了，正一脸欣慰地盯着我瞧。

"Cheng Ze, Great work!"

（承泽，非常不错的作业。）

我从教授手里接过第一次的社会实践课成绩，鲜红的 A（相当于国内 95 分以上）让我松了一口气，这些日子的努力总算没白费。还没等我来得及向教授表示我的感谢，Tony 就从我身后挤过来。

"How about mine?"

（我的作业呢？）

"A it is."

（当然是 A）

教授从身后拿出 Tony 的报告递到他手中，冲他笑了笑，显然也是很满意他的作品。

"Disappointing? You will learn this one fast!"

（觉得失望了？你会很快适应的！）

Tony 扬扬手中的报告，冲我嘲讽一笑，大摇大摆地走向属于他的位置，双脚一翘架在眼前的桌子上，好像这教室就是为他而开的一样。

"Hope you can say the same after the competition!"

(希望你比赛之后还敢这么说!)

我回了一句,在相反的方向坐下,打开书包拿出笔记本。

Tony 闻言起身道:

"You will learn what humble is afterwards. Do not think I don't know the ways you Chinese 'create', copy and paste is all you can do!"

(我倒觉得比赛后你就会学会什么叫谦虚!别以为我不知道你们中国人的"创新"方法,抄袭和拷贝是你们唯一掌握的技巧!)

"Well, patriotism is good. Loving your country does not mean seeing all the others as enemy. If that so, what's the difference between you and Hitler?"

(恕我直言,爱国主义并无不可。但热爱你的国家并不意味着你要把其他国家的人都当作敌人。如果你这样做的话,那么你和希特勒的区别在哪呢?)

"You……"

(你!)

Tony 未竟的反抗被教授打断,班里来取作业的学生已经陆陆续续坐下了,我和他的争论显然引起了其他学生的关注,已经有人开始拿出手机拍摄了。教授这时候终于站出来维持局面:

"Enough! Both of you have great talent in what you have learned. You should give away the thought of which country you belong and contribute your power to all the human beings."

(够了!你们俩在所学的领域都很有天赋。你们应该放下国别之争,向人类贡献自己的力量。)

Tony 听了这话重新坐下不再吭气,我也继续低头翻看教授的评语。但我和他心里都清楚,这事远远没有结束,也不能结束。

"See you at the match!"

(比赛见!)

Tony 离开教室的时候多留了几分钟,特意和我说了这句话,才推门出去。这更坚定了我要在比赛中获胜的信念。

虽然在国内的时候我也听说过外国人的不友好,及对中国人的偏见,但耳闻和亲身感受完全是两码子事。

说什么中国人就只会抄袭?别开玩笑了,如果当真是这样,老美到今天可能还在羊皮纸上写信呢。

和 Tony 的冲突让我到晚上吃饭还带着火气。杨树见惯了我发脾气,倒是没什么,沈曼妮和曲易安都吓了一跳。自从考过了 140,杨树也不知和两个女生达成了什么协议,三天两头地带人回家来。我最开始非常抗拒,后来也渐渐接受了。

一顿饭吃完,曲易安追到厨房里帮我刷盘子,杨树和沈曼妮在客厅里继续喝酒,谁也没有过来帮忙的意思。

"你是不是心情不好?"

曲易安把刷好的盘子从池子里拿出来递到我手上,再由我举到柜子里。

"没什么,学校有点不顺。"

我无意与她多做解释,反正说了她也解决不了。她会这么问,显然是我今天的态度吓到她了。这倒让我有点愧疚,不管我对沈曼妮怎么有意见,对 Tony 怎么生气,都不关她的事。人家好心来帮忙,我总不好再摆脸色。

"我听杨树说你是要和一个美国人比赛是吧?建筑设计的事。我回头和曼妮说,不要总来这边了,来了你还得做饭,耽误你学习。上次雨夏的事多亏你帮忙……你有什么需要帮忙的就直说,我能帮上的,一定不推辞。"

我转头看了眼曲易安,小姑娘正真挚地盯着我瞧。这点上我一贯佩服她,自我脸上有疤之后,其他女生别说盯着我,正眼看我的都少,只有她,好像什么都没发生似的。

"不用。你少让沈曼妮来已经帮大忙了。帮我看好杨树,他不出事就是对我最大的帮助。"

我叹了口气,看着客厅里又搂搂抱抱的两个人,只觉得太阳穴都突突跳着疼。

"好，我这就和曼妮说……本来也是，就补了个课成天来你们家蹭饭吃……我也……觉得挺不好意思的。曼妮和杨树提了，搬家的事，等我们从宿舍搬出来有自己做饭的地方了，就不用老麻烦你们了。"

曲易安说完拿起刷子开始刷池子。沈曼妮好像听到了自己的名字，晃悠到我跟前，眯缝着狐狸眼笑道：

"聊得挺好啊，怎么还提到我了？"

"曼妮，关承泽要准备学校的比赛。咱们以后少来吧，耽误人家时间。上次雨夏的事，咱们还没谢谢人家呢，还麻烦别的，我觉得不太好。"

我还没来得及开口，曲易安就抢先把话说了。沈曼妮的目光在我和曲易安之间徘徊了一会儿，哼了一声道：

"悠雨夏的事和我有什么关系？朋友之间不就是要多走动吗？成天也不见面，那还叫朋友吗？不过你说得对，人家的比赛可别给耽误了。关承泽，你可得好好比。你看，我家易安对你可是期望很高啊！"

沈曼妮阴阳怪气地说完了这段话，转身向客厅走去，示威般地和杨树耳语。我隔得太远，不知他们说了什么，只能叹了口气。

"关承泽……你别太往心里去。曼妮就是和雨夏关系不好，不是针对你。她不是也答应了嘛。你放心，我一定看好杨树，不让他去奇怪的地方。"

我闻言只能点点头，心里却不以为然。以沈曼妮的功力，十个曲易安也不是她的对手，指望着她能看住杨树，纯属痴人说梦。不过杨树的事，我都管不了，其他人就更不要说了。顺其自然吧，沈曼妮她们不来，我不用做饭，总算是解脱。

"谢了，我送你。"

眼见沈曼妮和杨树套上衣服准备走，我也甩甩手上的水，套上羽绒服。沈曼妮和杨树说说笑笑走在前面，我和曲易安坠在后面沉默着。当时走在路上的四个人都没有想到，有一天我们几个会闹到形同陌路。

6

沈曼妮也是个说话算数的人,答应了不到家里来,就真的再也没有来过。只不过她不来,曲易安也跟着不来了。杨树生气了没两天,也就好了,又是一天熬夜查资料,我到家的时候杨树居然还没睡。大厅灯开着,杨树在电脑前面浏览网页。

"干吗不睡?又考试?"

我纳闷,杨树这真是转性了?怎么忽然还爱学习爱劳动了?

"没有,易安给你查了几个网站,和建筑设计相关的。说让我回来给你看看。"

"留个条就行,干吗非得当面说?"

我一头雾水,边脱衣服边埋怨他。倒不是别的,我累点无所谓,杨树要是病了,爹可饶不了我。

"易安交代的事,我哪敢怠慢。您老现在是重点保护动物,她还教育我得多给你补补呢,不能总麻烦您,不能总让您担心牵扯精力。"

"她真这么说?"

想到曲易安那张素白的小脸,我忽然有点感动。从我出生到现在,除了我娘,从来没人这么关心过我。就算是梁爽,也是需要我关心多过关心我。杨树当然也关心我,只不过方向和观念上总是错的。

"是。您老洪福齐天。等我什么时候把程成解决了……算了,不牵扯你精力,交给我就行了。"

一番话听得我莫名其妙,这又关程成什么事了?我摇摇头,开始浏览曲易安找来的几个网站。不少网站都很小众,但是设计感很强,欧洲的设计师居多。从设计风格和类型来说正是我需要借鉴的,也不知她是怎么查到的。

"有用吗?"

杨树站在椅子后面问。

"很有用,帮我谢谢她。"

"要谢你自己谢。记得给人做顿好的。"

杨树说完转身就进屋去了,留我一个人在客厅里研究各种网站上的设计。自从我开始准备比赛,我和杨树也是聚少离多,专注于比赛的我也没有那么多工夫管他到底在干什么,只希望别惹出祸来就好。我摇摇头,把脑中那些想法都扫出去,重新专注于屏幕上的资讯。

欧洲代表性的建筑风格主要集中在巴洛克、洛可可、哥特式几种上,基本都以强烈的欧洲中世纪宫廷风著称,这些建筑风格虽然华丽,却和战争纪念堂这种肃穆的风格不符。反而容易给人过于浮夸的视觉感受。中式建筑虽然在国内时更多接触,但显然也和西方审美不太相符,很难做到让西方人全盘接受。

美国近几年的建筑多以对称结构的玻璃大厦、圆弧状广场等为基底,也有一些更加偏乡村的区域选择使用木制建筑。我还在冥思苦想设计方案,就听见身后有响动,一回头就看见杨树穿着羽绒服正要出门。

"你又干吗去?"

我揉了揉已经有些酸涩的眼,起身活动了一下腰问。

"买点夜宵去,给你补充点热量。你最近这体重掉得……看着吓人。"

杨树一番话说得我一愣,随即有些感动。总说杨树不懂事,这不是挺懂事的嘛!要是他爹看见了,怕是得热泪盈眶吧?

"不用了,柜里有泡面。你吃不吃?我给你也泡一碗?"

我拦住杨树,走向厨房弯腰拿了两袋子方便面,见他隔着吧台冲我点头,嬉皮笑脸道:

"说起来有日子没吃泡面了,上次吃是什么时候?你刚考上研究生的时候?"

杨树说完凑过来坐在料理台上看我烧水,我一边拿碗筷一边回忆。说来也奇怪,杨树记这些鸡零狗碎的东西尤其清楚,我是打死也想不起来到底上次是什么时候吃的了。

"不提这个了。哎,我说,你那个比赛,靠不靠谱啊?"

杨树换了个话题，跳下料理台走向冰箱从里面拿出两罐啤酒，扔给我一罐，自己打开一罐仰脖就喝。

"那么回事吧。陆鹏找一鸣去帮我打听 Tony 的风格了。只要不撞风格，能不能拿奖不好说……"

我接过啤酒打开，罐子一扔之下激荡得出了泡沫，我赶紧用嘴堵上，后半句淹没在冰冷的黄汤中。

"你可别输了啊。我跟你说，这事啊，留学中心好多人都知道了。他们还说出结果那天给你加油打气去呢！"

杨树边说边把啤酒罐子扔进垃圾桶，啤酒罐子撞在桶沿儿上"当啷"一声坠地"身亡"。

"就算不拿奖也不可能比他差。"

我终于腾出嘴来，完成了未竟的句子。

杨树闻言松了口气，凑过来盯着盖着盘子的大碗道：

"这玩意什么时候熟啊，这会儿我倒觉得饿了。"

"再五分钟。"

我看了眼表，已经夜里四点二十三了，要是放在国内，这个时间我早就睡了。以前在国内的时候总听身边人说国外的学习多轻松，亲身经历了才明白，其实和国内没什么区别。想及格容易，想拿 A，想拿奖，想拿奖学金，一样得熬夜。

"阿泽，你说我当初怎么就想着要出国了呢？"

杨树的嘴就是闲不住，清静了没有一分钟，又开始发表言论。

"你不是说不想结婚，不想找工作，不想尽孝嘛。"

我没好气地瞪了他一眼，走到垃圾桶旁边把啤酒罐子扔进桶里，杨树在碗前面托腮等着，愣了一会儿道：

"国外太冷清了，来回来去就是那些人，我又不交外国朋友。咱在国内时候一出去二三十个哥们儿，多热闹！哪像这儿，想找个带把儿的喝酒都费劲。"

"你想回去了？"

我有点惊讶，从杨树和我到了加拿大，这还是他头一次说国外没意思呢。

"不是。我就觉得……总玩儿也挺没劲的。"

杨树这话说得我已经不只是惊讶,简直是震惊了。杨树长这么大,从来都觉得一天到晚玩是理所应当的,这到底是出了什么事,他居然开始转性了。我正准备问,杨树却已经将魔爪伸向了盖着碗面的盘子,捎带手因为烫打碎了一个。

"卧槽!"

"烫着了?冲凉水!"

我把水龙头拧开,杨树涮着他的爪子,我赶紧把地上的碎片给拾掇了,省得一会儿杨树蹦蹦跳跳再酿成新的大型事故。

"算了,不吃了,这泡面和我犯冲。睡觉去了,你也早点。"

杨树说完了就捂着他的手回屋去了。我一边吃面一边看资料又熬了一个小时,最终也撑不住眼皮,瘫倒在床上。

第二天,我刚从教室出来,就看见陆鹏迎面走来,冲我扬了扬手中一沓子纸。

"一鸣帮你查到了,Tony 是建筑世家,一直走洛可可风,近两年转为概念设计。拱形设计是他的得意技。"

我接过陆鹏递来的资料细细浏览,从家族历史到建筑风格,还有 Tony 从中学开始参加比赛的各种资料,不得不承认,赵一鸣真是神通广大。有这样的侦查技巧不去中情局工作简直是浪费人才。

"谢了。下午有课吗?我请你吃饭?"

陆鹏闻言摇头道:

"不了,一会儿还得陪雨夏写作业呢。"

我听了这话拍了拍陆鹏肩膀笑道:

"可以啊,守得云开见月明?"

陆鹏边往楼外走边叹气道:

"可别拿我开玩笑了。还是老样子,雨夏……哎……也不怨她,都是我自己选的。我非要和她当朋友,人家已经拒绝过我了。"

陆鹏说完冲我挥挥手跑开了,我见状不由得摇头。还真有这么痴情的,就算悠雨夏条件再好也没必要在这一棵树上吊死吧?

我拿着陆鹏给的资料到图书馆去继续看资讯。有了Tony的设计风格,现在唯一要做的就是规避他可能会设计出来的作品。毕竟如果做得太像,少不得又被扣上中国人抄袭的帽子。

我看了几个小时起来活动活动身体的时候,正看到易安抱着一摞书从门前走过。我走过去刚想和她说句谢谢,却看到程成走在她前面拎着更沉的一袋子书,两人说说笑笑不知在聊什么。我停下脚步,转身回到了阅读室。

整一个下午我一直在看各种材料,但易安和程成走在一起的一幕却一直在我脑海中挥之不去。犹豫了一下,我还是拨通了她的电话,邀她来家里吃饭,就当感激她帮我找资料。易安再三推辞,我还是执意邀请,最终她勉强答应第二天晚上会和杨树一起回来,条件是带上沈曼妮。

易安答应来家里让我莫名地松了口气,我早早就把牛排买好腌上,以自己都难以察觉的雀跃心情上完了一整天的课,直奔家里,开始做饭。

7

我和沈曼妮的单独相处事出突然。我叫易安和沈曼妮一起来家里吃饭,牛排都准备好了。不知为什么杨树又把易安拐带到中国城去吃河粉了。我想去,但家里饭已经做好,最重要的是,被杨树"放了鸽子"、莫名其妙被扔在学校的沈曼妮也还没吃饭。

沈曼妮要来,我总不能不让。头一次和她单独相处我不太适应。好在她也是开朗的人,进门的时候拎着一袋子啤酒,缓解了我的紧张。几杯啤酒下肚,盘中的肉也吃了一半,我这才注意到这个瘦削的女人真的很能吃。她漫不经心地继续倒着酒,然后摇晃着高脚杯里的黄色液体,勾了勾薄薄的嘴唇道:

"你跟我说实话,杨树是不是喜欢我家易安?"

我不置可否，专心对付盘中的小油菜，假装没听见。归根结底，这是杨树的感情，我就是和他再"铁"也没资格决定他是不是喜欢一个女生。

"不想回答？没关系，换个你能回答的问题。你是不是喜欢易安？"
"不喜欢。"

我愣了一下，放下筷子一本正经地盯着沈曼妮回复道。

"哦——那好，你不喜欢易安，杨树也不喜欢易安，那易安喜欢程成干你们什么事？"

我盯着沈曼妮，头一次觉得她细长的眉眼带了讥讽的时候有点像狐狸，好像下了个套子等着我钻进去，而我明知有问题，却没有别的路可走，只能踏进去。

"他不像好人。"

我想尽量让自己自然一点，但从高脚杯里面溢出的啤酒沫还是泄露了我的慌张。我"腾"地站起身去厨房拿了抹布开始擦桌子。

"那你们觉得谁像好人？我跟你说实话吧，男人就没有好人。你说你不喜欢易安，杨树也说他不喜欢易安，然后你们都一门心思对她好。我问你们，图什么呢？别看你们大我这么多岁，感情的事，未必有我想得明白。你俩明争暗斗的，看得我都脸酸，他给易安夹肉，你就给易安夹菜，他给易安拿饼干，你就给易安倒水喝……你说，这如果不是喜欢，是什么呢？"

我不说话，只是低头擦桌子，好像桌子和我有仇似的狠狠地擦。沈曼妮的话让我不由自主地想要躲避，她说的这些问题，我和杨树都刻意忽略过去了。我们为什么要对易安这么好？根本上讲，她人再好也只是一个不相干的姑娘，和我们任何一个人都没有血缘关系，我们对她的好确实远远超出了朋友的界限。

沈曼妮显然不管我内心是如何起伏的，自顾自地又开了一瓶啤酒，继续她的发言：

"我有时候经常想，杨树可能和你是一个想法。你俩心里都觉得对方喜欢易安，所以都忍着不说。但是看易安和别的男的好，你们又不乐意。就拿今天晚上举例,如果带易安出去吃饭的不是杨树而是程成,你俩早过去搅局了。又或者来找我陪着易安一起去,给易安打电话打听情况。我跟你说,这是不正常的,朋友之间不存在这种越界的关心。"

"我没有。我说了,我不喜欢曲易安!"

我猛地抬头把抹布往桌子上一摔,湿了的抹布抽在桌上发出"啪"的一声,吓了沈曼妮一跳,她将翘起的二郎腿放下,把高脚杯放在桌子上叹气道:

"不喜欢就不喜欢,生什么气?我就是给你先打个预防针。既然你们都对易安没那个心思,就别妨碍人家谈恋爱。仔细想想,易安和程成其实挺配的,都稀奇古怪,满脑子别人搞不懂的想法。人家也门当户对啊。还有,你别看易安平常不爱拿主意,实际上可喜欢逗英雄了,还缺乏安全感。她需要个能让她觉得她特别了不起,特别必不可少的人。在程成面前她就"必不可少",程成可是只和她说话呢。"

我听了沈曼妮这话心情陡然沉重起来。我也不知道是因为什么。有一点,沈曼妮确实没说错,如果易安和杨树在一起,我非但祝福他们,而且还会很高兴。如果是程成,我和杨树持相同意见。我很少那么讨厌一个人,以至于坚定地要拆散他们,程成就是其中之一。

"我真不明白杨树被易安灌了什么迷魂药了。如果我和她里面要选一个,怎么也是选我吧,你说呢?"

沈曼妮好像有点醉了,从她狭长的眼睛里我居然看到了一丝怨毒。可能我也醉了,我摇摇头,不置一词。杨树怎么选我不知道,如果让我选,我肯定选易安。谁不喜欢单纯的女孩,难道还能喜欢这种饱经世故一看就不像好人的吗?

沈曼妮走了以后很长时间我都没有收拾屋子,一个人把她留下的酒都喝了。我酒量还不错,喝了六七瓶也就是有点迷瞪的状态。我拉开窗帘盯着外面的停车场看,看不真切,影影绰绰有些人在楼下。国内很难想象的寂寞和孤独,在这唾手可得,俯拾皆是。我就那么孤零零地站着,一想易安以后也是要嫁人的,也是要和别人在一起的,就有点心疼。

　　我喜欢易安吗？我喜欢她什么呢？从小到大我的感情经历简单得可怜，恋爱经历也只有大学时候和梁爽的那两年。易安和梁爽都是北京人，却很不一样。梁爽说话总自带一种优越感，易安却不是，如果不是杨树总提起，我常忘了她的出身。和梁爽在一起我总是战战兢兢，生怕哪句话没说好，惹她不开心，和易安在一起我却没有那么多顾忌。难道我是因为这个喜欢她吗？

　　还是因为她是头一个认识我和杨树，却对我的关心超过杨树的人？我要是真的喜欢她，杨树怎么办？杨树好像也挺喜欢她的。酒精作用下我脑子迅速成了一团糨糊，迷迷糊糊地坐在沙发上发着呆，想着心事。

　　杨树回来的时候我已经趴在沙发上了，用杨树的话说，脸朝下，死狗一样地趴在那儿，看着特别沧桑，特别精尽人亡。

　　"吃得怎么样？"

　　我爬起来，胳膊上、脸上睡得全是印子，杨树盯着我看了会儿，"啧啧"两声然后摇头道：

　　"你说易安眼光是不是有问题！今天我问她，要是咱俩里面选一个她选谁，她说选你，你看看你这个狗德行！"

　　杨树说完踹了我一脚。

　　"啥？"

　　我一骨碌从沙发上爬起来，揉了揉眼睛，盯着杨树发愣。

　　"易安真的是瞎了，哎……看上程成我也认了，毕竟高富帅，你说我怎么沦落到和你比还能输的分儿上了呢？"

　　杨树捶胸顿足，从地上拎起一瓶啤酒晃了晃，发现已经空了又扔回地上任凭它滚来滚去。

　　"……她说为什么了吗？"

　　我还是觉得酒没醒出现了幻听，易安这么说应该是逗杨树呢吧。一定是杨树又说什么话占易安便宜，易安才故意用我气他的。我这么想着把空瓶子捡起来往厨房走，听见杨树在背后开口道：

"说你成熟稳重踏实顾家,适合当老公。我这种……比较适合当个出轨对象,玩玩。"

"哈哈哈哈哈哈哈!"

我的酒彻底醒了,在厨房里笑得停不下来。易安总有办法把我逗笑,没认识她之前我所有笑容的贡献者都是杨树,认识她以后总算又多了一个途径。

"笑毛线笑,听不出来人家是和我调情呢吗?"

杨树冲到厨房勒着我的脖子强迫我认同他的答案。

"听不出来……哈哈哈哈哈哈哈……出轨对象……你也有今天!"

"易安就是说着玩的你还当真啊,她不是喜欢程成嘛。那货在一天,别的男人就都没戏。"

杨树一句话又把我说醒了。也对,这就是个假设情况,"如果"是世界上最没用的假设,"如果"要是真的能成,就没那么多悲剧了。我挣开杨树的手就着水池子冲了冲有些发黏的手指,然后坐在料理台上叹气道:

"有个坏消息要告诉你。沈曼妮刚才说了,咱俩要是都对易安没那个意思,就别打扰人家和程成谈恋爱。"

杨树听了这话竟然什么都没说,扭头进了卧室。我跟在他后面本来想逗他两句,看他没那个心情,也就算了。我不是个"虚荣"的人,但是躺在床上想到易安说我"成熟顾家适合当老公",即便是句客套话,我也高兴得很。那天我躺在床上傻笑了很久,无忧无虑得像十八九的小伙子。

8

比赛的日子一天天近了,我的建筑模型也逐渐成型。杨树这段日子表现真的很不错,不但没给我添麻烦,还找了一群留学中心的学生轮流给我送资料,也不知给了人家什么好处。到了出成绩的日子,杨树、赵一鸣、陆鹏、沈曼妮、曲易安、悠雨夏都跟着来到了展馆。我得了特别奖，Tony 却一无所得，直气得他脸色发青，表面依然不肯低下高傲的头颅，还一副用鼻孔看人的态度。

"Although Muse favored you this time, I shall beat you next time!"
（尽管缪斯女神这次站在你这边，我下次还是会打败你的！）

"Muse favored no one. I am here only to prove Chinese can create without copying."

（缪斯是没有偏心的。我会在这里只是为了证明中国人也可以不靠抄袭创新。）

Tony 闻言哼了一声，不再言语。毕竟他输了比赛，说什么也只是更让自己丢人罢了。我和他一前一后走出场馆。没想到的是，A 班加上 B 班五十来人，凡是还留在加拿大没回国的，全都来了，直接就把跟在我身后一直装作若无其事的 Tony 看傻了眼，愣在原地，不知下一步该迈出哪条腿。

A 班班长马杰森见我出来，笑着迎上来道：

"恭喜啊！情况我都听一鸣说了。原来在留学中心的时候大家也不常聚，兴许……有些人还和你……有点误会。现在都出国了，理应多聚聚。这不，一鸣跟我一说，我们一拍即合，叫上大伙儿，借着今天这个机会都过来一趟，也让那些外国人看看咱中国人还是挺团结的。"

马杰森话都说到这分儿上，我不领情显然不合适。于是一大群人浩浩荡荡地去中国城吃川菜，直吃得免费赠饭的川菜馆老板欲哭无泪。

杨树罕见地在这种大席面上没有乱跑，老老实实地坐在易安旁边，给她夹菜，不吵不闹地，看着都不像我认识的那个人了。不知怎的，我忽然想起那天沈曼妮的责难，说我和杨树都对易安有那么点儿意思。我也不清楚我到底喜不喜欢易安。至于杨树，现在看着，还真不好说。

"大家静一静！静一静！我说两句啊！"

赵一鸣拿着话筒站在饭店用来办婚礼的舞台上，清了清嗓子，示意他要发言。

"上次这样聚还是在国内。那时候我跟大家说，敬自由！现在我想问大家自由了吗？"

"自由！特自由！"

一个 A 班的男生扯着脖子喊了一句，逗笑了一屋子的人。赵一鸣也跟着笑了两声，然后重新拿起话筒道：

"今天能在这儿的各位，我要给你们点个赞！这是什么地方啊，加拿大，埃德蒙顿。我们中的大部分人，在这都没有亲人，朋友也就是那么几个。没离开中国的时候，就咱这些人，有几个知道孤独寂寞到底什么感觉？来这半年，估计全都感受到了吧？能坚持到现在的都应该竖个大拇指。再过个一年半载，能留在这儿的估计更少。我想说得是，兄弟们姐妹们坚持住！咱不能把世界让给咱看不上的那群人！"

我边喝酒边听，觉得赵一鸣这小子口才真好，这要是生在美国，没准能竞选个总统什么的。赵一鸣煽动性的话语让不少在场的男生热血沸腾纷纷叫好，也让不少女生泪洒当场。我转头看了眼杨树，他依然在盯着曲易安，完全没有凑热闹的意思。

"嘿，干吗呢！"

或许是因为太少见到这样的杨树，我忍不住开了个玩笑，在他后背上重重一拍。

"有事？"

杨树转头看了我一眼，轻咳了一声，缓解了尴尬。

"没事。你怎么回事，吃噎着了？"

杨树见我开他玩笑，叹了口气摆手道：

"可饶了我吧，要不你帮我劝劝？易安本来要去陪程成，让我忽悠到这来了，我说在这也能见……现在吧……"

"人没来，解释不了了？"

"可不……哎，早知道就不撒这个谎，看看这事弄得。不过程成也是杀千刀的，都这么叫了，告诉他全班都来，全留学中心都来，他也不出来，这货是蜗牛转世啊！"

杨树愁眉苦脸，我看了只觉得可笑。想不到从来智计百出的杨大少遇上感情这档子事也是只能认怂。

"怎么不叫你的好朋友沈曼妮帮着劝？"

我抬抬下巴指了下远处正和一个男生抽烟抽得起劲儿的沈曼妮，杨树起身看了一眼又坐回原处低声道：

"你就别拿我开涮了，指着她，我还不如指着程成忽然想通了答应过来呢。"

"程成你是指不上了，但是八卦还是指得上的。"

我还没来得及再损杨树两句，赵一鸣已经从舞台上下来走了过来，听到我们的对话，拍了拍杨树肩膀道：

"易安的事就交给我吧，不就是个程成嘛，他不来，天还能塌了不成？"

杨树起身给赵一鸣让座，赵一鸣坐到易安身边耳语，也不知说了什么，易安瞪大双眼起身道：

"天啊！你真找到他了？"

赵一鸣笑嘻嘻地夹了一筷子水煮鱼，细细品过，又吃了口米饭，才开口道：

"那当然，我出马，哪有找不到的人？"

"你找到谁了？"

杨树在旁边听得一头雾水，赶紧打断以彰显自己的存在感。

"纪凌凯，我们家纪大少。千躲万躲还是让我给找到了。人家还是开着玛莎拉蒂住着别墅豪宅，盼着人家走背字的趁早省省吧，过得再好没有了。"

这话一出我们这桌顿时成了众矢之的，就连原本围在"小刘亦菲"悠雨夏身边的男生都凑过来等着听赵一鸣说纪凌凯的近况。

"你们这是干吗啊。我就不剧透了，反正再过两天，纪大少就进入学了，到时候你们就都能看到他了。"

赵一鸣慢条斯理地摘着夫妻肺片里面的花椒，夹起一片在茶杯里涮涮塞进嘴里。众人顿时爆发出嘘声。赵一鸣见状伸手安抚了下大家，笑道：

"看看你们这群人八卦的，我就是弄到期末考试题要公布，你们估计都没这么关心。得，我好人做到底，就把纪大少叫来让你们看看，省得你们老惦记着。"

赵一鸣一个电话过去,半小时之后纪凌凯就驾着他的荧光黄玛莎拉蒂来了。过了半年再见纪凌凯,我只觉得他好像有点不一样了,虽然还是一身定制,但隐约有什么说不上来的变化。

"您失踪够久的啊,甄以南都嫁人了。"

杨树见到纪凌凯一个没忍住又出言讥讽,纪凌凯却一改之前的态度,摇头道:

"对她来说嫁人也是好事,像她那样的女生在外面容易被骗。"

杨树一记直拳被人家太极回来,顿时没有好脸色地闭上嘴坐回原位。

"纪老大,雨夏也在呢,你要不要和她打个招呼?"

赵一鸣跟迎接皇帝似的鞍前马后,纪凌凯却并没有接话,盯着在场的各位一个个看过去,最终把目光定在我身上,向我伸手道:

"恭喜了!你的事我都听说了。"

纪凌凯这么客气,我也不好驳他面子,冲他点了点头,手却并没有伸出去。纪凌凯愣了一下,看了眼站在我身后的杨树,了然地收回了手,留下一句:

"今天的饭我请了!"

扬长而去,留下一片欢呼声。

"就显他能个儿,有什么了不起的。"

杨树气鼓鼓地原地坐下,轻咳了一声。

"你不得谢谢人家啊,要不是纪凌凯和一鸣,你怎么收场啊!"

我指了指已经起身向悠雨夏走去的易安,杨树的目光跟着易安走了一段,最终转头落在眼前的茶碗上,摇头道:

"以后我再不揽这事了,回头她再不理我了,不值当的。这一个两个啊,都傻帽似的,我这当月老的啊,再把自己搭上。"

杨树阴阳怪气地说完,也端着酒杯找人碰杯去了,留下我一个人在原地坐着。过了一会儿马杰森拿过话筒,高声道:

"我们还没来得及恭喜关承泽获奖呢!在场的各位,请你们举起酒杯，敬我们的前程，也敬中国！"

"敬前程！敬中国！"

五十多人在马杰森和赵一鸣的指挥下站成三排，杨树挺高的个儿，非得不守规矩，挤在我和易安身边照。当时的我并没意识到，这是我唯一一张和杨树、易安一起的合影，如果我知道的话，大约不会选择在那个时候闭眼睛。

托纪凌凯的福，那一天大家都喝得极为尽兴。杨树毫无疑问地又喝高了。我拖着他往家走，他晕晕乎乎地靠在我身上，满嘴酒气，断断续续地问：

"你说……咱这拨同学……最后真能学……学成回国的……有几个？"

我摇头，把他往身上背了背。杨树的长腿打在我的腿上，酒嗝在我耳边响起，过了好一会儿，我以为他彻底昏死过去了，他却笑嘻嘻地开口道：

"我猜……也就三四个吧。"

醉话，五十多人呢，怎么可能就三四个学成回国的？我没搭理杨树，变背为扛，半拖着杨树进了屋子，把他摔进卧室，重得跟死猪似的。那时候的我根本就没想到，杨树的预言竟然在三年之后成了真。

9

一晃四个月过去了，易安也考上了大学，至此，留学中心 A 班除了沈曼妮全员都进入了大学。B 班头半年就有实在不适应回国的，剩下的十来个人中，没考上大学的有六七个，最终还是回去了，留下的大多选择去别的城市发展。只有杨树，依然是逃一半上一半，日子一天天地混，还卡在 ESL145 上过不去。

又是一个星期天，我和杨树起了个大早。易安和沈曼妮终于也从 Lister 搬了出来，房子是杨树给找的，就在我们隔壁楼，也是一居室。易安睡厅，沈曼妮睡卧室。从这天起，我们两家的距离正式缩短为

"一碗汤"。

我们赶到的时候易安和沈曼妮已经到了,背后停着一辆运家具的皮卡,上面堆放着零散的材料。一打眼也是从宜家买的,组装家具。

易安一如既往穿着咸菜色的羽绒服,戴着一顶毛线帽子,踩着雪地靴在原地蹦来蹦去;沈曼妮依然一副"美丽冻人"的样子,厚呢子的外套,大红围巾,一张脸还是化得看不出本来面目。

"哟,来啦?"

沈曼妮大踏步走过来打招呼,冻红的耳朵和鼻尖暴露了她其实也是怕冷的。

"嗯,今天就咱几个?"

杨树上前,非常自然地把手套摘下来递给沈曼妮。沈曼妮也不含糊,接过来就戴上了。我看了不由得眉头一皱。杨树这小子还是不长记性,看来小倩这一课还是上得不够深。

"程成也来。"

易安接了一句。

沈曼妮一听这话就不悦道:

"他来干什么?添乱?"

眼见易安被噎得说不出话,杨树也不帮腔儿。我只能开口道:

"搬家这事,人多力量大,多个人也没什么不好。"

易安感激地看了我一眼,沈曼妮哼了一声不再言语,杨树若有所思地盯着我开始打量。我别过头去并不看他,我认识他这么多年,一看他这副样子,用脚指头想想都知道他又想歪了。

我和杨树已经上下几趟把零散的床板、桌子、椅子的部件都拿进了屋子,程成还是不见人影。沈曼妮终于忍不住开口道:

"哎,易安你打个电话,问问你那位到哪了。再等会,他来这就成纯吃散伙饭的了。"

"……兴许他有事呢?"

易安犹豫不决,看得我和杨树不约而同地撇嘴。这破地方能有什么事?一天到晚除了吃喝拉撒和上学,就是闲待着。

"你不打我可打了啊。我说你，平时也挺有主意的，怎么一沾上程成就变智障了啊！你说他哪好啊，长得是还行吧……"

沈曼妮扯着脖子教训易安，程成慢悠悠地从远处走过来，见到沈曼妮、杨树和我，只是冲我们点了点头，然后就走到易安面前，压低声音不知说了些什么。

"没事没事，没关系。你能来就好。其实……其实也没有那么多活儿，我看看，床垫还没搬，要不你帮关承泽和杨树他们搬一下？两个人肯定搬不动。"

易安摆摆手赶紧解释，沈曼妮闻言翻了个白眼挑眉道：

"程大少，您老可来得够早的啊，再晚点，直接吃个饭就可以走了。"

程成依旧是不理沈曼妮，跟没听见一样向皮卡走去，我正准备跟上去搬床垫，杨树就拉住我，低声道：

"别去，看他怎么办。"

程成上了皮卡伸手把床垫拿下来，转头看到我俩站在原地没动，也是一愣。他就这么看着我们两个人，也不开口，站在皮卡前面拖着个床垫也不知想干什么。

"程成……我帮你！"

易安见程成站在原地手冻得发红，也不管自己的小体格是否能拽起那么大一个垫子，冲上去就帮着程成把垫子往单元门里面拖。

"……沉不沉？"

程成好像想说什么，动了动嘴皮子最终还是说出一句不冷不热的话。

"不沉不沉，你没事吧？我个子矮，你这么擎着腰累不累？"

易安的小身子几乎被床垫压弯了腰，还得腾出工夫来"关心"程成。程成拎着床垫一角和没事人似的往前走，易安被拖得几乎摔倒。

沈曼妮终于也看不过眼，站在单元口扯着脖子冲我和杨树喊道：

"杨树、关承泽！你俩就这么看着啊？是想易安被压死啊！某人没脑子你俩也没脑子啊！"

杨树见状耸耸肩，上前把易安推开，拎起床垫的一角往前一推，把走在前面的程成推了个趔趄。我上前抓住另一角，也快步往前走，赶落得程成也只能加快脚步上楼。

"不是我说你，哪有女孩搬床垫的？你是要疯还是怎么着啊，腰疼不疼？胳膊呢？以后别犯傻了，程成他再怎么不爱说话也是个大老爷们儿。这种体力活就交给他们大老爷们干，你不要抢他们的活，知不知道？"

我和杨树下楼的时候正赶上沈曼妮在插着腰教训易安。虽然我平常对沈曼妮有点意见，这次我却是支持她的。易安别的都挺好，就是太倔。什么事都不想开口求人，有事也不求我和杨树，总自己担着。或许沈曼妮说得是对的，这小丫头别看个儿不大，还挺喜欢"逗英雄"的。

"程成呢？"

易安一看我俩下来，第一时间就问程成，杨树闻言没好气地开口道：

"你那位爷抬了个床垫就累得什么似的，在屋里歇着呢。我们可不敢再劳他老人家大驾了。要是伤着了，你还不得和我们拼命啊。惹不起，你上去看看吧。"

易安闻言也有点不好意思了，赶紧开口道：

"我……我以前也没见过他搬东西，想着……想着能帮上忙的，他有什么做得不当的地方，我替他跟你们道歉。谢谢你们，回头请你们吃饭。我……我先上去啦，曼妮……楼下就拜托给你了！"

易安说完，飞也似的跑上了楼，杨树闻言叹气道：

"这是猪油蒙了心啊！什么玩意啊！"

我见状拍了下杨树肩膀道：

"少说两句。沈曼妮你也是，明知道易安喜欢程成，你们老这样，她会为难的。"

沈曼妮闻言啧啧地走出单元门，伸手将皮卡上的小物件抛给跟出来的杨树，然后对我道：

"她要是喜欢个对的人，我肯定什么也不说。问题是你看看……算了，你说得对，骂他也没用，要能骂好，他活了这么多年，早被骂好了。"

我接过杨树递来的灯泡和灯罩，一边往楼上走一边琢磨。喜欢一个人真是很奇怪的一件事，我当初为什么喜欢梁爽呢？其实仔细想想我俩也没什么共同点，就是她条件好，还乐意和我在一起。其实当初能找她，家里已经觉得占了大便宜。

"程成，你是不是生气了啊？"

我还没进屋门，就听见易安的声音。

"没有。"

"那程成你渴不渴？要不我给你沏杯茶？对了……热水壶还在楼下呢……我去取，你等我哈——"

易安慌慌张张跑出来正撞上拿着灯泡的我，她冲我点点头，就直冲楼下，风风火火地像个毛头小子。

我进屋放东西，程成坐在吧台椅子上，不知道在想什么，一副若有所思的模样。屋里一地的东西，就连料理台上都堆满了东西，他在屋里这么久也不知道帮着收拾收拾。倒是会挑地方坐，就那么几个座，他倒先占上了。

本来打算教训他几句，一想易安我又把到嘴边的话咽了回去。我刚还在劝杨树和沈曼妮不要为难程成。自己马上就和他起冲突实在说不过去。本着不和他一般见识的心理，我转身准备离开，就听程成不咸不淡地开口道：

"搬得怎么样了？"

一句话让我无名火起，我也不知道为什么，程成总能轻易激怒我，这也是一种"本事"。我转头走向他，指着一屋子东西道：

"还有一些零碎。你要是没什么事，可以帮着收拾收拾屋子。我是不知道易安叫你来干什么的，但总不会是叫你来新家喝茶的吧？"

程成闻言，面无表情地从吧台凳上下来，指着墙壁一角道：

"那儿原来是个双人沙发，沙发上面有一幅油画。这家人应该是一家三口,华裔夫妇,但是岁数不大,三十来岁,带个孩子,孩子两三岁的样子。那边是电视,挂在墙壁上,地上还有地毯,主人走的时候拿走了,应该是羊毛地毯,不过是便宜货。这对夫妻感情不太好,沙发可以变成沙发床,吵架时候丈夫应该就睡外面,妻子带着孩子睡里屋。他们之所以会搬去别的城市,我想也是因为吵架的缘故。"

程成一段话说得我有点毛骨悚然。房子是杨树找的,房东我也见过,我俩看房的时候和他聊过。确实是一个和妻子有矛盾的中年男人,但房东的信息易安根本没过问,沈曼妮更不感兴趣,杨树也就没说什么。只说有人要搬家,正好空出来。程成显然也不可能见过房东,但此刻他说话的样子却好像是亲眼看到房东在屋里生活一样。我本想教训他两句,一时被镇住,竟找不出话来回复。

"看来我说对了?很正常。我还知道别的事。你,还有楼下那个,都喜欢曲易安。你们骗得了对方,骗得了她,骗不了我。这样有意思吗?对我有意见是吧?我还比较喜欢曲易安的性格,起码有什么说什么,不像你们,就知道藏着掖着。"

程成说完走进厨房从抽屉里拿出一把刀,开始拆屋里的包装袋。我被说得有点蒙,一时也忘了要教训他什么,好不容易回过神来想要教训他两句,易安就拿着热水壶旋风一样地从我身边跑了过去。

"辛苦了!"

易安冲我点点头,打了个招呼,向程成跑去。

"易安——"

"嗯?"

我喊了一声,却不知该说点什么。对着她清亮的双眼,我还是把到嘴边的话咽了回去。

"没什么,你慢点,别摔了。"

沈曼妮说得对,我又不喜欢易安,有什么资格管人家的感情。什么吓不吓人的,易安喜欢就行呗。几个月以后,程成用行动给我上了重要一课,该说的时候不说,是要后悔一辈子的。

10

我和杨树忙到半夜,终于把易安和沈曼妮安顿好了。程成吃过晚饭就走了,我们也没拦,走了清净,在这也是添乱。她们的房子也是一室一厅,易安住客厅,我们给装了个帘子,从房顶吊下来围一圈隔出个小屋,沈曼妮住卧室。她俩房租是七百五十加元一个月,说是因为以前死过人,所以便宜租了。

我其实挺纳闷的,就我所知,易安家里并不算穷。用杨树的话说,易安家里条件起码是比沈曼妮要好的。平日里看她和我们吃东西,也都是各付各的,倒是沈曼妮每次和我们吃饭都不提付账的事。所以说,易安的价值观一般人理解不了,就和她选男人的标准一样飘忽。

搬了新家,自然是要办派对,时间定在下周周末。

我们到的时候沈曼妮在厨房做饭,易安拿着拖把在擦地。杨树把书包往沙发上一甩抢过拖把就开始拖。我长这么大,杨树只有在易安面前才积极干活,上心程度可见一斑。

"给我吧。"

我叹了口气拿过杨树手中的拖把,成功制止了他四处乱抹、把已经擦干净的部分重新污染的行为。

"我还能干点啥?"

杨树转头一看易安又去擦桌子了,屁颠屁颠跟在她身后问道。

"你……你坐那就行,一会儿客人就来了。"

易安抬头环顾了一下屋里,最终还是没给杨树派任何任务。

"哎,别啊!你这是区别对待啊!你看,你总说我幼稚不懂事,可你也没给我表现机会啊!我也能干活啊!"

我还很少看杨树这么着急,这也让我头一次认识到原来他也是有攀比心的。以前那么多人说他幼稚,他也是只当耳旁风,专心当他的大少爷。

"好好好,你能干活……那你出去把垃圾倒了吧。"

比杨树小六岁的易安"安慰"起杨树来就像他的姐姐。很多时候我都觉得他俩在一块儿根本看不出年龄差,杨树像小孩儿的程度让我这个做兄弟的都替他脸红。

易安一说这话,我就听见沈曼妮在厨房里面笑。不知怎的,我又想起那天沈曼妮捅破窗户纸说的话。说我和杨树其实都喜欢易安,只不过碍于对方谁也不肯说。我喜不喜欢易安我有点含糊,但我觉得,杨树好像真的很喜欢她。

"就这一袋?还有吗?"

杨树拎着垃圾还站在门口不肯走,一副"我还能做更大贡献"的模样。

"没有了,一会儿有再叫你。"

易安头也不抬,专心擦着桌子。

"哦。"

杨树有些失落地拎着垃圾走了,没一分钟又探头进来喊道:

"有什么要我买的吗?我可以下楼的时候顺道买点儿上来。"

沈曼妮叹了口气,也扯着脖子喊道:

"带瓶红酒和一箱啤酒上来吧,再买点饮料,怕有爱喝的。别忘了买点水果。易安!你别擦了,陪杨树下楼把东西拿上来,一个人拿着还是沉!"

易安放下手头的事和杨树出去了。屋里又剩下沈曼妮和我。两个人沉默地干了会儿活儿,沈曼妮把手在围裙上抹了抹,坐到沙发上跷着二郎腿抱着胳膊打量我,看得我有点发毛,开口道:

"有事吗?"

"你自己说的,不喜欢易安,你可别后悔。你要是不喜欢,我可就帮杨树了。"

沈曼妮狭长的眼睛还在打量着我,极亮,像是能把我看穿似的,我别过头去,背过身接着擦地。

"你可别告诉我,杨树也不喜欢易安,他要是不喜欢,我就把头发全剃了。"

"他倒是……挺喜欢易安的。"

我也不知道自己当时为什么要那么说，只是觉得杨树混归混，但真能安定下来也挺好。他和易安在一块儿，是我看过的最稳稳当当过日子的状态了。我由衷地希望这种日子能够长一点。

"对吧？我觉得也是。其实我不赞成易安和程成在一块儿。那男人一看心机就重，平常也不说话，一说话就揭别人短，除了易安几乎不理其他人。真想不出这种跟得了自闭症一样的男人哪点好。"

我没想到沈曼妮会说这种话，我以为起码她是支持易安和程成的。毕竟也是她邀请程成来家里玩的。我一贯搞不明白这种说一套做一套的女人，只能沉默以对。

"我发现你话真的挺少的。"

沈曼妮从沙发上起来绕到我面前，她比我还高两三厘米的身高带来一种无形的压迫感。我明明撒谎却有点慌，拎着拖把从她身边挤过去直奔厕所。

"哎……人都是……人活着顾虑太多，真没意思。"

沈曼妮伸了个懒腰，不明所以地说了一句，转身进屋去了。我站在厕所里松了一口气，酸了墩布回到客厅沙发上坐着发呆。杨树和易安过了好久才回来，大包小包地拎了一大堆，和过年回家探亲似的。

"洗点水果，一会儿客人要来了。"

沈曼妮再从屋里出来已经化过妆了，大红唇、浓密的眼线、夸张的圆形金耳环，穿着一件还挺显身材的黑色连衣裙。

"哇哦！美女啊！"

杨树看了冲沈曼妮比了个拇指，易安也在那边啧啧了好久，补充道：

"不愧是曼妮，身材好，穿什么都好看。"

沈曼妮被两人夸得眉开眼笑，原地叉腰转了一圈，和T台模特一样炫耀了一下自己的长腿，然后趿拉着拖鞋去厨房洗水果。

"你穿什么？"

杨树回过神来转头看穿着一身休闲服的易安。易安一脸无辜趴在沙发上发呆，过了好一会儿才仰头道：

"就这身啊。"

杨树皱着眉头打量了一下曲易安，看到她穿了极其普通的白T恤和牛仔裤，看起来倒是干干净净，只是说不上漂亮。

"你这样不行！"

杨树抓着易安的胳膊把她拉到吧台附近，仔仔细细地看了看，摇头道：

"你得穿裙子，腿粗穿裤子不好看。"

"你才腿粗！"

易安气得直拍吧台，把我和沈曼妮都逗笑了。

"哎——你怎么不听话呢，我跟你说——男生没有喜欢不打扮的女生的。我那么多届女友……"

杨树抓着易安胳膊不放，用手揉了揉她的脑袋，恨铁不成钢。

"你那么多届女友现在在哪呢？你不也没对象，还好意思说我。哼！"

被踩到痛处易安是彻底生气了，扭头就走，一掀帘子就进了自己的"小隔间"。

"哎，我，我招谁惹谁了啊！！曲易安！！！我这是为了你好啊！！"

杨树说完就准备追进去，沈曼妮做了一个打住的手势，低声道：

"易安最不喜欢别人说她矮，说她胖了，你可是踩雷了。"

杨树一脸无奈地站在原地，正琢磨和解方案，门铃就响了。沈曼妮去开门，迎进来的居然是悠雨夏。不光我和杨树没想到，就连沈曼妮也是一副没想到的模样。

"啊，已经有客人了？关承泽、杨树？你们好。"

悠雨夏进屋后一看我和杨树，就笑着冲我们打了个招呼。出人意料地，一向不放过任何一个和美女搭讪机会的杨树，见到昔日的"梦中情人"，居然没有迎上去打招呼，只是在原地点了点头，回了句：

"你好。"

"关承泽，上次的事……谢谢你啊。"

悠雨夏说话声音不大，柔柔的没有什么威慑力，和沈曼妮与易安那种活力充沛的声音不同，她声音中有一种软糯，要类比起来就是电吉他和钢琴的差异。总之温柔悦耳得很。杨树听悠雨夏这么说，有些暧昧地瞥了我一眼，那点小心思让我不由得在心里翻了个白眼。

"易安！你怎么也没告诉我还叫了她来啊！"

易安闻讯从帘子里钻出来，瞅瞅沈曼妮又瞅瞅悠雨夏，过了好一阵才说：

"我觉得……人多热闹，再说，再说，雨夏也早说要到家里来看看，当面谢谢关承泽。"

易安低着头像是犯了错误的小学生，就是我再迟钝也看得出沈曼妮和悠雨夏之间这过节还没解开。

"算了，今天人多，我不和你计较。坐吧。易安你去看看程成，怎么还没过来？一个大老爷们，磨磨蹭蹭干吗呢！"

"哦哦。"

易安闻言一阵风似的就跑了出去，杨树见状拿了外套就追出去，边追边喊：

"你想冻死啊！外面零下二十多度呢！"

悠雨夏见状笑得眯起眼睛捂着嘴小声道：

"杨树……是不是喜欢易安啊。"

"就你眼尖，我早就看出来了。"

沈曼妮鼻子翘得老高，一副不屑的模样。

"我看他比程成强啊，易安为什么非得喜欢程成？他到底哪点好啊！"

两个女生在那八卦，我夹在中间也是尴尬。想了一会儿，还是披上外套出去找杨树。杨树那小子做事分寸把握不好，程成说话又不好听，两个人再打起来。

"程成你怎么才来啊！"

我出门没走几步就听见易安的声音，下楼就看到杨树跟着程成和易安垂头丧气地回来了。

"有点事耽搁了。"

再次听见程成不咸不淡的说话声,我浑身又开始发紧,忍不住咳嗽了一声,提醒他们我的存在。

"啊,关承泽,你怎么也出来了?她俩不会吵起来了吧?"

曲易安拨开我慌慌张张地往楼上跑,楼道里就剩下我们三个男人大眼瞪小眼。

"下次易安约你,你早点来。"

杨树一脸不耐烦,走到程成正面,语带警告。

"我早到晚到,和你有什么关系?"

程成见状皱了皱眉,闪身从杨树身边走过去,留下冷冷的一句话。

"站住!怎么能和我没关系?易安是我朋友,我告诉你,你要是敢耍她玩,我跟你没完。"

杨树追上去想拽住程成理论一下,被我拦住,只能站在原地指着程成背后骂。

"什么时候朋友管这么宽了?"

程成回过身看我们,他本来就站得高一级台阶,本身又有一米八几的个子,俯视我们笑着问的时候,自带一种藐视人的轻蔑。

"卧槽你——"

"你们仨干什么呢?一会儿饭该凉了!曼妮让我叫你们赶紧去吃饭。"

易安腾腾腾跑下楼,从上面一层探出头来冲我们三个喊,切断了三人之间的剑拔弩张。

"操,易安在呢,回头再收拾你。"

杨树一拳砸在旁边墙上,从程成旁边跑过去,示威似的揽着易安的肩膀冲我喊:

"快上来啊,一会儿饭没了。"

那一脸笑容灿烂得像是什么都没发生过,看得我忽然有点心疼我这个兄弟。连带着,我心里也难受,要不是易安喜欢程成,这孙子早被我们揍得找不着北了。哪像现在还能在这耍酷充大头。

"可程成——"

"嗨——他那么大个人上个楼还能走丢啊,302。我们先走了,阿泽别让人跑丢了啊。"

易安跟着杨树上楼了,剩下我和程成沉默着并排走。

"到了。"

我拉开门也没给他留门,甩上就进去了,一会儿听见敲门声响了起来。

"程成,哎?门锁了?"

易安跑过去开门,看到程成站在门外冷着一张脸,有点诧异,转头看我,我耸耸肩,看杨树,杨树摇摇头。易安带程成去洗手,杨树冲我竖了个大拇指。我笑笑,上桌准备吃饭。

"易安……"

"曲易安……"

程成和杨树同时开口,声音冲在一起,场面顿时尴尬。

"什么事?"

易安和没事人似的看着两人,好像这尴尬不是因她而起似的。

"帮我夹个鸡翅。"

程成和杨树对视了一会儿,程成先开口道。

"哦哦。"

这话一出口,我和杨树,包括沈曼妮不约而同地皱眉。悠雨夏倒是平静,嘴角带着笑容,托着腮,一副事不关己看戏的样子。

桌子虽然是长条的,但是并不算大,以程成的身高站起来一下夹到鸡翅绰绰有余,但他就是不自己动手,还要麻烦易安给他夹起来放到碗里。

"易安你吃点这个。"

易安筷子使得并不算好,这点在留学中心夹花生米的时候我就见识过了。程成也不可能不知道,只能说他是成心示威。不知怎的我又想起上星期搬家的时候程成那段令人毛骨悚然的分析。

好不容易等易安把那个鸡翅夹到程成碗里,杨树瞪了程成一眼端起盘子,把位于我们面前的辣白菜炒肉拨了小一半儿在易安碗里。

"太多了!别人还吃呢!"

易安有点为难地看了程成一眼,程成头也不抬,低头吃他的鸡翅,好像桌子上发生的事情跟他一点关系都没有似的。

"别人还有别的菜呢,你就吃吧,杨树也是好心。"

沈曼妮也出来打圆场,这会儿我是看出来她起码是站在我们这边的了。但这话说完桌上就又冷场了,隔了好一会儿,悠雨夏才开口道:

"你们有人想喝饮料吗?我有点渴。"

"我去拿!"

易安本来也是一直低气压不敢说话,好不容易有人打破僵局,她第一个站起来往厨房跑。

"我……"

杨树刚准备站起来,就被我按住了。还嫌事情不够大是怎么着?我盯着杨树摇摇头,转脸看到程成正盯着我们看,忽然哼了一声勾了勾嘴唇。如果不是这么多女生都在,我当时绝对冲上去在他那张帅脸上狠狠地给一拳。还好杨树背对着他没看见,不然当场就能打起来。

"雨夏你的橙汁,曼妮你的气泡酒,杨树你的可乐,关承泽你的啤酒,程成……程成家里没有现成的奶茶,你要喝什么?"

易安给所有人发完饮料拖着装饮料的袋子站在程成面前问。

程成用手拿起装着水的玻璃杯,慢条斯理地喝了一口,然后用小拇指垫着放下,看的我心头一阵恶寒。易安站在他面前手足无措,走也不是,不走也不是。看得杨树又忍不住想开口:

"我说你……"

我踹了杨树一脚,他把嘴闭上,气得仰头咕咚咕咚喝可乐。

"就喝奶茶。"

"可……可没有现成的啊……"

易安急得不知道怎么办才好,转头求助地看着沈曼妮。这下连一直好脾气看戏的悠雨夏都看不下去了,柔柔地开口道:

"吃中餐喝奶茶挺奇怪的吧?你先喝点水,易安回去坐吧。要喝也一会儿吃完饭再买,这会儿去买菜都凉了。"

沈曼妮见状也不落人后,起身道:

"程大少你脾气不小啊,我家没有奶茶真是抱歉啊!你凑合先吃着,等吃完了我亲自给你出去买。"

"我又没说非得喝。"

程成嘀咕了一句,抬头看到易安还站在那,皱眉道:

"你干吗不回去吃饭?"

"哦哦。"

易安回到自己的座位,还偷偷看程成的反应。我也看他,阴沉着脸默默吃饭,真和自闭症患者似的。进屋这么久,他好像只和易安说过话,这种阴森森的人易安到底看上他什么?看脸?看个儿?看钱?还是真像沈曼妮说的,易安喜欢逞英雄,缺乏安全感,程成正好需要她,没她不行?

饭吃完了以后几个女生都去归置碗筷,厅里又剩下三个男人大眼瞪小眼。杨树忽然开口道:

"阿泽,出去抽根烟。"

我听了赶紧跟出去,借机逃离这个有些压抑的空间。

杨树蹲在门口抽烟,我站在他身边。他递过来一根,我摇摇头,他自己默默地把烟收回去,叹气道:

"真他妈憋屈。易安看男人的眼光怎么那么差!"

杨树一脸恨铁不成钢,这点我还真没法劝他,因为我的感觉更强烈。再让我和那个程成待一会儿我能把他剁成肉馅。太他妈招人烦了,分明就是看出杨树对易安有好感,故意在杨树面前展现其实易安最在乎他。这种贱啤啤的女人心态出现在一个大老爷们身上,真让人恶心。

"我得打电话再叫几个人来,这样不行,我怕我一会儿忍不住揍他。"

杨树掐灭了烟,挠挠头,站起身开始打电话,过了一会儿,一堆打扮入时的少爷小姐们就赶了过来,派对场所也换成了更大的我们家。到家以后沈曼妮就提议玩国王游戏,这时候我们才发现,易安不见了。

11

"易安呢?"

杨树问我,我摇头。我也是一头雾水,刚才在路上的时候她们三个女生在队尾聊天,这会儿进屋,沈曼妮和悠雨夏都在,易安却没了影子。

"给程成买奶茶去了。"

沈曼妮一边挂外套一边翻白眼。作为当事人的程成却事不关己地坐在吧台的凳子上"装忧郁"。杨树找来的一个小姑娘还对程成挺感兴趣,凑过去和他开玩笑:

"帅哥——怎么一个人坐在这儿啊,来嘛,和我们一起玩啊!"

那小姑娘挑染着浅蓝色的头发,抹个紫色眼影,穿着亮片裙黑丝袜,伸手去拉程成的胳膊。只是简单的一个动作,程成就"腾"地站起身离那个女生好远,皱眉道:

"你想干吗?"

那姑娘也有点没面子,一撩长发哼了一声,转头和自己的小伙伴大声道:

"有病吧这人,难不成是性冷淡?"

杨树有点幸灾乐祸,抱着胳膊靠墙盯着程成看。程成倒没什么特殊反应,只是一直靠着门站着。易安回来的时候一进门见到程成站在那儿,笑容满面地拿出一盒奶茶道:

"我买回来了,这就做水给你冲。"

程成点点头,跟在易安身后,两个人在厨房里做水,看得杨树又开始生闷气,拍手道:

"坐一圈,都坐一圈啊,你们几个那边,曼妮,雨夏这边坐。开始玩游戏吧。易安!你也快点!"

易安不为所动,还在慢悠悠地给程成冲奶茶。隔得有点远不知道他们在说什么。易安和程成在一块儿的时候眼睛总是闪亮闪亮的,像是装了星星，隔这么远依然可以感受到那里散发出的幸福气息。

"别等他俩了，一会儿加进来不就得了？"

杨树找来的那帮纨绔子弟有点不耐烦了，直接发了牌开始扔色子。

"小心烫。"

好不容易等到易安回来，程成也跟来了，坐在易安旁边，挺大个个子缩成一团，手里捧着还冒着热气的奶茶一小口一小口地嘬，看起来娘炮得很。

"嗯——我看啊，8号，8号和9号。哈哈哈这个有意思，8号驮着9号做个俯卧撑。8号谁？"

杨树看了眼手里的牌站了起来，易安还在忙着照顾程成情绪，我替她翻开面前的牌，上面是个9。

"噢噢噢噢！来来来，9号起来，8号驮着你做俯卧撑了。"

易安晕晕乎乎地被一帮人拉着站起来来到杨树身边。

"不不不，重新抽一张吧。再不……我选真心话吧。"

易安看了程成一眼，我顺着她的视线看到那个惹人厌的男人在原地一点反应都没有。

"来不及了，你没回来之前我们已经改国王游戏了。不能选真心话，快点！"

杨树那帮狐朋狗友起哄道。

"还是算了吧，我太沉了。"

易安还在摆手，杨树已经趴下了，冲她钩钩手指道：

"小看你树哥了不是？你这点小体重我还是驮得动的，来，快点，还得继续玩呢。"

易安小心翼翼地坐在杨树后背上手还撑着地，生怕压坏了杨树。

"哎，不带这样的啊！手拿开，手不能撑地啊！"

那帮人继续起哄。

"你……你真没问题啊？我压坏你怎么办？"

易安低头小声问了杨树一句。

"哈哈哈，别逗我，攒着劲儿呢。松手。"

杨树笑了笑,开始做俯卧撑。出乎我意料地,一个连着一个,竟然显得轻松得很。这会儿我才想起来,眼前这个惹祸精小时候也是个硬茬子,我们村除了我和陈妈家的大壮没人能打得过他。事实上,我和他成了兄弟后也没再动过手了,所以现在到底谁厉害,还不一定。

"噢噢噢噢,树哥牛逼啊!!"

杨树做完俯卧撑,易安红着脸回到原位坐着,他那帮朋友又开始起哄。杨树回到原位只是盯着易安瞧,眼中说不尽的宠溺。我在旁边看得心里怪难受。易安盯着程成,杨树盯着易安,我盯着杨树,连叫到我的号都没发现。

"3号谁啊?快出来啊,这么一个大美女让你公主抱你都不出来啊!"

"嘿。"

杨树忽然转身拍了拍我的肩膀,我这才如梦初醒,站起身走到客厅中央。沈曼妮站在那看着我笑。其他人一看是我也都乐了。进屋时候鞋都脱了,我比沈曼妮还要矮上两三厘米。

沈曼妮倒是痛快,一撩长发伸手揽过我的脖子,贴着我的耳朵道:

"抱得起来吧你?"

我点点头,别的不行,这点力气我还是有的。沈曼妮虽然高,但是极瘦。我抱起她在地上转一圈都绰绰有余。

"没想到你力气还挺大。"

沈曼妮说完还用手指在我胸口划了一下,在场的人顿时都起哄尖叫起来。我下意识地看了眼易安,发现她还盯着程成看。程成从头到尾都没动过,只是坐在原地喝奶茶。

"行啊,我看有门儿。"

我回到原位杨树忽然莫名其妙地说了一句,拍了拍我的肩膀,我摇摇头,低头看地不去理他。他笑了一会儿自己也觉得无趣,就转过去接着看易安了。

游戏继续了很久,神奇的是一直没有人抽到程成,他就那么坐着,从头到尾连姿势都没变过,不知道的还以为是个假人。

"最后三把了啊,时间不早了。一会儿还有一摊儿呢,树哥,再玩三把我们就撤了。"

杨树闻言站起身走到负责发牌的黄毛身边小声说了两句什么,那黄毛点头会意,然后又拉开架势开始发牌。

"哎我看啊——1号和6号,嗯,1号和6号求个婚吧。"

易安一看又是自己,叹了口气站起身,开始四处寻找那个所谓的1号。过了好久程成慢吞吞地站起来。易安一看是程成顿时满脸通红摆手道:

"……这个……这个就算了吧。他……不喜欢和人有肢体接触。"

在场的人听了这话都开始窃窃私语,程成站在那没什么表情,一副无所谓的样子,仿佛眼前的事情和他半点关系都没有。杨树看不过去起身道:

"哎哎哎,又不是让你亲她一口,你们至于为难成这样么。你那么为难我来吧?"

杨树说完走到易安身前单膝跪地抬头露出一个特别灿烂的笑容,拉过易安的手用前所未有的温柔语气道:

"嫁给我,好吗?"

"卧草!树哥太帅了!嫁嫁嫁!必须嫁啊!"

"啊!我的少女心!树哥我嫁给你吧!太爷们儿了!"

"我一个大老爷们儿都心动啊,杨树你小子忒帅了吧?"

一大堆人冲上去搂着杨树乱揉他的头发,易安有些尴尬地站在原地不知如何是好。程成站在一旁也不说话,不知道在想什么。我忽然很认同沈曼妮的话,程成心思太重了,根本看不出来他在琢磨什么,时时刻刻都是一副欠揍的样子。

"不早了,我得回去了。"

程成看了一眼手表,拿起自己的外套开始往外走。

"哎 你是不是不高兴了?"

易安想都没想就追了出去,两个人在一帮人还胡闹的时候就这么出门了。俩人才出门,杨树从人堆里挣出来,站在沙发上拍拍手道:

"今天谢谢各位了,改天请大家哈。晚上玩得开心。"

那一群男男女女应了一声就都走了,屋里就剩下我、杨树、沈曼妮和悠雨夏。

"你不追?"

沈曼妮抱着胳膊打量了一下瘫在沙发上的杨树歪着头问。

"我追有用?"

杨树苦笑着点了根烟靠在沙发上盯着天花板回道。

"你抽烟啊?"

悠雨夏也坐过来,有点惊讶地跟了一句。

"刚才易安不是在嘛。"

我一看杨树实在是没精力应付她们的问话了,主动接过话头。

"好男人啊。"

悠雨夏感叹了一句,然后看杨树冲她飞了个媚眼儿,赶紧摆手道:

"不过不是我的菜。"

一句话把屋子里的人都逗笑了。杨树也有了点精神,从沙发上爬起来叫了个比萨外卖作为我们的晚餐。

"易安怎么认识程成的?"

杨树吃了两块比萨状态好了点儿,开始和沈曼妮、悠雨夏打听程成的事。

"你们来之前,留学中心的选修课,易安和程成分别是不同组的导演兼编剧。他俩在最后的展示中拿了第一和第二。"

"易安是第一?"

我把可乐递给沈曼妮,继续问。

"程成是第一,不过他是占了签运好的便宜。和他合作的学生都是A班的。"

沈曼妮听了这话不高兴了,一边开可乐一边道:

"怎么说话呢!说得和我不是A班的似的。易安其实就是带着一帮成绩特差的人做项目,一段戏解释好几遍都不明白,我都替她着急。"

悠雨夏用塑料勺在奶油蘑菇汤里搅拌着,一副波澜不惊的样子,轻描淡写地接话道：

"你是A班的，可是你是倒数第三啊。"

两人互瞪了一眼，沈曼妮哼了一声道：

"我不和你一般见识，反正易安现在和我更好。总之是这个破事之后易安就和程成熟了。"

悠雨夏闻言也点头道：

"是这么回事，那阵程成总和易安发短信。我和她住一块儿的时候，成天发，易安收到短信就高兴得在床上打滚儿。可见程成那时候就计划好了，出国以后易安肯定不会放下他不管。他英语又不好性格又奇怪，没有了易安在这就等于是聋了瞎了，成天拴在一起也能理解。"

杨树是越听越沮丧，比萨也不吃了。我也跟着心烦。按照她们所说，易安是早就喜欢程成了。而程成也肯定知道易安喜欢他，就像他说的"易安也不能骗他"其实就和当初杨树似的，左右是要找人帮忙，干吗不找一个全心全意喜欢自己还不要报酬的呢？

沈曼妮和悠雨夏走了以后屋里就剩下我和杨树了。头一次我觉得有点不适应这空荡荡的屋子。之前多少年我们都是这么相依为命过来的，现在少了易安，就觉得这屋子某处空了一块似的，连带着心里也觉得空落落的难受。

"烦。阿泽你说我是不是病了啊？看见程成就想揍他！"

杨树坐在窗台上抽烟，两条腿悬在窗外，看得我有点心惊，站在他背后把人从窗台上拽下来扔到地上，盯着他看了一会儿才开口道：

"你没病，我也想揍他。丫就一个混蛋。"

杨树点点头，瘫坐在地板上望天。昏黄的灯投在他身上，长胳膊长腿的在地上影子拉了老长。我蹲下用手抬了抬他的下巴，苦笑道：

"干吗啊，当着我还耍帅啊。"

杨树不吱声，细碎的头发有点挡眼看不清他什么表情。这样的沉默在我们之间很少见，在我印象里，杨树永远是当年那个嬉皮笑脸撒谎也不打啐儿的人，看他难受，我也跟着心里不是滋味。

"你有什么不痛快跟我说,想去揍他,咱就去揍他一顿,别憋着。"

我拍了拍他的后背站起身活动了一下有些酸麻的手脚。

"我揍了他,易安肯定饶不了我。以后就连朋友也别当了。为了这么个渣子和易安闹僵,犯不上。"

杨树站起身趴在窗户边上往外看,天已经完全黑了,一眼望出去什么都看不清。

"那就别琢磨了,反正程成那德行,易安迟早想通离开他。"

杨树摇头,转身回屋了。又剩我一个人在客厅,一屋子狼藉,我低头收拾着,默默地想。就算易安离开程成,应该也不会和杨树在一起。杨树那么聪明一定也知道是这样。那我呢?是不是更没希望?

这个念头才起了个头就被我按了下去。退一万步讲,就算易安真的和程成分手了,那也轮不到我,难得杨树愿意真心实意对一个女孩好,我应该支持他们在一起的。可只是想一想都觉得难过,我们真的没啥女人缘,忽然觉得一个人好,就都觉得她好。老天真的很不公平。

那天晚上我失眠了。想了很多事,想到小时候我被欺负,杨树是怎么护着我用他爹的名头连哄带骗吓跑邻村的小瘪三的;我想到临行前爹娘是怎么叮嘱我照顾好杨树的;我想到杨树他爹对我爹的好;我只觉得心中的那点想法被层层重担逼迫到角落里群殴,一会儿就被打得魂飞魄散。

我摇头让自己停止胡思乱想。我已经得到太多东西了,实在不应该再图什么。小时候村里老人总说:"人太贪心是要遭报应的。"杨树真的挺好的,易安真和他在一起也不错。我不去想易安了,如果杨树喜欢她,我就帮杨树追她。至于我,我喜不喜欢她不重要,不是我能追求的人,不追也罢。

第五章

1

"易安你说我选个什么专业好,数理化?不都说中国人在国外考这些'白玩儿'嘛!哎,不对不对。我在国内连大学都没考上,还是算了吧。要不我选个文科,文科有什么?你是什么来着,经济学?Eco……啥来着?我和你学一个专业吧,这样咱俩就能一起写作业了,经济难不难?"

好不容易和留学中心的同学们聚一次,杨树嘴碎得还和个半大小子似的,吵得我都不好意思承认我认识他。真亏得易安有精力听他碎碎念,也不烦。

"杨树你还没考上大学呢,现在就选专业是不是早了点?"

易安一边看书一边回复杨树,我真佩服她,都这样了还能一心二用。

"话不是这么说啊,有备无患啊。易安你上中学时候哪科最好?"

杨树特别自然地把易安的水杯拿过来喝了一口,看得旁边做题的悠雨夏捂着嘴偷偷乐,乐得旁边陆鹏一脸痴迷地盯着悠雨夏瞧。

"历史,语文?"

易安头都没抬,继续盯着书看,随口回答。

"大学里有哪个科目是这俩的结合体啊?文史、史文?有这种专业吗?"

杨树说完再次把手伸向易安的水杯,我抓住他的手摇头道:"要喝自己买,这么多人呢。你不要脸,我还要呢。"

陆鹏看了眼悠雨夏面前空了的咖啡杯,起身道:

"我去买吧,你们都要喝什么?"

杨树倒是不拿自己当外人,当即举手道:

"我要可乐!"

"我来个 Monster,谢了。"

易安目光还落在书上,也提出了要求。

悠雨夏听了笑笑开口道:

"那就再来一杯 America 吧,麻烦你了。"

"不……不麻烦,应……应该的。"

因为悠雨夏一句话,陆鹏一张土豆脸又涨得通红,赶紧摆手解释。

"我陪你。"

实在懒得听杨树继续聒噪,我跟着陆鹏往 HUB 买水。他见我跟来了,如释重负地笑道:

"到底是泽哥。要是你不来,我还真怕拿不回来那么多水。"

"都是同学,客气什么,你和悠雨夏怎么样了?"

我虽然不是那种八卦的人,但我和陆鹏也算有革命友情。自从解决了郑海,我们无形中就要比一般同学亲近一些。

"嗨,还能怎么样。还是那话,能这么看着她,我就心满意足了。"

陆鹏摇摇头,摆手道:

"不提雨夏了,杨树到底是怎么打算的?专业可不能乱选,就他这成绩……恕我直言,选错了,就别毕业了。"

我一边买水结账一边叹气。不是我不愿意告诉陆鹏,主要是杨树的想法,除了他自己,根本没人知道。恐怕连他自己都不知道自己要选什么专业。我们回去的时候杨树已经消停了,安安静静地坐在那,看着一本厚得能砸死人的书,吓得我一瞬间以为自己幻视了。

"阿泽。我决定了!我要读东亚文化研究。"

杨树转头看见我回来了,一脸严肃地宣布了自己的决定。

"什么玩意?"

我一听这一长串名字就头疼。东亚文化,还研究。别管是东亚文化,还是研究,显然都不是杨树擅长的领域。

"东亚文化研究主要是研究东亚各国的文化、历史还有宗教的。以我对易安的了解,我觉得这个学科,易安应该不学也能帮上杨树。"

悠雨夏慢条斯理地解释。我不由自主地看了眼陆鹏,他虽然平时不太靠得住,但毕竟是留学中心第一学霸,选专业的事情,他还是有一定发言权的。

"雨夏说得没错。如果杨树是想找易安当家教的话,东亚文化研究确实比别的专业要好一些。但这个专业实用价值不高,又不好找工作,其实纯属混文凭。"

"甭但!没有但,就这么定了啊。易安啊,我大学四年可就都拜托你了。"

杨树打断了陆鹏的话,一脸居心不良地走到易安身后抓着椅子背摇晃人家。

"好好……我知道了。现在行了吧?赶紧让我写作业吧,明天交不了了。"

易安没好气地摆摆手,重新埋头看书。我本以为一切会顺理成章,有易安辅导,杨树肯定能念完大学。到那时,我们一起衣锦还乡。然而,我的梦想始终只是梦想,到最后也没能兑现。只不过当时的我们,还不懂什么叫世事无常。

两周后,一个意外的访客闯入了我的生活。我的大学同学"石头",一个学计算机专业的广东人,不知怎的也跑到国外来,说是要读研。埃德蒙顿这城市找个中国人都难,忽然碰到一个熟人,就连我这种素来不爱攀交情的人都有些激动了。"石头"来这儿的第二天,我就带着他去了金汉龙庭,请他吃饭,也算是给昔日的老同学接风。

石头还是记忆里那个石头,个儿不高,戴个厚得和啤酒瓶底一样的粗框眼镜。大学那阵有人戏称说石头家里一定有航空航天的背景,戴个眼镜都和飞行员的护目镜似的。中规中矩的黑色羽绒服,脚上踏一双匡威的板鞋,牛仔裤下沿磨得已经有点掉色了,凌乱的头发也和记忆中的一样,一眼就能看出是个疏于打理自身的理工男。

因为不是周末，工作日的下午我和石头很轻松就找了个座位。这次我没叫杨树一起，说起来是因为他又快考试了，虽然考过去的希望很渺茫，我也犯不上把这希望彻底变成无望。石头初来乍到很是羞涩，我做主给他点了些菜，然后打了话匣子：

"上次见你……得是五年——还是六年前了吧？……你怎么忽然想来加拿大了？"

我一边给他倒茶一边问。石头还是很局促，双手放在膝盖上和接受审问似的。我见了哑然失笑，五年前我刚到城里上学的时候第一次有同学请我吃饭，我也是一样，不知道怎么是好。这让我生出一种亲切感来，摆手道：

"不想说不说。有地方住了没？"

石头双手端起茶杯嘬了一小口，放下。从帆布包里翻出一个黑皮本子来。本子里夹了张地图，他把地图展开，指着上面纵横如蜘蛛网的街区开口道：

"我就住这。"

我看了下，是埃德蒙顿有名的寄宿生聚居区，很多中国留学生刚来的时候口语不好，家里出于想让孩子有个好的语言环境，就会找一些当地白人办的寄宿公寓，也就是国内常说的 Home Stay。

"那挺好的，杨树有同学也住那。"

我给石头吃了一颗定心丸。石头的紧张显然有所缓解。收起地图，又添了一杯茶，想了想开口道：

"你在这……会不适应吗？"

"一开始多少有点吧。吃的喝的、生活模式啊、什么娱乐啊，还有周边环境啊，确实和国内差挺远的。日子长了也就习惯了。"

"哦哦。"

石头伸手推了推已经下滑的眼镜又不说话了，场面又开始有些尴尬，还好服务员及时上了菜，让我们顺利进入到了边吃边聊阶段。

"这……这吃饭贵不贵啊？"

石头好久才憋出一句话来。

"还行吧，总吃的话肯定贵，偶尔吃……还是问题不大的。你就把这儿想象成中国的必胜客，你也不总吃那个，对吧？"

"那……这个是你们宿舍老四让我给你的。"

石头翻翻找找从包里拿出一个信封，我接了谢过。在有一句没一句中我俩吃完了饭，我送石头到了地铁站，交换了手机号码就分别了。老实说我有点失望，他乡遇故知这种事情我还挺期待能多聊一聊的，无奈石头实在太闷，两个闷葫芦确实聊不出什么来。要是杨树在，没准还能好点。

回到家我拆开信封一看，里面是梁爽的订婚邀请函。我叹了口气，却没有想象中的那么痛心。只希望朱志明能真心待她吧。我一生中第一段恋情就这么画下了句号。

过了约莫一个月，杨树又开学的时候，跑来和我说班里来了个特别奇怪的男生，话特少，每天背着一个帆布包，上面画着一个眼睛占了半张脸穿得特别妖娆的卡通美少女，成天坐在教室最后一排玩PSP，问他什么也不答，好像他的世界只有他一个人。

这倒让我想起石头来，这么长时间没见他也不知他过得怎么样了？我叫上石头，叫上杨树又组织了个饭局。一见石头，杨树就开始捅我腰眼，小声道：

"他就是那个……我说那个……"

一个多月没见，石头打扮照着刚来加拿大的时候改变了很多。瓶底眼镜已经摘了换成了美瞳，头发也找了家美发店拾掇过了，变成偶像剧里常有的斜刘海男主款，衣服上面写着密密麻麻的日文字，我和杨树都不认识，也不知道写了什么。裤子换成了一条军绿色的，带着铁链有点乡村杀马特的风范，斜挎着一个背包，确实和杨树说的一样，上面有一个衣服穿得很暴露的小美女，眼睛占了半张脸的那种。

"承泽，这位是……？"

我一愣，没想到石头能先和我打招呼，在我的印象里，他一贯都是"后发制人"的。

"我叫杨树，杨是杨树的杨，树是杨树的树。"

杨树伸手和石头握了握手，我们三人找了个位置坐下，杨树点菜，我开始和石头叙旧。

"你来了也快一个月了，感觉……还不错？"

我看了眼大变样的石头把到嘴边那句"怎么样"换成了"还不错"。

"感觉太好了!! 我长这么大从没感觉这么好过。我跟你们说，自从来了这，我感觉压在我身上的那些压力全都没了。以前在家里，我买的那些周边手办全都得藏着。问题是还藏不住，我妈我爸总说：'那都是什么乱七八糟，那是日本人洗脑的东西！'问也不问我，直接翻我屋子就给扔了。现在好了，我想买什么买什么，想穿什么穿什么……"

我没想到石头这么能说，我只感觉他这一会儿说的话能顶上之前在国内几个月的量。石头是我们大学有名的好学生，品学兼优，可惜无趣了些，我们从不知道他居然喜欢漫画美少女这类东西。

2

"深有体会啊。咱爸妈就都是太古板，自己没干成的事就寄托在儿女身上。看别人家孩子喜欢读书，就逼着你也喜欢读书；看别人家孩子擅长弹钢琴，就逼着你也去学钢琴；看别人家孩子当了科学家，就逼着你也当科学家。中国孩子的人生就和学校的卷子题一样，永远只有一个标答，其他所有答案都是错。"

杨树接过话头开始声讨父母一代。两人你一句我一句把上一代对他们的希望批判得体无完肤。俩人越说越带劲，说到后来简直是一见如故，好像石头不是我同学，而是杨树多年的老同学一样。

"还不光是望子成龙、望女成凤，他们不过把我当成作品，你知道作品和亲生孩子的区别吗？人们只会在乎别人如何评价自己的作品，却不会在乎作品高不高兴，作品疼不疼。作品就是只是作品，作品没有隐私，我觉得最可怕的一句话就是'都是为了你好'。"

石头振振有词，我头一次知道他居然那么能说，看来人都是有表达欲望的，之前不说是没遇上志同道合的。

"老实说，总看你在学校谁都不理，我还以为你有什么问题呢，今儿一见挺正常的啊。就是压抑久了，哎，不容易啊。"

杨树点点头给石头倒了杯白酒，石头也没推辞，"咕咚咕咚"喝了，脸顿时就红了，继续道：

"起先家里让我出来，我……我还不愿意。我想他们无非……无非就是又想拿这事吹牛逼呗。跟人家说，你看我儿子出国了，多有出息……现在我，我他妈真是太愿意了。我再也不回去了，什么狗地方，到处看人眼色，这儿多好，我想干什么……就干什么……"

石头摇摇晃晃站起身，拍着桌子大喊，喊得周围人纷纷侧目，我看他有点喝多了，和杨树一左一右架他走出去，杨树折回去结账，我扶着石头在门口站着。

"好了，别骂了，你喝多了。"

我皱眉拍了拍石头肩膀，再怎么说，他能有今天也是父母供着读书得来的。他也好，杨树也好，既花着家里钱，又抱怨家里干涉他们自由，老实说我很难理解。石头怎么个情况我不知道，但是杨树爸妈已经够惯着他的了，专业也随他选，时间也没限制，他还想怎么样？不读书拿着父母钱在外面玩？他不是已经做到了吗？

"我……承泽啊，我跟你说……真的，别回国了。那地方有……有什么可好啊。我宁愿在外面吃糠咽菜，没人管……也好过在国内……随便做个什么都有人指指点点。指指点点个屁啊！我干什么……干你们他妈什么事啊！啊！你说……我就……喜欢个……动画……碍着谁了啊。"

我一看这小伙子是真喝多了，一时也记不起他具体住哪了，和杨树一起拖着他回了我们租的房子，石头躺在床上还在不住地骂，好像要把这些年的怨气都撒出去似的。

"我……就……就看不上……妈的，自己没……没本事，成天逼逼别人。哪么多……那么多事可逼逼啊。我没对象……我他妈就喜欢凛酱……干他们屁事？谁规定的……到岁数就必须有产业，必须娶老婆……必必须……嗝……他们娶……娶那老婆自己也不喜欢,都他妈家里逼的。"

杨树和我面面相觑,我们都不知道凛酱是个什么东西。看来这小子真的着魔挺深的。不过也看得出压抑得很可以了。这么多年喜欢一个东西,家里一直不支持,一朝来到了海外,没人认识他,没人管束他,石头就疯了,应该说是妖魔化了。

就像忽然中了五百万彩票的人,不知道干什么一下就都挥霍光了一样。从没有自己的时间只是闷头学满足家里人愿望的"石头",一朝发现自己不用再顾忌别人感受了,彻底脱缰成了一匹野马,疯了一样地在一望无际的原野上奔驰,划伤自己、撞伤别人都不在他的考虑之列。他只想着自由。

第二天一早石头醒了,特别不好意思地又是"斯密麻赛"又是给我俩鞠躬的,活脱儿一个日本小伙儿,我俩也不再说,胡乱客套两句就让他走了。那之后我很久没再见石头了,我觉得他已经变得我有些认不出了。

杨树跟我说石头很久没来学校了,我有点担心他,就去他租的房子找他。找到石头的时候,房东说他已经半个月没出屋了,除了每天吃饭上厕所几乎不踏出房门半步。

我上楼敲开了门,看到石头一副形容枯槁吸毒过量的样子。屋里一地的卫生纸团,床上、墙上、地上、电脑屏幕上全都是各种美少女的图片。屋里散发着一种懒得打理的恶臭,石头一脸胡子拉碴,脸上痘子也冒了出来,一张嘴就能闻到一种令人作呕的味道。

"你来干吗?"

石头深陷的眼眶里黑眼圈明显得和国宝熊猫一样。

"听说……你好久没上学了。我来看看你,毕竟……咱们也算当过同学。"

我挠挠头,不知该说些什么,我看到石头的时候真想转身就走。但最终还是忍住了,我觉得这个男人如果再不和活人说说话,下次再见恐怕就是葬礼上了。

"你不用这么好心的。我过得挺好……"

"这叫好？我觉得你快死了，跟我出来，收拾收拾，你得出去……"

我伸手拽石头，我一向讨厌自暴自弃的人。

"我不去。这儿最好的地方就是没人管我。现在你要来管我吗？"

石头往地上一蹲拉着门把手坚决不移动。

"你怎么成这样了？我是为了……"

石头扯出一个诡异的笑脸道：

"为了我好？你看，你也是这种人。哈哈哈，全世界都是这种人。"

"行了，我不管你了，我仁至义尽了。"

我回去把事情和杨树说了，杨树听了唏嘘道：

"我还以为他能更聪明点，不想顺着父母和把自己玩废了是两个概念。"

杨树的话让我颇有感触。杨树也叛逆，不过是不按照父母说的做，但是依然在过常人觉得正常的好日子；而石头，好像有一种报复父母的执念，这种执念和杨树的逆反不同，会将石头导向一个完全不同的方向，到最后不但将父母逼上绝路，也把自己搭了进去。

3

"Professor, here is my homework."

（教授，这是我的作业）

交过作业，新的任务又布置下来，这次是社会实践，要求调查一个工程的工期、所需建材、经历的环节、每个环节大致所需的人力费用，根据以上种种，模拟自己是负责进货的工程师，设计一个作品并要求写明选材，以及选材理由、工期和费用。

收到这个作业，我就近在学校周边找了个工地，趁着人家中午休息的时候，和负责人打了个招呼进去和工人们攀谈。

"泽哥——"

我正和一个负责进货的工头攀谈,一个熟悉的声音就从身后传来,我转身穿过吊车的钢筋,看到一张满是灰尘的笑脸:

"泽哥,是我,韩未生。"

他这一句话又把我拉回之前河粉店的岁月。自我受伤之后,我和他已经很久没有联系过了。我想着兴许人家孩子怕惹事,不想找我,也不必勉强。没想到又在这个地方重逢了。

"Oh, so you guys know each other! Excellent! Han, I will give you a break. You go and find a place to tell this gentleman about our construction."

(哦,所以你们两个认识!那敢情好,韩,我让你歇一会儿。你带这位先生找个空地,给他讲讲咱们工地的事情。)

"泽哥你来这干吗?"

欧美人的工装裤穿在韩未生身上有些肥大,袖子和裤腿都得挽了三分之一,尽管如此,这小子还是比当初精壮了不少。

"研究生作业,社会实践。"

这话一说出口,韩未生满是羡慕地拉住我的手道:

"泽哥,你考上研究生啦,恭喜你啊。我也有好消息要告诉你。我交女友了,她也在大学上学,好像还是你们那个项目的呢,叫楚宁,你认识吗?"

韩未生这一说,我隐约想起在留学中心的时候A班有一个南方女生,一口苏杭口音,好像是叫这个名字。不过因为没什么交集,只隐约记得长得挺漂亮,具体的却是一点儿不知道了。

"可能上学时候见过几面吧,是个美女啊,你小子可以啊。"

我想了想,冲韩未生笑笑。那小子一脸油污,一笑一口大白牙,擦了擦汗道:

"原先那工作赚钱太少,我就换了这个。还能见到哥真好。我先走了,咱们改天约饭呗。"

我点点头,心头一暖。到底这世界上还是善良的人多。其实仔细论起来应该我请这小子吃个饭,当初人家也算救了我一命。

当时的我根本没有想到，再见韩未生，已经是两个月后，他的葬礼上。那是我头一次参加同龄人的葬礼，用杨树的话说那天我表情阴沉得就像我是杀人凶手。事实上，韩未生的死和任何一个人都不相关，是自杀。据说是一个人独自站在学校最高的教学楼上，一跃而下。

"请节哀。"

我伸手和韩未生父亲冰冷的手相握，儿子的惨死，早让一旁韩未生的母亲哭晕过去。韩未生的父亲两鬓也有了灰白，虽然撑着主持葬礼，但看神情，也一下苍老了好多。

灵台上韩未生的遗照上，依然是那个笑着的阳光少年，十九岁正是最当年的年纪，人就这么没了。不只是我，所有参加葬礼的人都唏嘘不已。

韩未生不是留学中心的学生，参加他葬礼的学生也寥寥无几，比起学生倒是工地的工人多一些。在葬礼上，我又见到了那天和我说话的工头，擦去脸上的油污，穿上黑色西装，我几乎要认不出他来。倒是他，见到我就向我走来，叹气道：

"Han is a good boy. If he had not broken his right arm, he might still be working with us."

（韩是个很好的男孩，如果不是右手断了，他应该还和我们一起工作呢。）

我还没来得及问，工头便走向韩父握手去了。礼堂里人不多，我也不好当着人家亲人追问，只得等在门口。杨树难得老实，待在我身边也不吭气，不知在想些什么。过了约莫十分钟，工头走了出来，我赶紧迎上去道：

"Han is a good friend of mine. I was shocked when I heard the news. Could you please tell me what made him choose to end his life this way?"

（韩未生是我的好朋友，听说他自杀的时候我很震惊。如果可以的话能麻烦您告诉我他为什么会用这样的方式结束生命吗？）

工头显然没想到我会问他这样的问题，犹豫了一会儿，环顾四周，伸手把我拉到教堂后面花园的一个角落，开口道：

"I should not answer this question, but Han is a good boy... so if you promise not to tell others, I shall give you the answer."

(我本不该回答这个问题,但是韩确实是个好男孩……如果你答应我不告诉别人,我可以告诉你发生了什么。)

我闻言点了点头,冲杨树使了个眼色示意他走远一点儿,工头沉默了一会儿开始了他的讲述:

"When I first met Han, he was a bag of bones. He begged me to join the group. I refused, cause he had no working permit. But he came every day, with or without order, helping us carry those bags. So I told the leader to give him a chance, he must have really been in need of money..."

(我第一次遇见韩的时候,他简直是骨瘦如柴,他求我让他加入工程队。我拒绝了他,因为他没有工作执照。但是从那以后他天天都来,没人给他下指令,他就帮着我们搬各种袋子(器材)。我和领导说还是给这个孩子一个机会吧,他一定是特别缺钱才来的……)

工头说完沉默了一会儿,见我依然盯着他看,叹了口气又道:

"As days went by, Han gained his strength. He began to work both day and night. I told him not to do so, since he ate less than all of us but worked the double. No one could bear that for a long time. He did not listen, but insisted he would buy a neckline for his girlfriend as a birthday gift. That is how it happened. We found Han buried in the debris with blood all over his body. The doctor claimed that his right arm would be disabled the rest of his life. After that, his girlfriend left him for some other reason. He told us he could no longer study, work or have a girlfriend, it was all gone with the arm, his mother and father would be extremely disappointed with him..."

(过了一段时间,韩也开始变得更加强壮。他不分白天黑夜地工作。我告诉他不要这样做,因为他吃得比我们所有人都少,但是工作量几乎是我们的两倍。再结实的人也禁不住这样努力。但是他并不听我的劝,打定主意要在他女友生日那天送她一条项链。然后就出事了,我们发现的时候韩被埋在砖头下面,浑身是血。大夫说他这辈子右手都不能用了,他的女友也在之后没多久就离开了他。韩告诉我们,他再也不能学习或者工作了,也不会再有女友了,这些都跟着废掉的右手消失了。他的父母一定会对他非常失望的……)

工头说完这话几乎哽咽,拍了拍我的肩膀掩面离开了,剩我一人在花园角落的残垣断壁中发呆,屋内隐约传来韩未生母亲的哭号声:

"我不让他出国,他非要出国。出来就出来吧,好好念书啊,喜欢个什么狐狸精。楚宁,你还我儿子,还我儿子!"

尖锐的女声回荡在教堂空旷的上空显得分外凄厉。

"我就这么一个儿子啊,我是造了什么孽啊!孩儿他爸,都怨我,都怨我!"

韩未生母亲的哭号让我们都没了留下寒暄的心情,找了个借口纷纷告辞。杨树跟着我沉默地走了一会儿,过一会儿才开口道:

"阿泽,你别太往心里去了,是这孩子自己太钻牛角尖。考不上大学,找不到工作,追不上女孩就不活了?这内心也太脆弱了点儿。"

"你懂什么?像他这种出身不好的人,除了读书、努力工作,很难有第二条路可走!更不要说他还在工地砸伤了手,不是所有人都有那个勇气可以从头来过的。你以为谁都像你一样天生什么都有?"

我皱眉,下意识地反驳,我也不知道我为什么在韩未生的问题上这么激动。兴许我从他身上看到了我的影子。某种意义上,出国这件事也曾一瞬间夺走我的一切。只不过我比他多了些从头再来的勇气和背后支撑,但这并不意味着对我们来说,放弃已经到手的东西就像杨树他们那么容易。

"阿泽……算了,你心情不好,我不和你计较。一鸣叫我去学校写作业,你去不去?"

4

我本不想答应，转念一想，与其一个人在家里胡思乱想，还不如到学校去，最终还是跟着杨树去了。

到图书馆的时候易安、悠雨夏、一鸣正对着一道数学题发呆。悠雨夏已经解出了一半，可觉得不对，又划了重做。易安叼着铅笔两眼发直，盯着数学题像是在相面；一鸣一副已经放弃治疗的样子，正往书上数学家的画像上加墨镜。

"怎么了？"

杨树的话打破了沉默，易安先起身哭丧着脸道：

"解不出来，太难了，陆鹏在就好了。可惜他今天被教授借走做演讲去了。"

"嗨，我还以为什么事，阿泽，你表现的机会到了啊。"

杨树把易安面前那张作业纸塞进我手里。我心里正乱着，本来懒得做这种事，但抬头一看易安一脸期待地盯着我，还是叹了口气，放下书包开始解。没想到，已经大学毕业了，我还得解这种高三才有的题目。

"杨树，咱俩买饭去吧，在这待着也是添乱。"

一鸣看看周围开口道，杨树从善如流地跟着走了。男人们一走，就剩下一群女生盯着我，让我有些不自在地深深低下头，把注意力集中在眼前的数学题上。

"关承泽你以前学数学的吗？"

悠雨夏忽然开口问，我头也不抬仓促回了句：

"工程。"

气氛顿时尴尬，我边算边想，下次再这样，可不能放杨树走了。我真是不擅长和女生说话，都不知道说什么。

"哎呀，雨夏你不要打扰人家算题，那么难的，算错了怎么办？"

易安将已经走到我身边的悠雨夏拽走，按在她身边，两个女生就这么隔着木桌子等着我算出结果。我简直觉得如坐针毡,这点上我和杨树真是天差地别,要是有女生愿意盯着他做题,他能做到地老天荒。

"怎么样了?还没算出来?阿泽你这是退步了啊!"

杨树的声音从身后传来让我终于松了口气,三下五除二完成了最后几步演算,把结果推给悠雨夏和曲易安,专注于杨树买来的 New-York Fries,闷头吃。

"我看看,答案是 34.5。哎,雨夏,和书后面给的标答一样哎。"

曲易安翻着一本比《现代汉语词典》还厚的书,一边对答案一边惊叹。

"原来是这么算……就错了一步,这里是这样……怪不得解不出来。"

悠雨夏拿起自己的解题思路对着我的解题思路看,一边看一边点头。

杨树和一鸣对视了一眼,一鸣吐吐舌头道:

"两位大小姐,吃饭吧。题也解出来了,现在该解决下肚子了吧?"

易安闻言把书推到一边,也开始加入吃饭的行列。悠雨夏起身道:

"我去洗个手,马上回来,你们不用等我。"

"易安,我家阿泽厉不厉害啊?"

杨树托着腮帮子盯着吃得和小鼹鼠似的易安开玩笑道。

"厉害,我还以为这题得放弃了呢。"

易安左手拎着薯条往嘴里塞,右手比了个大拇指。她这么坦诚的夸奖,倒让我有些不好意思了,之前被韩未生的葬礼弄得有些沉重的心情得到缓解,停了一会儿开口解释:

"高三时候的题目了,河南不比北京,出题难。"

易安闻言点头道:

"怪不得,我和雨夏都没上过高三呢。我是高二下半学期去的留学中心,雨夏是高二直接就来了。"

还没等我回话,赵一鸣就开口道:

"我还头次知道关承泽成绩这么好呢,以后写作业可指着你了啊。

我们也不能成天缠着陆鹏啊。再说陆鹏那小子，要不是雨夏在，他才懒得搭理我们这票人呢。"

悠雨夏回来正听见几个人说她和陆鹏，脸红道：

"胡说什么呢，人家陆鹏有对象了。"

"什么？陆鹏有对象了！"

周围几人不约而同地惊讶出声，随即又都觉得彼此有点儿大惊小怪，纷纷解释：

"不是……我们这是替陆鹏高兴啊！"

一鸣最先反应过来，开口道。

"就是。陆鹏这小子，我还以为他真得一棵树上吊死呢！"

杨树咳嗽了一声，也摆了摆手，看了眼一边的易安。易安倒是没解释，只耸耸肩道：

"雨夏，这事可不能怪我们啊，都知道陆鹏一直黏着你，忽然有对象了，可不是吓一跳。"

悠雨夏闻言叹了口气，一撩头发坐下，拿起一根薯条塞进嘴里，有些无奈地伸手点了下易安的额头道：

"你也学坏了，怎么跟着别人造谣？陆鹏成绩那么好，班里欣赏他的女生还是蛮多的。"

悠雨夏伸手去够番茄酱，赵一鸣见了赶紧把桌子尽头的番茄酱双手呈上来，看得杨树靠在我身上嘿嘿直乐，连带着我阴郁的情绪也冲淡了不少。

"一鸣，你是不是看陆鹏退出了觉得自己有希望了？"

杨树乐完了终于开口，一句话说得一鸣连连摆手，从桌子那头绕过来坐到男生这一侧，拉开距离道：

"瞧你这话说的！上次同学聚会我不说了嘛，纪老大要回来了，我哪敢和那位抢雨夏啊。"

"我又不喜欢他。"

悠雨夏听了这话好像不太高兴，也不再看一鸣，随口顶了一句，转头亲热地挎上身边的易安开口道：

"易安，要是下午没事，咱逛街去吧。"

易安把手臂抽出来抱歉地双手合十说了句"sorry"，摇头道："抱歉啊，我下午约了程成，答应给他看小说呢。"

易安说完就收拾东西准备走人。杨树见状赶紧开口道："别啊，美女逛街哪能没人陪啊，要不我陪你去？"

这话一出口一鸣就瞪了杨树一眼，道：

"哎哎哎，不带这么见缝插针的啊！我刚说的话你是没听懂还是怎么着啊，这可是加拿大，你不是想在这再来一遍国内那出儿吧。"

眼见他们之间剑拔弩张，我叹了口气，起身道：

"要不一起去吧，易安你把程成也叫上，一起，他也不能总在家里蹲着吧？"

易安犹豫了一下，看了眼周围人都等着她回答，最终还是点头道："也好，让他出来活动活动，我去叫他。"

易安和我们约好在车站碰面，车都快走了她和程成才姗姗来迟。很不凑巧地，我和杨树正坐在易安和程成的前面，尽管他们压低声音，对话还是传到了我和杨树耳朵里。

"怎么又是这群人？"

程成声音并不大，还是一如既往地惹人厌。

"正好写完作业出去散散心啊。你也是，别总在屋里闷着，这样不好。"

易安小声解释，程成却并不领情回道：

"下次如果还这么多人，就不要叫我了。"

一句话噎得易安好久都没有开口说话，杨树刚想张嘴，我就比了个"噤声"的手势。易安本来就惹程成不高兴，杨树要是再横插一脚场面只会更尴尬。杨树一看我不让他说话，起身凑到悠雨夏旁边低声说了几句什么，又一路小跑回到我旁边。

过了没多会儿，悠雨夏忽然起身走到易安身边耳语，易安站起身来坐到悠雨夏旁边，两个女生压低声音开始说悄悄话。杨树一脸臭屁地看着我，嬉皮笑脸道：

"怎么样,我厉害吧!这叫啥来着?声东击西,围魏救赵?"

我懒得搭理杨树,靠在车窗上看着外面的街景。零下二十多度的天气,外面的街道上并没有什么行人,一眼望去都是白皑皑的雪峰和撒盐的清冰车。街边的独栋小别墅有些乡野田园的风格。偶尔几个包裹得严严实实的行人走过,手中拿着纸袋子装的长条面包,拎着塑料袋装的水果和牛奶。每逢这种时候,我都会有一种"原来真的在国外"的感慨。

"阿泽,阿泽!真是皇帝不急急死太监——啊呸,我也不是太监,算了,懒得管你了。"

杨树叫了我几声,见我没心思搭理他,终于戴上耳机老老实实开始听音乐不再聒噪。四十分钟以后,我们到了 WEM(West Edmonton Mall),中国人统称"西贸"的大商场,北美最大的卖场之一。

5

"易安走,陪我去 H&M,上次那条鱼尾裙没买下来,回家想想还是有点后悔。咱们去看看,要是还在呢,就说明我们有缘分,我就买了它。要是不在了,就算了。"

车才停稳,悠雨夏挎上易安就走。这一来,就剩下我们四个大老爷们儿一起下车。一鸣和杨树本来都属于话多谈得来的,两人走在前面,边走边聊,品评周围过往行人中的女人。我和程成相对话少,坠在"队伍"最后,谁也不搭理谁,各怀心事地往前走。

周末的 WEM 人数明显增多,还是一面倒的阴盛阳衰。三两个一组的女生组合俯拾皆是,但像我们这种四个大老爷们儿一块走的,却不多见。外国女人性格开放,这一路走,身边一路有人指指点点,还有一两个欧美人,在杨树飞了个吻之后过来要电话号码。

"行啊你,这魅力,简直了。"

一鸣嬉皮笑脸地拍了拍杨树的肩膀,杨树却浑不在意地把刚才递过来的号码塞给了一鸣:

"机会让给你了,你树哥,现在对女人不感兴趣了。"

一鸣闻言夸张地后撤一步,换了个位置闪身到我旁边摇头道:

"关承泽,你这兄弟可太吓人了啊,还有这种兴趣呐,你每天和他住一起,不后怕啊!"

"他又不喜欢我这样的。"

我半开玩笑地摊摊手,杨树听了,意味不明地冲我一笑,也不知想到了什么。比起我们三个的互动,程成除了女生们凑过来时候皱皱眉,其余的时间只是看着易安和悠雨夏的方向闷头往前走,乍一看简直就像上了弦的木头人。其实公平点讲,单论外形,程成绝对不输杨树,只是浑身散发的"生人勿近"的气场,让几个走过来的女生望而却步。

"程成,你有什么想买的没?她们女生有她们的事,咱几个也去逛逛?"

一鸣还是比我和杨树更"关心"程成,好心问了一句,得到的却是程成沉默的背影。一鸣见状撇了撇嘴,冲我和杨树比了个割喉的手势,一吐舌头压低声音道:

"真没救了。算了,不管他,你俩没什么要买的?"

"我想看看衣服,阿泽你有什么要的没?"

程成一走,杨树明显松弛下来,把插兜的手往外一拿,搭在我肩膀上。从刚才那个绷着劲儿比帅的状态恢复到正常聊天。

"我想上楼去超市看看。要不,你们先走,我去找易安她们,一会儿和你们会合?"

话说到一半,我忽然想起易安也是个爱吃的主儿,临时改了口风。

"成。阿泽你总算开窍了。你都不知道,刚才你说叫上程成的时候,我撞死在图书馆的心都有。"

杨树拍拍我的肩膀,撂下这话就跟着赵一鸣走了。我一个人追着程成离开的方向走,没过多久就看到在卖场里翻腾的女生们,还有坐在"男友晾晒区"的易安和程成。

"啊。你说那个,其实我不太会玩战棋类游戏,回头你教我啊。"

易安和程成在一起的时候总是高兴得眼睛闪闪发亮。我也不知道自己是个什么心理,人是我让叫的,但是看他们在一起,心里又不舒服。

"……嗯,好。"

程成还是一副没睡醒的样子,眼睛并不看易安,落在不远处的空地,不知在想些什么。

"啊,关承泽。你怎么过来了?杨树、一鸣呢?"

还没等我开口,易安先注意到了我的存在。

"他们去看看衣服,我过来问你们要不要去超市看看……"

"要去要去!我最喜欢逛超市了!"

易安像个孩子一样开心得笑起来,旁边程成看她这样不自觉地也露出了一丝笑容。我咳嗽了一声道:

"你怎么不去看衣服?"

眼见远处悠雨夏已经拿了好几件衣服排队等着试了,易安还在休息区,没准备去挑点什么。

"我不喜欢看衣服,就是为了陪雨夏。总不能真让雨夏和杨树一起来吧,他那么多鬼主意,再把雨夏拐带跑了!"

易安理直气壮,我听了不由得摇头道:

"哪有女孩不爱看衣服的?你也去看看吧,难得来一次。"

"哎——我才不去!谁说女生都爱看衣服的,这都什么古董思想啊!"

易安一屁股又坐回原位,一点也不介意自己是"男友晾晒区"唯一一个女生。

"我想看看……"

"你想看什么?我陪你去啊!"

程成才开了个口,易安就打断了他,起身准备出发。

"拼图……还有魔方、西洋棋也想看一眼。"

程成看了一眼正准备在易安身边落座的我,忽然开口。

"好啊好啊。关承泽,那雨夏就拜托你啦!我先走了。"

"……那一会儿二层超市见!"

每到这个时候,我都会羡慕杨树,如果是他,易安就不可能把他和悠雨夏放在一起。太让人有安全感了,有时也是个问题。

"好,二层见!"

易安冲我挥挥手就跟着程成跑了,两人鲜明的身高差从背后看去就像一个中年大叔带了个刚上中学的孩子。

"关承泽,你怎么来了?易安呢?"

悠雨夏穿着一件新试的米色毛衣走过来,手里还拎着若干件各种款式的上衣裤子、挎包。抱着满手的东西也无损她的漂亮,但我却没有那种心情,摆手道:

"和程成走了。包我帮你拿,你逛好了,我们就去楼上找杨树和一鸣。"

"我不用人,自己也能逛。倒是你,杨树让你过来的吧?你得负责看着易安啊,哪能让她和程成单独在一起啊!"

悠雨夏把手里的东西放在晾晒区的椅子上,在我身边坐下。不远处,几个从刚才开始就蠢蠢欲动的男人见悠雨夏坐在我身边,都有些失望,垂头丧气地转身走了。我也没吭气,反正那种到处要电话的人,也不会是什么好人。

"……没那么严重吧。"

我勉强笑了笑,自己也知道脸上表情好看不了,只是我既然已经和沈曼妮说过我不会打扰易安谈恋爱,就一定要说到做到。

"怎么不严重啊!程成……程成是什么人你们不知道啊,那叫蔫坏,易安在他眼里就相当于他的翻译、小弟和家教,也就易安看不出来。"

悠雨夏恨铁不成钢地继续劝,见我还是没什么反应,叹气道:

"算了。男人本来就对这些事很迟钝,我看你成绩不错,以为你脑子能好使一点呢。我去结账,然后和你一起去找易安。"

我还头一次见悠雨夏这么多话,平时她大多是看笑话的状态。能让悠雨夏这种没什么偏向性的人都讨厌,程成还真是足够有本事。现在想来大约是所有男生都对悠雨夏不自觉地和颜悦色，程成却不太买账的缘故。不得不说在"让人放心"这点上，少有人是程成的对手。

WEM很大，不过好在卖拼图和魔方这种玩具的店只有两家。我手里拎着悠雨夏沿路买的衣服和各种用品，跟着她"躲在"书架后面看程成和易安聊天。

"这样不好吧？"

我挠挠头，瞥见店员正在用警戒的目光打量我和悠雨夏。

"你懂什么！易安平常最讨厌算数、下棋啊这种费脑子的事了，程成明知道还拉她下棋，就显他有本事啊。易安连简单程度的电脑都赢不了。"

"……要不我叫杨树下来吧，他应该对盯梢挺感兴趣的。"

我着实觉得这种行为过于幼稚，本着成人之美的心，想着叫更享受这种过程的杨树过来。

"不行，我可不和他单独待着。你看他，是个女生就撩，太不安全了。"

悠雨夏振振有词，听得我只能苦笑道：

"那我怎么就安全了啊？"

"嘘……你别说话了，都听不见易安说什么了。"

我抬头看了眼抓耳挠腮的易安，不难想象她为难得够呛。程成坐在她对面老神在在地移动着棋子，易安盯着棋盘像是要把棋盘盯出一个窟窿一样，过了几分钟一拍桌子道：

"不玩了不玩了，搞不明白，我输了。我认输啦！"

"别这么轻易认输，再看看，你看这里这样走，那里……"

"啊啊啊啊——咱们别下了好不好，这和在宿舍有什么区别啊。"

易安抱着头蹲在地上，就差满地打滚了。

"曲易安。"

程成忽然叫易安的名字，她抬起头盯着他瞧，一双眼里闪亮亮的无辜和欣喜，像是见到了主人的小狗一样，让人没法对她生气。

"……算了，没兴致了。我们走吧。"

"那棋盘你不买了?"

"今天就算了,走吧。"

程成起身向店外走去,易安一路小跑地跟在他身后,一直喋喋不休。

"你看到了吧?"

两人一走,悠雨夏和我终于从书架后面解放出来,才走出店门,悠雨夏就神秘莫测地说了这么一句。

"看到什么?"

我一头雾水,看着旁边不知兴奋什么的悠雨夏。

"就易安和程成啊,你还不赶紧告诉杨树,他再不来,易安要被抢走了!"

女人啊。我顿时一个头两个大,本以为悠雨夏这种家庭背景很好自身又优秀的,没有沈曼妮那些"毛病"。没想到不管什么出身,女人这种八卦心理好像是天生的,而且绝不嫌事情大,局面越乱她们越兴奋。不过托她的福,出来逛了逛听了会儿墙角儿,韩未生的事情已经没有那么沉重了。

"……走吧,他们上楼了。"

6

"呦,来了。"

我和悠雨夏赶到的时候其他人都已经到了。杨树买了两件上衣,一鸣买了一条牛仔裤,我拎着悠雨夏的东西。这样一来,我们一行人空着手的就只有程成和两个女生。

"我来我来,我最喜欢推车了!"

程成还没有动作,易安已经抢上前去打开了一辆,一只脚踩在购物车后沿儿上滑着走。

"小孩儿似的,别摔了!"

杨树嘴上虽然抱怨,脸上的表情却是纯粹的欣赏。程成见状走上前去，伸手顶住车的另一头道：

"我来吧，一会儿装东西就沉了。"

"算他懂事。"

我心里正这么想，旁边悠雨夏已经说出了相同的话，我看了她一眼，她冲我一笑，跟在队伍后面一副看好戏的样子，看得我又是一阵头疼。

"嗯嗯，程成你真好。"

易安见程成接手，高兴得围着他晃来晃去，就差给她安上小尾巴和一对耳朵了。悠雨夏买了些蔬菜和海鲜，程成和易安买了些速冻食品，我和杨树挑了些肉、蔬菜水果和调味品，一鸣似乎对吃的东西没什么兴趣，拿了包薯片跟着队伍走。

从 WEM 出来已经很晚了，我们一行人从简，去吃了顿快餐，就各自回家了。易安和我们同路，一路上都在对程成今天"英勇地"帮她推车单曲循环，气得杨树开口道：

"易安，你再提一句程成，我就再也不陪你打游戏了。"

这句威胁好不容易让易安闭上嘴。杨树只能把气撒在我身上，把买来的东西一股脑儿堆在我腿上，以示报复。

"哎，我不让你说话你还真不说话了啊。"

眼看到了家门口，易安要回自己家了，杨树忽然停下脚步开了口。

"……哦……说什么啊。我先回去了，今天挺开心的，走啦。"

易安说完转头就走，杨树在原地盯着自己影子居然没拦着。他这副样子可不常见，我看了叹了口气，开口道：

"易安！杨树下星期生日，我们准备出去吃一顿，再唱个歌，你也来吧。"

杨树显然没想到我会这么说，竟没能反应过来帮腔儿。易安盯着我们俩看了一会儿，才对杨树道：

"好啦，我也有不对，明知道你讨厌程成还和你提他。提前祝你生日快乐，放心，我不会带他来的，你的生日嘛，当然要你开心，我带曼妮你总没意见吧？"

杨树闻言松了口气，嬉皮笑脸道：

"就曼妮啊，雨夏也带上呗？美女总是不嫌多，越多越好啊！"

"美得你！雨夏才没空咧！有曼妮你就知足吧！"

易安伸手把杨树的脸推远了一点儿，冲我们做了个鬼脸，转身跑了几步，又回头冲我们挥挥手。

"拜拜——"

"再见——"

杨树一直挥手到易安看不见影子才把手放下，然后转头向我道：

"行啊你，现在都会用我过生日撩妹了。"

我伸手在杨树后背上狠狠拍了一把，道：

"撩个鬼！下次开口长点儿脑子，别让我给你擦屁股！……你是下周生日吧？"

我说完自己也有点蒙，不由得含糊。

"必须的！我就算不是下周生日现在也得是了啊！"

"去你的！"

我和杨树就这么闹着回家去了，就像无数个我们两个逗贫回家的夜晚。就像杨树常说的，不管身在何处，重要的是身边是谁。我一直是这样想，可惜命运，却和我持相反意见。

新的一周，我照例去上研究生的课。自从我拿了奖，Tony 的嚣张气焰收敛了不少。在我看来拿奖只是一小部分原因，更重要的是那次展馆外四五十号中国人的迎接着实震住了他。在老美的印象里，要是一个人能随便召集这么一大伙人都能是某自由党派领导人了。

"Chungche...? Sorry, I cannot pronounce your name correct. I am Kate from Mexico. I heard you won the special prize of the Competition, Congratulations!"

（春彻……？抱歉我发不出你名字的音。我叫凯特，墨西哥人。我听说你得了比赛的特别奖，恭喜你！）

"Thank you."

（谢谢你。）

Kate 上课和我坐在一排，肤色很白，脸上有点雀斑，头发是酒红色的,总编着一个麻花辫马尾,穿一身灰色的大衣。我对她还是有些印象的。

国外研究生的课程不比本科的课程,不再有基础的大班课,一般都是五十人以内的小班课。像我上的这种专业课,就只有本专业的人会报名,一个班也就不到二十人,所以不管关系好与不好,发过几次作业,班里同学的名字还是能记住的。

"I heard you won the prize! Congratulations!"

(我听说你获奖了,恭喜你!)

"Thank you……"

(谢谢你)

头一次被女生搭讪我有些不适应,我想提醒她已经说过一遍获奖的事了,但又觉得这样显得不太领情,最终还是只说了句谢谢。外国人的热情攻势显然不是我能接受的。

"I... in fact I am considering to choose you as my partner next term. I know you are popular now... but perhaps we could do well. My aunt is also Chinese. I do like them."

(我……事实上我想下个学期选你和我一组完成课题。我知道你现在人气很高……但我还是相信我们会配合得很好。我的婶子也是中国人,我挺喜欢中国人的。)

"My pleasure. If you do not mind my English is not that good."

(我的荣幸,只要你不介意我英文说得不是很好就行。)

"Language is just a tool of communication; your talent in this field has already been proved."

(语言只是交流的工具,你在建筑学方面的天赋已经被验证了。)

话说到这份儿上,我再不答应倒显得有些不近人情了。在她的强烈攻势下,下一个学期还没开始,我就定下了分组作业的成员。这让我不由得想到陆鹏,那小子成绩那么好,肯定好多人抢着和他一组吧?我边想边往图书馆走,在星巴克门口撞见陆鹏和一个高个子女生拉拉扯扯。

"Lucy 你不能就这么走啊,我们之前不是好好的嘛。"

陆鹏抓着人家女生的手不放,那个高个子女生不耐烦地甩开他道:

"都说了不是你想的那样。我是让你给我补课了,你要是觉得那样就算是答应和你交往……未免太自作多情。你要是心里不舒服,我可以付你钱。"

陆鹏眼眶都红了,很长时间不见,棒棒糖的小身子稍微吃胖了点,但一眼看上去还是很不协调。

"Lucy……你怎么能这样呢?"

"我哪样了?陆鹏,这里这么多人呢,你一个大男人哭哭啼啼的不害臊吗?"

高个子女生彻底没了耐性,把陆鹏甩了个趔趄,踩着高筒靴推开玻璃门就走。力道之强,把站在玻璃门后的一个外国小伙儿吓得靠在墙边暖气上。

这种时候还是别去打招呼了吧?太尴尬了。我想了下还是转头向图书馆的另一个门走去。走出没两步,就听见身后陆鹏的声音:

"关承泽,等一下!"

我叹了口气,认命地转过身来。

7

陆鹏三步并做两步走到我面前,轻咳了一声道:

"好久不见。"

"是好久不见了。"

我回了一句,如果不是今天撞上这一幕,本来应该祝贺他找到女友的。现在看来是不能提这件事了。

"我听说你得奖了,恭喜恭喜。"

陆鹏靠在墙上,灰色的羽绒服包裹着他的小身板,瘦削的脸上挤出一个比哭还难看的笑来,我一时不知道怎么回复他,只能点头道:

"啊是,谢了。"

陆鹏一副打不起精神的样子，偏还要强撑着跟我说话。我们有一搭无一搭地聊了一会儿，最终我还是打断了他，摆手道：

"我看你精神不太好，熬夜太累了吧？今天先回，改天再聊，来日方长嘛。"

陆鹏从善如流地点了点头，佝偻着腰板背着占他身子二分之一的黑色大书包，和我说了句再见就走了。憔悴的背影看得我连连摇头，这小子人是丑了点，但是这情路也太坎坷，从留学中心开始我就没见他恋爱成功过。这么说别人我也没好到哪儿去，从小到大，哪个认识我和杨树的女人不是都看上杨树？

我和杨树那么铁，梁爽他却从来没见过，我也不敢带他去见。上中学的时候我干得最多的事情就是帮女生给杨树递情书，再不就是帮杨树给女生写情书。在恋爱方面，我也没比陆鹏强多少。

好在感情于我来说只是生活的一部分，对我来说有更重要的事，比如让爹娘过上好日子。想到这儿我拐进厕所，在水池处洗了把脸，走进图书馆开始查下一篇论文的资料。

北区资料区是一、二层和四、五层，三层更多的是一些类似字典的工具书。就像宜家有配件检索一样，北区一层的电脑也可以按照类别查询想读的书在哪个区域。我把要找的书一本本查好记在手机里，向楼上走去。

自从来了加拿大，我去图书馆的次数要超过我在国内去图书馆次数的总和。馆藏丰富只是一方面，更重要的是这里的图书馆真的是用来学习的。从二层往上就已经要求纯粹安静了，只有一层是某些小情侣约会的地方。对我这种"单身狗"来说，图书馆真是个很好的"避难所"，成功地克制了我去想那些"伤心事"。

看了一下午的书，转眼天就黑了。回到出租屋，不出所料又是空荡荡。好在杨树我现在倒是不太担心，有易安看着，总也出不了什么大事。

要是易安一直在就好了。我一边切菜准备晚餐一边瞎琢磨。认识易安以后，生活好像都变得更有意思了。

直到我吃完晚饭，杨树也没回来，大夜里给我发了个短信，说是筹备生日会的事,住在哥们儿家了,就不回来了。

时间一晃儿就到了周六,杨树的生日派对选在一个 KTV 举办。从留学中心来的就只有易安、沈曼妮、一鸣三个人。陆鹏说要努力学习,悠雨夏好像也有社会实践,其他人我们也不熟,杨树也懒得请。

杨树本来就"横"惯了,又是寿星,也不管跑调不跑调,歌是一首接着一首唱。沈曼妮也凑热闹唱了几首,不过都是怨气很重很哀怨的,《问》还有《爱死了昨天》那种,听得人不寒而栗,不知道的还以为不是生日会,是报复前男友现场。一鸣扯着脖子喊了一首《王妃》也是跑得找不着调,就连我都在众人的起哄下唱了一首《真心英雄》,易安却一直坐在角落里给我们调声效,鼓掌,没有起来唱歌的意思。

"易安你怎么了?今天可是我生日,你这连首歌都不送我,不合适吧?别说不会唱啊,我可还记得学校那次……BBQ 晚会上你就表演了唱歌呢!"

杨树喝了两杯威士忌已经有点晕了,摇摇晃晃地走到易安面前把麦克风往易安手里一塞,易安接过来又把麦克风塞进一旁沈曼妮手里。这一来坐在旁边喝酒的一鸣也不干了,举着话筒高声道:

"易安你怎么回事啊,寿星让你唱一首呢,快着快着,唱个什么。"

"你不选我可点了啊,我……我听曼妮说你唱英文歌好听。我点一首啊……我看看,就这个吧,I……I will always love you。"

杨树点了首歌,前奏响了起来,易安被众人催得没辙,推搡着站起身来到屏幕前开口:

"If I should stay I would only be in your way . So I go but I know , I'll think of you every step of the way……"

(如果我留在这里,我只会成为你的阻碍。所以我选择离开,但是我知道每走出一步我都会思念你……)

就像 BBQ 晚会上一样,易安一开口,屋里本来吵吵闹闹的人都陷入了沉默。有些哀伤婉转的曲调让我不知道怎么就想起家里的事情,忽然有点伤感。不禁抱怨起杨树来,好端端的生日点了这么首歌,让人心里难受。

"唱完了？杨树你也是的，过生日干吗点这种歌？易安陪我去趟厕所，酒喝多了，有点晕。"

一曲唱完，还是沈曼妮最先开了口，拽上易安往门外走。过了快半个小时，两个女生还没回来，神经大条的杨树也开始觉得有些不对头了，我们放下麦克风，推门出去开始找人。

"怎么，约人不成还要强来啊！"

我们走出没多远，就听见斜对面的房间里传来争执声，声音的主人依稀是易安。一鸣先冲进去，我和杨树随后。一进门就看到圆环状的红色皮椅上坐着一圈男男女女，在他们中间一个反戴着棒球帽的男生显得尤为引人注目，上半身穿着一件粉色的T恤，下半身穿了条黑色漆皮裤，脚上踏了一双亮黄色的运动鞋。

寻常男生要是这幅打扮一定会被人说没品位，不过这个人却把这一身奇怪的搭配穿出了一种时尚感，不得不说这长相还真是挺重要的。我们闯进去的时候，他正饶有兴致地盯着旁边那个挑染头发的男生和易安争执。沈曼妮站在一边，没了平日里大姐大的气势，乖顺得像只小猫，只是盯着那个棒球帽男生傻笑。

"怎么，这妞儿可是哥儿几个先点的，你们几位——不会是想抢人吧？"

棒球帽男身边一个黄毛耳钉男见我们闯进来，站起身，伸手揽过沈曼妮得意扬扬地宣誓主权。正在我们为黄毛男的安危担心的时候，大跌眼镜的一幕发生了，沈曼妮不但没有生气动手，反而柔声道：

"哎呀，不是啦，你们误会了。我和我朋友不是在这工作的，就是走错屋了。不过能在这遇到也是缘分，帅哥怎么称呼啊？"

沈曼妮这么一说话我、杨树还有赵一鸣鸡皮疙瘩都起来了。从来没见她这么温柔过，沈曼妮这么说着，眼睛却一直看着那个棒球帽男。那男人这时候才抬起头来，瞥了沈曼妮一眼笑道：

"什么啊，误会了不是。我哥们儿以为你们是小姐呢，原来不是啊。"

"你才是小姐呢！啊不对，你才是小白脸呢！"

易安挥手打掉正准备伸手摸她脸的一个男人的手,走上前去,气势十足地对呛,冲着棒球帽男眼前的桌子就是一脚,直踹得桌上的空易拉罐都掉了下来骨碌了一地。这一幕看得杨树和赵一鸣目瞪口呆。我倒是有点心理准备,自从上次帮悠雨夏讨回公道,我对易安的印象已经大幅改观了。

"怎么,还要动手啊,我们小飞哥看上你那是你的荣幸……"

"啊是嘛!你们小飞哥是马云亲儿子啊?还荣幸——"

易安说完这话,对面几个男人就围了上来。我赶紧上前把易安拽了回来,低声道:

"你看看沈曼妮,我觉得她不希望你和他们打起来。"

易安听了我的话抬头一看沈曼妮,果然她还一脸痴迷地盯着棒球帽男。杨树和一鸣这会儿终于回过神来,一鸣走到沈曼妮身边把人带了回来。杨树走到棒球帽男面前开口道:

"今天是我生日会。我要是没认错的话,你应该是'小陈冠希'许飞吧?我是杨树,成哥的朋友,你应该听说过我。今天大家都喝了不少酒,一点儿小误会,就不要追究了。重新介绍下,这两位美女,沈曼妮,青岛御姐儿,上得厅堂下得厨房;曲易安,我们留学中心小学霸,北京人。今天就当交个朋友,有空再联系。"

杨树口中的成哥也不知道又是什么人,但是这个棒球帽男显然买账,听了这话不但送我们回了房间,还点了几瓶威士忌送过来,随便一瓶折合人民币都要上千。

我迷迷瞪瞪地想,加拿大真是个神奇的地方。在这儿没人知道我和杨树是谁,也没人嘲笑我俩的出身。我盯着那几瓶酒,头一次觉得这地方也有些好处。我继续喝,沈曼妮却一直缠着杨树给她介绍许飞,杨树没办法只好出去要了许飞的电话号码给她。

这个插曲显然影响到了杨树的心情,他回到房间没玩多一会儿就走了。不过我却在一片混乱中注意到了另一件事。易安可真能喝,从头到尾她都在那喝酒,最后负责打车把所有人送回家的还是她,等有机会一定和她喝一回,我迷迷糊糊地想。

第六章

1

又是一个周六,原本和其他周六没什么不同。易安到家里来打游戏,眼看已经夜里十点多了,我拦住杨树还准备再玩几局的热情,起身准备送易安回家。易安却一反常态,站在杨树那边说想再玩一会儿。

"快十一点了,我送你。"

我起身把易安的外套递给她。易安视力不好,大夜里的,地上又都是雪,不管她什么时候回去,我们都是要送的。

"我送吧。"

杨树看了眼表也站起来,走到大门口穿上羽绒服准备送易安回去。

"那什么……要不,要不再玩会儿吧,反正明天是周末。"

易安是个很不擅长说谎的人,每次她说谎的时候眼睛会不自觉地紧盯着我和杨树,满脸通红眼睛瞪得大大的,试图证明自己说的是真的。我和杨树对视了一眼,杨树给易安倒了杯水,我给她拿了点零食,把电脑推到一边,一左一右坐在她身边。

"……干吗……继……继续玩啊。"

易安有点紧张,左看看右看看想要从我们的表情中看出什么线索来。

"到底怎么了?"

杨树先开口,易安紧张得喝完了水又塞了块饼干在嘴里,双颊鼓起来跟只小松鼠一样地嚼着,缩成一团抱着个靠垫挡着脸,阻止我们继续问她。

"干吗,我们又不能吃了你。行,不愿意说不说。那你怎么着,打算在我俩这过夜?"

易安先是点点头,然后又摇摇头,垫子挡着看不见表情,就看她自己在那一会儿点头一会儿摇头。

"……我……在你俩这过夜是不是不太合适?"

过了好久,易安终于把垫子移开,转头问我。

"为什么不合适?"

我觉得莫名其妙,这样说了一会儿以后才反应过来易安是女孩,要在我们两个大老爷们儿家过夜,好像是有点问题。

"想什么呢?有什么不合适的,还是你想和我有点儿什么不合适啊?"

杨树嬉皮笑脸地凑过去,易安只能往我身边躲,几乎躲到了我怀里,我伸手把她往沙发另一头拽了拽,咳嗽了一声起身道:

"别他妈闹了,赶紧收拾床去。易安,我给你换个床单你睡我床上,我和杨树睡。"

"我们阿泽害羞了啊,都骂脏话了。"

杨树跟着我取床单,小声在我身后道。

"别他妈胡扯,赶紧的。"

我自己都能看到自己发红的皮肤,能够想象估计在杨树和易安眼里我现在和被蒸熟的螃蟹一个样。

"不用拿床单了,太麻烦你们了,我直接睡就行。"

易安的声音从客厅里传过来。

"你行,阿泽不行!你就别管了!"

杨树扯着脖子喊了一句,然后盯着我看,我把新床单扔给他让他拿过去帮着铺上,自己坐在床上生闷气。

"买个大床多好呢,要不然今天这局面,咱俩就得有一个睡沙发了。"

杨树回来看我还坐在床上生气,拍着我的肩膀打了个岔。

"你巴不得睡沙发呢吧?能就近看到易安睡觉。"

我没好气地呛了杨树一句,翻身上床,把他堆在床上的衣服往里推了推,侧身躺下。

"哎?有道理哎!我怎么没想到呢,我应该去睡沙发啊!我这就去……"

感觉到杨树真的从床上起来了,我一伸手把人拽回来,按在床上,恶狠狠道:

"你今天晚上哪都不许去,就在这待着。"

杨树嬉皮笑脸在我身下讨饶道:

"哎,别这么狠嘛!我要是想上厕所呢?"

"屋里解决。不准出去,我不放心你。"

我没好气,从他身上下来,把他拽起来推到床内侧,自己躺在外面。

"好好好,我不出去行了吧?睡觉。"

杨树转身睡了,我却翻来覆去睡不着。耗到夜里将近一点,我才有了些困意,才准备睡就感觉杨树从我身后蹑手蹑脚地翻出去,小心翼翼地推开门,轻轻走了出去。我起身,跟着他一起往客厅走。

我们到的时候客厅的台灯还亮着,易安坐在桌子前正在看一本书,穿着一件紫色的T恤和浅蓝色牛仔裤,昏黄的灯照得她透白的肤色有点淡黄色,脸上的小绒毛看得很清楚,眼皮耷拉下来,唇角带笑,安安静静地和她在平常咋咋呼呼的样子相差很远。

"杨树……啊,关承泽,你也没睡啊。"

这话一出口杨树立马回头,看到我也在那,有点尴尬地摸了摸鼻子道:

"渴了,出来弄口水。"

"你俩都渴了?"

易安起身走到厨房给我们一人倒了一杯水,狐疑地看着我们。

"杨树渴了,我……我是出来上厕所的。"

这话说完我就后悔了,还不如说自己渴了呢,我看到旁边杨树憋笑憋得肩膀一抽一抽地。要不是易安在这,我能把他按在这儿揍一顿。

"你们回去睡吧,也不早了。"

易安扶了扶眼镜,依旧安安静静的,和平常不太一样。我眼睛不知道该往哪里放,想转身回屋,又不放心杨树单独和易安待在一起。

"不睡了,玩游戏吧,打通宵?"

杨树伸了个懒腰坐在沙发上把笔记本打开,我见状也打开了台式机。倒是易安看我们这样连连摆手道:

"别啊,你们睡吧,我……我一会儿也睡。"

杨树起身在易安脑袋上胡噜了一把,笑道:

"骗谁呢?和两个大老爷们儿在一起你能睡得着?不怕我夜袭了你?"

易安闻言有点脸红,站到沙发上伸手也在杨树脑袋上胡噜了一把,气鼓鼓道:

"分明是你自己睡不着,怕我夜袭了你吧?"

"哈哈哈哈哈哈……"

他们在那里吵,我在椅子上笑得打跌,杨树和易安对视了一眼,不约而同地凑到我面前,四只手在我头上乱胡噜:

"先夜袭了你!"

我们仨玩了一晚上电脑,第二天我和易安顶着黑眼圈去上课,杨树在家补觉。自从知道了易安喜欢程成,杨树又旧态复萌了,上课三天打鱼两天晒网,我也懒得管他。

以前社会实践的时候我都是琢磨着杨树上课怎么样了,认识易安以后要琢磨的事多了一件。易安和杨树怎么样了?虽然不知道易安发生了什么事,但我决定晚上做她最爱吃的牛排,给她打打气。

想到这,我中午趁午饭时间买好了牛排,拨通了易安的电话。之前杨树笑话过我,说我还不如买个对讲机,反正我只和他打电话。现在总算多了个对象,让我的手机脱离了对讲机范畴。

"Sorry. The number you have dialed is powered off please……"

(抱歉,您拨打的电话已关机)

我一愣,易安和杨树不一样,在我印象里,她的手机电量从来没有低过30%，手机没电这种事绝不会在她身上发生。因为这个，我和杨树都默认给易安打电话肯定是通的。

难道她和程成在一起？想到这个可能性我叹了口气，是啊，易安又不是只有杨树和我，她也有自己要忙的时候。

我和杨树一边猜易安去哪了和谁在一起，一边吃了那顿牛排，但是易安不在，谁都没胃口，剩了一大半。最后杨树说：

"放冰箱里，等明天易安来了再热热。"

第二天，易安依旧联系不上，我已经开始担心出事了。一天一夜联系不上，这太不寻常了。一整天的课我都上得心神不宁，到了下午，杨树一个电话验证了我的预感。

"阿泽！快回来，易安出事了！"

2

下了地铁我就飞奔起来，我从来没有跑得那么快过，两边的街景后退出了坐车的速度。我撞开家门冲进去的时候看到杨树抱着易安坐在床上，易安脸色惨白，手指甲有些发紫，左臂上还绑着绷带。

"……谁干的？"

我后来听杨树说，当时我脸色和地狱来的恶鬼差不多，好像他告诉我是谁我能当场把那个人大卸八块了。

"许飞和沈曼妮。帮我看会儿易安，我去叫人，饶不了他俩，沈曼妮这是挑了个什么混蛋玩意？一会儿水开了，记得给易安喝点热乎的。"

杨树把易安给我，穿了件羽绒服就出门了，只剩下我，有些手足无措地抱着易安。

"你……冷不冷？"

我紧了紧手臂，把被子和羽绒服都盖到易安身上。易安只是默默地掉眼泪，嘴唇发白也不说话，身子不住地抖。

"妈的，我要他俩的命！"

眼泪从她眼眶掉出来像是直接砸在我心上，像被烟头烫过一样，一下疼似一下，连带着我脸上的旧伤也开始隐隐作痛。

"这都什么事啊！"

我看着易安，恨不得她这一身伤都在我身上。易安那么好，这些人怎么忍心伤她？他们还有没有良心？要是前天晚上问清楚，或许也没有这些事了。

"水。"

我还在发呆，忽然听见易安的声音，赶紧起身去厨房给她倒了一杯热水，尝了一口调成温的，才送到她嘴边。她就着我的手喝了，脸色从惨白变成了相对正常的象牙白。

"别怕，我在这，没人能动得了你。"

我拍了拍她的后背，扶着她躺在床上。

易安侧躺在床上，还是掉眼泪，看得我不知所措。刚才应该我去的，这种场面杨树比我有经验，我都不知道该说什么安慰易安。

"我……那什么……你到了我们这就放心吧。"

我尽量组织着语言，词到用时方恨少，我想了好半天才挤出一句看起来像是能安慰人的话。

"对不起……"

易安一直盯着我，盯得我很不自在，过了好久她才开口说话，第一句居然是道歉。

"……你道歉干吗……又……又不是你自己要这样的。是他们不是东西。你别想太多了，你看，朋友……朋友就是有困难时候才帮忙的……对吧？要不，要我和杨树有什么用啊。"

我说完松了一口气，好歹表达出了我要表达的意思。不过这番话又引发了我新一轮不满。易安弄成这幅鬼样子，程成那孙子跑哪去了？要这种男人有什么用？平常黏糊得不行，走哪都在一块，真出事了连个鬼影子都没有。

"别哭了……你这……你哭得我心疼。"

我实在不会说什么讨女生欢心的话，只能实话实说。看她掉眼泪就像拿刀子在我心上一刀刀划似的，杨树被绑了我都没那么心疼。我长这么大，头次有这种重色轻友的想法。

"嗯……好。"

易安勉强笑了笑，真的就不哭了。只是茫然地盯着虚空，不知道在想些什么。

"不……我不是那意思。你还是哭吧，你要是难受就哭，随便哭。是我不好，哭吧，你随便哭。"

我怕她想不开，吓得跪在床边拉着她的手一下下拍着，另一只手在她眼前晃了又晃，才看到她稍微转动了一下眼珠，用嘶哑的声音道：

"我没事。"

这还叫没事，我真不知道什么叫有事了。想到这儿，我心急如焚。杨树怎么还不回来。我真的不知道怎么处理眼前的局面。她哭，我看着心疼；笑，我看着也心疼。就这么躺着不动，我的心一下下地揪着疼。再这下去，还没等她好起来我先要疼死了。

"阿泽。"

杨树一回来，我简直就像见到了救世主，猛地起身，腿却早就跪麻了，打了个趔趄又坐在地上。杨树身后跟着好几个大汉，有几个我见过，是搬家公司的；还有两三个带文身的从来没见过，估计是他找来的打手。

"易安，好点了吗？"

我从不知道杨树说话声音还能这么温柔，习惯了他大喊大叫，猛地听他安安静静说话还有点不适应。

"就这个？下手够黑的啊！"

一个脖子上文着腾龙的男人走过来看了一眼躺在床上的易安，转头问我。

"嗯。"

我实在没心情多说话，随便应付了一声。

"我……护照……钱包……都在房子里呢。"

易安挣扎着起身，杨树见状伸手去扶，把枕头垫在她腰后让她靠在床板上。从头到尾特别正人君子,一点儿都没有揩油的迹象。

"放心,我这就都给你拿回来,我先把你的箱子和贵重物品给你取回来,等你好点儿了,我们再去看一圈,还有需要的都搬回来,少不了什么。"

"……你别去了……让……让别人去行不行?"

易安看着一屋子人,小声道。

"哈哈哈哈,杨兄弟,弟妹这是担心你啊!这样吧弟妹,你告诉我门牌号,我们保证把东西给你取回来,杨兄弟还有这位兄弟都不用去了,放心交给我们就成。"

杨树闻言居然有点儿不好意思地脸红了,摆手道:

"别胡说,这是我小妹儿,什么弟妹不弟妹的。那成,302,隔壁楼。阿泽你带个路,你也别进去了,交给他们哥儿几个就行了。我在这儿陪易安。"

一群人风风火火地跟着我去沈曼妮那里了,我在楼下等着,没多会儿就看到他们几个拎着各种箱子走下楼来。

"什么情况?"

我迎上去问。

"嗨,就一个疯娘们儿。我们一进门,她就拿着个菜刀瞎比画,一会儿说要砍我们一会儿说要砍自己。我们不管那个,该拿拿。至于那个小白脸,见我们进门儿大气都不敢出,现在还在里屋缩着呢。"

我点点头,点齐了东西回家,杨树已经把易安搬到沙发上了。易安裹着毯子坐在沙发上喝热水,看上去精神了不少。

"回来了?"

杨树嘴卜问,眼睛却还看着易安。

"嗯,什么事没有。"

我招呼那些人把东西搬进客厅,回复道。

"那就好,哥儿几个楼下吃一顿,记我账上,明天晚上再来一趟,我们再去取一趟东西。"

"好嘞!"

几个人出了门去，杨树扶着易安起来看地上的东西。看到自己护照钱包都回来了，易安明显有了笑容，虽然身体还比较虚弱，但蹲在地上脸已经有点红晕了。我和杨树站在易安身后看她挑挑拣拣，相视一笑。

杨树冲我使了个眼色，我跟着他来到卧室把门关上。杨树坐在床上好一会儿才开口道：

"易安五点多被送来的，她们班长马杰森和崔雪搀着来的。说是在立交桥下面捡到易安的，就穿了单衣单裤，套了件羽绒服，胳膊还伤了。冻得人都不清楚了，一直发烧。崔雪带她回自己家，给沈曼妮打电话，沈曼妮不接，打给程成接了但是不接人。打到我这，我就去接她了。我看到易安的时候，当时就想找把刀，砍了伤她的人。"

杨树说这话的时候一直低着头，看不清他的表情，但说到后面咬牙切齿程度和我不相上下。

"嗯，那又怎么弄清是沈曼妮的事了？"

我抱着臂靠在门上盯着杨树看。

5

"易安出了这么大事，沈曼妮又不接电话，明显有猫腻。马杰森去易安家看了一眼，沈曼妮和许飞都在呢，屋里一片狼藉，跟世界大战似的。易安也是可怜，说是沈曼妮误会她和许飞有点什么……别说易安还喜欢程成，她就是不喜欢，也轮不到许飞啊！"

杨树说完从床边拿起个棒球棒挥了挥，继续道：

"他许飞以为自己是谁？是个姑娘就得喜欢他是吧？等明天晚上的，我打到他再也操不了姑娘。"

一般杨树这么说话我都是要拦着的，他为人冲动，做事有时没轻没重，我总担心他因为这个出事。但易安的事真的惹火我了，许飞也真的触到了我逆鳞。不但无中生有，还为了他自己那点无聊的自恋弄伤我最疼的"妹妹"，我的愤怒已经让我想要许飞的命了。

易安是什么人我清楚得很，别说许飞只是京城一个普通富二代，就算再有钱，易安该不喜欢还是不喜欢。更不要说许飞还是她最好朋友的男友，以易安的性格肯定是要避嫌，说她会有肢体接触不可能。

"没意见是吧？我也就是揍他一顿出气，肯定留给沈曼妮个完整的许飞。到时候他俩还得相互折磨呢，我可不能打残了他，让他逃脱沈曼妮那一番儿折磨。"

杨树说完推门就出去了。迅速转换了一副什么都没发生的模样，蹲到易安身边柔声道：

"少了什么没有？还有什么没拿回来，明晚我们再去拿，你现在得好好休息。"

杨树说完伸手在易安额头探了探，起身道：

"你再吃点退烧药吧，还是有点烫，快躺着去吧，护照没丢，钱包没丢，大问题已经解决了。其他东西我们这都有，你先用着。"

我把易安从地上搀起来，拉着按回床上接着休息。杨树给易安倒了水喂了药，我俩一个站着一个坐着在床边陪着她。

"你们去休息吧……我……又给你们添这么大麻烦。真的对不住。"

我和杨树对视了一眼，杨树开口道：

"许飞也是我介绍给沈曼妮的，这事我也跑不了。别胡思乱想了，你睡吧，我俩回屋了，有事喊我们。"

说完转身就走了，我又看了易安一眼，见她眼泪又开始在眼眶里打转，忙不迭地转身跑回了房间。

我请了一天假，杨树也跷了课，我俩在家陪易安。易安睡得很沉，一直到中午才醒。我想起杨树和我说，易安那天来我俩家之前，已经被许飞和沈曼妮折腾得好几晚没睡了，又开始心疼。

"哎，你们醒了？"

易安揉揉眼睛从床上爬起来，我心脏漏跳一拍。我感觉自遇见她之后我心脏就总不正常，好像得了心律不齐的毛病。杨树倒比我自然很多，伸手摸了摸易安额头笑道：

"烧退了。来喝粥吧，阿泽特地给你熬的，皮蛋瘦肉粥。起来吃点东西。"

易安下地找到属于她自己的小拖鞋,蹭到餐桌边上开始喝粥。边喝边道:

"我都不知道怎么感谢你们俩……这么麻烦你们……"

杨树把咸鸭蛋磕开,插好筷子递给易安,摇头道:

"你再客气我和阿泽要急了啊!咱们这么铁的关系,这都不叫事。赶紧吃了吧。"

易安点点头红着眼眶喝粥,喝了两碗才停下来道:

"真好喝。关承泽、杨树,谢谢你们。"

我站在一边不知道该说些什么,只能点了点头,应了声:

"好喝多喝。"

易安起身摇头道:

"再喝要撑死了,我都喝了半锅了。"

我一看她这样说话就知道她精神多半恢复了,也松了一口气,开始收拾桌子,易安想要拦我,被杨树拉到沙发上说话。挨到了晚上杨树雇的那些人又来了,带着棍子刀子还有个更气派的别了把手枪,吓得易安连连摆手生怕闹出人命来。

杨树扛着棒球棒子走在前面,我拉着易安坠在队伍后面,中间是哩哩啦啦一群不三不四的人,这一伙,一看就不像什么善茬儿。出了门上了街道。街上行人见了我们都绕着走,更有甚者在远处指指点点用手机拍下来不知道要传到哪个网站去。

易安有家里钥匙,但是杨树非要强调气势,一群大汉开始在那里砸门。易安几次想上前阻拦都被我拉住了,低声道:

"他们欠你的。你别动,看着就行。"

终于在一片砸门声中沈曼妮拎着把菜刀走了出来。脸上的浓妆已经花了,和平常的精致妩媚不同,说不出的绝望凄厉,活像个调色盘。让我想起小时候那个名动一时的"葬爱"家族,化妆化得神啊鬼啊的。

"曲易安你了不得啊!勾搭了许飞还不算,现在还勾搭这么多男人,我怎么早没看出你是这种人?你……"

"啪——!"

杨树一巴掌扇过去沈曼妮就跌坐在地上,手上的刀子被旁边一个大汉夺了去,顿时两眼无神地盯着杨树,一时竟忘了继续骂下去。

"接着说啊——我娘说了,不让我打女人。所以我从没和女人动过手。但你他妈已经不算人了,你就是个贱人,你再说易安一句?说她一句,我就打你一下。这已经算轻的了,我没让我这些弟兄们出手,他们上手,你就不是现在这样了。别说我不念旧情。"

杨树蹲下身看着沈曼妮,沈曼妮明显是外强中干,之前的气焰一下子就没了。显然是没想到杨树犯起浑来连女人都打。其实我也没想到,长这么大确实从没见杨树打过女人,在女人面前他甚至是有点绅士风度的。这次看来是真气急了。

"走,进屋拿东西。阿泽你和易安进去,我在这看着沈曼妮。"

我拉着易安越过沈曼妮进到屋里,屋里一地的碎玻璃碴子和枕头里的羽毛,墙上还有红色的液体,已经凝固了,分不清是血还是油漆。易安的东西大半已经拿走,客厅里空荡荡地挂着个已经撕碎了的布帘子显得阴森可怖,活脱一个犯罪现场。我正发呆的当,易安转身走到沈曼妮背后哽咽道:

"你怎么能这么说我?你当初求我让许飞住进来,我答应了;你和我说你跟他好了就和他一起搬出去的。他是什么样的人你不知道吗?咱俩认识一年半了,你和许飞才认识两个月,你为了他……为了他都能举刀砍我,我……我干了什么对不起你的事了?你问许飞去啊!我做什么了啊!

"我连他的手都没碰过,他好意思说我勾引他?你……你们怎么能这样呢?你说我……说我也就罢了,关承泽和杨树不是你想的那种人,他们不是……不是因为那种事才帮我的!沈曼妮,不是所有女人都和你一样,也不是所有男人都和许飞一样。我和你,今天到这,算是完了,你以后……以后……就算是死了,也不要再来找我了!"

易安说完扭头开始收拾东西,我怕她划着蹲在她身边清理着地上的玻璃碴子,伸手拍了拍她的后背。易安咳个不停,眼圈又开始发红,

我叹了口气握住易安的手,低声道:

"我来吧,再划伤你。犯不上气坏自己,别哭,省得让她看笑话。"

沈曼妮在我们背后呆坐在地上好一会儿,才声嘶力竭道:

"曲易安!你不过是运气好罢了。你北京人,什么都不缺!你成绩好,无忧无虑的,喜欢个程成,还有其他男人围着你转。我呢?我早就什么都给出去了!女人瞧不起我,男人也不要我!我什么都没有,就剩下许飞了!你还要跟我抢!还要跟我抢!!"

4

杨树同情地看了沈曼妮一眼,伸手把她拽起来,开口道:

"你他妈有妄想症吧?易安从来就没喜欢过许飞。你是疯了吧?易安身边那么多男人她选谁不行,非得挑个混蛋?"

沈曼妮盯着杨树看伸手从地上摸起一片玻璃碴子就要往杨树身上扎,被杨树闪过去抓住手腕一掰,疼得瘫在地上边哭边道:

"你们为什么都心疼她,不心疼我?为什么啊!我也需要人疼啊!"

杨树不吱声,看着其中一个大汉指了指沈曼妮,越过她也进了屋,走到我和易安身边,低声道:

"我看这东西也都糟蹋得差不多了,别收了,回头买新的吧。其他零零碎碎的,看还有什么贵重的没有,不值钱的也别拿了。"

易安点点头,站起身,我顺着她的目光看到沙发后面有一个落了灰的发卡,蹲下身子捡起来拿给她问:

"你的吗?拿着吧。"

"曼妮送我的……算了,不要了。"

我随手把发卡扔在垃圾桶里,看到杨树揽着易安肩膀往外走。

我走过去的时候沈曼妮拉住我的裤腿,我回头,看她眼线混着眼泪流下来,一道道黑线爬满了脸庞,看上去有些可怖,叹了口气蹲下身道:

"差不多得了,易安对你多好你心里没数吗?"

沈曼妮摇头用手抱着膝蜷成一团拼命摇头道:

"你不懂,你们都不懂!我比她可怜多了,可你们就只在意她!"

我不再管沈曼妮,转身离开,远远地听见她在喊:

"你们以为对她好就能得到她,你们错了!时间会证明你们救了个白眼狼!她才看不上你们呢!我们都一样,都一样!都是可怜人!"

我叹了口气。可怜人我也认了,我放不下易安,即便她日后对这件事讳莫如深再也不愿提起,那我也是甘愿帮她救她。至于沈曼妮说的在一起,我也没有想过要拿这件事情胁迫易安。杨树是不是也这么想我不知道,但于我,作为朋友,作为兄长,作为……可能喜欢她的人,都是不能袖手旁观的。

这事情告一段落以后,易安便暂时住进我们的出租屋。最开始她是宁愿出去租房也不愿意和我们住一起的。留学圈子总共就那么大,她和沈曼妮闹翻的事已经招来很多风言风语了,之后再和我们住在一起,怕是跳进黄河也洗不清了。

为了给易安找房子,也为了让她振作精神。我们把一鸣、陆鹏还有悠雨夏都叫来了,几人一起在 HUB 约了顿饭,商量易安搬家的事。正吃着饭,一群武装警察跑进 HUB 的长廊,拿着盾牌和步枪,为首的拿着个喇叭大喊:

"Everybody move! Leave the building immediately!"

(所有人移动!迅速离开这栋大楼!)

杨树好奇不嫌事大,拽着一鸣打听事情原委。

"杨树!你……"

我伸手去拽他,他却闪身道:

"阿泽,你还不知道我,不弄清怎么回事啊,我得好奇死。你带大家先走,我和一鸣啊,稍后就到。"

眼见拦不住杨树,我只能带着易安、悠雨夏还有陆鹏,顺着人流往楼外走。

"到底怎么回事啊?"

悠雨夏吓得紧紧拉住易安的手,左顾右盼地问。

"雨夏别怕,兴许……是火警演习呢。"

陆鹏自己腿都在颤,表面还装出一副无所畏惧的样子,走在两个女生身前回道。

"先离开这再说。"

我催促众人加快脚步,撑着门示意他们先过。楼外草坪上站了一群学生,三三两两地盯着宿舍楼,讨论到底发生了什么事情。不一会儿,在警察的搀扶下,一个头上肩上罩了个大浴巾的学生走了出来,路过我们身前,口中不住叨念道:

"血……死人了……死……死人了……杀人了!"

又过了一会儿,杨树和一鸣终于也从楼里出来。我终于松了口气,杨树一见我们就兴奋道:

"哎,你们知道吗?听说楼里啊,死了个留学生。中加的,一枪崩到脑门儿上……"

"不对不对,是一枪崩到胸口好吗?"

一鸣也凑过来更新信息。

"……就算不是咱们同学……也是中国人,你们怎么能这样?"

悠雨夏在一旁以一副不敢苟同的样子开口道。

一鸣和杨树面面相觑了一会儿,才双双道:

"对不住(抱歉)。"

陆鹏摇头道:

"早就知道这边允许持枪,没想到这么可怕的事竟真的让咱们赶上了,不知凶手抓到了没?"

"听说跑了,杀了一个学生,杀了三个和他一起押送运钞车的协警,不知道去哪了。"

一鸣到附近晃了晃,回来又更新了信息。

"……要是这个学生的家里人知道他死了,得多难过啊。"

悠雨夏不无同情地叹了口气,眉头微蹙,不远处几个男生抻着脖子竞相观看。

"学校都出这种事了,凶手又没抓到。最近不太平,我可不能放你一个人出去住了。易安,要我说,你还是住我们那吧。"

杨树借机赶紧劝易安住进家里,易安不置可否地看了眼周围几人,见没人帮腔,只得转头看我。

"其实……杨树说得对,确实挺危险的。你先住着,等学校宿舍申请下来了再说吧。"

我本想说其实硬要找也不是找不到,见易安也有些害怕,心念电转,不知怎的就顺着杨树的意思说了。外面这么危险,还是让易安待在身边比较放心。

"麻烦你们了。"

易安最终还是被说服了,最终商量的结果就是她睡我的床,我和杨树睡里屋。这一下她算是正式住进了我们的出租屋里。国外毕竟不比国内,虽然最开始也有些风言风语,但后来也就慢慢散了。大家对于这种抱团取暖式的同居早就习以为常,易安哭了几次,也就作罢了。

易安在我家住的头三天黑眼圈都出来了。其实也不怪她,不光她睡不着,我到了夜里也睡不着。总得看着杨树,生怕他对易安做点什么。其实我们真多心了,杨树是仨人里面睡得最香的,三天下来我和易安都萎靡不振了,只有杨树还活蹦乱跳的。这让我多少有点沮丧,杨树也太放心我了,明知夜里我和易安都醒着,他也不紧张。

易安住在我家还有一个附加的好处,听杨树说自从她住到我们家来,程成就不见她了。易安为了这事伤心难过了好久,我和杨树专门去外面买了两提啤酒,表面是陪易安借酒消愁,其实是庆祝易安终于形式上和渣男分手了。现在想想当时确实挺自私的,易安就喜欢这么个人,她周围的人全都拦着不让她和他在一块儿。

我总和杨树睡一张床也不是个事,我们合计了一下,把易安之前床的床垫子搬了出来放在大厅中间,弄了点毯子,又做了一张床。

我和杨树睡客厅,易安睡杨树卧室。偶尔赶上杨树没回出租屋,我就得失眠,后半夜想家里的事平复心跳,好不容易平静下来了想睡了,发现天都蒙蒙亮了。好久之后我才知道,杨树和我一个德行,单独和易安在家待着他也睡不着。当然那都是后话了。

易安和程成不再见面，下了学以后就直接回出租屋。我已经习惯了一边哼歌一边做饭的日子，而且想到不是做给杨树那小子，而是做给易安的，心里就甜滋滋的。如果有空，易安会过来帮我打下手，用杨树的话说，那时候我就满脸发光，幸福得冒泡。

为了能多和易安黏糊一会儿，杨树有时候也会过来帮忙，不过一般都是帮倒忙，没多会儿就会被我和易安联手挤兑出去，到沙发上趴着生闷气。这也成了我生活的一大乐趣。因为从小到大杨树都是更鬼精灵的那个，很多事上明知他不占理，我也说不过他，不过有了易安帮我就不一样，我们经常能噎得杨树说不出话来。

"易安，你喜欢程成什么啊？"

我和易安还在厨房忙，杨树又不长记性溜达到我们的"领地"来缠着易安问问题。

"话少，成熟，聪明，有气质，个高，帅。"

杨树给我和易安一人倒了一杯水，我还有点小感动。要知道以前杨大少可是酱油瓶倒了都不扶的类型。

"那我基本都符合啊！"

杨树自恋地踮着脚尖用上层的玻璃柜子照了照自己的脸。

"话太多……"

易安一边洗葱一边摇头，我在旁边接过葱憋笑憋得脸都红了，假装没听见专心切葱花。

"哎，那我也比阿泽符合标准吧，我占的样儿多啊。聪明，有气质，个高，帅。六个里面我占了四个啊。"

易安看了我一眼，又转头看了眼靠在料理台上的杨树，想了想道："问题是前两样占80%啊。"

我实在忍不住爆笑出声，杨树蹿过来勒着我的脖子道：

"好啊，你俩一起算计我。我勒死你个80%，勒死你，我就算只有20%你也没别人可挑了。"

我本来以为我是个喜欢安静的人。遇到易安以后我才知道其实很多"本以为"都是纸上谈兵。我本以为我喜欢话少本分的女孩;我本以为没人能超越我对杨树的感情;我本以为除了娘这辈子我可能不会把别的女人放在心上;我本以为我会老婆孩子热炕头安安稳稳过一辈子小市民生活……

我本以为,我们仨会一直这样下去,不把话挑明,不说清楚,就这么混着,过一辈子也挺好。但时间总会打破这种平衡,就像杨树要出国打乱我的计划一样,与日俱增的感情让我和杨树渐渐偏离了原本的轨道,朝着不同方向行进,像走错了轨道的车,渐行渐远。

5

还有三天新学期就要开始了,杨树还是一副万事不着急的样子。倒是易安早早就开始选课。杨树缠着易安看 bear tracks 上选课的列表,我坐在沙发上一边看专业书,一边听他们俩叽叽喳喳。到了研究生第二学期,论文越来越多,要考试的专业课反而少了。奖学金申下来了,剩下的就要依靠打工赚了。

"你说我是选哲学好,还是选日语好?"

易安站起身向我走过来,我还没开口,杨树就像一条甩不脱的尾巴一样跟上来道:

"嗨,我还以为什么事儿呢,哪个简单选哪个呗。反正都是混学分毕业。"

我放下专业书想了一会儿才开口道:

"第二外语始终得选一个,与其后面几个学期学习专业课压力大了再学,不如现在就选。"

易安闻言点了点头,然后回到电脑前选课去了。杨树见我和易安都没理他,撇了撇嘴坐到我旁边揽着我肩膀道:

"阿泽,你们下学期考试少了吧?这下你总有空陪我玩了吧?"

我摇了摇头起身道:

"考试是少了些,可我工作申请下来了。要去打工,你要玩,找一鸣他们吧。"

杨树一听,颇为失望地往沙发上一趴道:

"你们一个两个的都没空,要我说啊,都是不会享受生活。爸妈送你们出国又不是让你们来读书和打工的。再说了,阿泽,我爸不都说了嘛,你不用工作,干吗老惦记着要出去打工啊!"

杨树的话让我有些不悦,没再搭理他,我翻了翻书包找出之前查好的工作招聘地址,穿上羽绒服就出了门。走在路上我更坚定了一定要找个工作的信念。只要我一天还花着杨树家的钱,就一天在杨树面前抬不起头来,之前是学业太紧张,刚到加拿大又诸多头绪,现在稳定下来了,理应赶紧再找份工作,自食其力。

经历了小倩的事,中国城是再去不得了。我思来想去找了一份宜家家具组装的工作。加拿大人工很贵,这工作也收入颇丰,只不过除了学习以外的时间怕是要都搭进去了。

找工作的事我没再和杨树提,也省得他胡思乱想。自打用自己赚的钱买菜做饭以后,心里都觉得敞亮了不少。杨树也只当我和易安一样本来就属于死读书的,整日泡在学校图书馆,不回出租屋也是有的。

就这么一晃过去了小半个月,我又到一家工作,一开门正看见崔雪和马杰森。他们两个见了我很是有些惊讶,但还是闪身把我让了进去。一进门屋里地上乱糟糟的全是散落的衣物和鞋袜,挺不错的一个一室一厅,愣是让他俩糟蹋得几乎没处下脚。两个人见我拎着鞋拿着工具不知往哪走,都有点尴尬,七手八脚地把地上的东西胡噜到客厅的一个角落里。

我穿着工服给他们安茶几,马杰森有些不好意思地倒过一杯茶来道:

"哎……不忙装,先喝口茶吧。"

我看了眼地上散落的零件,摆摆手道:

"不用这么客气,还是先安好吧,省得一会儿踩到。"

崔雪见是我来,也不知道站在哪里合适,和马杰森合计了一会儿,两人又端上来一盘子水果。

"太辛苦了,快歇歇吧。你说你都获奖了……还在这给我们安家……"

崔雪话说了一半就被马杰森一个眼神吓得闭上了嘴:

"人家这叫自食其力,哪像你,成天花家里钱,卫生也不打扫,又买这么个桌子。"

崔雪听了不悦地一撩头发道:

"马杰森你怎么说话呢!我买桌子不也是为了家里好看吗?我是给我自己买的吗?你别用这桌子啊!再说,不打扫的不光是我吧?你打扫吗?"

我一看两个人快要吵起来了,赶紧加快手上的动作道:

"……崔雪也是好意。我是不想家里负担太重,才出来打工的。要是家里条件好,我当然也乐意专心学习。谢谢你们了,茶和水果就不必了,我今天是来干活的,不是来做客的。"

马杰森见状把崔雪推进里屋,又跑出来蹲在我身边道:

"泽哥,你看这事儿弄的……对了,我听杨树说,你申请着奖学金了?这可是大好事啊。"

我一边安茶几一边点头道:

"嗯……是有这么回事。不过比起我自己,我更担心他。"

我一边应承一边暗自埋怨,杨树这小子,还是嘴上没个把门儿的,明明自己连大学都没进,就知道捡我的事和同学们说。

马杰森听了有些尴尬地笑道:

"可不是。其实在留学中心那会儿吧……我们是……和 B 班的都不太亲。但是你也知道……人嘛,总有看走眼的时候。现在想想……你们哥儿俩真挺好的,真的。那天崔雪还和我说呢,易安的事,要不是你俩,她现在啊,指不定什么情况呢。我当初还和沈曼妮关系挺好的呢,后来听雨夏说了……哎……她连易安都不放过,谁敢和她当朋友啊。"

我安茶几的手稍微顿了顿,抬头看了眼马杰森,见他神情不似作伪,这才开口道:

"沈曼妮确实过分。碰到这种事,换谁应该都不会袖手旁观。只不过正好让我跟杨树赶上了……也没你们说的那么英雄。"

马杰森没想到撞了个软钉子,只得一边叹气一边收拾地上的东西。我安了一会儿,这才反应过来,同学之间,对方都已经认错了,我还不依不饶有点儿小心眼,开口道:

"安好了。没什么事我走了。以前的事……就让它过去吧。还没谢谢你上次带人来看我领奖,可是把Tony吓了一跳。"

马杰森闻言总算有了点笑脸,一直把我送到公寓门口,才开口道:

"刚才的事,你千万别往心里去,小雪家里西式教育,养尊处优惯了,一身公主病。惹你不高兴了,我向你道歉。"

我赶紧摇头道:

"快回去吧!两个人能在一起是缘分,回去好好说,她也没有别的意思。犯不上因为这点事和她吵。"

马杰森有些犹豫地点了点头,想了一会儿才开口道:

"大学有教授在招募助教,你要是想打工,那种又能学习又能赚钱的可能更适合你。还是谢谢你大冷天还帮我们安桌子。"

我实在是觉得马杰森礼数太多,摆了摆手示意没关系就离开了。

累了一天回到家,杨树居然罕见地在客厅里玩手机,我走过去低头看他,环顾了一下四周道:

"就你?易安呢?"

"易安在屋里呢,一回来就哭,不知道怎么了。我问她她也不告诉我,说要等你回来。"

听了杨树的话我放下工具包就往卧房门口走,早忘了自己也累得半死,心里只想着得赶紧弄清她的事。

"易安,是我,关承泽。我可以进来吗?"

易安拉开门,眼眶鼻头都发红,迎出来坐到餐厅的椅子上。杨树见状一骨碌从沙发上爬起来道:

"哎哟我的祖宗哦,你可出来了。阿泽回来了,你想说什么现在可以说了吧?"

易安转头看我，我也赶紧走过来在她对面的椅子上坐下，示意她可以开始讲了。话还没出口，易安就又趴到桌子上开始抽泣，吓得我和杨树对视一眼，谁也不敢再催她讲话。过了好一会儿，她才平静下来道：

"我想我可能要回国了。"

这话一出口，杨树就瞪大眼睛道：

"好端端的为什么啊？为什么会想回国？"

杨树还想再问，我伸手拦住他道：

"就你话多，你让易安先说。"

易安看了我一眼，冲我点点头，抹了把眼泪清清嗓子道：

"我统计学期中才考了 38 分，占总成绩的 30% 呢。想要学期末及格……期末我至少要考 85 分以上……可这是不可能的。我要是挂科了，就会被退学。我不想退学，好不容易才考上的大学，要是让我家里知道我退学了……我就死定了。本来……原本他们就觉得我一个女孩，没有男孩好。我要是再学不好……"

易安说到一半又开始哭，我和杨树面面相觑。这还是我们头一次听易安主动说起自己的事情。没想到竟然这样无从开口去安慰。

我起身给她倒了杯温开水，杨树也收起嬉皮笑脸坐到易安旁边，我蹲在易安面前，伸手胡噜了一把她的头发，道：

"别胡思乱想，你学习这么好……期中没考好是因为沈曼妮的事，影响了你的状态。期末好好复习，我也可以帮你看看，怎么能考高一点。不会有问题的。"

杨树听了也凑过来点头道：

"就是，有什么了不起啊！我跟你说——比尔·盖茨还退学了呢！退学那是塞翁失马焉知非福啊！"

"你闭嘴！胡说什么！"

我恨铁不成钢地瞪了杨树一眼，杨树自知说错话老老实实坐在一旁的沙发背上盯着我和易安，做了一个用拉链封住嘴巴的动作。

"其……其实我也知道，考试，考不好很正常。但我就是……我在国内的时候靠出国躲过了高考，现在要是就这么回去了，他们会很失望的。"

易安说着又开始眼眶发红，她家的事我也略有耳闻，一家子书香门第，可能对她要求也很高吧？至于是女孩的事……我本以为只有村子里会重男轻女，没想到城里人也有这种成见。这倒是头一次听说。

"我觉得自己特别没用。你们知道吗？原本我就偏科……就是文科好理科差。一般中国学生能学90分的数学，我上个学期拼尽全力每天睡三个小时也才考了80分……家里又给我选了个经济学，专业课一半都是统计和数学。我躲不过去，整天熬夜还是不及格……还有曼妮的事，好好的朋友让我处成这样……也许我……根本就不适合在国外读书。"

易安喝了口水又继续道，杨树见我也不说话在一旁干瞪眼，几次想走过来说点什么都被我用眼神禁止了。

"人都有擅长的和不擅长的，易安你不要太勉强自己。其实你看看咱们这些人里，本科生中，除了陆鹏，其他人不也没有申请到奖学金吗？你已经很努力了，就算你成绩不好，你家里人也不会因为这个就讨厌你。沈曼妮的事不是你的错，这个咱们已经讨论过好多遍了，对吧？"

我说完这话，转头看到杨树有些诧异地盯着我，显然是没想到我口才提升得这么快。我懒得搭理杨树，我是不善言辞，但只要组织好语言，简单的劝人的话我也会说，而且说得不比他差。

"别胡思乱想了，我给你做可乐鸡翅。吃完了就好了。"

我说完起身去厨房，剩下易安坐在原地若有所思地喝着水。

整整三个月的不眠不休，每天不足三小时的睡眠，我眼睁睁地看着易安的体重从一百一十斤掉到九十挂零。三个月的苦学换来的是期末考试86分的好成绩。为此，我和杨树还带着易安去饭店搓了一顿。我本以为这件事就此过去了，谁知只是更大的问题的导火索，只不过那时我们都没有意识到问题有多严重，只顾着为又闯过一个难关而暗自窃喜。

6

新学期伊始,分组作业要求两人一组,班里没有亚洲人。不过倒是不乏有学生想要选我。看来上一次获奖的经历,的确让我有了些光环。比起明显不太好相处的 Tony,他们似乎更青睐待人客气的我。我最后选了和红头发的 Kate 一组。既然上学期已经答应过人家,没道理事后反悔。下课以后,Kate 高兴得直说:

"Thank you, I will try my best!"

(谢谢你,我一定尽最大努力。)

我们去工地调研,Kate 丈量钢材,我支了个架子画建筑物的平面图。

"Ze, you are indeed a good man. Do you mind doing me another favour?"

(泽,你人真的很好,就不知道你介不介意再帮我个忙呢?)

"With pleasure if I could."

(当然,很高兴能帮到你。)

我停下画笔转身看到 Kate 正抱着钢材站在我身前,赶紧伸手接过来道。

"I myself is a Christian of a church. We have many Chinese Christians there. Some of them cannot speak English properly but we still want them to hear from God. If you can help me translate, it would be a great honor. Of course, this shall not be a free job; we give whoever helps us ten dollars per hour."

(我自己是教徒。我们教堂有很多中国信徒,他们中的一些人英文不是很好,但是我们还是希望他们也能听懂天父的话。如果你能帮我们翻译一下就太好了。当然,我也不会让你白忙,我们商量过谁愿意做这份工作我们会给他一小时十加元的时薪。)

"I do have my part-time job every Saturday... but if it is Sunday, I shall help you with that."

(我每周六有兼职……但如果是周日的话,我倒是可以帮忙。)

事情就这么定了下来,周日我和 Kate 在 Church-chill 站汇合,一起往教堂走。我们赶到的时候大部分教徒正在排队往教堂里面走,门口站着一个黄色头发的男孩正在给大家分发教义。看到队中不乏一些中国人,我感到有些亲切的同时更多的是诧异,只因我身边信教的人着实太少,除了马杰森我还不认识其他有基督教信仰的人。

"Ze, I will ask them to line up in front of you, and then you can tell me what they ask for."

(泽,我一会儿会让他们在你面前排成一排,你帮我问一下他们的来意,我也好处理。)

我点点头,看着 Kate 跟黄发男孩说了些什么,他便指挥队内的中国人站到我面前来。第一个教徒是一位老妇人,只见她佝偻着身子颤颤巍巍地往我面前走,我赶紧上前伸手扶住她,低声道:

"老婆婆您今天来这是?"

"你懂中文啊,太好了……这个……一定帮我交给神父,让他帮我祈祷我儿子……早点出人头地。"

老妇人从怀里掏出一个纸包来,里面隐约有几张小面额的人民币。我一转头看到 Kate 正饶有兴致地盯着我,只得叹气翻译。Kate 听了以后瞪大眼睛道:

"We cannot ask money for pray. You tell her, her devout will move the God and God shall hear from her."

(我们不能为了祈祷收钱,你告诉她,她的虔诚会感动天父,天父会听到她的祈祷的。)

我逐字逐句地翻译了,老妇人还是站在我面前不肯走,我们僵持了好久,最终我不得不骗她:

"教堂不收钱,但是您的想法我会告诉神父的,一定让他先为您的儿子祈祷。"

老妇人这才千恩万谢地走进了教堂。

第一个"客人"就这么棘手，让我有些头痛一时口快答应帮忙的事。好在大部分来这里的人还都是真的信教的，也有一定英文基础，收了教义就进教堂里面去了。时间一分一秒过去，队伍也越来越短，让我不由得松了口气。

一个打扮得相当复古，穿着一件拼接的大衣和破皮靴的男人走到我面前。一脸胡碴满嘴黄牙显得疏于打理，有些微红的颧骨和酒糟鼻还有扑面而来的酒气让我不由得皱起眉头小声示意 Kate 小心一点。那男人晃到我身前，一副讨债的面貌，伸出右手小指一边挖着耳朵一边道：

"我说——这破会什么时候完？老子等着吃饭呢！"

吃饭？我有些诧异地环顾四周，没看到哪里能吃饭，只能将他的话稍加润泽改成："礼拜结束后是不是有饭吃？"尽管如此，Kate 还是厌恶地瞥了那个男人一眼，不悦道：

"He again, he came here every Sunday. After the pray we do have free lunch for the Christian, but he... last time he ate five buns and several pieces of meat... we do not like him, he came here only for the free meal！"

（又是他！他每周日都来。我们在祈祷过后确实为信徒提供免费的午餐，但是他……上次他一个人吃了五个面包，还吃了好多肉……我们都不喜欢他，他来这里只是为了吃一顿免费的饭而已！）

Kate 这么说让我有一种丢人的感觉。虽然我并不认识这个男人，但我总觉得这样的人太多，会让别人误会中国人是没有气节的，想着我开口道：

"这位……大哥。你还是拿一份教义的好，既然想着吃饭，总要做个样子。"

"你个毛还没长齐的娃娃懂个屁，他们老外要好心就让他们好心。有免费的饭不吃，多傻啊。"

那男人说完从桌上拿了一张教义，冲我晃晃，推开拦着他的门卫，跌跌撞撞地走进门去。

这个男人的事搅得我心神不宁，好不容易所有人都进到了教堂，我特地坐在了那男人身边，以免他再生什么事端。没想到他却直接趴在桌上睡着了。到了唱诗阶段，全员起立，只有他一个人趴着，浑然不觉，好像唱诗班是专门来给他唱催眠曲的。礼拜结束后，我好意拍了拍他，他揉着眼睛爬起来一看周围人都不见了，推开我跑到院子里，拿了一个盘子就开始在长条桌子上搜刮各种免费的午餐。不一会儿他的盘子里就堆成了小山，周围的外国人对他都指指点点。

我见状皱了皱眉头也拿了个盘子跟上去道：

"这位大哥……差不多得了，你看你也好手好脚的，为什么……"

"小屁孩儿哪懂得生活艰辛。好手好脚怎么了？好手好脚他们那些蓝眼珠子黄毛的真能给我份好工作？我在这没学历没钱的，工作许可也没有。什么都干不了。我又没资格移民，政府福利也没有。中国城每年有你们这帮小孩儿干活，也不要我们这些老的。你说我去哪儿？"

那男人一边用手拎起一片牛肉大嚼特嚼，一边和我抱怨。

"那你……你可以回国啊。"

我拿了一片面包还有一片牛肉和芝士坐在他身边，犹豫道。

"回国？"

男人在拼接的大衣上蹭了蹭手上的油，咧开嘴笑了笑，摆手道：

"我混成这样……这么说吧，你要有个爸爸混得这么惨，你会愿意认他？"

男人一句话让我忽然想到我爹，说真的要是我爹真是他这样子，我还是愿意他回去的。

"这……就算我爹再落魄，我也不会不想认他啊。"

我争辩了一句，他却不以为意喝了一口牛奶摇头道：

"小伙子，人生长着呢。你不懂。你们这些孩子都好命，小小年纪就有爸妈出钱，给你们打基础，毕业了想移民就移民，想工作就工作，想回去……也能回去。我们没赶上好时候，混成这样……你就别为难我了。哎……都一个星期没闻着肉味儿了……我得再拿两块去！"

那男人说完就站起身晃晃悠悠走了，临走还顺走了几块面包和牛排。我忽然没了吃饭的心情。想起自己之前总抱怨自己命不好，再看

· 240 ·

看不远处被别人戳着脊梁骨就为了混顿肉吃得奇怪的男人。我忽然有种释怀的感觉。

与其抱怨命运不公,不如自己努力。如果因为出身农村就怨天尤人,那我和这个男人有什么区别?我打定主意,不管杨树怎么想,我一定得好好把研究生读下来,趁着在国外多长见识,练好自己本事。

我正在发愣,Kate 见我一个人坐着凑过来道:

"Thank you, you go ahead and eat more. If there is anything I can help, just tell me."

(谢谢你,你多吃一点。如果有什么我能帮你的,告诉我就行。)

"You are welcome."

(不客气)

我回了一句再转头去看那男人,已经不知所踪了。之后我又去了几趟教堂,每次都能遇见他,直到有一周,再看不见他了。我问 Kate,她说不知道。Kate 猜他大约是觉得太丢人去别的城市了,我却暗暗希望,他想明白了,回国去了。

7

又是一个周末,杨树伙同我强行架着易安奔赴中国城"龙"字号大酒店,去吃早茶。易安本想睡个懒觉,但拗不过杨树说"必须得吃点好的,把不开心的事都忘了",只得换了衣服跟着到了中国城。

"金汉龙庭"大酒店是个粤菜馆,我们一大早去那也就是吃点早茶,然后在中国城四处逛逛,晚上才能吃正餐。粤菜馆的早茶是用推车推着叫卖的,在各个桌子间穿行,有听见自己想吃的,就叫住服务员,过来点菜。

我们正在吃饭,门口忽然传来争执声。

"我现在这种情况,你开除我,这不是落井下石吗?"

杨树就喜欢热闹,押着脖子打量,然后低声道:

"你们看那个吵架的女的,好像挺漂亮哈。"

我和易安不约而同地翻了个白眼儿,吃个饭都不老实,看周围女留学生也就算了,连扫地大妈也不放过,杨树也是够了。尽管如此,因着好奇心,我们三人起身走近了看,这一看之下却不约而同地开口道:

"(这不)甄以南(嘛)!"

杨树本着"英雄救美"的心,不顾我和易安的反对就往上冲,我和易安只得跟上。到了眼前却看见甄以南小腹微隆,比之前富态了不少,但仍难掩面容娇俏,正拉着经理絮絮叨叨地讲话:

"你不能开除我啊,我这样,虽然不能站前台了,还可以去后厨帮忙啊。在后面别人又看不到……"

这话吓了我们三人一跳,上次见甄以南还是在她风光无限的婚礼上。没想到这次见面是这样一个场面。甄以南似乎也注意到了我们的存在,看到易安的瞬间,面露惊恐,转头就走。经理却不明就里地拉住她道:

"你不要让我们为难,你现在的情况,如果孩子有个好歹,我们就成杀人犯了。这样吧,我给你多开一个月的工资,你好好养身子……等孩子出生了再回来工作。"

甄以南急着想走,拿了信封说了句谢谢,不再争辩,转身向楼下跑去,却因为地滑险些跌倒。杨树抢上前扶住甄以南道:

"哎,小心。"

甄以南一看我们三人还跟着她,终于站定,想了一会儿才开口道:

"我能……和曲易安单独聊聊吗?"

女生聊天我们自然是不能插嘴的,只能任由她们找了附近一个储物间关上门聊。易安去了好久,也不知她们女生间聊了些什么,杨树也有点着急了,开口道:

"阿泽,别是出什么事了吧?留学中心的女的,都挺邪性的,易安再吃了亏。"

我听了心里不由得"咯噔"一下。杨树说的也不是没道理,前车之鉴。有过一个沈曼妮,我们可不能重蹈覆辙。

我和杨树走到门口,我刚准备上前叫易安回来,杨树就拉住我摇头道:

"别去,先听会。"

易安站在那,甄以南坐在椅子上,好一阵谁也不说话。过了一会儿易安咳嗽了一声道:

"那没什么事,我先回去了,我朋友还在等我。"

甄以南没拦着易安,和易安交换了手机号以后,忽然问了句:

"哪个是你男朋友?"

说也奇怪,本来和我不太相关的事,却让我紧张得不行。我忽然有个很奇怪的念头,哪怕她都否认呢,也比说杨树是她男友强。

易安一愣,笑着摆手道:

"嗨,你误会了,两个都不是,我哥们儿。"

易安不置可否,正在尴尬,甄以南就摆手道:

"算了,我自己的事都处理不好,也没资格管别人。"

说完推门出来,看到我和杨树站在门口,冲我们两人笑了笑。她一走,易安自然如蒙大赦,跑出来和我们汇合。

"还吃吗?再点点儿?还是就这样了?"

易安摆摆手,开口道:

"不吃了,赶紧走吧。省……算了,走吧。"

我们也搞不清易安是怎么了,既然她不吃,我们又吃饱了,自然没有再留的理由,我们仨就结账出门了。

走在路上易安就开始算这顿饭多少钱,算着这些,倒把甄以南的事情抛到脑后了。易安和我们出门,在外肯定是我们俩掏钱,回到合租屋里,都是要一笔笔算清的,除了一起吃饭的食材不用算以外,其他的她都是按 AA 制给我们。杨树说过不用,但是易安坚持,最终也就变成这样了。

那天到家没多久,杨树就被别人拉走去打台球了,易安和我窝在合租屋里打游戏,正推 boss 的时候手机忽然响了,易安右手还在鼠标上,左手却不得不抬起来去够手机。开免提一听,居然是甄以南。

"曲……曲易安是吧？是我，甄以南。你今天有时间吗？我有点事……想和你说下。"

"哦，那你等下哈，稍微等下别挂。"

易安一边说一边关掉免提，转头问我：

"咱今天有别的事吗？"

我看易安开始接电话，也停下不再打 boss，开口道：

"没事，你去吧，晚饭回不回来给个信儿。"

易安闻言点点头示意知道了，然后重新接回电话道：

"嗯，我没什么事，你在哪？我去找你？还是……"

易安挂了电话就准备出门。

我关了电脑起身道：

"去哪？"

"中国城。"

易安一边收拾一边四处暨摸，试图找个什么利器带上。眼见她选了一把水果刀，我不太赞同地按住她的手，顿了一会儿道：

"那太乱，还是我陪你去吧。"

8

易安连忙摆手道：

"不用，我以前也总自己去的，那阵曼妮……还在的时候，给她买胃药，我也总一个人去的。难得休息，你在家歇着吧，我自己能去。"

我闻言皱眉道：

"你和甄以南也不是特别熟吧？我记得她嫁了个大亨，这会儿又去中餐馆当服务员。这事没那么简单，别再是个疯子。"

这话显然震慑住了易安。她本来和甄以南也不熟，这人忽然联系她，她其实也拿不准是什么动机。平时挺伶牙俐齿的一个姑娘让我一句话问住，堵得说不出话来，过了好一会儿才道：

"要不……要不麻烦你陪我走一趟？"

"干吗这么客气,什么麻烦不麻烦的,走吧。"

我们到的时候太早,甄以南还没下班,我和易安在街上站着,旁边时不时有流浪汉在身边逛。我很想把围巾扯下来围在易安脖子上,但最终还是没有这样做。我抬头望天,刻意不去看她冻红的脸。

不知怎的我想起早些时候她在金汉龙庭说过的话,我和杨树都是她哥们儿吗?我有些茫然地想了一会儿,发现理不出个头绪来,没准这样反倒好,省得我们还要分出个高下来。

约莫过了一个小时,我都冻得有点脑仁发麻了,甄以南才走出来,一看我也在,似是有些诧异。易安看出了甄以南的心思,安慰道:

"关承泽是我铁哥们儿,他绝对可靠,这点你放心。"

到底是昔日的校花,听了这话,过了没几分钟就找回了"状态",开口道:

"走吧,去我家。"

我们跟着她七拐八拐到了一个幽暗荒凉的街区,目之所及全都是铁皮房和筒子楼,我们连下了两层,踏着已经生了锈的铁楼梯,到了地下二层,低头钻进一个一次只能容一人进去的小门里。

甄以南招呼易安坐下,我却只能站在门边,只因屋里能坐的地方就只有那张有些老旧的床。易安犹豫再三,还是慢慢靠在门边,没有坐在床上。甄以南一看易安不坐,还以为是易安嫌弃屋子小,有些局促道:

"不好意思啊,地方太小了,你坐床上就行了,不脏,我昨天才换的床单。"

我有些惊讶她会这样说话,在我印象里,甄以南一直是那个被前呼后拥的"性感女神",何曾有过和人说"不好意思"的时候。易安本就是个善解人意的姑娘,话都说到这个份儿上了,自然也没有推让的道理,把羽绒服脱了,就坐在了床上。

我靠在门边打了个寒战,和外面零下二十多度的那种湿冷不一样,这里是阴冷,混合着一种不知道什么东西腐败的气味。易安坐下,甄以南坐在易安旁边,两个人的重量让床发出"吱呀"一声,易安倒吸了一口凉气下意识地看向我,我冲她笑笑摇了摇头,示意没关系。

"这…真是不好意思。"

甄以南又说了一遍不好意思,我到底也没弄清她从刚才开始就在"不好意思"些什么。自从进了这屋子,我们精神就处于高度紧张的状态,她随便一句话,我和易安都过度敏感到有些暴躁。

"我本来…只是想找人说说的,我也不知道怎么办才好。可这事,说给别人,又怕人笑话。你好像,不,你……确实是个挺好的人来着,你和雨夏的事我也听说过……就盼着能和你说说,但没有你的联系方式。"

甄以南一边搓着手一边开口道。

她这番话让屋里陷入了沉默。

易安算"好人"吗?确实是的。在我眼里当然是。按照社会标准我也是个好人。我们属于一类人。大部分时候,委屈自己成全别人。在中国人眼里,这样做的一般都是"好人"。从小到大,我领到的"好人卡"如果具象化成物品的话,可能她这个小屋子根本都装不下,易安估计也没好哪去,沈曼妮的事,换成我,不一定能让她毫发无损地了事。

自从经历了沈曼妮这件事,好像易安对"好"的限度有了明显不同的认知。对别人太好其实就是对自己不好,这件事她算是彻底明白了。如果是半个月前,甄以南说这番话可能会让易安感激涕零,说不准这时候已经说出,"什么事直说我一定帮你办",这类话来,可现在她却一言不发,只是盯着我瞧。

我正琢磨着,易安就起身活动了一下。甄以南看易安起身,以为她要走,也有些尴尬,深吸了一口气,对我们道:

"曲易安,易安,我能叫你易安么?"

易安点点头,这种事易安一向是无所谓的。甄以南像是得了鼓励,盯着易安过了好久,下定决心似的,站起身,拉过易安的手放在她腹部。

易安吓了一跳,要不是看她没有什么过分动作,险些就躲到我身

后了。甄以南也感觉吓到易安了,有些抱歉道:

"易安,我不知道该怎么解释这事。就简单一点说好了,我怀孕了。孩子的父亲…不要我们了,我问其他人……他们说,说让我做掉孩子。我不想,那是我的孩子啊,我……"

甄以南有些语无伦次,弄得易安也有些慌张,先把手抽回来,然后尽量柔声安慰道:

"你慢慢说,到底怎么了?你有孩子了,这个我听懂了。然后你想把这个孩子生下来,我也听懂了,孩子父亲不想负责吗?"

"我不敢…我一个人,一个人,在这种地方,生孩子的话,会死的。"

甄以南眼神中流露出恐惧。

"你,你应该知道,我之前嫁给了一个本地人。"

我和易安闻言点点头,这事不只我们,留学中心的人基本都知道。

"他最开始对我还不错,但是…但大部分时候,我都听不懂他在说什么。他有时候莫名其妙发火,之前……我们有过婚前协议,说不让要孩子的,现在他就说,孩子要是不打掉就只有离婚。"

甄以南哽咽着叹了口气,然后继续道:

"我害怕,就逃跑了。"

甄以南停顿了一会儿,平复了一下情绪,又开口道:

"他说我不是真心喜欢他,和我申请了离婚。不知他说了什么,不但我得不到任何东西,他们,他们还说我非法滞留加拿大,说我,利用结婚想要获得移民身份,这是违法的。可我什么都不知道,什么都不知道。"

我有些唏嘘,谁能想到留学中心的校花会混成这样?可她已经很恐惧了,我自然不能再刺激她,只能顺着她的话问道:

"所以……你打算回国吗?还是怎样?"

甄以南愣了一会儿,然后道:

"回国?回去让他们看我在国外混成这样,还怀了个孩子?我给家里打过电话,我妈觉得很丢人。你也知道的,这种事放在国内……她说让我想个办法为孩子正名,不然就不要回去了。"

我们听了这话也不知该怎样劝她,毕竟这是她的家事,也不好说她母亲绝情。甄以南一看我和易安都不说话,擦了擦眼泪,然后叹了口气道:

"我现在…是不能再在这里待着了,我在餐馆打工,总能遇见同学,我都装作不认识,可日子久了,总会有人认出我来。更不要说,我还想生下这个孩子,少不得要求人,如果让他们知道,我现在这个样子……我还不如死了算了。"

这倒是大实话,我心里也跟着叹了口气。她们这些高高在上众星捧月的人,最怕的无非就是在曾经的朋友面前出丑,那真是比杀了她们还要难受。

易安闻言拽了拽我的衣角,轻咳了一声,开口道:

"我……我其实也不太懂这些。不过你说得对,这毕竟是你的孩子,还是……还是生下来的好。如果,如果你需要别人陪你的话,我可以,多来陪陪你,看看你。但是……孩子生下来之后总要有人照顾,就……不知道你还认不认识别的人,我是指……可以陪你一起照顾孩子的那种。"

最终还是要管啊,我看了眼身边有点磕磕巴巴但依然尽量安慰甄以南的易安,不由得生出一种同病相怜的感觉。我们这种人这辈子都是劳碌命,没法拒绝别人,对别人的苦难不能视而不见。

"你真的愿意陪我去做检查?太谢谢你了!我……我知道你答应陪我做检查我已经应该感恩了,但是……但是我的签证现在过期了,如果让他们发现……"

"签证的事我可以帮你办。我以前在中国城打工的时候去过一家私人诊所体检,不介意的话可以先去那里检查一下身体,但是易安说得对,你总要找个能照顾你、照顾孩子的人……"

这话一出口,甄以南已经不仅是感激了,她左手拉着易安,右手拉着我,眼泪不住地往下流:

"谢谢你们,谢谢你们,你们都是好人,是我见过的最好的人。你们这么好,一定会有福报的。我……我真不知道怎么谢谢你们。"

在甄以南的千恩万谢中,我和易安离开了那栋阴暗的小楼,呼吸到外面冷得几乎带着冰碴的空气,我居然有种"劫后余生"的庆幸感。还好没出什么大事,只是帮个忙这倒是好说。

"关承泽……对不起啊,又给你添麻烦了。要不是我答应她,你也不用帮她找诊所。"

"咱俩客气个什么?救人一命胜造七级浮屠,这种事只要是有良知的人,知道了都不会袖手旁观的。"

9

甄以南的预产期越来越近了,这段时间我们下了课就往甄以南家跑,闲的时候凑在一起也总研究孕妇吃点什么更有营养。杨树总打趣道:

"不知道还以为怀的得是咱仨的孩子呢,这么上心。"

这天我们仨拎着鸡汤坐地铁赶到甄以南的小隔间,敲门之后却没有反应。杨树还在咣咣敲门,易安却脸色一变道:

"撞开,把门撞开!是不是要生了?"

我和杨树也顾不得规矩了,强行撞开门冲进去就看到甄以南倒在床附近,满头大汗。

"打电话叫车!直接去医院!"

我抱起甄以南,易安打电话,杨树翻箱倒柜把甄以南的各种证件都找齐全。四个人风风火火地上了车,一路赶往医院。

"以南,你坚持住。"

易安握着甄以南的手,甄以南躺在我和易安腿上,杨树从前排不断回头看我们,连声道:

"就快到了,再坚持一会儿哈。"

"Quick! If anything should happen to her, you would be a murderer!"
(快点,要是她出了什么事你就是凶手!)

我拍了一下司机的椅子背，吓得那司机一脚油门踩到底，车速表越过140迈直奔200上演极速狂飙。好在加拿大地广人稀，车也不算多，这样的飙车竟然没有引发任何事故。

杨树直接从兜里掏了一把现金塞给司机，我们四个人几乎是冲进医院的，接待我们的大夫一脸茫然地问：

"Wait, Whose child?"

（等一下，这是谁的孩子？）

"It's Mine."

（我的。）

顾不上想太多，我开口应承，把甄以南递给一旁等着的护工，拿起前台的笔在手术书上签了个字。

护工把甄以南放在车上推走，我、杨树和易安一路跟到手术室门口。

"Please wait here."

（请在这里等着。）

一道大门将我们和甄以南隔开，整整两个小时，我们仨就像热锅上的蚂蚁一样在手术室门口打转。

"你们两个是男的不让进去，为什么也不让我进。以南要是有个好歹怎么办？"

时间一分一秒地过去了，易安终于坐不住了，拉住身边一个路过的护士道：

"Excuse me, My friend is inside that room for two hours, could you please let me in?"

（抱歉打扰一下，我朋友已经进去两个小时了，您能不能让我进去看一下？）

"Sorry, I am afraid not. But I may check that one for you."

（很抱歉，恐怕不能。但是我可以替你进去看一下。）

"Yes, please. I just want to make sure she is ok."

（好的，那就麻烦您了。我只想知道她是不是还好。）

五分钟后护士从屋里走出来,杨树抢上前去开口道:

"Is she ok?"

(她还好吗?)

"Whose child is it?"

(是谁的孩子?)

"Mine."

(我的。)

我和杨树异口同声,护士顿时忍不住笑出了声,过了一会儿才道:

"Sorry. I am not supposed to laugh at you. Congratulations! Whoever it is, you have a boy!"

(抱歉,我不应该笑你们。恭喜你!不管是谁的孩子,你们现在有一个男孩了!)

我和杨树闻言顿时松了一口气,击掌庆祝,只有易安捉住护士继续道:

"How about his mother, my friend?"

(孩子的妈妈,我的朋友怎么样了?)

"She is fine too. You are a good friend. She is lucky to have you by her side."

(她也很好。你真是一个非常好的朋友,有你当她的朋友她真幸运。)

听到这话易安才终于放下心来,瘫坐在一旁的候诊椅上。杨树走过去胡噜了一把易安的脑袋道:

"人不大心思还挺重。人家都说恭喜了,自然是没事了。"

易安不搭理杨树,白了他一眼,起身道:

"那你们在这看着吧,我都没敢去洗手间,我去一下,一会儿回来,有事打电话。"

易安去洗手间,就剩下我和杨树在候诊区。杨树总觉得易安心思重,就和他总觉得我心思重一样。我总觉得心思重多半是事出有因,像我是因为出身,也不知易安是因为什么。

易安回来了十几分钟，甄以南才从手术室被推出来，虽然脸色苍白，但却带着笑容，声音很虚弱但一直在和我们说：

"谢谢。"

甄以南在医院住了三天就出院了，恢复得很不错，比之前胖了不少。孩子的顺利出生让她重新焕发出了光彩，比我们在中餐馆见的时候状态要好得多。一星期后，甄以南抱着孩子受洗，我和杨树算孩子干爹，甄以南说让易安当孩子干妈，易安死活也不同意，最终也就作罢了。一行四人从教堂出来，正遇上一个男人从黑色奥迪上下来，迎上来道：

"以南，这些日子你跑到哪去了？你都不知道，自从听说你和奥多克离婚我有多着急。"

这话一出，我不由得和杨树对视一眼，只见他一副不知情的样子冲我耸了耸肩，我见状转身又看易安，她也冲我摆摆手。甄以南倒是镇定，开口道：

"李志？好久不见了。你也看到了，这是我儿子。这几位……是我儿子的干爹还有我的恩人。"

那叫李志的男人闻言一愣，看向甄以南怀中的孩子，过了好一阵才道：

"这孩子真漂亮，像你。以南……我……我……对不起，发生这么多事，我都不知道。"

"你有什么好对不起我的，是我不愿意让你们知道。易安、泽哥、树哥，我们回去吧。"

甄以南说完，抱着孩子向我们叫好的车走去，我和易安跟上，杨树却摸了摸下巴冲我们挥手道：

"你们先走，我晚点自己过去！"

我们三人上了车，先是一段沉默，最后甄以南自己开口道：

"李志是A班的，易安也知道的。原来……追过我。我也知道，今非昔比，但就是因为这样，我才觉得不能随便拖累人。"

甄以南这话弄得我不知道怎么接，本来在感情方面我就比较

"木"。自己的感情问题都处理不好,更不要说她的了,想到这我拍了下盯着手机的易安,示意她说两句。

"对喜欢你的人来说,能和你在一起就已经很满足了,哪有什么拖累不拖累。"

易安幽幽地叹了一口气,转头在窗户上开始哈气,在上面画了个一箭穿心。我盯着她瞧,这会儿才发现她好像又比原先瘦了,前阵子光顾着忙甄以南,都没注意易安。惨白的皮肤,黑眼圈尤其明显,下巴曲线分明,乌黑的头发中藏着几根银丝。

"也对。"

甄以南应了一声,孩子开始啼哭,她便把注意力转移到孩子身上去了。我小声对易安道:

"你最近是不是睡得不太好?看着没什么精神,有心事?"

易安摆摆手,指了指前排的甄以南摇了摇头,然后继续低头摆弄手机。我用余光看到收件人的名字是程成,而信息却是有去无回。这让我忽然想起,易安好像说过,自从她搬来我和杨树的出租屋,程成就不理她了,我们还庆祝过她和渣男分手。但是看这情况,她好像还没放下。

"易安……"

"嘘,别吵到孩子,有什么回去再说吧。"

易安收起手机闭上眼睛靠在车窗上,身体蜷在一个角落里,看着让人心疼。我叹了口气,忽然觉得我和杨树兴许是太自私了。或许就像易安说的一样,即便是我们都觉得程成不好,只要她觉得和他在一起开心,那就足够了。

我和易安回到出租屋的时候杨树还没回来,我刚准备安慰下易安,她就找了个借口出去了。最近她的话越来越少,让我有些担心,盘算着等杨树回来和他商量一下。夜里十点了,杨树和易安谁都没回来,十一点,易安发来短信说快要考试了,熬夜复习,不用等了。

十二点的时候我实在熬不住了,保存了写了一半的论文,倒头就睡,三四点钟起夜,出门一看,易安和杨树还是谁都没回来。

这样的情形一直持续到甄以南搬离埃德蒙顿。最终她还是选择听取易安的建议,和李志开始新的生活。我们为她祝福的同时,也加重了我的不安。

又是易安早出晚归,杨树不见踪影的一个星期,我头次觉得出租屋的气氛那么令人不悦。饭吃到一半便吃不下去了,我便收拾东西也去了学校。

"我在图书馆了,你在哪?"

一个小时后,我站在图书馆的大门口给易安发了一条短信。

第七章

1

易安没有回信。我找遍了整个大学的图书馆，也没看到易安的身影。打电话给杨树问，他也说不知道，只问我需不需要他也来学校找。挂断电话的时候已经夜里十一点多了。我一个人走在空荡荡的 HUB 走廊里，背着一书包的资料，漫无目的地瞎逛。Meeting Hall 亮着的灯光把我吸引过去，正准备坐在那里歇一会儿，就听有人道：

"所以你是怎么也不会相信我了，对吗？"

我抬头一看，正对面大开的玻璃窗后面楼梯上，易安正靠在墙上和一个人说话，那个人站得极高，看不清面目。

"你需要我相信吗？说到底，我们也没什么关系吧？"

我凑近走上楼梯，听到那个男人的声音，即便没有看到脸，我也能确认那个人就是程成。

"没什么关系……行，我和你没什么关系。是，我告白失败。可我当时也说了，咱们从此就没有关系了，是你说……你没有准备好，愿意从朋友做起，再试一试。不管发生什么，你都会站在我这边，你就是这么试试的？不过是留学中心的猫三狗四说了些流言，你也信？你那么聪明，事情怎么回事你能想不明白？就这么急着我和撇清关系？好，我也不稀罕了，我不缺朋友，从来不。你表达得很明确了，就当你我从没认识过吧。"

易安说完转身就跑，吓得我赶紧也跑下楼躲在一个店铺拐角处。我不知道我为什么要躲，只觉得易安大概不会希望我看到这一幕。我站了一会儿，发觉脚步声已经远了，才走出来。他们这算正式分手了吗？我迷迷糊糊想，不知为什么觉得有点高兴，虽然我心里很清楚易安大约是很难过的。

我拖着有些疲惫的身躯回到家的时候，易安还没回家。这让我有点不放心，想着联系悠雨夏让她照顾下易安，又拿不定主意要不要这样管闲事。正想着，杨树阴沉着脸走过来。

"你又怎么了？"

"没怎么，不高兴不行啊？就许你和易安成天黑着个脸，我就得天天乐呵呵的？"

杨树不知道哪根筋搭错了没好气地趴在沙发上盯着手机看。

"……易安和程成闹分手了。"

我想了一会儿，还是把这件事告诉了杨树。杨树半天没吭气，过了好久才道：

"他俩就没在一起过，谈什么分手。倒是你，到底怎么想的？喜欢就追啊，这么耗着有意思吗？"

我一口水呛在嗓子眼里，剧烈咳嗽起来。杨树起身瞥了我一眼，冷声道：

"阿泽，你自己好好琢磨琢磨吧。"

我好不容易止住了咳嗽，就看杨树穿了件羽绒服走出来，推门就要出去。

"你去哪？"

"找易安啊，我去抚慰下她受伤的心灵啊。"

"一块儿去吧。"

我叹了口气，甩了甩有些发胀的脑袋，套上羽绒服跟着走了出去。剪不断理还乱。杨树总说，弄得我现在也有点含糊了。我长这么大，还没主动追求过谁，梁爽是我借了一次书以后主动找上我的，其他女生和我基本没有什么交集。我本来就属于习惯性对人好的那种人，对易安虽然更好，但杨树对其他女生都嬉皮笑脸地揩油，对易安却截然不同，尊敬得很，大约是比我更喜欢她吧？

"杨树？关承泽？你俩这是……？"

才下楼梯还没出楼门，就看见易安走了上来。我和杨树对视一眼，这么多年的默契让我们异口同声道：

"下去买酒，家里没酒了。"

"真的？你们看这是什么？"

易安从双肩背里拿出一袋子酒，一眼看过去得有八九听。

"……巧了不是，既然你买了，我们就喝现成的了。"

杨树接过背包往自己肩上一抗，向楼上走去，我快步跟上，易安倒成了最后一名。三人一进屋就在客厅坐定，杨树开了一听啤酒递给易安，拿了一听扔给我，自己又开了一听仰头就灌。

"……别喝那么猛，容易醉。"

易安小声嘟囔了一句，靠在沙发的一角捧着那罐啤酒一口口地喝，速度和杨树没法比，但也不慢。我自然是知道她为什么忽然想喝酒的，和程成闹矛盾了，肯定心里很不舒服。一想到这事的始作俑者就是杨树，我就不知怎么开口安慰易安。多说一句都觉得心虚。倒是杨树满不在乎地把空罐子往桌上一放，开口道：

"怎么今天这么有心情啊！你平常不是滴酒不沾嘛。"

"喝个酒还需要什么理由啊，今天想喝不行啊！"

易安轻描淡写地带过，伸手又拿了一听啤酒递给杨树，杨树接了却没再打开。盯着易安看了好一会儿，看得易安不自在地别过头去，才开口道：

"什么事，也和我说说呗。我和阿泽那些破事你都听得七七八八了，你怎么回事我们还没听过呢。"

杨树这话我倒是也有同感。照说我们和易安关系已经很好了，却极少听她提起自己家里人，除了她是个北京人，据说书香门第出身，我对她几乎一无所知。

"我怎么回事不重要吧。有时候知道得太多未必是好事。"

易安说完这话一口将铁罐里的啤酒干了放在桌上，转头冲我和杨树一笑道：

"早点休息吧,明天开始就是考试周了。"

"哎,我说你……"

杨树还想说点什么,易安已经进屋去了,剩下我们两个大老爷们在客厅面面相觑。

"她不会听见了吧?"

过了好久,杨树才把目光从那罐空了的啤酒上移到我身上,忽然开口问。

"……睡吧。"

我在心里叹了口气,以易安的性格,如果真的听见了,估计已经拎包离开了。不过能让杨树反省一下也是件好事。谁让他什么事都自作主张,还以为自己做了天大的好事?

"阿泽、阿泽,你睡了没?"

夜里三点,杨树摸到我床边贴着我的耳朵低声吹气。

"易安心里有数,要是在意,早搬走了!娘们儿叽叽的,你不考试我还考呢!"

我冲杨树挥挥手,蒙眬间看到那小子笑得像只偷了鸡的狐狸,光着膀子蹿回床上卧倒。

2

"Your name. Your one-card and your exam note. Ok, you can go now."

(你的姓名、你的学籍卡,你的考试通知书。好了,你可以进去了。)

透明塑料袋里的成分一览无余,我进教室的时候,偌大个阶梯教室,里面只有不到十人。本来就人少的研究生班被拆分为两组考试,同一个教室的还分 A、B 卷,这防作弊手段可以说也是做得很到位了。

好在我本来也没打算作弊,眼见第一排还空着,就走了过去,还没等坐下就看到一个熟悉的身影。

什么叫不是冤家不聚头?这就是。

Tony 一看是我顿时皱眉道：

"Bad luck."

（真倒霉）

我没搭理他，径直走到第二排坐下。Tony 哼了一声坐在第一排，其他学生进门看到我们俩一个占了第一排一个占了第二排，纷纷选择其他的排数。这一来我能看到的就只有 Tony 一人。要说倒霉，我可比他倒霉多了。

好在迅速敲响的考试铃让我和他都无暇顾及私人恩怨。这次考试内容是艺术史，这种纯文科的科目母语是英语的 Tony 肯定比我有优势得多。我光是审题花费的时间就是 Tony 好几倍，好在我复习得还算彻底，即便有词汇看不懂，题目内核还是能掌握的。我快速浏览了一下题目就开始作答，时间在答题过程中一分一秒地过去了。Tony 是全班第一个交卷的，而我却几乎写到了最后一分钟。

Tony 当然不会放弃这个嘲讽我的机会，刻意在门口等着，等到我出来就迎上来道：

"Seems it is not your area this time."

（看来这次不是你擅长的领域啊！）

我闻言耸耸肩，无意与他比较，随口回了一句：

"Well, maybe you can try answering in Chinese; perhaps you will feel the same."

（可能吧，也许你可以试试用中文答题，或许你会有相同的感受。）

Tony 碰了个软钉子，显然没想到我会这样说，过了好一会儿才道：

"I give respect to every creation, including yours, but I am still not in favor of Eastern culture. I am not so sure how they can become great architects if they only follow their ancestors."

（我对每一个创意都饱含敬意，即便是你的创意，我也持相同态度。只不过我对东方文化还是很难苟同。我实在很难理解，只依靠墨守成规追随前人步伐，如何能成为世界顶级的建筑设计师。）

"Good to know. It's hard for us to forget the old glory but it is also time to move on. The competition has proved that we do not only follow our ancestors, we respect them and surpass them."

(你能直言不讳我很高兴。的确,我们确实很难忘记古老的荣光,但是我们也一直在继往开来。比赛证明了我们不只追随前人步伐,我们是尊重他们,并超越他们。)

Tony 闻言挑了挑眉,没再说什么。不过我能感觉到,自从上次比赛之后,他对我的态度似乎缓和了一些。凭实力说话果然不假,这大概是我出国以来唯一在国外验证的一个定理了。

一个星期后,考试成绩出来了。73 分虽然不算高,但我的母语又不是英语,能答成这样我已经很满意了。再说,这里的成绩都是保密制,70 分还是 90 分并没有什么关系。Tony 罕见地没有讽刺我,也不知是没发挥好还是怎么了。他的性格确实很招人讨厌,但不得不承认,大部分时候他的成绩真的是好得足以夸耀。

"Ze, can you stay here for a whlie?"

(泽,你能在这等一下吗?)

下课以后教授叫住正准备离开的我,我不明所以地点了点头跟着教授往他的办公室走。和欧美的学生不同,教授办公室我很少去,上次去还是研究生报道的时候。教授关上门坐在桌子后面时候我有些紧张,脑海里搜寻着最近几次作业的成绩,好像也没有哪个特别让教授失望的啊?

"Ze... I have seen many students these years. You are among the top group. After you won the prize, I gave your work to AIA (美国建筑家协会), They do appreciate your piece. So If you'd like to stay here as one of our group, I will be happy to write the letter of recommendation for you."

(泽,这些年我见过很多学生,你属于最优秀的那一拨人。你上次获奖后,我把你的作品给了美国建筑家协会,他们很欣赏你。所以如果你想要留在这里(指学校)成为我们中的一员,我会很乐意给你写推荐信的。)

教授的话让我一时不知该说些什么。我从没想过凭借专业成绩留在加拿大。事实上，从踏上这片土地的第一天，我脑子里想的就是读完书回到中国去。和绝大多数削尖了脑袋想要留在这里的人不同，我得回去，那里有我的朋友、我的家人，那里才有生我养我的一切。教授的好意，对我来说反倒成了不知该如何回应的烫手山芋。

"It is a bit surprising, I know. You can go back and tell your parents about this. They will be proud of you."

（我理解这对你来说有点太突然。你可以回去告诉你父母。我相信他们会为你自豪的。）

我点了点头，谢过教授走出教学楼。这种晕头涨脑的不真实感，我以前也有过。当年得知自己被建设部录取的时候，我也是这样，总觉得这种好事，不会落到我这样的人头上。

才走出教学楼，冰冷的空气就让我打了个寒战。一晃来爱城已经两年了，我还是没法适应这里的气温。我缩了缩脖子把双手揣到口袋里，尽量把下巴塞进羽绒服的立领中。不得不说在扛冻方面外国人真的比我要厉害很多。零下二十多度还有穿着卫衣和单裤踩着滑板到处跑的，还有穿着厚丝袜短裙的女生，也不知是真不冷还是单纯为了漂亮。

我看了眼手机，下午 14：50，回出租屋太早，在学校，又不知该干些什么。和快速融入西方生活模式的杨树不同，我和这里有种格格不入。过多的自由对我这样喜欢被安排的人来说可能反而是一种负担。如果不需要去上课，我一般就在图书馆待着，不然就回家里歇着。所以来这两年，杨树几乎把周围的景点都逛遍了，我依然只逛过大学校园。

我还在发愣，漫无目的地在校园里走。一个红发女生跑过来，递给我一张传单，操着一口不太流利的中文道：

"庆（请）投吴浩（五号）早（赵）一鸣一票，谢谢你！"

我接过来一看，上面分明是一鸣这小子。穿个深蓝色西服，呲着一口大白牙，笑嘻嘻地摆出一副候选人的模样。

"He is my classmate!"

(他是我的同班同学!)

我与有荣焉地和那个女生解释,那女生闻言冲我一笑道:

"Ming is a great leader. We trust him. If he won the vote, everyone will be benefited."

(鸣是一个优秀的领导,我们相信他,如果这次他竞选成功,一定会让大家都受益的!)

一鸣这小子,还真准备竞选主席啊?沿着草坪中铺设的青石板路往实验楼方向走,接连不断地有人给我塞传单,我连连摆手,到最后不得不握着传单行进,以防再有人塞过来。大一新生,还是个成绩不怎么样的新生,居然也可以竞选华人学生会主席?我不由得摇了摇头,这种事,放在两三年前,我根本是想都不敢想,如今却亲眼得见了。

"Do you shall agree we deserve less tuition fee? Do you shall agree we should have the same opportunity to earn our own pocket money? Do you also agree we should have the same right to choose the major we want to learn? If yes, I am your only choice, do not hesitant to vote on No. 5. It's me! Yiming Zhao, Daniel Zhao!"

(你是否也认为我们应该减免学费?你是否也认为我们应该有相同的机会去赚取我们自己的零花钱?你是否也认为我们也应有权益学习我们想要学习的专业?如果也这么想,那么我是你的唯一选择!不要犹豫,请给五号投票,五号就是我,赵一鸣,丹尼尔·赵!)

实验楼前方围了一圈人,我还头一次在除了冰球场的地方见到这么多人。一鸣从一辆带着天窗的面包车中央探出头来,拿着一个喇叭激情四射地演讲。由于身高原因,只能看见他一个脑袋露在外面,但依然无损整个演讲的质量。"台下"很多学生都表示回去要给一鸣投票。

"哎,关承泽!"

大喇叭里传出来的声音格外鲜明,让不少人议论纷纷。一鸣一矮身,扔了喇叭打开车门跑出来穿过人群,不顾众人的议论,拽着我开口道:

"那孙子没再找你麻烦吧？上次陆鹏说一美国小 B 找你茬儿？咱都拿奖了，他应该不敢再嚣张了吧？"

"没再找我茬儿。上次的事还没谢你呢，一直说请你吃饭，你还总推脱。要不这样吧，你要是还缺人帮着宣传，正好考试结束了，我和杨树都有时间……"

"哎，你这是哪儿的话。有事随时啊，咱什么关系啊！啊，说起帮忙的事来……还真有点事需要你们帮忙。咱不有另一个校区吗？在城北，那边缺点人手，你们还没去过呢吧？要是不嫌麻烦，那头逛逛，顺便帮我发个传单呗？"

一鸣的话一下把我逗笑了，这小子，从国内到这边一直没变过。这要是放古代，死人都能被他说活了。

"好，你放心，我们一定把你宣传好。"

3

一个电话打过去，杨树得知一鸣要竞选的消息高兴得上蹿下跳的。当天晚上就叫上我和一鸣在川菜馆定了一桌，说是要"商量下策略"。

我和一鸣从学校出发，本想叫上易安，却被告知还有作业要交，要在图书馆赶工。结果就是我和一鸣出发去市中心找杨树会合。

我是个不擅长找话题的人，好在一鸣健谈，一上 LRT 坐定就问我：

"哎，泽哥，考试怎么样？"

"还可以吧，艺术史低点 70 来分，建筑结构、建筑学应用都是 90 多分。你呢？"

这话一出口，不知怎的我就想起原来在国内，一次英语考了 60 多分，在外面冻了一夜不敢回家的事。如今居然能坦然面对 70 来分的艺术史，我觉得这和人在海外，远离"唯成绩论"的周遭环境不无关系。

一鸣闻言笑道：

"我？数学 82，其他都 60 来分低空飞过吧。泽哥，我说句不当讲的，加拿大不是中国，分数这玩意，除了好看，没什么卵用。当务之急还是抓住机会收集人脉,得给自己找背景,找靠山啊。这种吧,到哪都重要。知识这玩意永远无穷无尽,会用人比自己苦哈哈干活好,你说对吧?"

我听了一时间也不知该说些什么。只觉得一鸣和杨树属于一类人,他们凭借良好的出身和经济条件,即便在学业上专业上毫无建树,也能笼络一些狐朋狗友在身边。我和他们不同,就像爹娘常说的,我唯一的出路就是好好读书,如果在这方面我再不努力,又没有别的资本可以拿来笼络人,走上社会就是废物一个。

"不说这些了……各人有各人想法吧。学习好也没什么不好。省得挨说,想我在国内的时候天天被家里骂。什么纨绔子弟啊,成绩不好以后没出路啊,泽哥你一看就是好孩子,一点都不让家里费心。"

一鸣岔开话题勉强笑了笑,然后拿出手机开始摆弄。我并没有接话,反而回想起我和一鸣头一次见面还是在北京宿舍楼下的马路上,因为杨树要抢悠雨夏打架,不禁有些唏嘘。一鸣大概就是他们说的很能"混"的那类人吧?事实上,也确实"混"得比我好。

想着过往的种种,车已经到站,杨树的到来拯救了我和一鸣因观念不同而有的沉闷。三人在川菜馆坐定,话题自然免不了又往刚结束的考试上走。

"你怎么样了?还不行?"

一鸣翻着菜单,虽然用了问句,语气却颇为肯定,让我有点"恨树不成林"。

"嗨,别提了,就那样呗。考的我不会,不考的全会。你说这出题的是不是和我有仇啊。要不是阿泽也考试,我都以为卷子是他出的了。太了解我了,专挑我不会的考。"

我把消毒碗筷拆开摆到杨树面前,瞪了他一眼,这么多年了,这小子别的没长进,推诿的功夫倒是一等一。

"哈哈哈哈,你别逗我了。考试哪有专门为难一个人啊。不过啊,这本事和学历本就是不同的事儿。只不过一个小考试而已,对你来说也不难。先糊弄过去,等进了大学,好日子就来了。"

一鸣点了点水煮鱼的图片挥挥手叫服务员下去，靠在椅子上跷着二郎腿边笑边道。杨树也有样学样靠在椅背上，点头道：

"一鸣，还是和你聊天痛快，你都不知道，和阿泽、易安在一块啊，整天都是那些话，别提多闷了。"

我皱了皱眉，刚要反驳，一鸣就摆手道：

"要我说啊，易安也是傻。哪有自己给自己挖坑的？她选的那都是什么课？哲学、戏剧、文学，还有什么……日语？拜托，戏剧和哲学都没亚洲人敢报好吗？中文演戏，中国哲学还看不明白呢，还英文……"

一鸣说完端起已经有点儿凉了的茶一饮而尽，握住茶壶又给自己倒了一杯。我闻言起身道：

"你这么说就不对了。父母送咱们出国念书，花了这么多钱，只顾着糊弄上些国内也能学到的东西，有什么意义？你们花了这么多钱就想着糊弄家里，还好意思说易安？易安好歹是在认真学，你自己不学……不要教坏杨树！"

杨树见我情绪激动，赶紧站起身压着我的肩膀把我按回座位上，笑着给我也倒了杯茶，打圆场道：

"阿泽，一鸣也是好意。没说易安不好。一鸣，阿泽听不得有人说易安坏话……"

一鸣闻言露出一丝了然的笑容，给我夹了一筷子赠送的凉菜，连声道：

"泽哥，我的错我的错。我这张嘴啊……哎哟……杨树啊，你可不能跟我学，得向泽哥和易安看齐啊。早日考上大学，拿到奖学金，光宗耀祖。你要是需要补课啊，我给你找人。泽哥，别气了，我不是那意思。我才认识杨树多久啊，你都认识杨树多少年了？别往心里去，杨树也就是和我在这瞎胡扯，不会真不学的。"

"就是，阿泽。我什么德行你也知道。这事怨不着一鸣哈。今天都高兴，这不是聊一鸣竞选的事儿嘛，怎么还聊到学习了？有什么话咱回去再说，先听一鸣说竞选的事哈。"

杨树和一鸣的轮番安抚堵得我也不能再追究,只好点头道:

"是我情绪激动了。一鸣,我受杨树父母之托,看好他在这学习……难免……"

"哎——泽哥这是哪儿的话。道理我都懂,咱们兄弟之间不说这些事儿。来来喝茶喝茶!"

我举起杯子和一鸣碰了一下。杨树见我情绪稳定,终于松了口气回到座位上开口道:

"一鸣说说你那竞选吧,局势怎么样?"

一鸣闻言瘫坐回位置,用手指敲着桌面,思忖了一会儿才叹气道:

"一言难尽啊。中加那帮孙子人太多了……咱们留学中心一百二十来人,现在就剩下不到五十个人……就算全选我……票数上我也不占优。再加上徐斌那孙子……哦对,你们不认识,就是中加的头儿,那孙子刚申了奖学金,拿不拿得到咱不管,反正成绩比我好。打出旗号来,说选他以后免费给大家补课,免费带着大家写作业。中国留学生,你们还不知道嘛,能帮着混个文凭就知足了,好多人都向着他。"

"那怎么办?"

杨树闻言挠了挠头,他平日里虽然主意很多,真到了这种时候还是下意识地看向我。我喝了口茶,想了想道:

"这投票是只有中国人能投吗?"

一鸣摆手道:

"有20%的非华人票数,没有名单,截止到有效票数一百票,凡是学校注册的学生都有投票权。但是这部分我们谁都没什么优势。外国人倒是不认识徐斌,可也不认识我。选谁不选谁完全看心情。"

"既然没有限制,我帮你找几个同学投一下……易安那边应该也有认识的外国同学,这部分应该帮得上忙。至于华人部分……上次我听你讲得挺不错的啊,减免学费,平等的打工、选课机会……"

"哎,泽哥这你就有所不知了。大部分人都短视,才进大学都想着怎么混个文凭,谁在乎那些长远权益啊。我这给你透个底,先不说我能不能做到这些,就算真做到,咱这拨儿也享受不到这待遇了,全便宜学弟学妹了。"

杨树一听这话乐了,起身压低声音道:

"一鸣,我觉得徐斌弄不过你。你想啊,大部分学生都是来混的,还真能去他那补课啊。你这样,你就告诉我们哪些课最好混学分,哪些专业最好毕业。然后带着我们该玩玩,考前突击,只要能过,谁在意是 60 分还是 80 分啊。"

一鸣闻言眼前一亮道:

"有道理,我怎么没想到?对啊!谁认真学啊,能抄抄,能写论文就不参加考试啊!杨树,行,我欠你个人情。"

我看着杨树和一鸣勾肩搭背不由得陷入了沉默。就是因为这样,出国留学的同学里,才有这么多所谓的大学生。当学不学,等到进入社会才开始学习,为时已晚。不过,我也不打算再劝他们了。毕竟他们中的绝大多数人都是富二代官二代,就算没有那大学文凭,也一样能在社会上凭借关系混得风生水起。说再多也不过是让他们愈发觉得我和他们不是一路人罢了。

要是易安在,应该能理解我,这么一想,我下意识地看了下手机。已经晚上八点了,易安还没发"已到家"的短信,应该又是去图书馆熬夜了。我开口道:

"你们先吃着,我叫点东西去看易安。"

杨树留下和一鸣接着吃饭,我拎着打包好的麻婆豆腐,走在冰冷而又空旷的街上,再次深深感觉到,什么叫道不同不相为谋。

4

"请投五号赵一鸣一票,谢谢你!"
"Please Vote for Daniel Zhao, Thank you!"
"5 番の赵一鸣に投票してください。"
"Veuillez No. 5 donner à la voix."
"卧槽,易安你会几国语言啊!和你一比我就是文盲啊!"

杨树一边递传单一边大惊小怪地开易安玩笑。

"现学现卖,其实我也就会中文、英文和日语,其他的,我都不知道自己说了什么。"

易安又从旁边的单车后座上取下一摞传单递给我,然后坐在空下来的座位上歇息。我看了眼易安已经冻得发红的手,把杨树的手套扒下来盖到易安手上。

"哎……别啊,杨树怎么办啊?"

易安举着手套往杨树怀里塞,杨树却端着那摞传单闪身道:

"哎,你就戴着吧,要是过意不去啊,给我和阿泽买杯咖啡去!一鸣这小子,回头他要是选上了啊,我得让他请咱吃顿大餐!"

"好,我去买咖啡,你俩要喝什么?"

"我America,阿泽卡布奇诺就行。"

我听了不由得瞪了杨树一眼,就他嘴快,每次都显得我不会说话似的。

"知道了,去去就来。"

易安一溜烟地跑进了楼,看她又回复活蹦乱跳的样子,我总算是松了口气。看来程成的事算是过去了,要不然,我迟早得和杨树翻脸。

"你发吧,我歇会儿。"

易安一走,杨树立马就歇工了,把传单往我怀里一塞,蹲在原地掏出烟来就抽。那副地痞流氓的样子看得我恨铁不成钢,照着他屁股就是一脚,直接把他踹趴在雪地上,烟顿时就戳灭了。

"起来!就知道在易安面前逞英雄,好好发!你以为让你在这拗造型呢,一会儿易安回来一看还这么多传单,就知道你又不干活了。"

"哎哟,你下脚也太狠了吧?阿泽,我发现你对我越来越不客气了。"

杨树从雪地上爬起来掸了掸身上的雪,我不看他,他倒绕到我面前道:

"阿泽,说真的,你这样挺好的。我不乐意你总把我当成爷似的供着。要我说,还是出国好,不出来,咱俩一辈子都别想这样。"

杨树的话让我有些发愣，我以前把他当爷似的供着了吗？好像也没有吧？不过确实，自从来了这边，因为没有家人看着了，确实比在国内随性了些。

"关承泽、杨树，咖啡买来了！"

易安举着两杯咖啡跑回来，小脸儿冻得通红。我鲜少会觉得一个什么事物可爱，自从认识了易安以后，我对可爱这个词有了新的定义。也终于开始明白为什么有书里说，可爱这个词是最高级别的赞美。

"跑什么啊，再摔了。"

我接过咖啡递给杨树一杯，眼见他一副一直在发传单的严肃认真模样，还冲我摆了摆手，不由得摇头。杨树倒真是一点儿没变，不管是在国内还是国外，人前装样子都是一等一的。

"哎，杨树，你快点喝吧。外边这么冷一会儿该凉了。我来发我来发！"

易安从杨树手中夺过传单又开始多国语言循环。我和杨树靠在自行车上喝咖啡，看着校区里稀稀落落的人群，不约而同地摇头。在中国不管是走到哪都不可能见到这样的光景，去哪儿都是熙熙攘攘的，或许正因为此，这里的中国人才格外抱团。在国内的时候我很难想象自己会和一个女生住在一起，她还不是我对象。这种事，放在国内可能就是千夫所指，放在国外就成了抱团取暖，再正常不过了。

"想什么呢，这么出神？"

杨树伸手揽过我的肩膀低声问。

"没什么，就是觉得……这人真少。"

我伸手把咖啡扔进垃圾桶里，转头再看易安依然坚持不懈地拉住为数不多的行人，也不管人家是不是学生，直接把传单往人家手里塞。明明是我接下的工作，她却比我和杨树都要上心。不知怎的，我想起沈曼妮说过的话，或许易安真的很爱逗英雄，只要别人拜托她，她总是不知拒绝地拼尽全力。

"人多人少不重要，重要的是和谁在一块儿，对吧？"

杨树拍了拍我的肩膀，意味深长地笑了笑，走到易安身边嬉皮笑脸道：

"易安——我饿啦，咱吃饭去吧！"

易安闻言看了眼手机，皱眉道：

"才发了不到两个小时你就饿了，这才十一点，再发一个小时，十二点再说！"

杨树冲我做了个鬼脸拿过传单耸肩道：

"行行行，你说了算，再发一个小时哈。哎，你说咱中午吃什么啊？"

"就知道吃！回头一鸣选不上就赖你！"

易安拽住一个路过的本地人，一边给他塞传单一边和杨树呛声。

"人是铁饭是钢，一顿不吃饿得慌啊！"

杨树转着圈地和易安说话，好在手也没停，麻利地把传单塞在一辆飞驰而过的自行车后杠上。

"就你事多！你看看人家关承泽！你看你，吃也吃不胖，吃那么多干什么！"

易安恨铁不成钢地打量了一下杨树瘦削的身板，又把我抬出来教训杨树。

"阿泽当然好了，吃苦耐劳，经济适用，穿衣显瘦脱衣有肉，你不考虑考虑？"

易安听了忽然陷入了沉默，拿着传单追着一个踩滑板的男生跑远了。杨树转身看了我一眼，叹气道：

"革命尚未成功，同志仍需努力啊！不过前途是光明的，起码没被当场怼回来。"

杨树这话说得我不知如何去接，想要教训他，却发现自己没什么立场，尤其是想到他也喜欢易安，还能为了我这样做，心里就不是滋味。

"怎么，觉得我说错话了？阿泽，不是我说你，你要是改改性格啊，女友都换一沓了，哪至于就在个梁爽身上吊……"

杨树话说到一半感觉到我的瞪视，顿时把后半截话咽了回去，咳嗽了一声道：

"阿泽，你觉得一鸣真能选上吗？"

我推着自行车往易安跑走的方向走，杨树追在我身后接着喋喋不休。

"这种事咱说了也不算，尽力就好。"

易安的身影已经近在眼前了，杨树也就不再聒噪，专心发传单。三人合力，到了中午十二点，虽然北校区和主校区相比人少了很多，但还是发出去了大半。

易安看看车座上渐渐薄下去的传单，总算松了口气，开口道：

"吃饭去吧，这个时间校园里人也不会多，现在耗着效率也不会高，下午再来吧。"

我们一行三人来到学校附近的韩餐馆。杨树在路上就叫唤着冷，非说要喝点热汤暖和一下，结果就是我们三人一人点了一碗泡菜汤喝，配了小菜和一碗米饭。

虽然已经住在一起，但偶尔这样一块吃饭的时候，我还是觉得不知道该聊点什么。易安身上似乎有很多秘密，她不想说，我们也不便问。想了想我还是选了个保险点的话题。

"上周考试你俩都还行吧？"

杨树闻言愣了一下，往椅背上一靠摆手道：

"阿泽你还不知道我，放心吧，过不去！145就剩15%的通过率了，我要是第二次就过了，那得多狗屎运啊！"

易安听了不由得叹气道：

"你都不去上课，能过才怪呢！我倒是没什么问题……除非……没有除非，能过吧。"

我转头看杨树，还是一副"老子就不学了"的纨绔模样，不禁一阵头疼。这又是怎么了？好不容易改过向善了，没想到坚持了不到两个月，就又打回原形了。

"我和你能一样嘛！你本来就是好学生，我呢，从小就不学。我就不爱学习，你指着我出了国就转性了，这不是做白日梦吗？易安、阿泽，不是我说你俩，不能拿你们的标准衡量我啊！"

我其实挺佩服杨树这一点的，不管局势多么不利，他都能面无愧色地振振有词。这一手，我还真学不来。

"易安，你要是过了……下学期就正式开始选课了吧？你准备选几门？"

我瞪了杨树一眼，岔开话头，看向易安。她正专心致志地研究一片辣白菜，试图把它展平看清上面的纹路。

"几门都无所谓吧，反正也不是我喜欢的。"

易安摇了摇头，在我和杨树的关注下，继续道：

"我和家里说了我想学文学，他们说这玩意学了回国也没用……学它干吗？不如学个好专业……商量以后就让我选经济学。现在倒好，选修课倒是自由，专业课就占50%呢，全都是什么统计学、市场经济学、宏观经济微观经济……我数学这么差……哪个我都不想学。"

杨树听了一拍桌子道：

"嗨，多大点事，不想学不学呗。你就学文学了，千里之外……你家里人还能断了你的粮啊！真要是这样，还有我和阿泽呢，没事！"

"就知道胡说八道，易安，专业的事你还是要慎重考虑。如果统计学数学实在学着费劲，我可以给你补。杨树那样是家里拿他没辙，你可不能和他学！"

易安闻言只是点了点头，默默地喝汤，既没有说杨树说得对，也没有说我说得对。她应该是有自己的想法吧？十几年后，当我再想起这次午餐，常常为自己的好为人师而汗颜。易安的事让我明白了一个道理，不管出发点是好是坏，只要结果是强加于人，那就是压力，不论如何美化，压力始终不会变成别的东西。

5

"本届华人学生会主席是——赵一鸣！让我们为这位候选人鼓掌，有请他上台演讲！"

大厅里站的全都是各个系的学生，我、杨树、易安应邀见证一鸣成为华人学生会主席。其实早在两天前竞选结果就初露端倪了。不得不说一鸣真的是个好"领导"，他提出的倡议恰恰是华人学生们最关心的。减免学费，自主打工，还有平等的选择专业的机会……当然最重要的，还是能保他们混得一个文凭和家里有个交代。

别的候选人也不是不知道这些，但因为害怕和学校、政府起冲突，纷纷回避本质性问题，选取多开社团，多为华人争取一些活动经费等作为自己的竞选筹码。然而，能考上这种高等学府的学生，都是同龄人中的佼佼者。什么才是问题的关键，这些"选民"显然了然于心。所以还没等到竞选结束，一鸣的票数已经甩第二名几百票了，这样巨大的差距，是很难追上的。

"赵一鸣是谁啊？哪个机构的，中加的？"

我、易安和杨树站在前排听到背后有其他华人学生议论纷纷。杨树闻言转头笑道：

"一鸣啊，是我们留学中心的。不好意思啊，让各位失望了！"

"什么啊，又是留学中心的。上次那个最美华人女生也是他们的吧？叫什么来着，悠雨夏？这波留学中心的挺厉害啊。看来以后要多走动走动了！"

身后的两个男生听了开始交头接耳。易安闻言拽了拽我的衣摆，小声道：

"中加是什么啊？为什么杨树好像和那些人有仇似的？"

我叹了口气，压低声音道：

"别听杨树胡说，哪有仇啊，他和谁说话都那样，不挑事心里不舒坦。中加也是个留学生组织。全称是中加留学移民服务中心。和咱们不是一个机构,但是性质是相同的,都是凑齐了一个班送过来。"

易安听了了然地点了点头,开口道:

"我上课时候遇见过这批人,感觉……不像咱们同学之间都挺亲密的,他们好像相互之间也不太熟的样子。"

杨树听见我俩的对话凑过来道:

"可不是,要说还得是咱们留学中心。中加那帮人啊,各怀鬼胎呢!人太多,不有那话么,林子大了什么鸟都有。就说这次竞选吧,他们居然报了三个人,三个人那得多分散票数啊!咱们可是全员都支持一鸣竞选!"

这事我倒是头一次听说,原来中加推荐了三个人。杨树说的倒是有些道理,凭中加的人数,如果所有人都选同一个人,不管我们怎么发传单,估计一鸣的票数也不可能压倒性胜出。

"大家好,我是赵一鸣。你们中的一些人可能并不认识我,允许我自我介绍一下,我来自湖北武汉,北京留学中心09届秋季班的一员。这次能当选为 A 大的华人学生会主席,我很荣幸,同时也觉得侥幸。在这些候选人当中,我并不算最优秀的,却得到大家最多的支持。在这里我想感谢所有支持我的人,虽然我成绩并不算好,但在为大家争取权益的道路上,我愿做先行者。这次竞选,也使我真正感受到了大家对维护自己权益的渴望。不管你们来自何方,怀揣着怎样的梦想,只要你们踏进这所大学,只要你是华人,我们就是一体的。再次感谢大家给予我的支持!接下来的一周,我会认真部署,做好文案工作,争取把宣言落实到行动上,请各位拭目以待!"

一鸣的话音还没落,台下就响起了掌声,先是稀稀落落一两声,随着翻译一句句把一鸣的话重复完,掌声越来越大。渐渐由点连成片,我、易安还有杨树也在鼓掌,站在人群中,我们都有种自豪感。一鸣这小子太给留学中心争脸了,有他在,我们这一届无疑是留学中心的"天下"了。

一鸣从台上下来,杨树就拽着我和易安去后台见他。一鸣见我们仨来了,热情地迎上来给我和杨树一人一个拥抱,轮到易安的时候,

看了眼我和杨树,打趣道:

"易安,你我就不抱了,北京那顿揍,我可还没忘呢!"

杨树见状揽着一鸣肩膀道:

"小子可以啊!真当主席了,怎么着,给哥们儿个副主席玩玩儿?"

一鸣见状笑嘻嘻地点头道:

"那还用说嘛,你要当,我当然乐意了,有你和泽哥坐镇,我们这学生会啊,算是没人敢闹事了!"

我听了把杨树从一鸣身边拽过来,摇头道:

"别听他的!哪能找这么个没谱的人当副主席。你得找个得力助手,副主席的人选可得好好斟酌。"

"阿泽你这人怎么开不起玩笑呢?我当然知道自己不是那块料了。这不就是随口一说嘛,还真能让一鸣为难啊!"

我不能开玩笑吗?我后知后觉发现两人言语之中都在拿我开涮,不禁挠了挠头。一鸣一看我尴尬,赶紧打圆场,边从会场往外走边道:

"之前说好的,等选上了请你们几个吃饭。这不就……走吧,我叫上雨夏还有陆鹏了。都有日子没见了吧?咱几个也聚聚。"

我们一行人来到一家西餐厅,陆鹏和雨夏已经到了,两个人有一搭无一搭地聊着天。一见我们来了,悠雨夏如蒙大赦,伸手把易安拉到身边,嘘寒问暖。杨树冲我撇撇嘴,我叹了口气,拍了拍一旁有些失落的陆鹏的肩膀。

"我听说了,一鸣你选上了是吧?"

陆鹏提了提快要掉下来的裤子重新坐回原位,努力伪装成什么都没发生的样子。正好服务员走过来倒柠檬水,稍微缓解了尴尬的气氛。

"菜点了吗?我来吧。今天我请,谁都别跟我抢啊!谁跟我抢我跟谁急!"

一鸣拿着菜单点了几个价格不菲的招牌菜。这还是我头一次在学校以外的地方和一鸣他们吃饭。眼见桌上几人都毫无反应地说说笑笑,我心里不由得感叹,再怎么亲近,阶级还是存在的。如果今天选上的人是我,我可能也会请大家吃饭,但绝不会这么大手笔。

"雨夏啊，咱们可是有日子没见了。陆鹏倒好说，写作业总得拜托他，你最近是怎么了？玩失踪啊。"

一鸣点完菜就把注意力放到了好久不见的班花身上。悠雨夏本来正在拉着易安说染发的事情，这一被点名才转过头来看向一鸣，停了一会儿才道：

"商学院课业紧，我又不是陆鹏……没他那么会学，只能搭着时间熬夜……"

悠雨夏打了个哈哈，捎带手捧了一下陆鹏。罕见的，陆鹏并没有因为悠雨夏的话欢欣雀跃，反而淡定地喝着面前的柠檬水。我和杨树对视一眼，都觉得事情并不简单。

"对了陆鹏，我听雨夏说，你拿奖学金了？恭喜啊！"

易安一看桌上没人说话，赶紧打圆场。

"嗯，谢了。"

陆鹏还是一副事不关己的样子，这让我和杨树愈发确认这小子肯定有事。要放在以往，学习成绩是他最值得夸耀的资本了。女神当前被这么夸，早就开始标榜自己是"天才"了。事实上，经历了夜里一两点在图书馆遇到陆鹏后，我很确定，他的好成绩也是熬夜熬出来的。

"不说这些了。好不容易聚一次，聊什么成绩啊。今天我高兴，大家随便点，想吃什么就点什么！三个月啊，总算选上了。"

一鸣接过话头感叹，我们见状赶紧举杯，祝贺一鸣当选主席。这一举杯其他人也跟着祝贺，总算是把这次聚会的压抑气氛洗清，重新恢复到酒桌上。过了没一会儿主菜上来了，从肋排、菲力到鳕鱼、羊羔肉应有尽有，一鸣这次也算是大出血了。不算红酒这顿饭折合人民币也要五六千，算上酒水，上万也不是没可能。

"要不要再来瓶冰酒？"

一鸣还准备伸手点酒，我们一桌人都劝他算了。都是同学，聚会只是为了高兴，又不是奔着"宰"他来的，犯不上这样"坑人"。酒席散了，我们一行人正往地铁站走，陆鹏忽然走到我身边低声道：

"泽哥，你明天有空吗？"

"上午有课,下午可以。怎么了?"

我伸手扶了一把已经有点趔趄的陆鹏,他有些不好意思地揉了揉鼻子,涨红着月球表面似的脸,苦笑道:

"还能怎么,还那点儿事呗。"

"那就明天下午星巴克门口见?"

"明天下午见!"

6

第二天一下课,我就直奔星巴克。倒不是时间来不及,主要是我没有让人等我的习惯。陆鹏显然也是这种人,即便我已经提前二十分钟到了,他还是比我更早就站在了店门口。

"这不是说话的地方,我们换个地方聊。"

陆鹏带着我七拐八拐来到理科实验楼的顶层休息区,明明是周二,这层一路走来居然都没有什么人,也不知陆鹏是怎么发现这种地方的。陆鹏带着我走到休息区的玻璃前,一边向下望一边道:

"泽哥,我有时候心情不好,就来这待一会儿。你看楼下那些忙忙碌碌的人,你说咱们忙,都是忙给别人看的。真要是能躺着赚钱,闲着拿奖学金,谁都想,可哪有那种好事啊?"

我顺着他指的方向向下望,透过玻璃地板,看到楼下的学生们行色匆匆地来来往往,不禁语塞。这样的场面,我在国内见过无数次了。从出生到现在我们确实每天都在奔波,其实也就是奔个好生活。可要是真像陆鹏说的,没人看你过得怎么样,你也就"放下"了。

"你是不是最近学习压力太大了?其实你……挺优秀的了,不用太勉强自己。"

我低头看了一会儿,觉得有些晕眩,转身坐在休息区的软椅上问。

"我不勉强自己就更没希望了。我原来就是外国语实验班的,从初中起就一天睡四五个小时,我早就习惯了。从小我就被灌输努力学习是唯一的出路,成绩好是我唯一的资本……只是……我才发现,不管怎么努力，依然有人觉得我癞蛤蟆想吃天鹅肉，依然有人觉得我配不上这配不上那。我能怎么办？我天生就这样，我已经尽力了。"

陆鹏说完也坐到软椅上，就坐在我旁边，体重轻得连坐过来都没有什么感觉。

"感情的事……勉强不来，我的意思是……就算天生就很优秀……咱们就说纪凌凯，你看悠雨夏，该不喜欢他还是不喜欢他。"

我隐约抓住了重点，虽然不擅长劝人，还是尽量开导。

"不是雨夏，如果真是雨夏我也认了。问题是这学校里，我遇到的女生，想要接近我的女生，没有一个不是为了让我帮她们写作业写论文，准备考试的。而且全都是……考试过了，毕业了，论文及格了就和我撇清关系。我承认……我是……想利用自己成绩好和她们交往，可她们最开始不也没拒绝吗？"

"可你如果你真喜欢一个女生，就算为她付出一些，应该也觉得很开心吧？能不能在一起那是缘分，不能因为你付出了，人家没有和你在一起，你就怨恨对方啊？"

陆鹏的话不知为何让我想到易安，我甩了甩头，一边劝陆鹏一边也在劝自己。就是这样，不能因为自己对对方好，就一定也要求对方喜欢你。

"……或许你说得对吧。但是我就没法那么崇高。我可以对一个人好，但我也期待，我对她的好有回馈。泽哥，你看纪凌凯，从小衣食无忧不说，那么多女生追求他。他努力吗？他不努力，我比他努力百倍。泽哥，你知道我为什么想出国吗？我就是想证明，出身啊、长相啊，这些东西都不重要，重要的是我可以凭借个人努力改变命运。"

陆鹏说完又站起身用手按向玻璃窗，在上面留下一个因热气而形成的白印。

"可是呢？国外比国内还看出身，还看钱。国外也看脸，也看人脉，世界上就没有一个地方不看这些的。跑到哪儿都逃不出这些。"

陆鹏说完转身向我露出一个比哭还难看的笑容，似乎在等着我说些什么。我搜肠刮肚也找不出合适的话来安慰他。说实话，我认为他说得是真的，确实，这些东西走到哪里都如影随形，走到哪里都避不开，个人努力虽然重要，但不管你怎么努力，始终有些东西，是你得不到的。

"那你总要把大学念完吧。我有时候也会想这些事，既然改变不了出身，那就只有在自己的基础上努力吧？努力没法让不好变成好，但起码可以让好变得更好，让不好变得没那么不好。"

我斟酌了一下，还是决定劝陆鹏放宽心，我长这么大，学会的最重要的一件事就是不要夸大努力的重要性。陆鹏比我聪明得多，我都明白的道理他不会不懂。

"嗨，我也就是说说，肯定得把大学念完啊。泽哥，别怪我和你抱怨这些啊，……留学中心那些人，一个个都家财万贯无忧无虑的，听我说这些，肯定觉得杞人忧天。泽哥你什么打算？毕业以后是回去还是留这儿？"

陆鹏岔开话头，不再聊他自己，而是把问题抛给了我。没有想到他会问这样的问题，我沉默了好久，才回道：

"应该是要回去吧？毕竟我的家人朋友都在国内……论机会，也是国内更多些。这里……对绝大多数人来说，首先语言关就过不去，就算语言没问题，也很难跻身高层。"

陆鹏听完了然地点了点头，凹凸不平的脸上闪现出智慧的光辉，笑道：

"回去挺好。还是泽哥你实在，其实好多人死皮赖脸留在这，都是虚假繁荣。大学也考不上，工作又找不着，花着家里钱在外面浪……我顶看不起那种人。我呢，等这学期上完，就转到美国去……这事……我没打算告诉其他人。走了好，走了省心。"

忽然听闻陆鹏要去美国，我竟找不出什么送别的话来说，过了好一阵才开口道：

"那你一个人在那边……一定小心点。"

"泽哥你放心，我可不是那玻璃缸里养的观赏鱼，咱都属于那种河里的草鱼、鲤鱼，有口水喝有口饭吃，就能活着。等我哪天混好了，请你去美国玩。你也是……等你回国站稳脚跟了,什么时候记得约上我,我也沾沾你的光!"

那是我最后一次单独见陆鹏,陆鹏离开加拿大的时候,叫上我和杨树一起吃了顿饭,简单交代了几句,就离开了。陆鹏走了以后,我居然也就成了我们这一群人中成绩最好的。时不时被拉去做题,也终于体会了陆鹏的那种心情。

时间一晃又过去了一个月。易安最近在学校接了份给人补课的工作,经常不在出租屋,倒是杨树,不知又搭错了哪根筋,开始天天驻守出租屋。这天写完作业回到出租屋,就只有杨树一个人,正在吸溜吸溜吃泡面。这眼熟的一幕让我回想起在国内的日子,当时我在上大学,杨树在上大专,偶尔去租的房子里看他,就是一屋子乱七八糟,他坐在一小块干净的领地上吃泡面。

难得和杨树独处,我把地上的被子移了移,腾出一块地方来坐到他对面。盯着杨树看了一会儿,才开口道:

"说真的,你打算什么时候回国?"

杨树闻言拿着筷子的手顿了顿,依旧闷头吃面,直到面吃完汤也喝净,才原地躺倒道:

"怎么了?干吗忽然说这个?"

我一边收拾煮面的锅一边摇头道:

"不是忽然,我想好久了……我毕业以后肯定是要回国的。我研究生两年,你大学要四年,就算咱俩同时上学,我也要等你两年。现在……你还没考上大学,我学了都快两个学期了……"

"就是说我拖累你了呗?你回你的啊,之前我就想说了。我都这么大人了,哪没有你就死了啊。阿泽,各人有各人活法,你不能拿你的标准要求我。"

杨树忽然情绪激动起来,从地上爬起来盘腿坐在床垫上,盯着我一字一顿道。

我鲜少看他这么严肃,也放下锅,隔着吧台看向他道:

"我又没有逼你马上考上大学。就是问你以后怎么打算的,你这是干吗?"

"……我没干吗啊,就事论事嘛!大学我是一时半会考不上了。你到点儿要回国,你就回去,我自己能在这边待着……你和易安……"

"我怎么啦?你俩干吗呢?这一屋子泡面味!"

易安拎着两袋子吃的推门进来,打断了杨树未竟的话。杨树见易安回来了也不再说,撤掉刚才有些阴郁的面孔换上了平时那副嬉皮笑脸,迎上去道:

"当然说你好呢!买什么了?我看看,哎哟,鸡心!脆骨!还有啥……嗯……香蕉、橙子,嘿嘿!都是我爱吃的。易安,我爱死你了!"

杨树说完伸手就要抱易安,被易安一矮身闪过去,和对面的墙来了个亲密接触,"哎哟哎哟"地喊着疼拎着吃的向冰箱走去。

我和杨树的争论就这么不了了之,现在,我依然不知那时的他到底想说些什么。或许我早点知道的话,最后我和他也不会走到那一步。

7

"易安,你不是交男朋友了吧?怎么天天回来这么晚?"

多亏了杨树这个八卦嘴碎的,不然我就是纳闷到世界末日估计也不会亲口问易安这个问题。

"没有,你想什么呐……他都不理我了,我哪来的男朋友……"

易安沉默了一会儿,用筷子戳戳面前盘子里的鸡腿,过了好一会儿才继续道:

"是纪凌凯,他忽然找我,让我给他补课。因为他出钱多,我就答应了。"

杨树伸出筷子把那块被易安五马分尸的鸡腿夹到自己碗里,又给易安换了一块完整的鸡翅,这才开口道:

"他想干吗啊?还对雨夏贼心不死啊?"

杨树这一提醒我才想起来,纪凌凯原先是喜欢悠雨夏来着。郑海和沈曼妮事件之后,悠雨夏就把易安当成了她最好的朋友,纪凌凯找易安，多半是这个原因。

"也不是……哎，你别吃了，还给我吧，我刚才咬了一口了。"

易安愣了一会儿神，发现鸡腿跑到杨树碗里去了，伸筷子去夹，杨树却抢先一步把鸡腿塞进了嘴里，含混道：

"你次（吃）吃（翅）吧！"

易安叹了口气，把盘子里的鸡翅夹到我碗里，摇头道：

"关承泽你吃吧，我没胃口……我也不知道纪凌凯为什么会找上我，在留学中心的时候，我总共就和他说过三句话，还有两句都是他问我雨夏去哪了，剩下一句是班主任让我转告他去办公室一趟。"

"那你吃点蔬菜，要不我给你熬点粥？总这样可不行，你好像……又瘦了点。"

我打量了易安一下，不由得皱眉。自易安搬到出租屋以来，体重越来越轻，小脸儿越来越白，明眼人都能看出来，她身体每况愈下。不知怎的，我忽然觉得我和杨树这样做太卑鄙，明知易安在这住得并不踏实，还硬要留她住在这。

"不了，我什么也不想吃……关承泽你不用麻烦了。对了，说起雨夏，她要去参加一个舞会，想叫我一起去。她……缺个男伴，你们要不要去？"

"你去我就去。"

杨树倒是干脆，他这一答应让我没了退路，只能开口道：

"那就一块去吧！"

就这样，周六晚上，杨树光梳头净洗脸地穿了一身燕尾服，还强行给我也套了一身西装。易安打扮好出来的时候，我们俩都是一愣。原因无他，易安平常不修边幅，看起来就是个小女孩，这一捯饬，倒头一次有了几分女人的韵味。

天蓝色的礼服衬得她肤白似雪，乌黑的头发绾起来在头后盘了一个圈，其余的披散下来，淡粉色的唇膏和腮红让素的白脸上多了些血色，眼镜也摘掉了换成隐形的，我头一次注意到易安居然是双眼皮，也不知是我太过粗心大意，还是眼镜掩盖了太多真相。

"……原来你会化妆啊!早知道这样我就让阿泽陪着雨夏了!"

杨树有些夸张地左瞧右瞧,看得易安有些不自在地别过头道:

"快点走吧,见到雨夏你就不这么想了。雨夏比我好看多了。"

杨树还准备再贫嘴,被我勒着脖子往后拽了拽,不甘心地啧啧了两声作罢。

到舞会现场一看,易安果然没有夸大。即便是几百人的会场,悠雨夏依然显眼得很,一身白色礼服,衬得她真的如同童话中的公主一般,头上精巧的水晶发卡还有耳朵上坠着的星星耳坠,都彰显了她是一个注重细节的人。一双黑亮的大眼睛、小巧的鼻子和嘴,天鹅般修长的脖颈上拴着一条透明色带珠光的颈带,整个人仙气十足,让周围的男人们议论纷纷。

我转头看了眼易安,实在没法说出各有千秋四个字。我的私心就算再给易安加分,她和悠雨夏的容貌依然不在一个级别上。

"易安,你来啦!"

悠雨夏走过来亲热地拉住易安的手,上下打量了一下,撇嘴道:

"我给你的高跟鞋呢?怎么不穿?"

"那个跟太高了,穿着累,回头我还给你。你先进去吧,玩得开心,一会儿在门口会合哈。"

易安笑着将悠雨夏和杨树送进了舞会大厅,转头一看我还在原地,当即开口道:

"关承泽你也去吧,我在这坐一会儿就行。我不会跳舞……来这……就是来看看。"

易安这么说让我觉得有点心疼,当即摆手道:

"其实我也不会跳,这不是给杨树制造机会嘛。"

易安闻言松了口气,点了点头找了个地方坐下。我就坐在她对面,我俩面面相觑了一会儿,"扑哧"一声都乐了出来。

"合着咱俩今天就是给人当陪衬来了!"

我后知后觉地开口道,这一下却把易安逗笑了,摇头道:

"也不全对,至少还能吃点东西,看看帅哥美女。"

就这样，杨树和悠雨夏在里面跳舞，我和易安在外面吃东西。这还是我头一次参加舞会，对于没有和会场里面的美女们共舞一曲，我竟然丝毫不感觉遗憾。不知怎的我想起杨树的那句话，人少不要紧，重要的是在身边的是谁。

或许是外面人少的缘故，易安难得有胃口，吃了两盘子薯条，还笑嘻嘻地吃掉了一个抹茶蛋糕，这让我觉得能带她出来参加这次舞会真是太好了。

舞会结束后，易安扶着悠雨夏在大厅里等车来。我和杨树在门口抽烟。雨夏一边翻着手包一边道：

"易安，你看见我手机了吗？你给我打一个，怎么找不着了？"

易安拨了个电话，却没听到悠雨夏的手机在响，当下放下背包，道：

"你在这等着，看好我的包，我去里面给你找手机，一会儿就出来。"

悠雨夏点了点头道：

"那你小心点啊，我就在这等着。"

易安逆着人群往里走，我看了不放心，追进去跟上她。我们好不容易挤回舞会大厅，就看到一个男人在钢琴附近指挥那些保安搬音响和桌椅。我总觉得那人有点眼熟却也没细看，径直走到写着雨夏名牌的桌子处，上上下下看了几圈，终于在餐巾下找到了遗失的手机。

我们刚准备离开，就听见有人喊易安名字：

"曲易安，是曲易安吧？"

易安抬头，看到纪凌凯西装革履地走过来。这时我们才反应过来，刚才那个看上去有点眼熟的人应该就是他。

"你也来参加舞会？"

纪凌凯招呼了一声，同时走得更近了些。

"嗯，陪雨夏，她还在外面等我，你要是想见她可以跟我来。"

"不了，我还有点事，改天吧。"

纪凌凯看看身后盯着他的一个黑衣保镖摆了摆手，转身走了。我们都觉得有些莫名其妙，但悠雨夏和杨树还在门外等我们，也不容细想，快步走了出去。

"你回来了？手机……"

"手机在这儿呢。"

易安笑笑，把手机递给悠雨夏，我们一行人打车，先把悠雨夏送回宿舍，然后我们仨再一起回出租屋。

路上易安和雨夏聊起纪凌凯的事，雨夏笑道：

"这有什么奇怪的，那种大少爷，一天一个想法，或许早就不喜欢我啦，不想来见我也挺正常的。"

事情过去了几天，易安在写作业，落在客厅的手机忽然响了起来，我接起来一听，居然是纪凌凯。

"曲易安，对吧？我是纪凌凯，现在有空吗？有点事想说下，你在哪，我去找你。"

"……我是关承泽……易安出去了，一会儿回来，有事吗？"

"……是这样的……我现在不太方便出门，想让易安来我家一趟，给我上门补补课。当然车费还有用餐我都会管，如果你不放心她的话，也可以陪她一起来。"

"好，等她回来了我会转告她的。"

三个小时之后，我和易安来到了纪凌凯的"家"，一座豪华的巨型庄园。纪凌凯罕见地穿了一身休闲装，走到铁门处给我们开门。

我们一路走一路看到花园里百花争艳，喷水池一边喷水一边奏乐，地上不知用什么矿石铺就的小路闪着黑水晶一样的光泽，欧式的天使雕塑随处可见，整个花园大得和一个迷宫一样，更不要说远处看起来像个城堡一样的别墅了。

"……你……怎么住这么个地方？"

易安伸手摸了摸奏乐的喷泉还是觉得不可思议，不由得问出口。

"又不是我选的。"

纪凌凯笑了笑，避谈这个话题，推开大门让我们进去。大厅更是富丽堂皇，三层螺旋式的楼梯盘旋着向上，金碧辉煌的复式结构是带有新古典主义风格的杰作。四周的梁柱和地面都是大理石的，本来应该有些冰冷的建筑风格，因为吊顶上巨大的放射着黄色柔光的水晶灯而变得有些暖意。驼色的壁纸、帘幔、地毯配合原木色的家具显得干净典雅，使整个房间脱离了皇宫样式的俗气。

大理石的桌面上陈列着银色刻有繁复花纹的传统餐具，一旁的桃木饰品柜中摆放着酒杯和茶具，柜上摆放着石膏像和地球仪等装饰品。墙面是干净的白色，没有什么繁复的图案，天花做得相对复杂，双重回廊结构镶嵌了暗纹，看上去像是关了灯才能看到的某些花纹。

就在我认真打量周围的陈设时，易安却被另一样东西吸引了，她指着屋子当中的巨幅肖像画问道：

"这是谁？"

我抬眼一看，上面是一个欧美中年贵妇，穿着一身黑色的晚礼服，极白，神情高傲莫测，看上去三四十岁。

"……我父母的朋友。"

8

我和易安跟着纪凌凯上了二楼，易安罕见地没有再搭话。自从住进出租屋以来，她情绪就有些低落，本来挺喜欢八卦的一个人，现在却对这些不感兴趣了。

我们跟着纪凌凯进到二楼一个房间里。这个房间和外面风格极不搭配，一进去就是浓浓的中国风，梨花木的椅子和中式的实木床，墙上还有字画挂饰。我和易安不由得交换了一下眼神，纪凌凯招呼我们坐下，然后拿出一沓子资料道：

"这是课堂笔记，我找人给我记下了……自己看了看，有些地方没看懂，用黄色的荧光笔标上了，想找你问一问。"

易安接过资料开始看。看着厚厚一沓密密麻麻的英文，我不禁有些佩服纪凌凯的求知欲。不管他这样做是不是为了接近悠雨夏，比起那些使出浑身解数掩盖自己无知却不学习的富二代，纪凌凯要强太多了。

纪凌凯见我坐在旁边不作声，可能是害怕冷落了我，带着我走出房间到一层餐厅给我拿了一个做好的果盘。这一来，反倒是我不好意思了。说起来我和杨树还曾经警告过他要收敛些来着，当时只以为他是个纨绔子弟，现在看来……倒有点误会他了。

"抱歉，还得麻烦你们跑一趟，我实在是……特殊情况，家里最近不让我随便出门。"

我只能附和着点头，一时也不知要和他说点什么好。

"是这样的……"

纪凌凯拉了椅子坐在我旁边，拿起一颗葡萄，细细剥皮咽下之后才开口道：

"马上要期中考试了。我因为缺课太多……就想找易安补一补。当初在留学中心……她就给大家补课。我去看雨夏的时候……也听过一节半节的……确实觉得不错。只不过那时候……人都有年轻的时候，有什么得当不得当的，你们别太往心里去。"

我有些诧异，但又感觉到他话里话外好像有些苦衷，也不便再问，只是闷头吃着水果。我们两个之后再也没有说过话，各吃各的，一盘水果很快就见了底。正当纪凌凯准备去拿糕点缓解尴尬时，易安终于跑下楼来道：

"资料太多了，我今天是看不完了。这样吧，我拿回去看，看完了弄清楚给你写个文档拿回来。"

纪凌凯闻言转身进到一间屋内拿着一个信封又走了出来。他直接把信封塞进易安手里道：

"太麻烦你了，这些你务必收下。"

易安打开一看，摆手道：

"不成，这太多了！按普通家教费给就行，一小时是三十五，我看这些资料大概要四五个小时，撑死了也就是二百加元，不能再多了。"

易安从袋子里抽出二百加元，招呼我离开。纪凌凯跟在我们身后，一直试图把信封塞到易安手里。易安坚持不要。老实说我挺佩服易安这点的,就算是外财,也要赚得堂堂正正,不像有些人,别人不给,还要开口要更多。

"那我送你们!"

纪凌凯跟到大门口,不知怎的忽然提议要送人。不顾我和易安的反对,他去车库取了那辆荧光黄色的玛莎拉蒂,打开车门示意我们上车。还没等我和易安推辞,一个低沉舒缓的声线就插了进来。

"Where are you going?"

(你这是要去哪?)

我转头一看,面前这个女人看上去四十来岁,如果不是她眼角皱纹出卖了她,我可能只会觉得她是个三十出头的少妇。那女人穿着黑色外套,头上戴一顶黑色宽檐礼帽,上面的头纱遮住了她的半边脸,看上去有种朦胧的美。虽然天色太暗看不真切面貌,但从五官气质上,很像刚才那副画像上的人。

"I, …Uh…They are my classmates, Madame. I asked their help to cope with my mid-term exam. Since now is quite late, I would like to escort them home."

(我... 这是我同学,夫人。马上期中考试了,我让他们辅导我来着。现在太晚了,我想送他们回去。)

"It's fine for you to go with the boy, but for the girl, I shall have a few words with her."

(你可以把男孩先送回去,但这个女孩,我要和她说两句。)

纪凌凯听了有些犹豫,但还是按照妇人的说法准备拉我离开。我闻言摇头道:

"Yian is my friend, I can not leave here without her."

(易安是我朋友,我不可能扔下她一个人回去。)

"Friends, what kind of friends? When you Chinese say you have a friend it could mean anything right? Well then is not my fault to let them know our relationship."

(朋友?哪种朋友。你们中国人口中的朋友可以是任何关系,对吧？既然如此，那就怨不得我了，我只好告诉他们我们的关系了。）

"You misunderstood us madam, we are about to leave, if you want Lucas to stay here then we shall go without him. We are here to help him with his homework, that is the only purpose we are being here. Good night madam. Good night Lucas."

（夫人您误会我们了，我们正准备离开，如果您希望卢卡斯〈纪凌凯英文名〉留在这，我们这就离开了。我们来这就是为了帮他完成作业。这是我们来这的唯一目的。晚安夫人，晚安卢卡斯。）

易安飞快地接过话头自顾自地答了，然后拽了我就走，我用余光看见纪凌凯明显松了一口气。一路无言，直到上了地铁易安才瘫坐在座位上拍着胸脯道：

"吓死我了！关承泽你说是不是有钱人都特别奇怪啊！"

我摇摇头，不置可否，却想起几个月前赵一鸣说过的一段话。那天我和杨树在学校 HUB 美食街吃饭，正赶上一鸣也在，杨树开玩笑让纪凌凯赞助一鸣竞选时，一鸣叹了口气道：

"是我指着他啊，还是他指着我啊。哎……谁能想到不可一世的纪大少家里居然能破产啊。你们可别告诉别人啊。以后少和他接触吧，他新认了个干妈，管得严着呢！"

"人家的家事，不愿说咱们也就别打听了。有钱人嘛，总有些咱们不知道的事情。别胡思乱想了，你要是害怕啊，回头找一鸣，让他给你介绍点别的留学生，别给纪凌凯补课了。今天的事也别和其他同学说，没有那么简单。"

易安听了摆手道：

"我知道，他出钱，我补课，其他话我不说。"

"你又不缺钱。"

我下意识的回话换来的只是易安的沉默。我抬眼看去，易安只是冲我笑笑，然后从兜里拿出手机开始摆弄。以前也是这样，每次和杨树话赶话说到她家，她就总是沉默以对。我发现我越和易安熟悉，反而觉得越不了解她。留学中心那么多少爷小姐，很少有人像她这样总是心事重重。

"……在留学中心那阵……你就没……觉得纪凌凯不错？我听杨树说，好多女生喜欢他。"

可能是平时易安话都很多的缘故，这一静下来，我倒觉得有些尴尬了，没话找话地起了个话题。

"……我喜欢程成。"

易安依旧没有抬头，盯着手机不知看什么那么专注。我自知踩了"雷区"，不敢再问，也拿出手机低着头摆弄。好不容易挨到回家，杨树居然已经到家了，一见我和易安就从沙发上爬起来道：

"找纪凌凯这么有意思的事，居然不带我，太不够意思了吧？"

托杨树的福，易安总算又有了些笑脸，摇头道：

"你嘴那么不严实，才不告诉你！"

我看到他俩呛声，又开心又有些难过，开心是因为杨树难得遇到一个他愿意哄着宠着的人，伤心是因为同样的事我也愿意做。所以还是那话，我和杨树在女孩方面都没什么运气，觉得一个人好，就都觉得好。

"哎，阿泽你怎么不说话，哑巴了？我说，你不会让易安一个人进去的吧？"

杨树贫了一会儿发现把我晾在一边了，转过头来问。

"去你的！哪可能啊！你们聊，我去洗衣服。"

我摆摆手站起身向洗衣房走去。

如果我余生都这样过，除了遗憾也没什么不好吧？我甩了甩头，不让自己去想太多。

"这谁啊？程成，哎，你怎么还和那孙子联系呢？"

杨树的声音从客厅传来，吸引了我的注意。

"你还给我！好早之前的短信了。还给我！"

易安焦急的声音传来，让我不由地回到客厅打圆场：

"杨树，你还给易安。"

杨树举着手机站在沙发上，易安也站在沙发上，伸手够但是并够不到，急得小脸通红。

"好早之前的短信留着干吗啊！熬粥啊还是过年啊！人得向前看啊！"

杨树在我的瞪视下最终还是蹲下身子把手机还给了易安。眼看易安小心翼翼地捧着手机一副失而复得的样子，杨树撇了撇嘴继续道：

"阿泽也是，易安也是，你们啊都属于一点破事担心来担心去好久的。这是毛病，得改，知道吗？都已经发生的事了，后悔药又没卖的！"

杨树说完从沙发上下来，施施然走进屋，剩下我和易安在客厅里相顾无言。过了好一会儿，易安才开口道：

"谢谢。"

"你我之间不用说那些。"

我挠挠头，停顿了一下，道：

"我去收拾储物间，有事喊我。"

很久以后我才知道，原来心事重的人都是相似的。不管出身为何，不管来自何方，是什么性别，骨子里的自卑和自尊都是抹不去的。越在意别人的看法，那看法就越会变成一条锁链，每一步都叮当作响提醒着自己，前路有多么沉重。

9

"阿泽，易安人呢？"

杨树哈欠连天揉着肚子从厕所走出来，头发凌乱地顶在头上，迷迷糊糊地问我。

我转头看了眼易安的房门，开着的，里面分明没人。我也有些纳闷，以往易安出门，如果我和杨树都没醒，怎么也会留个条子。今天可能真的有急事吧？

"不清楚，还没醒她就走了。可能学校有事吧？"

杨树也没在意，伸了个懒腰走到我跟前，从案板上拿起一截香肠放进嘴里就嚼。

"别手欠!易安那天说想吃扬州炒饭,这是材料,你都给吃了我拿什么炒?"

杨树闻言挠挠头,从料理台上跳下来道:

"你也没告诉我啊!还差什么我去买,她最近确实瘦了不少,再这么下去也不是事。"

我点了点头,摆手道:

"也没那么严重,冰箱里还有一根肠,我回头切了,等晚上易安回来做。"

一直到晚上十二点,易安也没有回来,打电话也不接,发短信也不回。到了夜里一点我和杨树才算是彻底着急了。杨树急得和热锅上的蚂蚁似的在屋里转来转去,我也着急,可我更知道这时候干着急于事无补。有这个工夫,不如想想对策。冷静下来想一下,易安能去的地方并不多,这个时间还不回来,很有可能是去了悠雨夏家。

我督促杨树给悠雨夏打电话,电话那头悠雨夏支支吾吾承认易安在她那,但又非常认真地要求我和杨树今天不要去接易安。女孩之间的事,我们搞不清楚,既然人已经找到了,我们总算可以松一口气了。

谁知道,这一切正是灾难的开端。中午时分易安回到了出租屋,进屋以后倒头就睡,一觉睡到了第二天中午。杨树看了有点担心打了个电话,把我从学校叫了回来。上次易安这样,还是沈曼妮闹着要砍了她的时候。

我和杨树左等右等也不见易安从屋里出来,杨树终于忍不住给悠雨夏打了电话。这才弄清楚原来程成连招呼都没和她打,就跑回国内去了。杨树听完皱眉道:

"多大点事,我还以为天塌了呢。不就是那孙子半天考不上大学被家里召回了嘛。"

"你小点声,易安听见该难受了。"

我叹了口气,把杨树往阳台方向拽了拽。杨树点了根烟盯着窗户上结的雾气吐了一口烟圈,道:

"你们这种心事重的人是不是都特长情啊。不管对方是不是人渣，都喜欢特别长时间？"

我闻言不悦道：

"说谁是人渣呢？程成和梁爽能一样吗？是我对不起梁爽，错又不在她。"

杨树耸耸肩递给我一根烟道：

"好好好，我说错话。不一样，不一样行了吧？咱们就说程成。那孙子哪点好啊？折磨易安这么久还不够，临走还来个暴击，他以为他是 boss 啊，血少了还能狂暴一下。"

杨树一番话说得我哭笑不得，我转头看卧室的房门还是紧闭的，不由叹气道：

"那易安就喜欢他有什么辙？客观评价下，程成人长得不赖，家里条件又好，除了是个人渣，没别的毛病啊。"

"都是人渣了还要什么别的毛病啊！"

杨树从阳台回来哆嗦着把门拉上，坐在沙发背儿上恨铁不成钢地回道。

"要说也是，你说他也不喜欢易安，成天和她在一块，这不找着误会呢吗。"

杨树见我不说话，又自顾自地开口，说完了自己也觉得没劲，换了个话题道：

"阿泽要不你把扬州炒饭做了吧？你做好我想办法端进去看看易安。她平常那么好说，一不说话啊，真挺吓人的。我倒喜欢她巴啦啦胡说的时候，起码你知道她想什么。"

杨树说完甩手掌柜似的从沙发上翻下去躺倒，我认命地去厨房做炒饭。杨树端着饭在易安门口敲了好久的门，易安才披头散发地拉开了一条缝道：

"谢谢你们，我不饿，不想吃。"

杨树用手强撑着门，我伸手把易安拉出来，看到她素白的脸上隐隐还有泪痕，鼻头眼圈都发红，嘴唇却有些发紫，一双小手冰凉，和死人没什么区别。眼睛直勾勾的，和平时活蹦乱跳的样子相去甚远。

"你这样不行，走吧，我带你出去逛逛。"

杨树从衣架上拿了羽绒服给易安套上，自己也穿上。易安终于错了错眼珠道：

"我想一个人静静，能不能让我一个人出去走走？"

杨树刚要拒绝，我就开口道：

"行，那你小心，拿好手机，有事打电话。"

易安出门两分钟，我带上喋喋不休的杨树跟了上去。易安沿着地铁沿线漫无目的地走，我和杨树就在能见范围内跟着。杨树在我耳边狂轰滥炸道：

"离那么远干吗？万一她有个什么，咱俩都救不及。"

"人心情不好的时候就不想周围有人。你在身边跟着她反而容易出事。"

我白了杨树一眼。他从来不体会别人的心情，天知道我和他在一块儿这么多年，多少次心情不好时候唯一的要求就是他离我远一点，让我一个人静静，可惜从来没有如愿过。

"行行行，你俩一类人，你说了算。她这是要去哪儿啊？再走走咱仨就可以看极光去了！"

杨树的话让我不禁皱起了眉头。易安确实走了好久了，再这么下去就算不出别的事恐怕也要被冻得大病一场。想着，我停下脚步拿出手机给易安打了个电话，接到电话的易安终于站定，被我和杨树"绑架"去喝了个蛋花汤，然后回到出租屋又开始一个人关在屋子里。

到了第二天，我和杨树思来想去还是把悠雨夏叫来了。女生劝女生比较在行，悠雨夏带着易安去了学校医务室检查。我和杨树在外面等着急得像是自己孩子在里头似的坐立不安。好不容易等到悠雨夏出来，我和杨树迎上去连声道：

"怎么样了？校医怎么说？"

悠雨夏有些为难地看了我们一眼，叹气道：

"都查过了，什么事都没有。大夫说让去四层心理科看看，说有可能是心理疾病。"

这一说吓了我和杨树一跳。心理疾病,放国内就约等于精神病了啊,易安好端端地怎么会得这种病?

我和杨树正面面相觑,悠雨夏从椅背上拿过易安的羽绒服道:

"你们别跟着了,这事知道的人越少,易安压力越小。我带她去吧,今晚她住我那儿,你们放心吧,有我在不会有事的。"

杨树闻言还要再问,我越过悠雨夏看到易安推门出来了,伸手把杨树拽回来低声道:

"走吧,在这也是添乱。"

杨树心不甘情不愿地跟着我走了,还没出学校就抱怨道:

"你拉我干吗?易安都这样了,回去也休息不好,还不如在这陪她呢。"

我没吭气,心里却想易安会变成这样,我和杨树根本就是难辞其咎。如果不是杨树之前非得让易安住在我们的出租屋,可能她和程成也不至于闹到那个地步。当然这事我也要负一定责任,我明明可以阻止,却因为私心拒绝了。现在易安变成这个样子,我只感觉特别对不住她。

"阿泽你哑巴啦?易安要是有个好歹可怎么办啊?程成真孙子,别让我见着他,再见着他我见一次打他一次!"

"你还有脸说人家?先检讨下自己吧!等易安回来就帮她申请学校宿舍,听见没有?她要真有个三长两短,你我都得负责!"

我边说边走,杨树跟在我身边头一次没了声响。兴许是有了压力,一路无言地跟着我回了出租屋。在外面还不显,一回去所有陈设都是三份,易安不在就冷冷清清。近来我愈发地感觉到这种差异感。我本以为这么多年了,我早已适应了回家就看到杨树的生活,却万没想到少了一个别人也会让我感到如此的空落落。

"阿泽,其实程成不喜欢易安,现在不走迟早也要走的。"

杨树一边吃那剩下的扬州炒饭一边开口道。

我不置可否地盯着柜上的奖杯发愣。出国真是件很奇妙的事,把太多不可能变了可能。

"阿泽……当初你说不该出国,耽误了工作和梁爽的事。现在出来了,其实也挺好的。你想啊,要在国内,你上哪认识易安去啊。要在国内……你可能也拿不了这奖不是。所以好多事吧,当时看起来不一定对,事后一想,哎,它也没那么糟……易安要是能想明白,程成虽然走了,但是咱哥俩谁都比他强,那就好了。"

杨树见我盯着奖杯看,若有所思地开口劝,却被我一记眼刀给打断,吓得闷头吃饭。

两天后,易安从悠雨夏那回来了,看上去状态好了不少,还给我和杨树买了些水果。在这些事情上,我总觉得易安多礼得有点疏离,杨树却不这么看,坚持认为易安是关心我们才买的。那时的我们虽然都知道易安这次来,离走不远了,却谁也不提这件事,只顾着享受眼前的重逢。

第八章

1

那是一个周末,我照例去信箱取信,却看到杨树已经在信箱处等着了。这是极不寻常的,杨树平日里起得是三人中最晚的,大周末他不睡觉却在信箱附近晃悠,显然有什么问题。我并没有声张,看着他从一堆信里取出一封,然后把剩下的拿上楼扔在桌子上。

下午杨树出去打台球了,屋里剩下我和易安两个人,易安在客厅写她的作业。我到杨树屋里掀开床垫找出那封信来,这么多年过去了,他藏东西的习惯还是没变。黄色信封上盖着大学的邮戳,写着 International Center,应该是易安的宿舍批下来了。

杨树为什么藏这封信我清楚得很,但我不赞同他的做法。的确,住在一起是把易安留在身边最便捷的方法,可骗人的行径也太卑鄙了些。我正在屋里犯愁,易安敲门探头道:

"咱中午吃什么啊?杨树回来吗,还是就咱俩?"

我心虚地把信又塞回了床底下,装作若无其事地走进厨房开始做菜。易安跟在我身后继续道:

"这要做什么啊?需要洗什么菜吗?"

我摇了摇头把到嘴边的话压了下去,决定先见杨树一面问问他到底怎么想的。易安见我不说话以为我心情不好,在我身后转了一圈,走出去趴在我正面的吧台上开口道:

"你怎么啦?杨树出去玩不带你,你不开心啦。我给你唱个歌吧,唱个歌你就开心了。我唱歌还挺好听的。以前程……反正以前总有人这么说。"

易安说完就开始自顾自地唱,好像是唱了一首叫《爱你没错》的歌,可能是我听过的歌也少,只觉得特别好听。

"……爱上一个人我们都没有错

只是不能一直陪着你走到最后

如果我的心痛

全世界没有一个人懂

我也不后悔曾经爱过……"

等都唱完了我一抬头看到易安眼圈红了,吓得我赶紧把刀子放下了,忙问:

"你怎么了?"

易安抽抽鼻子摇头道:

"没事,就是心里难受。这歌我学了好久,本来想唱给程成的……可是他现在都不见我了。现在唱给你也不算浪费,你开心点儿了没有?"

我看着易安不知道该说些什么。虽然程成和她分开我很开心,但看到她难过我也跟着难过。她是凭什么认为她难过我还能开心起来的?看着她强颜欢笑我只觉得心头像是压了块大石。说起来她和程成再不见面,也有我和杨树的私心在里面,想到这儿,伸手把易安揽在怀里拍了拍。

"我回来……卧槽你俩干吗呢?"

杨树嬉皮笑脸地推门进来一看我们抱在一起,脸顿时就僵了。

"易安心情不好……"

我触电似的松开手,回到厨房接着切菜,一直把小白菜切成了白菜沫。

"……你出来,咱俩聊聊。易安,我找阿泽有点事,你饿了先吃点儿饼干垫一下,我们一会儿就回来。"

杨树揽着我的肩膀把我带出房间,连穿衣服的时间都没给我。一进楼道温度骤降,我忍不住打了个喷嚏。

"……关承泽。跟我说实话,你是不是想追易安?"

上次杨树叫我全名是什么时候已经很模糊了,每次他这么叫我准是有事。听他这么问我心里"咯噔"一声,该来的还是来了。我苦笑,本来以为可以瞒更长时间的。也对,我连自己都骗不过,哪里骗得过比我聪明那么多的杨树?

"说话!喜欢就喜欢,不喜欢就不喜欢,大老爷们儿扭捏个什么?"

我低头,攥紧拳头别过头不看杨树,深吸了一口气,开口道:

"那你呢,藏着易安的信,为什么?不想让她去学校住?"

杨树显然没想到我会发现信的事,也愣了,过了好一会儿才道:

"我那是为了你,易安要是去学校住了,你俩上课又不在一个班,一星期见一两面,学校那么多……那么多乱七八糟的人,有一个程成,就能有第二个……你……"

杨树这话彻底激怒了我,之前的一桩桩一件件从眼前掠过让我忍不住扯过他的衣领把他拽到眼前一字一顿地说:

"我不缺胳膊不断腿,不用你好心给我创造机会。你能留易安多住一个月、两个月,哪怕是半年、一年,她不喜欢我还是不喜欢我。你刚才进来的时候看到我安慰她,是因为她和我说,程成走了她真的很伤心。现在你高兴了?别他妈总让着我,我不需要你让!"

我说完甩下杨树推门就进屋了,易安在沙发上吃饼干,见我回来跪起来问:

"怎么了?"

"没事,换衣服,咱出去。"

易安点点头拿了衣服去厕所换好,我套上外套拿好钱包手机和钥匙,一马当先下楼去,易安慌慌张张追出来撞上门看到杨树坐在外面地上,伸手拉他道:

"你坐地上干吗,多冷啊,要走了,你不去啊!"

我闻言仰头喊道:

"不用管他,你下来,快点!"

易安跑下来,见我脸色不好,小声道:

"怎么啦，杨树又闯了什么祸惹你不开心啦？他就那样，你不是知道嘛，叫他一起来吧，他……"

"你到底想和我吃饭还是想和他吃！想和他吃你就回去找他！我自己一个人去！"

我不自觉地提高嗓门，显然吓了易安一跳。打我俩认识开始，我还从来没冲她嚷嚷过，这是头一次当着她的面发这么大的火儿。

"好好好，你别生气啊。我和你吃，和你吃，杨树做错事，让他饿饿长长记性也好。"

我带着易安走了，回头看见杨树从窗户口探出头来欲言又止，我没搭理他，伸手拉过易安就走。我也不知道当时为什么这么大邪火。只觉得杨树这种自作聪明地"让给我"前所未有地让我烦躁。

"我们去哪啊？"

我快步向前走，易安被我拉得打了个趔趄有点茫然地问。

"不知道，上车！"

我把易安推上公交车，缴了两个人的票款，坐在最后一排靠窗的位置开始发呆。易安像是被吓着了，也一直没有说话，偷偷看我的脸色，寻找着开口的时机。

我不知道自己是怎么了，像是心里一直埋着一颗定时炸弹，因为这件事被触动了开关瞬间爆发了。说出来别人可能很难理解，这于我，是一场关乎自尊的战役，没有对手，对着镜子杀个你死我活，旁的人懂不了，也不会懂。

自从我眼睛伤了以后，杨树对我可说是比以前又亲了一层，很多事情上我俩也不再是以前那种上下级关系，更像是真的兄弟一样，平等论交。杨树在我眼睛的事情上有多愧疚，他在其他事情上对我就有多忍让。事实上这也不是杨树第一次出言要把某个我感兴趣的姑娘追到手让给我了。但这次和以往都不同，我感动并愤怒着。

杨树很清晰地传达一种态度，即便是他很喜欢的姑娘，如果我也喜欢，那他也绝对可以忍痛割爱。这让我很懊恼，因为我清楚地知道杨树说这番话不是为了在我面前秀优越，而是发自内心的。可他越是发自内心我就越别扭。弄得好像他可以为了我的幸福牺牲他自己的，我只需要理所当然地占了这个便宜就够了。

我很想拎着杨树的领子告诉那小子："我不是你想的那种人，你让给我我也不会开心的。一想到我拥有的都是你'让'的我心里就不舒服。"但是我没有这么说。因为我觉得太矫情，而且……吃人家嘴软拿人家手短，这么多年杨树他爹在我身上花了这么多钱，到头来我和杨树这样耍脾气，还是有点狼心狗肺。

我正琢磨着杨树的事，感觉肩膀上传来轻轻的敲击，我转头看到易安一脸不安地盯着我，欲言又止。我深吸了一口气，再怎么着这件事和她也没有关系，我和杨树这么多年剪不断理还乱的情感作用到这个无辜女孩身上，我后知后觉地愧疚起来：

"什么事？"

2

易安犹豫了一会儿，终于下定决心似的把放在窗外的视线收了回来改为盯着我。她极少这样专注地盯着我看，倒让我有些不自在起来了，只感觉脸上的疤痕隐隐作痛，下意识地别过头去。

"你和……和杨树，都是很好很好的人。我……沈曼妮的事情我已经很麻烦你们了，如果再因为我吵架，我心里就太过意不去了。上星期，我接到学校留学生中心的一个电话，说是我的宿舍办好了。因为比较突然，我还没想好怎么跟你俩说……今天既然出来了。我想我还是得把这事告诉你，等一会儿回去，也要告诉杨树。"

原来她已经知道宿舍申请成功了啊。我有些失望，尽管我不认同杨树的做法，但想到易安以后就要住到学校去了还是心里不舒服。易安显然也察觉到了低落下来的气氛，伸手拍了拍我的肩膀，咳嗽一声继续道：

"你们已经很照顾我了，真的，我真心谢谢你们。可实话实说，总住在你俩家里也不是个事儿。我九月份就要上大学了，学校宿舍离教学楼近很多,又是女生宿舍。我不是不相信你俩的人品,是我……你知道的,我心里总是觉得很奇怪,我还有病,总觉得沈曼妮说的也许真的有些道理似的。你们对我太好了,再住下去真的不知道怎么回报了。"

易安还是头一次这么真诚地和我讨论我们三个人的关系问题。听她这么说我心里是很难过的,一来觉得她可能还是看轻了我和杨树;二来也觉得她看轻了自己。易安是个很传统的姑娘,如果不是这样,以杨树的气性早就把她"就地正法"了。我和杨树都清楚易安不是随便的女孩,所以我们也没想过要让她来回报我们。

可要说从头到尾没有幻想过说易安要是能一直和我们在一起就好了,那肯定也是假的。可笑的是我和杨树想的也不是一档子事。杨树想着易安和我在一块儿他当个旁人就挺好,我其实也是觉得易安和杨树在一块儿,我照顾他们我也乐意。但不管哪种,我们都是想留易安在身边的。易安现在这种撇清关系的做法让我不知怎的想起沈曼妮的话,说我和杨树养了一只白眼狼,她到最后还是要走的。

易安看我不说话又紧张起来,起身准备下车,过后可能又觉得有点小题大做,还是回到我身边,正襟危坐道:

"我……我现在脑子有点乱,不知道该说什么。有什么不恰当的你别往心里去。我有时候觉得你们对我真心,我对你们也真心,朋友之间不用说这些。有时候又觉得沈曼妮说得有理,我也不傻,你们对我比对其他人好多了,可是我……我……"

易安说完这话沉默了很久。我也不知道自己怎么了,千言万语都堵在喉咙里一句都说不出来。易安见我不说话,忽然起身下车,我毫无准备,反应过来追过去时车门已经关上了。我从窗户探出头去,乘务员用英语提醒我把头缩回来,我看到易安一边抹眼泪一边往远处跑,不知要去哪里,我在下一站下了车然后开始往回跑。我跑得上气不接下气,边跑边懊恼自己的笨嘴拙舌,我要是能稍微反应快一点,也不至于让易安这么难过。

我跑回去的时候易安已经不见了,我也顾不上什么面子,第一时

间给杨树打了电话:

"你在家等着易安,她要是回去了,你劝劝她,让她别胡思乱想。她要是说想搬到学校去住,你就答应,别显得咱们和道德绑架似的。"

"出什么事了?"

杨树本来在电话那头一直懒洋洋地"嗯嗯",听到易安不见了也正经起来。

"我……没什么,就是易安和我说了点事,我不知道怎么回答,就没说话。易安就哭着跑了。"

"卧槽!易安哭着跑了?关承泽你脑子有毛病吧?你回家等着吧,我去找易安。"

我还没来得及还嘴,杨树就把电话挂了。我本想打回去争辩一下,仔细一想,找人他确实比我在行,就没再争执,默默地又上了巴士。我给易安打了十几个电话,一直显示手机关机。我也没有回家,就坐在巴士上发呆。

从小到大我没有喜欢过什么人,非要说,杨树应该是第一个和我交心的人,所以被他冤枉我心里真有说不出的滋味。梁爽算是第二个,但也和我闹个不欢而散。易安算是第三个,她现在对我、对杨树似乎也有误会。杨树虽然浑,但很少随便和我说狠话,易安就更是,察言观色地,从来不问让我不开心的事。

这么一想,我确实挺无能的。我不擅长表达,很多话心里知道但就是不知道该怎么说。我娘常说一个巴掌拍不响,现在出了这种事显然没有把责任都推到别人身上的道理。打定主意我决定把这件事一肩扛了,我决定告诉杨树我是不喜欢易安的。这样又不会让他为难,又不会让易安为难。

这个决定一下心里空落落的,好像一下子缺了一大块东西似的。像一个无人光顾的洞窟原本添了的东西又被搬走,只剩下呼啸而过的风。

回到家我开始收拾屋子,可能是从小养成的习惯。杨树心情不好的时候就喜欢出去唱唱歌,打打球,我心情不好的时候就喜欢收拾屋子。之前杨树总笑我这个爱好娘们儿叽叽的,我每次都给他几拳教育一下,也就闭嘴了。

现在想想,这个爱好兴许真的有点"娘"。可能我骨子里就有点喜欢瞎琢磨,娘说我从小心思就重。别的孩子一两句玩笑话闹一闹也就得了,到我这就总要演变成流血事件。我总觉得他们看不起我,说不上哪里,但就是有。所以我不爱出门,只在家里待着,和死物相处比和活人相处简单多了。

这社会从出生开始就分三六九等,杨树老和我说,出身和家教是努力不来的东西。这话虽然扎心,但是我买账,我知道他说的是真的,有些与生俱来的东西,后天再怎么补也补不回来。像是我不擅长社交,像是我心里挥之不去的自卑,像是我强行压抑却越来越凸显的对命运不公的愤怒……

这些种种,注定让我没法像杨树那么洒脱,说爱就爱,说恨就恨。我盯着窗外倒退的街景发呆。车到了总站换了个司机继续开,我没下车,又到总站又换了个司机我依然没下车。我的心随着车的嗡鸣焦灼不定,易安要是出了什么事,我一定原谅不了我自己。虽然……我只是不像杨树那么会随机应变揣度人心地去宽慰人,但那就是我的错。

我下车的时候天已经黑了,拿出手机,杨树还没给我回信。不知是没找到易安还是还在生我的气。我慢慢往家走,天黑压压一片乌云笼罩,像是要下雨的样子。要放在电视剧里,这时候就应该电闪雷鸣然后瓢泼大雨,让我一个人孤独寂寞地在空无一人的街道上走。但生活不是电视剧,我到家的时候还没有下雨,家里空荡荡的没有一个人。

3

地上的床垫,窗台上的水杯,餐厅里三组餐具,角落里一个分外显眼的布偶熊,昭示着易安还没离开。我走到角落拎起那熊,不大点儿的一个玩意。土黄色的,一副贱嗖嗖翻白眼的神情,据说是易安在国内最好的朋友送的。有时候她和我们聊天就抱着那熊窝在沙发的一角,笑嘻嘻地盯着我们瞧。我打开电脑,上面残留着上次的观影记录,我和易安、杨树一起看《英雄本色》的场景还历历在目。

"我觉得我就是小马哥,潇洒。"

杨树恬不知耻地套了件风衣在我和易安面前招摇。

"你那不叫潇洒……"

"那你说叫什么?"

杨树显摆,继续抖落他的风衣。

易安抱着她的小熊盯着杨树看了一会儿,笑嘻嘻道:

"你这种叫浪。"

"潇洒和浪有什么区别?"

杨树见我憋着笑盯着屏幕忙不迭地问。

"潇洒是'已识乾坤大,犹怜草木青'。"

易安引经据典,把小熊放下抓起一把瓜子。

"那浪呢?"

杨树不服,凑过去问。

"装作'已识乾坤大,犹怜草木青'呗。"

"哈哈哈哈哈哈哈哈。"

我笑得打跌,杨树一副拿易安没辙的样子,只能伸手掐我脖子。

"让你笑,我让你笑!"

下意识地看沙发一角,那里并没有人,伸手去摸甚至连余温也没有。我从不知道我们租的房子能这么冷,冷得我几乎打了寒战。呆坐在沙发上,我头一次没了收拾屋子的心情。好像越收拾,她的痕迹剩下的就越少。迷迷糊糊等到夜里十一点多,杨树终于打来电话说在悠雨夏家找到了易安。

其实答案挺显而易见的,易安认识的人本就不多。和沈曼妮闹僵之后她那里是不可能再去,马杰森和崔雪人家两人过日子也不方便总去打扰,程成那孙子也回国去了,剩下的大概就只有曾经和易安是室友的悠雨夏了。

易安找到了我的心就放下了一半,另一半……想起来就觉得果然是个人都自私。我在想如果我能镇定点，比杨树早找到易安就好了。不过……如果杨树真打算和易安在一起，我也认了，以后好好照顾他们就是了。

杨树和易安回来的时候已经夜里十二点多了，易安眼圈还有点儿红，但精神已经好了不少。一进门就冲我鞠躬道：

"泽哥对不起，我……想起了点儿心事，就这么跑了，让你和杨树担心了。"

她这一道歉我倒不知该怎么办了，有些尴尬地挠了挠头，摆手道：

"不关你的事。我也……我也没能第一时间反应过来，让你误会了。"

杨树一看我俩说话很不自在，叹气道：

"怎么了这是，至于吗？因为这点儿事就回到解放前啦？不知道还以为刚认识的人客套呢。差不多得了啊，闹情绪也有个度，你也有情绪他也有情绪，就我没情绪？"

我见状握紧拳头深吸一口气强笑道：

"我能有什么情绪？易安你什么时候搬去学校宿舍？回头我帮你打包搬家。"

杨树一脸莫名地盯着我看了一会儿，易安忽然听我说这话也没反应过来，隔了好一会儿才开口道：

"不……不用了，我自己搬吧。这段时间这么麻烦你们已经……"

"你总不至于还记仇吧？你一个女孩怎么搬，哪搬得动？我说要帮你搬家就是要帮你搬家，哪天搬？回头我请假。"

听到易安回绝，我心头像是堵了一块大石一样，这是怎么了？我也没说要怎么样啊，干吗忽然就拒人于千里之外的样子？我说什么了吗？她到底怎么想我们的，怎么想我的？

"那不能……我……我越快越好吧，既然已经批下来了，我想……明后天就搬吧，搬完……你俩……你俩也就恢复正常了。"

易安说话声越来越小，后面几个字我几乎听不清，但隐约觉得和杨树脱不了关系，瞪了杨树一眼，我拍拍手道：

"那就明天，我请假。杨树你去找俩人，咱们帮易安把家搬了。"

我说完转身就奔门外去了，杨树跟过来拉住我小声道：

"关承泽你他妈疯了？我好不容易把人给你找回来，这要什么脾气呢？我跟你说，这次搬走可就回不来了。你让她回学校去，她可能就再也回不来了，你明不明白？"

我盯着杨树，一字一顿道：

"我说过，想靠着骗人留住一个人没用，我累了，不想再继续下去了。从今往后她就是我妹妹，要是有人动她、欺负她，我和那人玩命，你要和她在一起我祝福你们，别的人要和她在一起……看过眼的我也祝福，就这么简单，没那个命就别给自己加戏了，多累啊，是不是。"

我说完扔下杨树就下楼了，杨树追了几层还是停下了脚步。我一个人回到空荡荡的街上瞎溜达，这些话兴许只是气话，但也有真心在里面。与其和我在一起，易安和杨树在一块儿可能会更幸福。杨树比我会哄人，比我帅，比我聪明，更重要的是，杨树坐拥巨大的家产，不管以后混成啥样，易安总不会跟着吃苦。

我不一样，易安跟着我……如果她愿意跟着我的话，可能就是第二个我娘。一辈子为家里操心，担惊受怕，从一个无忧无虑的少女变成一个为了家庭奔波的老妇人。只要一想到这个，我就觉得可怕。

"关——承——泽！"

我溜达来溜达去还是回到楼下，抬头看到易安从阳台上探出身子来冲我挥手，我勉强笑了笑冲她也挥了挥手。杨树从她身后走过来，站在他旁边也往下看我，我抬头看着他们，觉得挺好。真的，这样就够了。我转身双手胡噜了一把脸，一副若无其事的样子上楼推门进去。

"假请好了，就等明天搬家了。都是体力活，早点歇吧。"

我说完转身去洗漱，之后自顾自地进了杨树的屋子，剩下杨树和易安在客厅里不知做什么。我也不再管，心一横闭眼蒙被倒头就睡。第二天一早我就起来了，到客厅一看易安已经坐在床垫子上开始叠衣服了。她很少起得比我还早，看来她一定是很想走了，昨晚估计都没睡好。

"关承泽。"

易安小声冲我打了个招呼，然后指了指一旁床上还睡得很熟的杨树做了一个"嘘"的动作。我点点头，盘腿坐在易安旁边帮她叠衣服。我和易安默默收拾了一箱衣服，杨树终于爬了起来，伸了个懒腰下床道：

"好了吗？什么时候出发？我给他们打电话。"

"还有点儿日用品要拿……等我装好就可以了。"

易安起身往洗手间走去，我和杨树对视了一眼谁都没说话，杨树绕过我追上易安道：

"你那个床板坏了一截先凑合搬着，等到了那边再接吧。"

"嗯嗯。"

易安一边收拾东西一边和杨树有一搭无一搭地聊天。我却始终没能说出什么送行或者祝福的话来。只是在需要搬东西时搭把手。我几乎全程都是沉默的，唯一一句还是易安问我要不要喝点什么，我说冰水就行。

搬家结束的时候已经中午了，杨树提议请搬家的哥儿几个吃饭，易安不太喜欢人多的场面，偷偷塞给杨树一些搬家费就回屋里安家具去了。我也不想和杨树他们吃，但又不想让杨树觉得我闹脾气，想了想还是去了。一群大老爷们儿热火朝天地吃自助火锅，我也闷头吃，吃了五六盘子肉，但真的不知道是什么味道。

我只想着易安那小细胳膊小白手别钉个钉子划伤了才好。杨树虽然攒了个局，但话也不算多，比他往日要安静很多，也是闷头吃。他不抻茬说要来下一局，其他人也不好提，吃完饭就都走了。只剩下我和杨树，从中国城往家走。谁也没提易安的事，杨树就和没发生什么一样，还顺道去买了点早餐吃的面包点心。

我心事重重，头一次不知道该和杨树说些什么。等回了家，杨树把面包、点心往冰箱里一放，就直接回了屋，剩下我一个人在客厅。地上的床垫早上的时候就已经撤走了，水杯拿走了，娃娃也拿走了，易安把属于她的东西都带走了,哪里都找不到她的痕迹了。这会儿才有点现实感,体会到杨树早先说的那句:"她真的走了。"

4

我瘫倒在床上望着天花板,走了啊?走了好,走了就没那么多烦心事了。走了我和杨树就回到最初的时候了,走了……我眼睛有点发花,只觉得天花板上好像落灰了。鼻子发酸心头发堵,一下下地揪着疼。像是大蒜被放进了捣蒜的钵里面,一点点碾碎,又疼又辣,难受得很。

快到晚上时候,杨树推门出来,哑着嗓子告诉我:

"易安说周末要请咱们到她新家吃饭,她准备叫上悠雨夏,四个人一起吃,她做饭。"

"哦。"

怕杨树看出我的狼狈,我没有转身,用手盖住眼睛继续侧躺着假寐。

"……没事的话我就回屋了。"

罕见地,杨树也没了安慰人的心情,转身回到自己屋里去。我俩就沉默着在各自的空间待着,谁也不搭理谁。

距离周末还有三天,这三天杨树早出晚归,我和他几乎没有说话的机会。偶尔撞见也就是例行公事的早安晚安,头一次,我觉得杨树特别陌生,好像眼前这个人不是我认识了二十多年的兄弟,而是一个陌生人。

好不容易捱到了周六,杨树一大早就把我豁楞起来,打扮好了就奔市中心去,给易安买乔迁的贺礼。看杨树在书店里面挑书,我有一种恍惚感。事实上杨树和书是绝缘的,平时能不读就不读,可给易安挑起礼物来倒是颇为认真,真的一本本翻看,最终买了几本他觉得有意思的外国小说。

我本来盘算着是不是应该也送易安点什么,但是杨树买完书以后拉着我就上了去学校的地铁。我没工夫,加上之前也没筹划要买,想想也就放弃了。一路上我俩又是没话,尴尬到进屋,易安笑容满面地迎出来时,杨树才开口道:

"也没什么别的可送,游戏你想玩就找我们来拷。这个……就当是乔迁礼物吧。"

易安笑盈盈接了礼物,让开门让我俩进去。一进门就是大厅,有一个老旧的沙发还有一台有线电视;厨房和饭厅连着,所谓饭厅不过是在厨房后身搁了一张桌子,桌子旁边配了四把凳子。厨房是公用的,有四个灶台,易安的新宿舍是四人间,冰箱、烤箱、灶台、洗手间都是公用的。楼下是客厅、厨房、餐厅还有两个卧房,楼上是厕所(浴室)和两个卧房。

整体面积比我们租的房子大,但是个人面积就大大不及了。我俩进门的时候易安还在做菜,系着围裙炒菜的样子让人看了就心情好起来。杨树嘴上不说脸上也有了笑模样,伸手从案板上拈了一片小香肠塞进嘴里,被易安发现了踮起脚在杨树头上敲了一下:

"那是我要炒菜用的!你怎么这么馋,就不能再等两分钟?"

杨树笑着摇摇头。这时候悠雨夏推门进来了,易安见悠雨夏来了,关了火迎上去道:

"你怎么才来啊,就住旁边还这么慢。"

悠雨夏与上次见面别无二致,精致的妆容,一看就价格不菲的服饰,和易安相比,悠雨夏自带一种不食人间烟火的清高。这种女生我和杨树动动脚指头都知道惹不起,大概传说中的白富美指的就是这种人吧。

"买了瓶红酒,耽搁了。你搬过来我盼了好久了,总要庆祝一下。"

悠雨夏把包装好的红酒放在桌子上,虽然没看到牌子,但从包装的细致程度来看,这瓶红酒多半也不是便宜货。

"哎呀,你们这是干吗,一个两个都这么客气。我请你们吃饭是因为觉得之前的事……沈曼妮的事你们都帮我很多啊。现在你们又送我东西,这人情债可怎么还?"

易安唠叨着重新开火，一边炒菜一边嘀咕。

"朋友之间本来就是要相互帮忙的啊。哪有只是你对我好，我对你不好的道理？"

悠雨夏歪着头靠在楼梯口看着炒菜的易安开口道。

"说的也是。"

易安笑了笑把锅里的菜盛出来，刷了锅，开始炒第二道菜。

"我们易安多贤惠，谁娶了她呀，那可享福喽！"

杨树本来拉出把凳子坐在易安身后，听了这话，起身走到易安身边，嬉皮笑脸道：

"哎，巧了，我这人不会别的，就会享福，易安你看我怎么样啊？"

"哎，杨树你走开，挡着我炒菜了！你能不能说点新鲜的啊！我才不像雨夏说的似的呢。我懒着呢，我也想享福，想找个能让我吃现成的人。"

说者无心听者有意，不知为什么易安这话一出口，除了她本人，杨树和悠雨夏都意味深长地看了我一眼，这弄得我很不自在，下意识地别过头去。当事人还不明所以地继续炒着菜，我、杨树、悠雨夏却一时都没了言语。终于挨到易安炒完菜，可以上桌吃饭的时候，我们三人才归位坐到饭桌旁边。

"都愣着干吗，吃啊，我的菜里又没有毒。"

易安一看我们都不动筷子，有点不高兴。悠雨夏到底是女孩心思细腻一点，笑道：

"哎呀，光顾着聊天，红酒还没开呢，边吃边喝多好。开了酒倒上，祝贺完再吃不迟。"

易安转身去取杯子，悠雨夏小声对我俩道：

"两个大男人尝一口菜能怎么样啊，谁都好，赶紧吃一口啊。"

杨树闻言压低声音道：

"不都说女士优先嘛，你先吃啊。"

两人推来推去谁都不肯吃，易安已经刷完杯子回来了。我把心一横，伸筷子夹了一口那道金针菇炒蛋，放进嘴里。杨树和悠雨夏两双眼睛瞪得溜圆盯着我等结果，易安虽然在开酒瓶，但也看向我的方向。

"好吃。"

我又夹了一筷子，放进嘴里证明我说的是真的。我说好吃一方面因为这菜是易安做的；另一方面，就菜本身味道而言真的很不错，金针菇软硬恰到好处，鸡蛋嫩黄，火候掌握得很好，入口留香，咸淡也适中。很难相信这是在我家从没做过饭一直给我打下手的易安做出来的。

"真的？"

杨树狐疑地也夹了一筷子放进嘴里，认真咂摸了一会儿才道：

"卧操！易安你居然这么会做饭！真人不露相啊！我以为你和我一样只会泡面呢！"

悠雨夏也受到了鼓励，伸筷子夹了一口易安做的辣白菜炒肉，吃了一口米饭，咽下去才开口道：

"易安！早知道你这么会做饭我就是和沈曼妮打一架也得把你抢过来做室友啊！"

易安听了我们三人的话终于也有了笑脸，将倒好的红酒分给我们几人举杯道：

"谢谢大家以前帮我那么多忙，我实在是……不知道怎么感谢你们，就学着弄了几个菜。好吃就好，好吃多吃！"

四个玻璃杯碰到一起，我们喝了红酒，就开始"攻城略地"。悠雨夏一开始还挺矜持，后来吃得也挺香，一碗米饭也吃完了。我和杨树就更是，并不是装的，是真觉得好吃，而且是第一次吃易安做的菜，我吃了两碗饭，杨树吃了两碗半才停下。

易安倒没怎么多吃，只是笑盈盈地看着我们吃，不住地说：

"给你们做的，你们多吃。"

杯盘狼藉之后，悠雨夏说下午想同易安逛街，两个女生的事我们也不便多留，就告辞了。回去路上杨树终于有了新话题，一直感叹：

"早知道易安做菜这么好吃，也应该让她做几顿，总吃你做的，偶尔应该吃吃她的换换口味。"

我不置可否,我总觉得易安始终和我是不一样的。之前住在我俩家从来没提议给我们做饭,一定是有什么原因的。只不过好不容易杨树不生闷气了,我也没必要非要顶着他说。

"以后还有机会嘛。"

我随便撂下一句。我没想到,机会这种东西有时候错过了,就再也没有了。

5

易安搬家以后,杨树经常以写作业的名义找易安玩,易安倒也不排斥他去,只不过女生宿舍不让进男生,这是明文规定的。上次吃饭是征得所有室友同意以后的特例,所以那之后杨树即便去,也是和易安在图书馆或者外面的餐厅一起写作业,再没有去过易安宿舍了。

和杨树不同,我总觉得无缘无故找她也挺奇怪的,研究生和大学本科的课又大部分时候不在一个教室,一来二去,有阵子都没看到过她了。又一个周末,杨树请易安来家里玩,忽然见到易安我还有些不适应,但没过多久就变成三人一起玩电脑了。

到了中午,三人就一块儿出去吃饭。我总觉得事情有什么不对,但杨树好像没察觉一样,只是和易安说说笑笑。还没等我调查出到底哪里不对,一件突如其来的事侵占了我的全部精力。我娘打电话来告诉我,我爹病重,快要不行了。

刚听到这消息的时候我整个人都是蒙的。不行了,什么不行了,怎么个不行法?一个又高又壮的庄稼汉,正值壮年不过半百怎么就不行了?杨树虽然也慌张,但毕竟不是当事人,还能想得起给他爹打个电话验证一下。情况属实,我们没有别的选择,当即买了机票,回去看我爹。

下飞机的时候,我总算消化了爹身体不行了的事实。我娘在几个姑婆婶子的搀扶下泪流满面地抱着我在村口大哭。杨树拉着他爹问事情始末,我也跟着听了一耳朵,说是一种绝症,什么癌,人吃不下东西越来越瘦，耗着耗着就……死了。

这说法让我骤然想起上次和爹视频时，他确实脸色看着不太好，人也瘦了很多。但我始终没太上心，且固执地认为比起我他更担心杨树，拒绝和他多说话。掐指一算这些年我和爹说得最多的就是"我就是死了，杨树都死不了"，对他也几乎没有过好脸色。

我娘哭哭啼啼跟我讲：

"其实你爹几个月前就查出不好来了。只是他一直瞒着家里，瞒着杨树他爹，还有俺。每天忍着疼下地干活。后来他动不了了，躺床上拉着俺的手，说：'这事不能告诉水生和树儿。俩娃好不容易出了国，别因为这点小事耽搁了。'"

娘边说边掉眼泪，声音都嘶哑了，我沉默以对。那个和我针锋相对了数年的男人现在已经变成墙上的黑白照片了，让我有种不真实的感觉。

"你拜拜你爹吧，葬礼明天办，你在这先给他上炷香，告诉他你回来了，他也好闭眼。"

我跪在灵堂前给我爹上香，火柴用了五根才把香点起来，插在香炉里，拜拜，再拜拜，再拜拜，然后蜷着身子埋首在蒲团里，默默地哭泣。

"俺的娃命苦啊，爹没本事，去得还早，以后俺们娘俩可怎么办啊。"

娘一直在我身后絮絮叨叨，我就默不作声地趴着不起来。不知道趴了多久，我只感觉我这辈子的眼泪都流干了，才爬起身搂着我娘道：

"没的事，爹没了你还有我，我……尽早回来。"

我娘抱着我哭，用手拍打我的后背，力道越来越大。过了好一会儿，娘一抹眼泪直起腰板站起身道：

"你说的这是啥子话，俺没事，有把子力气，有你婶你叔，俺过得挺好。你在国外好好的，不用管俺，别回来。"

听娘这么说，我感觉眼角又有点刺痛，但可能是刚才哭得太多了，这会儿反倒没有眼泪了。只是摇了摇头，张张嘴却没说出什么能安慰娘的话。

"阿泽!"

杨树跑进来将黑纱递给我,一看我娘也在立,正严肃道:

"关姨您也别太难过了,身体要紧。"

"俺没事,你和水生有事要说吧?恁俩说,俺有点累了,先歇下了。"

我娘扶着门走了出去,我想送,杨树摇了摇头低声道:

"关姨那么好强,你要是……她会伤心的。"

我强忍着坐下,愣了好一会儿才道:

"找我什么事?"

杨树也找了把椅子坐下,叹气道:

"你是家里独子,明天抬棺下葬悼词之类的……本来应该都是你负责。我刚才和我爸商量了一下,我说你也累了,再加上长贵叔一没你心情也不好,我说悼词就我来念,回头家里写个,你看看有没有什么需要改的。你好好睡一觉,抬棺下葬都是体力活……还有,我爹说长贵叔走了有几天了,人家说面目不太好看,就别遗体告别了吧?说怕看了更难受,你说呢?"

"啊?"

杨树一番话我只听进去了一点点,后半部分就像脑子里充斥着蚊子一样嗡嗡地听不真切。

"哎……我知道你难受,那我捡重点说。明天我念悼词你别管了,然后就是遗体告别……你还想去看看长贵叔吗?"

"他在哪?"

我站起身抓住杨树的胳膊,直把他抓得皱起眉头道:

"你要抓废了我啊!跟我来。"

我行尸走肉般地跟着杨树走到村里祠堂,因为村子没有教堂一说,一般有葬礼就是在祠堂办。我爹的棺材也停在那里。

"爹……"

杨树伸手揭开那块布,我盯着那个形容枯槁眼眶深陷的灰脸苍老男人看，只觉得难以置信。这人真的是我爹吗？童年里记忆中健硕地在田里挥汗如雨的男人和面前这个干瘪的老者无法重叠在一起，我只感觉一种灭顶的寒意从头到脚笼罩下来，激得我眼冒金星，一个趔趄坐倒在地上。

"阿泽！"

杨树伸手扶我不及，眼睁睁看着我摔在地上胳膊摔出了血。

"阿泽，我早说不让你看，你非得看。我爸说长贵叔走得快，没着那么长时间的罪。"

杨树伸手把我从地上捞起来，抱着我不撒手，我任由他抱着借着他的力量站在祠堂里发呆。原来我爹早就不是当年那个壮小伙儿了；原来我一直洋洋自得打压的男人已经老成这样了；原来有些话……活着的时候不说，死了就再没法说了。

"阿泽，回吧。你得休息，明天还有大事呢。"

杨树抱着我站了一会儿，风渐渐大了，穿过祠堂前的小树林呼啸而过，刺得肩上脸上都开始发疼。

"阿泽，咱回吧。"

我不吭气，任由杨树拖着往回一点点走。

"你好歹也动换动换，要是实在不想动了，我背你？现在这个姿势，我脚都麻了，使不上劲儿。"

杨树抽出一只胳膊甩了甩，我站直身子，跟着杨树慢慢往回走。杨树和我并排，忽然大大地叹了口气，拍了拍我肩膀道：

"你这命啊，这都什么事啊！"

我只能苦笑，我也不知道我是做错啥了，可能是我上辈子积怨过重吧。到了这辈子父子俩都给人当牛做马，好不容易快过上好日子了，老的还死了。

我踉踉跄跄回到家，娘已经睡下了，脸上还能看到未干的泪痕。我转出去回到自己的小屋，如今已经变成一间大屋了，也有光了，即便杨树也来，我也可以不用睡地上了。我爬上床，看到床头有一个小木盒，打开一看里面是一个面人儿，已经有些裂了，但从夸张的花脸、华丽的头须和虎皮裙金箍棒上,还能看出是个孙悟空。

"你看爹给你带什么回来了?"

四五岁的我摇摇晃晃跑出门扑过去拿过面人儿,"啪嗒"在他的面颊上亲了一口。

"娘!娘——面人——"

我一路狂奔摔了个大马趴,在娘怀里举着面人儿又哭又笑,爹在远处看着我俩露出憨厚的笑。

我迷迷瞪瞪地睡着,在梦里我回到最初那个穷并快乐着的童年,直至天明。

6

"阿泽!好了吗?"

我吃过早饭,穿好孝服走出家门。杨树见到我装扮叹了口气,领路往起棺的地方走去。我抬着棺材走了三四里地,肩膀就已经开始酸软了。许是在国外太久不干体力活,猛地进行高强度体力劳动还是不太适应。

"停——!"

杨树叫停了棺材队,让大家都停下来歇一歇,递给我一瓶矿泉水。

"你怎么样?还行吗?"

我感觉心头一暖,其实我和杨树,有什么抹不开的呢,天大的事,我俩这么多年的交情,也都不是事了。

"歇够了跟我说,我好叫大家继续。"

杨树看我盯着他,耸了耸肩跑远给其他人送水去了,不知道的人看了倒要以为这里他是主事人。

再次抬起棺木又是一顿走,走了五六公里,来到一处荒郊野外彻底撂下了。乡亲们有站在石头上的有蹲在地上的,有靠在树上的,又是黑压压一片。四处传来请节哀的声音和压抑的哭声,我从不知道我爹人缘这么好。我有些麻木地站在原地,一个个老乡过来和我叨念,

都说:

"长贵这辈子啊……好人啊——"

我爹这一辈子就落了句好人,我心里暗自为他不值。所谓好人就是指一个人一辈子没啥成就,不招人,不惹人,不让人记恨,末了就会落得一句"好人"。周围哭声一片的时候我反倒哭不出来了,整个人像是沉没进海底,呼吸不畅,直要窒息而亡。杨树怕我伤心过度,一直站在我身边偷偷瞧我,我勉强扯出个笑脸,冲他点点头示意没关系,紧了紧拳头,指甲扣进手心,打起精神来继续接待后面绵长的队伍。

葬礼持续了一个小时左右,哭哭啼啼的人群终于渐渐散去,只留下至亲的几家还在墓前面忙着下葬的事。我娘心力交瘁先被搀了回去,我也累得很了,但还强撑着站在原地主持着下葬的事。管墓地的何大叔拿来铲子和镐头,叮嘱我这第一铲子一定到亲生儿子来办,这样地下的人才能闭了眼。我点头铲上沙土往墓坑里抛去,很难想象这个方寸大的土坑以后就是我爹唯一的住处了。

下葬又持续了两个多小时,等都填好葬好,我已经累得连站着都费力了。村里几个小伙子半搀半抱地把我送回家,杨树也跟来了,等他们都走了,我俩才得空歇歇,都瘫在床上看天花板。

"杨树……"

"别说了,你歇着吧。都应该的。长贵叔操劳一辈子。人总有这一天,你多休息休息吧。要是担心关姨……就多待几天。"

"……我去,看看我娘。"

他这么一说倒是提醒了我。光顾着自己歇着,倒忘了早先就被搀回来的娘。我下地趔趄了一下,快步出门来到隔壁。娘佝偻地躺在床上两眼发直地看着天花板,我顺着她的目光看去,上面什么也没有,只有些脏兮兮的印子,可能是打苍蝇蚊子留下的。

"娘——"

我叫了一声,跪在床边上。我娘听了转头看我,伸手摸了摸的我的头发,张了张嘴,咳嗽了两声才道:

"都……完事了?"

我点点头，娘眼眶一红叹气道：

"好，好。歇着吧。你也累了，歇着吧。"

我摇头仍是跪在地上拉着娘的手，看眼前这个饱经风霜的女人，让我有着说不出的心疼。如果说对爹更多的是彼此不理解的懊悔，对娘则一直有种未能尽孝的愧疚。

"水生……歇着吧。你爹没了，你要是再病了……走吧。"

娘把手从我手中抽出来在空中无力地挥了挥，我看了只觉得更加心酸，开始后悔自己为什么要和杨树出国，还一去就是三四年。

"阿泽！"

杨树追过来进屋看到我娘躺在床上，我坐在地上，伸手拉起我，冲我娘道：

"关姨，您也保重。您这样，阿泽也担心啊。"

我娘看着我们点了点头，杨树拽着我回屋把我按在床上，正色道：

"赶紧歇着吧，你要是也病了，关姨更难受。其他事也别管了，我和我爸会处理，踏实睡吧。"

杨树说完就走了，我躺在床上既觉得心里暖和又深深感觉到自己的无能为力。三十而立了，不过是处理亲人丧事，处理得自己失魂落魄，也办不好什么，还要杨树出面想办法。我迷迷糊糊地睡着了，外面稀稀拉拉开始下雨，我娘常说，雨是老天爷的眼泪，老天爷也有办错事的时候，也会哭。我当时觉得好笑，可躺在床上想起我爹，只有觉得这事是真的心里才能有些安慰。

再醒来天已经全黑了，我拿了手电去找娘，娘盘腿坐在床上，靠着墙抱着一件爹的衣服发呆。我凑过去坐了，拿过衣服看了看。是爹下地时候常穿的褂子、白色的，上面已有了窟窿。说了好几次要扔了，最终还是穿着。娘沉默了一会儿，从褥子下面拿出个信封来，塞进我手里，拉着我的手道：

"水生，俺们一辈子也没攒下个啥。杨树他娶媳妇，有车了有房子，俺们没有那些给你。你别怨你爹了，先前我也总怨他……可现在人都没了，还怨个啥子。这些你拿着，不多，你出国，去城里工作，去了就别回来了。娘……娘自己也能过得挺好。"

我摇头。爹都走了,我也三十了,还从家里拿钱。我娘孤苦伶仃,我不养活她也就罢了,哪有还让她养活我的道理?娘看我不收,叹了口气把信封放在床上,拉着我的手继续道:

"娘旁的不担心,就怕你娶不上媳妇。有没有看上眼的姑娘?娘去替你说亲。你爹……还在的时候,最后也是念叨这个……怕你……哎……"

娘说完,殷切地看着我,我摇头把易安从我脑子里扫出去。不能让我娘知道这事,要是娘知道了一定更伤心。村里那么多姑娘,我偏看上个根本没有可能的人。

"你也是老实,和你爹一样。都是本分人,哪里就看上什么姑娘了?"

我娘叹了口气,伸手摸了摸我眼睛上的疤痕,眼泪又落了下来。

"哎……这都是造了什么孽啊!"

我眼眶发红却并没有哭,抓住娘的手深吸了一口气道:

"我和杨树会抓紧念完书早点回来,等我回来了……咱啥都会有的。"

我娘抱着我,终于有了笑脸,我也松了口气,不知是不是终于下了这个重要决定的原因。

第二天一早,我披上我爹的旧褂子,按例去守灵。早上的墓场冷得很,村里的坟头不像城市的公墓,乱糟糟的杂草,在墓与墓之间挣扎着。我蹲下身子一点点地拔,一边拔一边和我爹说话。

我已很久没有和他说话了,上次还是三个月前,我听娘说他的病情就是从那时候开始恶化的。这也解释了为什么视频中再也找不到他的身影。我还曾自作聪明地以为,我爹根本无暇顾及我这个儿子,知道杨树安好他就已经满足了。

对着墓碑上那行冷冰冰的"父 李长贵 儿关承泽立",我有些茫然,一时也不知要说些什么。过了好一会儿,我才找回话头,开口道:

"爹,我回来了。"

回答我的只有冷冷的风声,夹杂着几句乌鸦喑哑的"啊啊"声。

"爹……"

我停下手跪在墓前给他认认真真地磕了三个头,伸手摸着墓碑上那句"父 李长贵 儿关承泽立",只觉得掌心刺痛。只是看到这一行字,都有种被讽刺的感觉。

他活着的时候我只顾抱怨,死了以后想说些体己话,却不知道他到底听得到还是听不到了。

"爹我……会照顾好娘。"

我一边烧纸一边喃喃。我忽然意识到已经有很多年没有和爹好好说过话了。每次不是他专断独行,就是我兴奋地说了好多,他却听不懂。我呢,笑话他,侮辱他,和村里其他人一起,看不起他。或许老天爷之所以让他走这么早,不是为了惩罚他,而是为了惩罚我。

"爹……"

我解开带来的包袱,拿出娘做的馍和红烧肉摆上,又拿出那两瓶牛栏山。打开另一个包袱,拿出我的奖状和入学通知,还有奖学金的通知,摆在墓前。沉吟了一会儿,才又开口道:

"你活着的时候……我没能尽孝。我对你有怨,有误会……就连这酒你也……没能享受到。我学成了,现在能……让你和娘过好日子了,你没等我,就这么走了……今天咱们爷俩,吃好的喝好的,我陪着你,把这酒喝了。"

我拧开瓶盖一瓶给他,一瓶给自己。倒上,一口口地喝。我想哭,但是哭不出来。直到此刻我才意识到,原来这么多年,我最想要的,是我爹的认可。我只想听他说一句,哪怕就一句:"俺们家水生就是比杨树强。"但是没有,一次都没有。

"爹,你活着的时候就惦记一句别人怎么说。我现在明白了,我骨子里,有你的血。杨树,我一定好好照顾,杨家的恩情我也不会忘。你放心,我决不让别人在另一头,因为我戳你脊梁骨。"

我拍了拍膝盖上的土,把瓶里的二锅头倒在墓前,又把另一瓶中的酒一饮而尽,收拾好地上的证书,转身往村内走。一回头,看见杨

树靠在树旁,红了眼眶:

"阿泽,你别这样,长贵叔知道了会难过。"

我没吭气,只是拍了拍他的肩膀,默默地走。这条我和杨树走过无数遍的小路,如今再走却有了不同的意味。

杨树见我没心情说话,也罕见地闭上了嘴,就这么一路沉默回家。丧事还有一些收尾工作要处理,我在家又盘桓了三四天,才启程回埃德蒙顿去。

7

一个星期后,我和杨树再次回到埃德蒙顿。杨树回去的第一件事就是召集常在城市的小伙伴。我和他终于要离开埃德蒙顿了。我和杨树说:

"最多再两三年我怎么也要回国去,不为别的,为了我娘我也得回去。"

为了这,我希望他能到个中国人多点的城市,那样即便我不在了,他也不至于没有人照应。

我们合计了一下,决定去温哥华找个稍微有名一点点 Collage(大专)上了,这样杨树也算混了个国外文凭。最后一顿散伙饭声势浩大,我和杨树都被灌了不知道多少瓶酒,各种各样的,红的白的啤的,我醉眼蒙眬地一个个看过去,有才到这个城市没多久认识的老朋友,也有才认识的新朋友,有不是太在意的场面朋友,也有很舍不得一辈子都想记得的朋友。

我看了一圈,忽然想起少了一个人。我跌跌撞撞闯过觥筹交错的人群,穿过杯盘狼藉的桌椅板凳来到杨树面前。

"易安呢?"

我把杨树拽到一个僻静的角落,盯着他问。

"你想见她?"

不知是酒的缘故还是别的什么缘故,我感觉杨树眼角有些发红。

"嗯，想见。"

或许是酒壮怂人胆，在易安的问题上我还是头一次这么态度明确地说出想见她。

"行，这……这可是你说的，不是我强迫你的。"

杨树大着舌头给易安打了个电话说了下地址，过了约莫半个小时易安就赶过来了。还和当初刚见到的时候一样，毛毛糙糙的也没特地打扮，羽绒服牛仔裤白色运动鞋，斜挎着背包，在一群浓妆艳抹的女人当中依旧白得惊人。

"怎……怎么这么多人啊？"

易安一进来看到屋里全是人吓了一跳，下意识地就躲到了我和杨树身边。

"因为是散伙宴啊。我和……阿泽要去温哥华了。"

杨树伸手把易安拉到自己身边弯腰摸了摸她的头发笑着道，神情平静得好像这件事与他无关一样。

"啊？那你们怎么都不告诉我啊！我什么都没准备……就来了。我以为就是吃个饭……为什么要走啊？去温哥华什么事啊？很着急吗？"

易安拽着杨树的衣袖一脸焦急地看看杨树又看看我，显然不明白我俩为什么这么快就要离开。而且，好像还没有打算告诉她。

"嗯，着急，十万火急的事。阿泽和我……都有不得不办的事，必须要走了。"

杨树还是笑眯眯的，语气没什么起伏，说谎对于他来说本就是家常便饭。只是，这还是头一次我看他这么认真地和易安说谎。

"哦……那……那……那以后是不是就见不到你们了啊。"

易安低下头有点失落地看着地面，杨树却和没看见一样转身冲我道：

"我还得去招呼客人……先走一步。易安交给你了。有什么要说的就快说吧。这一走……可能这辈子都见不着了。"

杨树穿过人群离开了，剩下我和易安在角落里站着很久都没说话。过了好一阵我才开口道：

"易安……抱歉啊，临时决定的，也……没来得及和你说。"

易安摇了摇头，咬着下嘴唇过了好一会儿才回道：

"没有，本来就是……总给你俩添麻烦，不叫我也是应该的。我……谢谢你们一直这么照顾我……只是，还没来得及回报什么就没机会了。"

如果是杨树，估计在易安说前半句的时候就打断她了。可她面前是我，我本就笨嘴拙舌，再加上喝了不少酒，脑子都不太转，听她这么说，说到最后，我才反应过来这次聚会不叫她，有多伤她的心，开口劝道：

"不关你的事，是我们想着，人太多，又……总得喝酒，怕你不喜欢就没叫你。离走还有几天呢，后面再找机会单聚也是一样的。"

易安闻言，总算抬头笑了笑，随即又陷入了沉默。我俩在边上站着不断有人从旁边走过，看到我就端着杯子过来道：

"哎哟，主角怎么在这站着呢，来来来，泽哥我敬你一杯，祝你和树哥在温哥华前途似锦！"

我勉强接下一杯喝了，之后不断有人来敬酒。我其实已经有些头晕了，但不知是因为潜意识里想喝醉还是怎样，那天的我可说是来者不拒，喝了多少自己都不记得了。我意识的最后一个片段是易安把我和杨树塞进出租车，杨树拉着易安的手不放，她就和我们一起上车了。

第二天一早我从床上爬起来，头痛欲裂，床单和枕巾上还残留着昨夜的酒气。我去厕所放了个水，再绕回客厅看到沙发上有人躺着。我俯下身子一看，易安抱着个垫子蜷缩在沙发上睡得正香。我一愣，揉了揉太阳穴试图回想起昨天的点滴，却怎么也想不起来发生了什么。

"呦呵！起来了！"

杨树的声音从身后传来，我赶紧做了一个"嘘"的动作示意易安还在睡。杨树揽着我的肩膀奸笑道：

"你还好意思提易安啊，昨天晚上你怎么使唤人家来着？行啊，没看出来啊你，还挺大男子主义的。"

杨树这么一说我不禁挠头，心说难道真的是喝断片了干了什么不该干的事。看了眼易安，见她还是安安稳稳地睡着，又狐疑地看向杨树。这小子别是看我喝多了蒙我吧？

"易安，易安！起来了，床上睡去。"

杨树伸手把易安捞起来扶到我床上，盖上被子让她继续睡。我皱了皱眉看向杨树道：

"我昨晚干什么了？你到底什么意思？"

"你真不记得了？你让人家给你泡茶喝，人家要帮忙扶你睡觉你还说女人一边待着去，弄得人家易安扶你也不是不扶你也不是，最后还是我把你弄上床的。"

杨树这么一说，我好像隐约真的想起来一点了。想到自己喝醉了这么对易安呼来喝去就觉得心虚不已。她应该觉得我很没有素质吧，喝了点酒就原形毕露了。

"我说你啊，错是错了点，但是该表达的也表达了啊。昨儿个你喝多了，隆哥问你易安是你什么人，你说女朋友。我觉得说的也挺好。"

杨树说完这话，我一下子就酒醒了，吓得瞪大双眼道：

"你说啥？当时易安在吗？她知道吗？"

杨树见我这么紧张，"扑哧"一声笑出来道：

"看你吓的，不在，当时就我和你，还有隆哥，易安去厕所了，没听见。"

这话一出我松了一口气，瘫坐在沙发上，同时心里隐约觉得有点可惜。

"但是……我总想着要是听见了没准倒好啊。现在你醒了，下次再灌醉你也不知什么时候了。你昨天没说，估计这辈子也不会说了。"

杨树叹了口气，坐在沙发背上拍了拍我的肩膀。

"不切实际的事不去想就挺好，你别……总说那些有的没的。先不说易安就不会答应，就算……就算答应了，我以后是要回老家的……带着易安回去，是要让她吃苦吗？"

杨树坐在我背面我看不见他的表情，隔了好一会儿他才回道：

"可是易安也是普通人啊,她总有一天要嫁人生子,我有时候一想,这人……是你还好点,是别人……我宁可不知道她怎么样了,要不我怕我又忍不住拆了他们。"

"你那么在意易安你就自己去追呗。"

我叹了口气,心说原来杨树和我是一样的想法。听到这我不禁佩服起沈曼妮的远见卓识来。她人虽然操蛋了些但是说的话真有道理,见了我们没两次就看透我们了。

"我?你还记得小时候我和你说想当猪八戒的事吗?"

我点了点头,杨树苦笑一声,拍了拍我的肩膀道:

"猪八戒是轻松,可嫦娥只喜欢孙悟空。"

他起身走向易安的方向,站在床边小声道:

"你看她这样子,交给别人怎么放心啊。"

我也起身走到杨树身边,易安在床上睡得不太安稳,抱着被子缩成一团。就像之前很多个日夜见到的那样,她好像总在怕些什么,但是没人能说得清她为什么这样。她不愿和我们讲。

"说的就和我能似的……我家里什么情况你不是知道嘛。"

我盯着易安也开始苦笑,我以前看小说里总写穷书生爱上大小姐,就非得立誓等当了状元再回来娶,当时不明白为啥这么倔,两情相悦在一块儿就得了呗,现在才知道,原来会自卑的。真的是很遥远的距离,没有资本就没有开口的权力。

"那就……我也出个份子钱,给你凑车凑房……我不愿意她嫁给别人。"

杨树转头看我,表情无比真挚,我知道杨树是认真的。虽然他这个人很少认真,但当他认真的时候,一贯是说到做到的。我感谢他,但这份情我真的不能领。

"杨树。别傻了,你也好,我也好,易安都不喜欢。"

杨树闻言一拳砸在沙发背儿上红着眼眶盯着我道:

"那他妈不就等于得眼睁睁看着她和别人在一起吗?我不乐意,我不想,要那样我宁可没认识她。你乐意吗?她和别人在一起,你想想那场面,你不难受吗?"

杨树说完,扔下我披上衣服推门就出去了,我转头看易安,她好像还没有被吵醒,我松了口气,收拾了一下屋子然后坐在沙发上等着易安醒来。过了约莫十分钟易安从床上爬起来,起来就要拿衣服离开,我叹了口气跟着易安往外走,终于还是没忍住拉住她道:

"你刚才是不是醒了?"

8

易安先是点点头然后又摇摇头,她一贯不擅长撒谎,涨红了脸盯着我看,显然是验证了我的猜想。

"你什么时候醒的啊?"

我叹了口气挠头道:

"不是你想的那样……我和杨树……虽然都觉得你很好,但是也知道你家里情况,也知道不太可能……再说就像我之前说的,我们大你那么多,再大几岁都够当你爹的了,照顾你也是我们自愿的。这事……怎么说呢,你看,我们也要走了,你别往心里去,杨树就那性格,过一阵,去了温哥华就好了。"

"我……不是的。我只是觉得……我很感激你们,但是感激不是爱。"

易安说完就开始哭,哭得我手足无措地只能抱着她拍了拍她的后背。我忽然有点明白为什么大部分男人都喜欢"蠢"一点的姑娘了,因为她们大多想不明白这种道理。

"我也不知道……怎么回事。为什么人就不能……谁喜欢自己就喜欢谁呢?"

我苦笑,我怎么知道为什么会这样。易安和杨树都比我聪明,他们都想不明白的问题我怎么想得明白?

"你放心,以后呢,我当你哥。你有什么事,就找我和杨树,我俩……肯定都帮你。"

"……那你们路上小心,你们……祝你们以后都能,每天开心幸福。"

我把易安送上地铁,隔着地铁门她还在哭,靠在门上抽抽噎噎的,看了心疼。

送走了易安,我一个人来到学校办手续,研究生已经毕业,接下来只要让学校将毕业证书寄回河南就行了。

杨树找到我的时候,我在学校的空中走廊发呆。这里视野很好,往北能看到 Oliers 的冰球场,在那里一群人为了另一群人放肆地宣泄欢呼。夜深了,楼上只有我们两个,玻璃长廊有股子寒气,薄雾浮在半空中有种不真实感。杨树站在入口处,看不清面目。

"有事?"

我环顾了一下,四周无人,便扯起嗓子问了一句。

"你说呢?你这个……"

杨树冲我跑过来,我下意识地后撤,还是被他的拳头扫到额前的头发。

"……没骨气的渣子!"

我接住杨树的拳头把他甩倒在地上,看他摇摇晃晃爬起来恨恨道:

"你他妈怎么这么怂?送到嘴边的肉都能跑了?显你绅士是吧?去你妈的绅士,怂还他妈想当好人!要当你自己当,我可没空陪你演戏了!"

"你犯什么病?"

我架住杨树踢过来的腿却没能挡住他的左勾拳。太阳穴上挨了一下,我的脑子顿时有点混乱,这会儿才想起来他原来是个左撇子。

"我犯病?谁他妈让你帮我做主的?你没胆儿和易安告白就说你自个儿,干吗拉上我?"

"你喜欢你去追啊!莫名其妙!"

又是一拳带了破空的声音,我看出杨树是动真格的,也不客气,把他撂倒在地上卡住他的脖子,杨树用脚踹开我,爬起来冷笑道:

"我追?您老都替我做主了,什么哥哥妹妹?狗屁!你还算个男人吗?"

"你他妈吃错药了吧?"

我掸掸胸前的鞋印从地上爬起来,杨树靠在栏杆上冲我钩钩手指道:

"来啊,你想打我好久了吧?动手啊!"

"你要发疯去冰球场疯去,我没时间陪你。"

我转身欲走,却被杨树从背后扑在地上狠狠给了一拳:

"关承泽,我不是打不过你,也不是没你不行。别老以为自己是救世主,我可从来没逼过你!"

比起挨了杨树一拳一脚,杨树的话更锋利地刺穿了我。没逼过我?为了他我放弃了多少东西?为了他这些年我都是怎么过的?没逼过我?天大的笑话!

"还不动手?好啊,我倒要看看你能坚持多久?说我不愿意出国,我也喜欢易安,我他妈不想陪你了,我要过自己的日子去了,很难吗?比你读研究生,拿奖学金还难?比你获奖还难?比你替我挨刀子还难?"

"砰——"

我一个背摔彻底把杨树撂倒在地。

"……你懂个屁!"

最终我也只是把他一个人扔在那里,最终我也只是说了这句话。

离开了杨树我一个人默默地往地铁站走却发现地铁已经停运了。外面零下二十多度的气温让我的大脑迅速冷却下来,情绪也不再激动。我发现自我出国以后,经常和杨树争执,吵到最后结尾不是"滚"就是"你懂个屁"。仔细想想,就像女人大多怕卸妆一样,男人最害怕就是谎话被人揭穿。

这会儿我意识到书读得多些又不够多最是尴尬,因为它只教会你不能欺人,就只剩下自欺。顾虑重重痛苦也多,但又做不到释然,不上不下。不得不说这点上杨树真的很聪明。

我回家的时候杨树已经回去了,这么多年来我们积累了一种默契,谁都没再提空中走廊的事，专心准备去温哥华的行李。

再次回到埃德蒙顿的机场我有些感慨，一切都是从这儿开始的，三年前我和杨树就是从这儿，踏上这片土地的，现在终于要启程去下一个地方了。屋里东西我作价转卖了，杨树到最后依然是甩手掌柜，只说机票他来订，就出门去了。

飞机在温哥华降落，我和杨树取了行李正准备出去打车，杨树忽然回过身来，递给我一张票，从我手里拿走他的行李，转身就走。

我拿过机票一看，上面俨然写着首都机场。我一愣，追上去皱眉道：

"你什么意思？"

"票上的意思。阿泽，你回去吧，书都念完了，我总不能强留你。"

杨树停下脚步，转头看我，脸上罕见地没有什么表情，看不出他心里在想什么。一瞬间我只觉得杨树有些陌生，经历了这么多事，他还是擅自下所有决定吗？兄弟二十余年，手足情深，习惯了彼此，一刀砍断，遍体生寒。想到这儿，我右手握紧机票，咬牙道：

"你都替我决定了，我还能说什么？"

杨树转头看向地面道：

"你不早就想走了吗？想走走吧。我拴了你二十多年，有什么也够本儿了。你走吧，我也是成年人了，这世上谁没谁也不是活不了。"

我冲上去抓住杨树领口直想一拳打过去，看着他闭着眼不打算还手的样子，最终还是没能下去手，后退了两步，把杨树推了个趔趄，道：

"因为易安吗？"

"和她没关系。就是觉得咱俩不是一路人，趁早分开对彼此都好。"

杨树从地上爬起来转头看了眼周围议论纷纷的路人，掸了掸衣服重新握住行李箱。习惯了他喋喋不休的聒噪，这样理智和冷清的话这么多年来我还是头一次听到。

"让你回去你还不高兴？阿泽，关承泽。我累了，别拿陪着我成全你自己的良心了。我不是我爹，你也不是你爹，这样没意思。"

杨树说完拉着箱子就走了，我追了两步，想说些什么，却觉得如鲠在喉。我和他是一般的想法，就算今天不走，迟早我也是要回国的。长痛不如短痛，与其在温哥华和杨树再拴几年，不如现在就走。省的以后连兄弟都做不成。

离飞机起飞还有五六个小时，我一个人办完手续坐在候机室，有一种特别不真实的感觉。我本以为终我一生都会活在杨家的阴影之下，没想到这自由来得竟然这么突然。这自由突然得让我茫然失措，我想给娘打个电话，却又不知如何解释。我就这么回去了？村里人会怎么说？是夹道相迎还是戳着我的脊梁骨说我没良心？

离开了杨树我本以为我会失眠，没想到居然头一次在飞机上睡着了。梦里我回到那个破旧的家，回到我和他第一次见面的地方。杨树侧躺在床上笑嘻嘻道：

"我叫杨树，杨，是杨树的杨，树是杨树的树。"

画面一转十几岁的杨树拉我爬上村头的大榕树，坐在树杈上嬉皮笑脸地看下面来来往往的小姑娘们，问我：

"哎，阿泽，你说哪个好看？我追了送你啊？那个像是程程的我要了，剩下的你随便挑。"

我伸手推他，他摔下树去，摔得哎哟直喊：

"摔坏了脸你负责啊！我这么帅的！"

我听了吓得跳下来细细查看他到底摔坏了没有，杨树却搂着我的脖子道：

"真摔坏了我就赖上你，赖你一辈子！"

十六岁杨树家祠堂前，杨树拉着我当着全村人的面结拜，指着我喊：

"这是我兄弟！关承泽是我兄弟，以后我有的他全有！见到他就像见到我一样，听到了没！"

我有些无措地站在他身边，看着满村小伙子羡慕的目光。简直恨不得那人就是他们自己。

十八岁我考上北工大，杨树没考上大学，回村以后爹对我一顿数落。杨树边吃馍边摆手道：

"多大点儿事，长贵叔，别说阿泽了，我自己不学，关他什么事？"

出国之前杨树躺在我身边和我絮絮叨叨地讲：

"阿泽，听说国外的月亮都比国内的圆，阿泽你说是不是真的啊？真出去咱们就玩开了，多好呢。"

"关承泽，我不是打不过你，也不是没你不行。别老以为自己是救世主，我可从来没逼过你！"

"……我拴了你二十多年，有什么也够本儿了。你走吧，我也是成年人了，这世上谁没谁也不是活不了……"

"Sir, what would you like to drink?"

（先生请问您想喝什么？）

"……Ice Cola, thanks."

（冰可乐，谢了。）

我迷迷糊糊睁眼抹了把脸，隐约感觉脸上有些湿润。给我饮料的空姐年事已高，看了我一眼了然道：

"Home sick? You will be there within ten hours."

（想家了？再过十个小时您就回家了。）

我点点头，梦里的碎片随着头脑的渐渐清醒变得模糊起来。我转头，身边是一个不认识的胖子，没有杨树，再没有杨树了。时隔二十年，我又重新变成一个人了。

如果不出国，我们会走到这一步吗？如果我不回国，我们可能也不会走到这一步吧。事已至此，若是回去有人说三道四，我也只能担着。人活着总要承担，要不像我爹一样报恩一辈子，要不就承担背德的罪，走自己的路。杨树确实和他爹不一样，他没有给我选择。是他推开了我。

我盯着眼前循环播放飞机里程数的屏幕发呆，头一次意识到杨树似乎为我承担了很多，挡了很多斥责。除却擅自替人决定这件事，杨树没有做错什么别的，也没有什么对不起我的地方。眼上的伤口隐隐作痛，人的欲望真的是很可怕的东西。最开始只是有学上就已经很知足了，到后来去北京上大学，再后来出了国……学成了就想离开杨树。我是怎么变成现在这个样子了呢？

下了飞机我给杨树发信息说到了。没人回，打电话显示是空号。好像他从来就没存在过，我也好像一下子回到了没认识杨树之前，前途未卜，没有朋友。唯一改变的就是我已不是当年那个年幼得什么都没见过的傻小子，大千世界我已看了冰山一角，也学成了，往后的路我要自己走了。

拉着箱子走出首都机场，我有些恍惚。深秋的北京，天有些阴霾，雾蒙蒙的带了些凉气。一出机场口，门外车水马龙一派繁华。熙熙攘攘的人比肩接踵，热闹得很。但我却觉得这热闹和我没什么关系，拉着箱子打了一辆出租车直奔设计院的大厦。

司机师傅很是热情，问我从哪来，是不是去谈什么大项目。我随口答了两句，靠在车窗上开始假寐。再次站在设计院大楼前面，我只感觉我走了一个轮回。好像从来没从这里离开过，好像这三年都是一场梦，我从来没出过国，没有和梁爽分过手，杨树也还在城市的某个角落玩闹，一个电话就到眼前来。

一瞬间我感到从脚底板升起一股凉意。拖着箱子走进大楼，周围不时有人向我投来关注的目光。设计院的管理人员接待了我，就像当年面试的时候一样，他也很热情，看了我的简历以后对我的成绩大加赞赏。我们约定好一个星期之后我来就职，在那之前，我要回老家，和娘解释所有的事，也要给杨树家一个交代。

坐上回老家的高铁，样是得到了令人羡慕的职务，这次回去却没有了第一次回去的兴奋感。因为我知道，这次回去，面对我的将是无尽的质疑。我忽然想起爹生前总说的那句话，我要怎么和杨家交代呢？我想了想，最终还是闭上了眼睛。

9

回到村里的时候天色正暗,提前知道我要回来,娘和杨叔等人站在村口等我,村口又被重新修缮了一番,甚至还像模像样地立了一个界碑。娘见我大包小裹地走过来,当即迎上来抱住我,却没有说话,抱了好久,才颤巍巍地说了句:

"回来好,回来好。"

我的眼泪在眼眶里打转,不由自主地把头埋在娘肩膀上,待眼泪憋了回去,才重新抬头道:

"娘,我们有话回去说。我得和杨叔交代一下。"

娘闻言点了点头,伸手摸了摸我的脸,欲言又止地张了张口,最终还是什么都没说,在我背上狠狠地拍了两下。我把腰杆挺直,拿着行李走到杨树他爹面前,开口道:

"叔,对不住,杨树没能带回来。他现在在温哥华,再读个大专。"

杨树他爹希冀的眼亮了又黯,最终还是拍了拍我的肩膀摇头道:

"水生,难为你了。树儿那孩子,我们都管不了,你帮着管这么些年,学成啥样看老天爷吧。走吧,你婶子包了饺子,去我家吃吧。"

我听了一愣,没想到杨树他爹会这么说。如果我一开口,他出口的是责难,我还有些心理准备,可这些年来,杨树或好或坏,杨叔都只是把一切归咎于他儿子自己不成器。这让我心里又愧疚起来,原本打定主意报告杨树确实是个"扶不起的阿斗"洗清自己的心,瞬间被杨树他爹的安慰攻击得无处藏身。

我爹活着时候经常说,人不能总把别人往坏处想。或许这些年我真的误会他了。他也是个普通人,也是个父亲,对杨树有些私心也是人之常情。

杨树他爹的秘书李伯伯带人帮我拿了行李,我们一行人往杨树家走。一路上我都不知该说些什么,想到杨树他娘还等在家里,我就又有些惴惴不安。娘到底是最了解我,走到我身边拉着我的手紧紧地握着，悄悄帮我拭去手心的汗水。

到了杨树家，还没见到人就听到杨树他娘的招呼：

"回来了？我看看，哎哟……水生他娘，你好福气哦。"

一别数月杨树他娘还是风采依旧，身上穿着新款的针织衫，笑容满面地迎接我们。

"树儿下次什么时候回来？"

我们在餐厅落座，几盘饺子上桌，还没等人下筷子，杨树他娘便迫不及待地问。

"……我也不知道。"

我低垂着头，嗫嚅了一句，终究还是心中有愧。我本以为我能更坦然地面对杨树爹娘的询问，现在看来，是我想得太简单了。这么多年的羁绊说断就断，是不可能的。

"哎……问这个干吗？水生刚回来，还没得歇息。就知道问树儿。水生别往心里去，来来，吃饺子，吃饺子。"

杨叔给我夹了一个饺子放进盘子里，我却如芒刺在背，并不去吃，放下筷子正色道：

"叔，婶子说得对。不忙吃……我得……告诉你们件事。"

娘事先已经知情，见我要讲轻咳了一声冲我摆了摆手。我看向她摇了摇头，示意长痛不如短痛，迟早是要讲，哪天讲并没有那么大分别。娘见我坚定地站起身，也跟着站了起来，抢在我前面开口道：

"厂长、娟姐，水生说话前俺多嘴一句。这些年……您和姐对俺们家恩情，俺们从来没有忘过。长贵到死都念叨……娟姐，俺也是当娘的，恁对树儿有多关心，俺对水生也是一样的情，没分别。俺就希望俺的娃以后能好好地当他自己，说到底，上一辈的债不该留给小辈去还。"

娘说着说着就有些哽咽，杨树他娘不知发生了什么，一脸惊愕地盯着娘道：

"关月你这是哪的话……我什么时候说你家不知恩了？我就问问树儿……怎么还引出这话来了？"

娘还想再说，我冲她摆摆手，开口道：

"我这次回来……就真的是回来了。往后我就在北京工作了。杨树……到温哥华去读大专，这也是他自己……"

"什么？你的意思是以后树儿就自己留在加拿大了？他什么时候回来？和你说了没？这怎么行？那孩子好惹事，哪能一个人待在加拿大？"

我的话还没说完杨树他娘便打断道。

"你让水生把话说完。水生你讲，杨树这浑小子又说什么了？"

杨树爹瞪了杨树娘一眼，摆了摆手示意我继续讲。

"这也是他自己的决定。当然，我本来也觉得爹没了，我得回国来，一来照顾娘，二来国内机会也好。"

我把未竟的话说完，杨树他娘还想再说什么，却被杨叔拦住。一屋子人沉默了一会儿，杨叔才开口道：

"罢了罢了……这么些年了。这么些年了……孩子有孩子的命，你管不了，我管不了，没人管得了。我怎么生了这么个玩意……散了吧，水生，叔有点累了，先回去休息了。"

杨叔说完就起身回屋了，杨树他娘看了我们娘俩一眼，匆匆地跟了上去。两人都离开屋子，我娘才晃了两晃跌坐在椅子上，抚着心口叹息。

"娘，对不起。是我……"

我话还没说完，娘就伸手制止了我，摇头道：

"杨树爹说得对，这么些年，还有你那眼，有什么也该还上了。我还是那话，没什么好怕的，咱家从来不亏欠谁什么。咱们凭本事吃饭，挺直腰杆做人。你又没有害杨树，是他自己要走，怨不得别人。"

我娘说完，狠狠地用双手拍了拍自己的大腿，站起身道：

"我们走——娘跟你去北京。放心，娘还有把子力气，拖累不了你。"

我没想到娘会这么说，一时间也没了声响。我就这么搀着娘回了我们自己的家。家里重新装修了下，从外面看倒像是个体面的小房子了。

"水生,坐,听娘说——世上没有后悔药可吃,回来了就好好工作。树儿有自己的命,你爹在的时候俺们报恩了那些年,也够了。你以后出息了,树儿哪天回国来的时候,还有你可奔。去,给你爹上炷香,明天歇一天,后天俺们就走。"

"可是娘,你在这生活了这么些年……"

娘拉着我的手,我们俩坐在炕上,娘听了我的话只是摇头道:

"是啊,俺在这么些年……是时候出去走走。你爹没了,俺一个人在这,也怪没意思的。再过几年,老了,走不动了,俺再回来,有口吃,饿不死。"

我还想再说,娘却伸手拍了拍我的手背叹气道:

"你爹遇到我,在这村子里困了一辈子。你是俺的娃,这么出息,也困一辈子,娘不落忍。别再说了,走吧。"

我和娘离开村子的那天,杨树他爹和杨树他娘来送,硬要给我们塞些吃喝和钱,娘再三推脱,杨树她娘坚持要给,最终带了些吃喝走,钱却是一分没要。我们就这么离开了村子。娘和我坐着火车去北京,已经有些浑浊的眼中透出欣喜,一边吃着我煮的泡面一边道:

"水生,俺这老婆子,这辈子也够本了。又出过国,还去过北京。村里面那些个婆姨哪有这个福气。俺的娃有本事,有出息,娘高兴。"

娘吃着吃着眼泪就流了下来,我吓得赶紧递上纸巾,忙问:

"娘你这是怎么了?"

"娘是高兴,太高兴了。你这么出息,你爹知道了肯定特别高兴。等到了北京,把他的灵堂摆上,我得和他说……"

娘边哭边笑,弄得对面卧铺上的一对男女诧异地盯着我们瞧。我心里有些不是滋味,这些年来,我总想着自己有多苦,却没想到爹娘担负了更多,默默地为我挡掉了很多艰辛。曾几何时,我曾如此深恨我是爹的儿子,如今这恨也随着爹的离去渐渐地淡了。娘这样说,我也有些心酸,好不容易快要过上好日子了,爹却没见着,他这一辈子着实太苦。

"水生,娘有点累了,先睡了,等到了喊娘。"

娘说完这话就躺下休息了,我看着头发已经有了银丝的小老太佝偻在床上,轻轻为她盖上了被子,爬到上铺,盯着手机瞧。依旧没有杨树的消息,从我回国到现在他已经失联三天了。离开村子的时候我和杨叔说:

"如果有了他的消息第一时间告诉我。"

换来的只是杨叔的沉默。

列车高速地行进,我的思绪渐渐飘回仍在加国的时候。其他人还好吗?也不知现在都怎么样了?国内国外,我们像是被隔绝成了两个不同的世界。娘曾经告诉过我不要回来,但我还是回来了。我想起陆鹏的话,我想起易安的话,我想起很多人的话。虚假的繁荣并没有用,像我这种出身的人,被别人捧一句"关承泽在加拿大呢!"并没有什么用。我要实实在在地过得好,我要做个有用的人,要做自己喜欢的事,我要我娘能享福。

三年的西方文化洗脑,也没能让我扔下中国固有的忠孝悌节礼义廉耻。我依然眷恋这片生我养我的土地。在很多事情上,和西方国家不同,它是落后的,但同时也充满希望。我看到高楼广厦,我看到便利的扫码支付,我看到新的城铁地铁,我看到数不清的机会。低头看了眼下铺熟睡的母亲,我头一次觉得胸中的郁结打开了。回来也挺好的,毕竟,广阔天地,大有作为!

10

距离回到母校的演讲过去了一年半,我被派往接待因"千人计划"归国的教授们。很多都是留学生前辈了,80年代出国的,到如今五六十岁,响应国家号召回到祖国。部门里考虑到我也有留学经验,就派我前去接机。

工作以后出国的机会不少,我也算是首都机场的常客了。但每次来到这还是有些感慨。四年前我从这里飞往加拿大,可以说是改变了我全部的人生。四年后我站在神州大地上迎接新一批回国的学者，总还是有些感慨。还没等我从这样的情绪中缓过来，一个有些熟悉的身影从教授群中冲出。大脑袋小身子，穿着一身笔挺的西服，依然一脸的坑坑洼洼。

"泽哥！Oh my god！你怎么在这儿呢？"

我伸手接过扑过来的陆鹏，一别近两年，这小子还是轻得没什么重量。

"这不是……来接人嘛……你怎么……？"

忽然见到熟人我也有点惊喜，但一想到这是千人计划的队伍，就有点发愣。这个队里应该都是五十岁左右的老教授了，陆鹏在这里面干什么？

"嗨，我导师也是千人计划引进的人才，这不放假嘛，我就跟着回来了。"

我听了颇为感慨地拍了拍他的后背道：

"叙旧不急，咱先办正事！"

陆鹏点点头松开手高声道：

"Please follow me to the entrance, and get on the bus!"

（请跟着我去入口乘车！）

他扯了扯依然有些过长的西服下摆，重新挺直腰板带着老教授们一一登车。等人都上齐了，我才进到车里开始点人数。教授们从各个国家而来，不乏一些已经在国外生活三四十年的初代或者次代移民。比起前些年，这几年政策上确实更鼓励归国人员为祖国效力。回来的人比起我毕业的时候，确实越来越多了。

车开始往酒店行进，陆鹏蹿到我身边低声道：

"泽哥，你现在不是在设计院吗？怎么接待的活儿还落你身上了？"

我点点头，解释道：

"平常是在设计院，有外宾的时候也帮忙。这次的接待领导很重视，从各部门抽调了大量留学生，等到了酒店和会场还都有人等着呢。"

陆鹏上上下下打量了一下我，笑道：

"哎哟，你说咱俩上次见也就一年多前的事。这职场是锻炼人哈，你现在说话和以前都不太一样了。"

陆鹏说得我倒有些不好意思了。但不可否认的是这一年间在设计院我确实成长了很多。比起在加国如何也融入不了主流社会，这里显然更令我舒服。来自五湖四海有着各种背景的朋友们为了共同的理想目标而奋斗。我和老大、老二、老四他们联系上了，我们相互鼓励彼此支持，虽然也有个适应过程，但时间久了倒也重新适应了。

陆鹏见我不说话，哈哈一笑道：

"不过你再怎么会说话啊，也比不了一鸣。前两天我接到他电话，那小子……不但毕业了，还忽悠了个本地姑娘，两个人啊，估计明后年就结婚了。你说咱们怎么没这个命呢？"

我闻言摇头道：

"一鸣口才是天生的，我和他自然没法比。其他人怎么样了？你怎么打算的？"

陆鹏转头看了一眼热烈地就窗外景观讨论的老教授们，又转过头来看向我一本正经道：

"雨夏准备考研，沈曼妮最终还是和她那男友分了。我……泽哥，说真的，我挺犹豫的。按说我这专业和英文也够好了，留美也不错。但是又总惦记着，国内还是玩得开啊。现在发展这么快，机会又多，其实我回来，也未见得混不好……真拿不准。"

我下意识地也看看身后的老教授们，看到五十来岁的教授们眉飞色舞地指着窗外的高楼广厦车水马龙，开心得像个多年未归家的孩子，心中也有点触动，拍了拍陆鹏的肩膀道：

"我也觉得，凭你，在哪都能混得挺好，但这里毕竟有你的家，有你的亲人朋友，飘累了随时回来。"

陆鹏点了点头眼眶有点发红，叹气道：

"是啊，异乡异客的感觉其实没那么好，就算混得不错——就说我导师吧，常春藤教授，名利双收了吧？最惦记的就是重庆那碗小面，一有空就拉着我讲,小时候走街串巷看老人们打麻将,他跑过去捣乱,那些老人就给他颗糖吃的事。"

我们还在聊,酒店已经近在眼前了。我俩同时起身对视一眼,陆鹏笑了笑学着我的语气道:

"先办正事!"

我们帮教授们办理了入住手续,又开始安排第二天的会议。等都忙完了已经夜里两点了。陆鹏还精神抖擞,我却有些困了,看得他打趣道:

"怎么,回来一段时间都不适应熬夜了?当初上学那阵咱夜里两三点不都是小意思嘛!"

我一边打着哈欠核对会议名单一边笑道:

"我是比不了你,夜猫子。回国以后牵扯精力的事太多,家里啊、学校啊、单位啊、人际交往。这一天天的也挺累的。比不得你,无责任一身轻。"

陆鹏凑过来帮我勾上了几个已经抵京的教授,然后伸了个懒腰道:

"是啊,就是犹豫这个呢。国内虽然好,但是身边七嘴八舌评判你的太多。要不是因为这啊,我估计我早下决心了。"

"逃避始终不是办法,你当初不也和我说过嘛,虚假繁荣没意思。"

我又整理了一下名牌,确认第二天会议要准备的材料都备齐了,才站起身活动了一下有些僵硬的肩膀道。

"你说得对,我再琢磨一下。说起来,杨树最近怎么样了?我有日子没他消息了!"

这话说得我有点尴尬,也对,在所有同学中,我和杨树最亲,谁都知道。只是,我也有近一年没有他的消息了。

陆鹏见我不说话,也意识到可能事情没有他想象得那么简单,摆手道:

"嗨,我也就是一问。休息了啊,明天见!"

我点了点头,回到自己的出租屋去,蹑手蹑脚地打开门走进去,悄悄溜进自己的房间。自娘跟我来北京之后,我们娘俩就挤在这间七十多平方米的房子里面，娘执意睡客厅，我就睡到了屋里去，也还过得挺像个日子的。

  与陆鹏的重逢触动了我的心事，我拉开抽屉，拿出那次比赛过后五十余人的合影来。合影中杨树左手拉着我，右手拉着易安，笑得没心没肺的。我已有将近一年没有杨树的消息了，问杨叔他也只是叹气，说：

"都挺好。"

"杨树我见着陆鹏了，你什么时候回来？"

我躺在床上输入了这一行字又默默删除。

"杨树，你什么时候来北京，咱们聚一下？"

重新打了一行，又删除。最终还是没能发送出去。

  刚回国的日子里，我没少给杨树发信息，但都石沉大海。他好像是打定主意不再拴着我，连我娘知道了都整日劝：

"这么多年的兄弟呢，哪有什么解不开的节？你是大哥，你得让着点他。"

  娘说的是对的，只是……我和杨树着实没什么谁对不住谁。我也不认为易安的事会严重到让他从此与我决裂。兄弟之间不讲这些。杨树到底是怎么想的？我始终没有机会问他。最好的机会或许是当初在机场，但是当时我一心想走，杨树又一心刺激我走……

  等等，想到这我不由得从床上坐起来。

  这么说来，那天我从爹的墓地回来很快就遇到了他，难道他听见我和爹说的话了？以我对杨树的了解，以他的性子，若是听见了，肯定是要不动声色地让我走的。

  这想法让我有些惴惴不安，如果之前的争吵是杨树有意为之，岂不是，这些年我又多欠了他一笔？这么多年来我总以为杨树欠我颇多，却总刻意忽略，若是没有他，哪来的今天的我？本来很困的我想着这些竟然一夜无眠，黑着眼圈去组织第二天的会议。

  会场人头攒动，各界的学者教授还有学生都踊跃参加，陆鹏被调去维持秩序，我在后台看着说明稿有些紧张。这么多人的会议由我来主持，果然还是压力很大。我深吸了一口气，走上台，台下座位全满不说，连走廊上都站了一些人。我下意识地望向天花板，看着头顶的黄光，想起当初我曾问易安：

"为什么当着这么多人讲话你不害怕？"

"你就当下面全都是大白菜呗，这样还觉得挺逗的呢，哪里还怕？"

我再次低头看场下那一颗颗"大白菜"，不由得露出一丝笑意。半年前，易安学成回国。时过境迁，她依然能够逗笑我。可惜如今，身处同一城市，她却不在我身边了。

It's my great honor to represent our government to welcome you all who made decision to contribute your effort to set up you career in our homeland, our own country ——China. Now, I would like to introduce the program initiator: Mr. Zhou.

（女士们先生们，欢迎来到第一届"千人计划大会"！我很荣幸在这里代表政府向各位归国人士表示感谢。感谢你们选择回到中国贡献你们自己的力量！下面让我们欢迎这个项目的发起者，周先生!）

开场白说完，我走到后台，只感觉短短几句话耗尽了我所有的精气神。我坐在椅子上发呆，不断地有领导、学者、学生代表上台讲话。

"大众创业，万众创新，欢迎各位加入到发展的洪流中来！祖国需要你们！各个行业也期待你们的加入！"

激昂的演讲从礼堂中传来，我站起身，走出去盯着礼堂大厅墙上的壁画发呆。忽然有个声音吸引了我：

"哎我说，不说不要证嘛，不说想回来的都能听吗？"

我循着声音看过去，门口一个人正在和保安争执，我走上前，正准备调解，却一时没了言语。

"呦，巧了！见着了，那我不进去了。阿泽，好久不见啊!"

"好久不见。"

我越过保安，伸手紧紧地将杨树抱在怀里，拍了拍他的后背。